Regina Nössler, Kleiner toter Vogel. *Thriller*

Regina Nössler

Kleiner toter Vogel

Thriller

konkursbuch
Verlag Claudia Gehrke

1

Wo hört das Unbehagen auf, beginnt die Angst? Die blanke Angst?

Der Nebel war noch näher gekommen. Sie öffnete die Haustür und warf einen Blick nach draußen. Inzwischen konnte sie das andere Ende der kleinen Straße nicht mehr erkennen. Innerhalb weniger Minuten war es vollständig vom Nebel verschluckt worden. Schnell schloss sie die Tür. Verriegelte beide Schlösser und bedauerte, dass es kein drittes gab. Ihr Herz raste. Drang der Nebel nicht auch durch die Ritzen der Tür? Durch die alten, schlecht schließenden Holzfenster? Kroch unter ihre Jacke, die sie immer noch nicht ausgezogen hatte? Schlich unter den Hosenbeinen entlang und legte sich direkt auf ihre Haut? Als wäre er keine gewöhnliche Erscheinung des Wetters, sondern ein bösartiges Lebewesen, das es auf sie abgesehen hatte.

Alles war schlimmer, viel schlimmer als in ihrer Vorstellung und am liebsten wäre sie auf der Stelle wieder umgekehrt, zurück nach Berlin gefahren. Doch im Leben war selten etwas so wie in der Vorstellung. Damit kannte sie sich aus. Warum sollte es ausgerechnet hier anders sein?

Sie dachte: Wenn ich meine Jacke nicht ausziehe und an die Garderobe hänge, dann ist es das sichere Zeichen dafür, dass ich diesen Ort bald wieder verlasse, noch heute Abend. Sie dachte: Wenn ich meine Jacke anbehalte, dann passiert mir nichts. Gar nicht erst den Anschein erwecken, als wollte ich mich hier häuslich einrichten – und sei es auch nur für kurze Zeit. Bereits das Ausziehen der Schuhe und der Jacke wäre zu viel gewesen. Und wenn sie erst einmal ihre Reisetasche auspackte, davon war sie überzeugt, dann hätte sie verloren.

Doch um diese Uhrzeit kam sie wahrscheinlich nicht mehr weg. Flucht wäre frühestens am nächsten Morgen möglich. Flucht wovor?, fragte sie sich. Vor dem Nebel? Dem Haus? Vor der fremden, hügeligen Landschaft, die sie auf dem Weg hierher als schroff und feindlich empfunden hatte? So wie es aussah, würde sie heute Nacht hierbleiben müssen. Eine ganze Nacht musste sie in diesem Haus überstehen.

Alle guten Vorsätze, mit denen sie angereist war, schienen vergessen. Sie wollte nichts erledigen, nichts regeln, sich nicht um Dinge kümmern, die sie nichts angingen. Die sie nicht einmal interessierten. Sie wollte bloß wieder fort von hier. Mit dem ersten Bus in die nächstgrößere Stadt, aus der sie soeben gekommen war, und danach mit dem Zug nach Berlin. Hätte sie bloß mit dem Auto fahren können. Doch sie besaß keins – womit sie normalerweise gut leben konnte – und jetzt war einer der Momente gekommen, in denen sie diesen Umstand bedauerte. Fuhr in dieser gottverlassenen Einöde überhaupt ein Bus? Unterwegs hatte sie aus dem Fenster des Taxis eine traurige, verwaiste Bushaltestelle gesehen. Einsam in der Landschaft und halb im Nebel. Der Abfalleimer hatte ebenso schief wie das schmale Dach über der verwitterten Bank gehangen, auf der niemand gesessen hatte. Vielleicht hatte dort schon lange niemand mehr auf den Bus gewartet, weil dort seit Langem keiner mehr hielt.

Sie hatte den mürrischen, schweigsamen Taxifahrer nach Busverbindungen fragen wollen, doch sogar sein Hinterkopf hatte eine solche Feindseligkeit ausgestrahlt, dass sie es unterließ. Sie hatten während der Fahrt kein Wort gesprochen. Der Taxifahrer hatte sie fortwährend im Rückspiegel beobachtet und sie hatte das Ende der Fahrt herbeigesehnt, um nicht weiter diesem unangenehmen Blick ausgesetzt zu sein. Sie waren eine kleine Steigung hinaufgefahren. Am Haus angekommen, war der Fahrer nur äußerst widerwillig, wie es schien, ausgestiegen, um den Kofferraum zu öffnen, hatte ihr nicht mit der Tasche geholfen und zum Abschied etwas gesagt, das sie nicht verstanden hatte. Dann war er mit quietschenden Reifen davongefahren.

Allmählich ging die Dämmerung in Dunkelheit über. Es war hier viel dunkler als in der Stadt. Überwältigend dunkel. Sah so das Ende der Welt aus? Sie hatte es sich immer anders vorgestellt. Falls sie es sich überhaupt je vorgestellt hatte. Sie schaltete das Licht in dem größeren Raum ein, der nach hinten zum Garten lag. Offensichtlich das Wohnzimmer. Ohne die Einrichtung zu beachten, ging sie zur Terrassentür und öffnete sie. Der gleiche dichte Nebel wie vor dem Haus. Hatte sie denn ernsthaft erwartet, hinten würde sie davon verschont bleiben? Sie trat einen Schritt nach draußen. Zwei weiße Plastikstühle vor einem kleinen Holztisch, überzogen von einem dünnen Schmutzfilm. Keine Kissen auf den Stühlen. Doch das war nicht verwunderlich – Helene war zwei Wochen zuvor gestorben, im Herbst, der dieses Jahr früh eingesetzt und sich keinen einzigen Tag als golden gezeigt hatte. Warum sollten Ende Oktober, an einem feuchten, kalten Abend, Kissen auf den Stühlen liegen, noch dazu, wenn das Haus seine Bewohnerin verloren hatte? Wahrscheinlich hatte Helene sie am Ende des Sommers für den nächsten Frühling weggeräumt, den sie nun nicht mehr erleben würde. Oder jemand anderer hatte es getan. Obwohl es in Helene Leinwebers Leben angeblich niemanden gegeben hatte.

Der Anblick des Schmutzes auf den Stühlen machte sie überraschenderweise für einen Moment traurig. Ein verlassener Ort, den niemand mehr pflegte, der sich selbst überlassen blieb. Die Traurigkeit stieg von tief innen empor, plötzlich und heftig.

Reiß dich zusammen, ermahnte sie sich. Du kanntest Helene doch kaum. Im Grunde kanntest du sie gar nicht. Nichts verband dich mit ihr. Es sind nicht deine Terrassenmöbel. Es ist nicht dein Schmutz. Du bist nicht verantwortlich.

Sie konnte den Garten nicht überblicken, seine Größe nicht einschätzen. Am Ende, vielleicht, zehn, fünfzehn Meter von der Terrasse entfernt, glaubte sie dicht stehende Bäume auszumachen. Hatte Helene sich etwa ganz alleine um den Garten gekümmert? Ihr Herz schlug noch immer übermäßig schnell und diese Eigenmächtigkeit ihres Körpers verärgerte sie. Sie wollte fort, doch sie hatte eine Aufgabe zu erledigen. Eine Pflicht. Tochterpflicht. Nichtenpflicht. Familienpflicht. Dabei hatte sie mit ihrer Familie schon lange nichts mehr zu schaffen.

Als sie gerade wieder ins Zimmer zurückgehen, die Tür fest verschließen und die Vorhänge zuziehen wollte, um den Nebel, die Dunkelheit, den Garten, das Draußen auszusperren, bemerkte sie auf den Steinplatten neben einem der Stühle ein kleines Häuflein. Zu gewölbt für ein herabgefallenes Herbstblatt. Eine Art farbige Beule auf dem Grau der Steine, die trotz der Dunkelheit und des Nebels aufzuleuchten schien, als wollte sie auf sich aufmerksam machen. Sie trat näher heran, vorsichtig, und dann sah sie, dass es ein Vogel war. Ein wenig zerrupft, aber Farbe und Zeichnung des Gefieders waren noch deutlich zu erkennen.

In ihrer Kindheit hatte ihr verstorbener Vater ihr häufig die Vogelwelt erklärt, eins seiner Hobbys. Als Kind hatte sie seine Erklärungen sterbenslangweilig gefunden, doch ihnen hatte sie zu verdanken, dass sie nun, Jahrzehnte später, den zierlichen Vogel auf Helenes Terrasse identifizieren konnte. Vor ihr lag ein Fink. Seine Augen waren geöffnet. Er war so klein. So zart. Fast konnte sie ihn in ihrer Hand fühlen, so leicht, dass sein Gewicht kaum zu spüren war, nur seine Wärme und sein pochendes Herz. Ein toter Buchfink, der erste Willkommensgruß am Ende der Welt.

Sie musste ihn beseitigen. Im Blumenbeet vergraben, das Helene sicher angelegt hatte, oder dort hinten zwischen den Bäumen. Allerdings fürchtete sie sich im Dunkeln vor dem unbekannten Garten. Noch hatte der Zerfallsprozess des Vogels nicht sichtbar eingesetzt, aber das konnte sich bereits morgen früh geändert haben, trotz des kühlen Wetters. Sie wollte ihn mit der Schuhspitze antippen, doch noch in der Bewegung überkam sie leichte Übelkeit und sie zog ihren Fuß wieder zurück. Wer weiß, wie lange er hier schon liegt, dachte sie, und ob er auf der anderen Seite auch noch so unversehrt aussieht. Sie wollte nichts mit dem Tod zu tun haben. Er umwehte sie schon zu Hause in Berlin in Gestalt einer sterbenden Liebesbeziehung. Und das fremde Haus, in dem sie sich befand, war das einer Toten; in jedem Winkel fürchtete sie den Geruch danach. Sie wandte den Blick von dem kleinen Leichnam. Jeder sonstige Vogel – eine Kohlmeise, ein Spatz, eine Amsel – wäre ihr lieber gewesen als einer, der genauso hieß wie sie: Fink.

Johanna Fink, die ihren Namen nie sonderlich gemocht, vielmehr oft unter dem feinen Hauch der Lächerlichkeit, der ihm anhaftete, gelitten hatte, rührte den toten Vogel nicht an. Sie ging zurück ins Haus, schloss die Terrassentür und die Vorhänge. Ihre Knie zitterten und der Schweiß brach ihr aus. Ihr Mund war ganz trocken. Johanna Fink hatte Angst. Die Angst kam schnell und brutal, schnürte ihr die Luft ab, versetzte ihr einen heftigen Tritt in den Magen.

Erst viele Minuten später beruhigte sie sich wieder. Sie fragte sich, ob ihr die unwirtliche Dunkelheit dort draußen nicht wohlvertraut war. Ob sie nicht derjenigen entsprach, die schon seit Wochen auf ihrer Seele lag und die von Berlin mitgereist war, als Johannas ständige Begleiterin. Sie setzte sich auf einen der Sessel in Helenes Wohnzimmer, wischte sich über die Stirn, rieb ihre feuchtkalten Hände an den Oberschenkeln ab und zwang sich, ruhig und gleichmäßig zu atmen.

Es ist nichts passiert, sagte sie sich. Es ist doch gar nichts passiert. Nur ein toter Vogel. Du bist ein elender Angsthase.

Noch immer trug Johanna ihre Jacke – als würde sie gleich wieder gehen.

Ich muss sie wohl doch langsam ausziehen, dachte sie. Und dann muss ich meine Tasche auspacken. Ich habe eine Aufgabe. Ihretwegen bin ich hergekommen.

Um den toten Buchfinken würde sie sich am nächsten Tag kümmern.

2

Johanna war überrascht: Das Wohnzimmer wirkte viel freundlicher, als sie erwartet hatte. Helles Holz, helles Sofa und zwei altmodische weinrote Sessel, beide mit leicht abgewetztem Bezug. Entweder war Helene nicht so einsam gewesen, wie Johannas Mutter behauptete – in ihrer Stimme lag dann immer eine kalte Verachtung, die Johanna frösteln ließ –, oder sie hatte jahre-, wenn nicht jahrzehntelang abwechselnd auf beiden Sesseln Platz genommen, um die Abnutzung des Polsters gleichmäßig zu halten. Viele Bücher. Ein einziges Familienfoto im Regal, schwarzweiß. Es zeigte Helene mit ihrer Schwester, beide als Backfische, und ihrer Mutter, Johannas Großmutter. Die Großmutter schon damals mit der vertrauten Strenge im Gesicht, die Johanna an ihr gekannt und gefürchtet hatte. Johannas Mutter selbstbewusst und kokett, Helene ein wenig traurig. An den Wänden des Wohnzimmers ein Kunstdruck, Impressionismus, eine historische, gerahmte Landkarte und ein Plakat, das ein Konzert mit Cecilia Bartoli ankündigte, etliche Jahre alt. Helene hatte also Mezzosoprane und Opernarien gemocht.

Johanna hatte sich eine dunkle Gruft ausgemalt. Wie die Wohnung ihrer Mutter. Über und über voll gestopft mit Nippes, nutzlosem Zeug, kleinen Porzellanfiguren und Stofftieren, die aus Schrankwänden, von Anrichten, Beistelltischen und aus Glasvitrinen mit starren Augen auf den Betrachter blickten. Sie hatte erwartet, an Helenes

Einrichtung auf Anhieb die Verwandtschaft zu ihrer Mutter erkennen zu können, und war nun erleichtert, dass es nicht so war.

Doch die helle, freundliche Umgebung, die sich ihr bot, vermochte sie nicht zu trösten. Sie hätte in dieser Verfassung nicht losfahren dürfen. Sie hätte daheim bleiben sollen. Sie war jetzt besonders empfindlich. Angeschlagen. Ängstlich. Fragil. Johanna Fink war einige Monate zuvor vierzig geworden und seitdem schien alles in ihrem Leben schiefzulaufen. Oder es hatte schon vorher begonnen und sie hatte es bloß nicht bemerkt. Sie war freie Wissenschaftslektorin und hatte seit über acht Wochen keinen neuen Auftrag mehr. Wann der nächste käme, stand in den Sternen. Hinzu kam, dass es in Berlin Lektoren im Überfluss gab. Bald, wenn auch das letzte Ersparte aufgebraucht wäre, hätte Johanna kein Geld mehr. Ihre Liebesbeziehung mit Ines kränkelte ohne Aussicht auf Heilung vor sich hin. Vielleicht war es von Anfang an so gewesen, seit ihrem Kennenlernen vor zwei Jahren, und Johanna hatte beharrlich die Augen davor verschlossen. Weil sie Ines nicht verlieren wollte. Weil sie Angst vorm Alleinsein hatte. Bei ihrer letzten Begegnung, kurz vor Johannas Abreise nach Süddeutschland, hatten sie sich gestritten. Wie so oft. Es quälte Johanna, im Streit gefahren zu sein, ohne jede Klärung, ohne auch nur den Hauch einer Versöhnung. Ines hatte sich seither nicht mehr bei ihr gemeldet. Kein Anruf, als Johanna in Berlin ihre Tasche gepackt hatte, kein »Ich wünsche dir eine gute Reise«, keine zärtlichen Worte zum Abschied, keine Nachricht später auf Johannas Handy. Nichts. Als gäbe es Ines gar nicht in ihrem Leben. Und vielleicht war es ja auch so. Vielleicht gab es Ines nicht.

Neuerdings fragte Johanna Fink sich manchmal, ob Tabletten die richtige Wahl wären. Doch was für Tabletten und woher? Oder der Sprung aus dem obersten Flurfenster ihres Hauses in Berlin? Die bedauernswerten Nachbarn, die ihr Fahrrad abstellen wollten oder zum Müll im Hof mussten und sie dann fänden. Oder die Variante Badewanne – Rasierklinge – Pulsadern? Manchmal hatte sie keine Lust zu leben. Und gleichzeitig schämte sie sich für solche Gedanken, die eher in die Pubertät gehörten, nicht zu einer Vierzigjährigen.

Und nun war sie hier gelandet, unfreiwillig, viele hundert Kilometer von Berlin entfernt, in dem fremden Haus ihrer verstorbenen Tante, die sie das letzte Mal gesehen hatte, als sie noch ein kleines Kind war. Johanna hatte kaum eine Erinnerung an sie. Ihre Mutter hatte sie gebeten, Helenes Haushalt aufzulösen und sich um den Nachlass zu kümmern, denn ihr selbst fehlte dazu die Kraft, wie sie sagte. Sie hatte lange auf Johanna eingeredet – auch mit dem Argument, Johanna müsse bei ihrem Beruf, den sie noch nie wertgeschätzt hatte, nicht jeden Morgen pünktlich im Büro sein und habe folglich genug Zeit. Johanna willigte schließlich ein, vor allem, damit ihre Mutter endlich Ruhe gab. Daraufhin schickte ihre Mutter ihr den Schlüssel zu Helenes Haus nach Berlin, zusammen mit der Adresse und einer sehr knappen Beschreibung des Ortes und des Hauses, und gab damit jede Verantwortung für ihre verstorbene Schwester ab.

Johanna wusste nicht viel von Helene. Ende sechzig, zwei Jahre älter als ihre Schwester, war zu Hause plötzlich tot umgefallen. Herzinfarkt, einer von der Sorte, bei der jede Rettung zu spät kommt. Die Frau, die für sie putzte, hatte sie gefunden. Helene wurde auf dem kleinen Friedhof des schwäbischen Dorfes begraben, obwohl sie eine Zugezogene war. Zwar hatte Helene mehr als drei Jahrzehnte im Dorf gelebt, doch auf dem schwäbischen Land galt man auch nach so langer Zeit noch als Fremde. Zumindest behauptete Johannas Mutter das und diese Information hatte nicht dazu beigetragen, dass Johanna die Fahrt gerne angetreten hatte. Sie hatte sich ein Dorf voller finster dreinblickender Menschen vorgestellt. Von Helenes Beerdigung eine Woche zuvor hatte ihre Mutter kaum etwas berichtet. »Meine Schwester war allein«, hatte sie gesagt und daraus hatte nicht etwa Mitleid gesprochen, sondern die übliche Verachtung, die Johanna schon kannte. »Helene hatte niemanden. Pass bloß auf, dass du nicht auch so endest.«

Johanna trug noch immer ihre Jacke. Erst jetzt fiel ihr auf, wie kalt es im Haus war. Sie verließ das Wohnzimmer, schaltete alle verfügbaren Lichter im unteren Stockwerk ein, im Flur, in der Küche, in der kleinen Toilette. Geradezu eine Festbeleuchtung. In einem weiteren kleinen Raum befand sich, neben einem Regal mit Werkzeug, Pinseln, einer Dose Lack und allerlei Putzmitteln, ein großer Ölbrenner. Johanna fror. Wenn sie für ein paar Tage hierbleiben wollte – und etwas anderes blieb ihr wohl nicht übrig –, musste sie die Heizung in Gang bringen, am besten jetzt sofort. Der Brenner wirkte relativ neu und sie entdeckte eine

Schalttafel daran. Der Schalter war auf »Sommer« gestellt. Johanna drehte ihn auf das Symbol für »Winter« und lauschte mit ein wenig Bangen dem folgenden Gurgeln und Ächzen im Inneren. Sie hoffte, dass noch genug Öl im Tank vorhanden war, dass Helene im Sommer dafür gesorgt hatte, als es billiger war. Sie drehte in allen Räumen auf der unteren Etage die Ventile der Heizkörper auf. Die Treppe zu betreten und in den dunklen ersten Stock zu gehen, dazu war sie noch nicht bereit. Zu ihrer Erleichterung reagierten die Heizkörper schnell und es wurde spürbar wärmer. Das machte alles gleich viel erträglicher und für einen Moment fühlte Johanna sich fast wohl. Sie zog ihre Jacke aus und hängte sie an die Garderobe im Flur. Dort hingen ein dünner Mantel und eine grobe Strickjacke von Helene. Johanna achtete sorgsam darauf, dass ihre eigene Jacke nicht mit Helenes Kleidungsstücken in Berührung kam – als könnten sie vergiftet sein. Sie trug noch immer ihre Schuhe und fragte sich plötzlich, ob Helene in ihrem Haus in Straßenschuhen umhergegangen war, so wie sie jetzt. Sie kam sich wie ein Störenfried vor, ein rücksichtsloser Eindringling.

Ihre Reisetasche stand noch da, wo Johanna sie direkt nach dem Betreten des Hauses abgestellt hatte. Nachlässig, übereilt und ohne nachzudenken hatte sie die Tasche am Morgen in Berlin gepackt. Der Inhalt würde für knapp eine Woche ausreichen. Mehr Zeit, davon war Johanna überzeugt, würde sie hier ganz sicher nicht verbringen.

Jetzt, als Dunkelheit und Kälte vertrieben waren, zumindest im Erdgeschoss, bemerkte Johanna ihren rumorenden Hunger. Sie hatte seit dem Frühstück morgens bei sich zu Hause nichts mehr gegessen. Im Zug hatte sie einen bitteren Kaffee und ein Wasser getrunken. Sie hatte überhaupt nicht daran gedacht, etwas Essbares mitzunehmen. Wo hatte sie ihren Kopf? In Berlin gelassen? Sie ging in die Küche, die ebenso hell und freundlich eingerichtet war wie das Wohnzimmer. Eine ums Eck laufende Einbauküche mit Holzfront, ein kleiner Tisch mit zwei Stühlen und geblümter Tischdecke. In der Spüle standen eine benutzte Tasse und ein benutztes Weinglas. Hatte Helene noch daraus getrunken? Oder jemand anderer? Doch es gab ja niemanden in Helenes Leben, erinnerte Johanna sich an die Worte ihrer Mutter. Vielleicht nach der Beerdigung? Ein Nachbar? Die Frau, die für sie geputzt und sie tot aufgefunden hatte? Johanna zögerte einen Moment, bevor sie nacheinander Schubladen und Schränke öffnete. Inzwischen machte sich ihr Magen lautstark bemerkbar; ihr war schwindelig und flau. Zu Hause, in vertrauter Umgebung, hätte sie jetzt unweigerlich schlechte Laune bekommen. Hier konnte Johanna sie an niemandem auslassen. Sie bezweifelte, dass es am Ende der Welt einen Pizza-Service gab und kam sich bei diesem Gedanken sogleich wie eine arrogante Großstädterin vor, die sie nie hatte sein wollen. Eine zugezogene Großstädterin wohlgemerkt, denn sie war nicht in Berlin aufgewachsen, sondern in Ostwestfalen, wo ihre Mutter auch heute noch lebte. Eine Gaststätte hatte sie unterwegs aus dem Taxi nicht gesehen. Aber selbst wenn – sie wollte Helenes Haus an diesem Abend nicht mehr verlassen. Draußen erschien es ihr noch weitaus unheimlicher als drinnen.

Beim Stöbern in Helenes Schränken empfand Johanna sich erst recht als Eindringling, der sich an fremdem Eigentum vergriff. Nudeln, Reis, eine Dose Ananas, ein Glas mit Orangen-, eins mit Himbeermarmelade, Honig, eine Dose Thunfisch. Die üblichen Gewürze, Essig, verschiedene Öle. Zwei Äpfel, deren Zenit längst überschritten war, in einer Schale auf dem Küchentisch. Eine Flasche Grappa, zur Hälfte geleert, zwei Flaschen spanischer Rotwein, eine davon geöffnet. Johanna zog den Korken heraus und roch am Wein. Er roch noch gut. Der Kühlschrank brummte leise, niemand hatte daran gedacht, ihn auszuschalten. Seine Besitzerin lag auf dem Friedhof und begann langsam zu verfaulen, doch ihr Kühlschrank lief noch. Johanna öffnete ihn. Vollmilch, abgelaufen, Butter, ein Glas mit Kapern, Margarine, Senf, ein Glas mit Gewürzgurken, ein Becher Schokoladenpudding und, unten im Gemüsefach, eine alte, verschrumpelte Mohrrübe. Sie war ganz klein, weich und runzelig geworden. Johanna öffnete eine Flasche stilles Mineralwasser, die auf der Arbeitsplatte stand, und trank zwei Gläser. Danach aß sie gierig den Schokoladenpudding.

Nudeln mit Kapern und Thunfisch? Reis mit Thunfisch und Kapern? Aufwendig gekocht hatte Johanna das letzte Mal für Ines, an dem Abend, der im Streit endete, und daran dachte sie nicht gern zurück. Ines war kurz nach dem Essen gegangen und an der Wohnungstür hatte Johanna sie zum letzten Mal gesehen.

Johanna ekelte sich ein wenig vor Helenes Küche, sogar vor dem Geschirr und dem Besteck, obwohl alles sehr sauber war und die Einbauküche über eine Spülmaschine verfügte. Sie konnte nichts dagegen tun und schämte sich für dieses Gefühl – als könnte die verstorbene Helene Johannas Gedanken lesen und davon gekränkt sein, dass ihre Nichte Ekel in ihrer Küche empfand. Helene hatte ihre Küche gemocht, sich gern in ihr aufgehalten und gekocht, davon war Johanna überzeugt. Es waren die kleinen liebevollen Details, an denen sie es zu erkennen glaubte. Die Kaffeetassen und wie sie farblich zueinander passten. Das Geschirr. Die gute Ausstattung, die vielfältigen Utensilien in den Schubladen. Die Grünpflanzen auf der Fensterbank. Das Stillleben mit Obst, das über dem Tisch hing. Und obwohl sie gar nicht wusste, wie Helene in den letzten Jahren ausgesehen hatte, hatte Johanna für einen kurzen Moment sogar das Bild ihrer Tante vor Augen, wie sie in dieser Küche gekocht hatte, vielleicht mit frischen Kräutern aus dem Garten, und dabei Musik gehört. Im Regal stand ein Radio. Ihre Tante Helene, die tagaus, tagein nur für sich allein gekocht hatte.

Johanna wusste nicht einmal, was ihren Ekel auslöste. Die Tatsache, dass sie Helene nicht gekannt hatte? War es der Geruch alter Frauen? Lag es daran, dass sie hier, in diesem Haus, gestorben war? Vielleicht sogar in diesem Raum, an genau der Stelle, an der sie sich gerade befand. Leider hatte sie ihre Mutter nicht nach Details befragt. Wo die Frau, die für Helene geputzt hatte, sie aufgefunden hatte. Sie wusste nur, dass es im Erdgeschoss gewesen war, nicht im oberen Stockwerk. Wie lange sie dort schon tot gelegen hatte. Tot oder sterbend, auch das wusste sie nicht. Ekelte

Johanna der Tod? Tatsächlich hatte sie bereits heute Morgen beim Antritt ihrer Reise gefürchtet, dass er sich wie ein klebriger Film über das ganze Haus gelegt hätte, dass er in alle Ritzen gedrungen wäre, jedem Gegenstand anhaftete, dass sie ihn beim Betreten des Hauses augenblicklich spüren und riechen, dass er sie bedrängen würde – doch so war es nicht. Im Haus roch es nur nach Abwesenheit. Als wäre die Bewohnerin vor längerer Zeit verreist.

Du bist ja auch verreist, unbekannte Tante Helene, dachte Johanna.

Ungeachtet ihres Hungers verließ Johanna die Küche wieder, durchquerte das hell erleuchtete Wohnzimmer, öffnete die Vorhänge und die Terrassentür und trat hinaus.

Draußen war es diesig. Kleine Tropfen Feuchtigkeit hingen in der Luft, glitzerten im Licht, das aus dem Wohnzimmer kam, setzten sich in ihre Kleidung.

Es ließ ihr keine Ruhe, sie musste überprüfen, ob der Vogel noch auf den Steinplatten lag. Und gleichzeitig wollte sie ihn auf keinen Fall sehen. Sie drehte den Kopf zu der Stelle, an der er gelegen hatte, doch sie schloss dabei die Augen. Natürlich wusste sie, dass er nach so kurzer Zeit nicht einfach verschwunden wäre, ob sie nun die Augen geöffnet oder geschlossen hatte.

Der tote Buchfink lag noch dort, unverändert.

Nur ein toter Vogel, weiter nichts, dachte Johanna.

Nur ein paar Tage, dann kann ich wieder von hier fort.

Essen wäre ein guter Anfang, um mich endlich zu beruhigen.

Sie ging wieder hinein, schloss Terrassentür und Vorhänge. Zum Kochen konnte sie sich nicht überwinden, als sie erneut in der Küche vor Schränken und Schubladen stand, ratlos und hungrig. Vielleicht war es auch ein Klischee, das nichts mit der Wirklichkeit zu tun hatte, die Vorstellung von Tante Helene, wie sie oft und gerne in ihrer Küche gekocht hatte. Mit Kräutern aus dem Garten. Johanna wusste nicht einmal, ob es im Garten welche gab. Vielleicht hatte Helene Kochen gehasst. Vielleicht hatte sie sich von Fertiggerichten ernährt oder von Essen auf Rädern. Johanna suchte nach einem Dosenöffner, öffnete Thunfisch- und Ananasdose. Die Dosen waren ja noch verschlossen, also bestand kein Grund, sich davor zu ekeln. Zuerst aß sie die Ananasscheiben ganz auf, mit den Fingern, danach die Hälfte des Thunfischs, mit einer Gabel, beides direkt aus der Dose und im Stehen.

Ich esse das alles in der falschen Reihenfolge, dachte Johanna. Als wäre es von Bedeutung. Es interessierte hier niemanden, im Moment nicht einmal ihren Magen oder ihre Geschmacksnerven. Sie war immer noch hungrig. Sie hatte sich mit dem Ananassaft bekleckert und ärgerte sich, hatte sie doch nicht so viel Gepäck dabei. Aber sie würde ja auch nicht lange hierbleiben. Vielleicht könnte sie schon in zwei, drei Tagen zurück nach Berlin fahren, wenn sie rasch jemanden fand, der Helenes Möbel, Kleidung und Kleinkram mitnahm und zur Caritas transportierte. Zwei, drei Tage, dachte sie, das werde ich doch wohl aushalten. Abtransport der Habseligkeiten zur Caritas, endete auf diese Weise ein Leben?

Johanna wusch sich die Hände an der Spüle und wischte halbherzig an dem Fleck auf ihrem Pullover herum, bemüht, keinen allzu großen Widerwillen zu empfinden, als sie den Lappen anfasste. Inzwischen war sie davon überzeugt, dass Helene, wo auch immer sie war, solche Gefühle der Abscheu mitbekäme. Dann goss sie sich ein Glas Rotwein ein und setzte sich an den Küchentisch mit der geblümten Tischdecke.

Ob sie auf Helenes Stammplatz saß? Oder auf dem immer leeren Besucherstuhl? Der Wein war gut, wenn auch etwas schwer. Wie das Wohnzimmer lag die Küche zum Garten. Draußen herrschte schwarze Nacht. Nur in der Ferne hinter den Bäumen, wenn sie den Kopf dicht an das Glas drückte, so dass es von ihrem Atem beschlug, erkannte Johanna einige wenige erleuchtete Fenster, was wohl bedeutete, dass sich der Nebel jetzt ein wenig gelichtet hatte. Wohnte hier niemand? Das Unbehagen, das sie in Helenes Haus seit dem Betreten empfunden hatte, verschwand allmählich und machte der Traurigkeit Platz. Es war Herbst. Bald würde es noch früher dunkel werden und Johanna war allein. So wie es die ihr unbekannte Tante gewesen war. Sie saß in einem fremden Haus an einem fremden Tisch mit geblümter Tischdecke. Im Herbst allein zu sein, erschien ihr plötzlich noch viel trauriger als in anderen Jahreszeiten. Sie würde sich allein darum kümmern müssen, dass Helenes Hausrat weggeschafft wurde. Danach müsste sie zusehen, was mit dem Haus geschah. Ganz allein.

Wie gerne hätte sie jetzt Ines angerufen, nur um ihre Stimme zu hören. Um sich zu vergewissern, dass es jemanden gab. Dass jemand bei ihr war. Nur um zu hören, dass sie sagte: Ach, das ist doch alles nicht so schlimm, du wirst sehen. Allerdings war es gar nicht Ines' Art, so etwas zu sagen. Johanna wollte, dass sie zu ihr käme, hierhin, ans Ende der Welt. Nichts hätte sie jetzt lieber getan, als ihre Freundin anzurufen. Doch sie korrigierte sich: Ines war nicht mehr ihre Freundin. Ihre Liebesbeziehung war direkt nach dem letzten gemeinsamen Essen beendet worden, wenn Johanna sich nicht täuschte. Ines würde den Teufel tun und zu ihr kommen. Sie hatte keinerlei Interesse daran gezeigt, wohin und warum Johanna verreisen musste, hatte um keine Adresse gebeten, nicht einmal den Namen des Ortes wissen wollen.

Johanna ging ins Wohnzimmer, wo ihre Umhängetasche lag, holte das Handy heraus – es zeigte keine Nachricht an –, nahm es mit in die Küche, die sie im Moment als den angenehmsten Raum des Hauses empfand, und setzte sich wieder an den Tisch. Sie trank einen Schluck Wein, klappte das Gerät auf, suchte Ines' Nummer und zögerte, bevor sie eine Verbindung herstellte. Sollte sie jetzt wirklich anrufen? Genauso schnell, wie er gekommen war, sank ihr Mut auch schon wieder und mit ihm die Entschlossenheit. Wenn Ines abweisend reagieren würde, wenn sie gar sofort wieder auflegte, wenn Johanna nicht bekäme, wonach sie sich sehnte – wovon auszugehen war –, würde dann nicht alles noch viel schlimmer?

Mitten in diese Überlegungen hinein klingelte das Telefon. Ein anderes, entferntes, nicht das in

Johannas Hand. Das aufdringliche Geräusch kam aus dem Flur und es war so laut, dass Johanna erschrocken zusammenfuhr, beinahe so, als hätte sie noch nie zuvor ein Telefon gehört. Sie verschüttete Wein auf der geblümten Tischdecke.

Rotwein, der Fleck geht nie wieder raus, dachte sie und wusste, wie unsinnig eine solche Sorge war. Als ob ein Fleck auf Helenes Tischdecke noch jemanden bekümmern würde. Außer vielleicht Helene selbst, die sie gerade beobachtete.

Johanna hatte nicht damit gerechnet, dass es hier noch einen funktionierenden Telefonanschluss gab. Sie hätte das Geräusch gerne ignoriert, doch in dem stillen Haus war es nicht zu überhören. Sie stand auf, ging ihm entgegen – sehr langsam, in der Hoffnung, dass es vielleicht aufgehört hätte, wenn sie das Telefon erreichte. Aber es klingelte weiter und weiter.

Ines in Berlin kannte ganz sicher nicht die Telefonnummer. Ines wusste ja nicht einmal den Ort oder den Nachnamen der Tante. Außerdem würde sie Johanna auf ihrem Handy zu erreichen versuchen. Und doch, obwohl es ganz und gar ausgeschlossen war, bestand die winzig kleine Hoffnung, dass es Ines wäre, die anrief.

Das Telefon stand auf einem kleinen Tisch in der Diele, neben dem Johanna ihre Reisetasche abgestellt hatte. Sie nahm den Hörer.

»Ja, Hallo?«, sagte sie. »Bei Leinweber. Fink?«

Fink? Oh, sie hasste es! Sie sprach ihren Namen wie eine Frage aus. Als wüsste sie selbst nicht genau, ob sie wirklich vorhanden war. Die lange vergessen geglaubte Abneigung gegen ihren Nachnamen machte sich plötzlich bemerkbar, an diesem Ort bereits zum zweiten Mal innerhalb kürzester Zeit. Fink. Wie das klang. Ein alberner kleiner Singvogel. Aß man im Süden Europas nicht Singvögel?

Ihr Herz hämmerte wie nach einem Dauerlauf. Reiß dich zusammen!, dachte sie. Sie lauschte gebannt, in der unsinnigen Hoffnung, dass es doch Ines sein könnte. Vielleicht ihre Mutter, die wissen wollte, ob sie gut angekommen war und alles gefunden hatte?

Am anderen Ende hörte sie schweres Atmen, so unangenehm, so physisch nah, als befände sich der Mund, aus dem es strömte, direkt an ihrem Ohr, als würde ein heißer Hauch ihre Ohrmuschel kitzeln, die feinen Härchen und den Gehörgang. Dann ging das Atmen in Schnaufen über, direkt gefolgt von einem heiseren Krächzen.

Johanna schauderte. Das war weder ihre Mutter noch Ines. Im ersten Moment war sie nicht sicher, ob die rauen Töne, die durch den Hörer zu ihr drangen, überhaupt von einem Menschen stammten. Sie erkannte keine Worte, hörte nur Laute, die ihr Trommelfell schmerzhaft vibrieren ließen, so dass sie den Hörer ein Stück vom Ohr fernhalten musste.

Wer war das?

Was war das?

Vielleicht Jugendliche aus dem Ort, die sich im Herbst bei diesem schlechten Wetter, bei dem man nicht vor die Tür ging, langweilten? Überall langweilten sich Jugendliche und hier sicher erst recht. Weshalb sie sich einen Mordsspaß daraus machten, eine alte Frau zu Tode zu erschrecken.

Oder war hier überall längst bekannt, dass Helene

nicht mehr lebte, und sie, Johanna, war gemeint? Andererseits wusste sicher niemand, dass am heutigen Abend die Nichte aus Berlin anreisen würde, wahrscheinlich nicht einmal, dass es überhaupt eine Nichte gab. Doch es war unübersehbar, dass sich jemand in Helenes Haus aufhielt, da Johanna im gesamten unteren Stockwerk das Licht eingeschaltet hatte.

»Hallo? Wer ist da?«, fragte sie. Ihre Stimme zitterte.

Als Antwort kam erneutes heiseres Krächzen, diesmal noch lauter. Atemloser, wie es schien. Ärgerlich. Wütend.

»Wer ist denn da?«, fragte Johanna und hörte selbst die Angst in ihrer Stimme. Der anderen Person entging sie sicher auch nicht. Vielleicht genoss sie es, weidete sich daran. War das nicht der Zweck solcher Anrufe?

Sie hätte sofort die Verbindung beenden sollen, doch sie konnte es nicht, war wie paralysiert, konnte weder den Hörer weglegen noch etwas sagen. Sie glaubte, neben dem unverändert schweren Atmen, fast ein Keuchen, und den Krächzlauten, die an eine Krähe erinnerten, ein Wort herauszuhören. Vielleicht ein Name. Dann wurde mittendrin aufgelegt.

Johanna starrte auf das Telefon. Das Display bot keine Information über den Anrufer. Aber selbst wenn, sie hätte mit einer Telefonnummer oder einem Namen ohnehin nichts anzufangen gewusst, da sie hier niemanden kannte. Und was hätte sie auch tun sollen? Zurückrufen? Sich erkundigen, ob die Person eine Krähe imitieren wolle? Was sie mit dem Gekrächze beabsichtige? Ob es ihr Spaß mache, andere in Schrecken zu versetzen? Ob so ländliche Sexanrufe klängen?

Sie legte das Mobilteil des Telefons weg. Ihre Hand zitterte. Sie wollte nur eins: weg von hier. Keine Spur mehr davon, dass sie sich für einen kurzen Moment in Helenes Haus fast wohlgefühlt hatte. Wie es schien, war es auf dem Land weitaus gefährlicher als in der Großstadt. In Berlin erhielt sie nie solche Anrufe. Ihre Reisetasche stand noch immer neben dem kleinen Tisch, sie hatte sie nicht einmal geöffnet. Sie vergewisserte sich, dass sie die Haustür abgeschlossen hatte, löschte das Licht im Flur und nahm die Tasche.

Auf dem Weg zurück in die Küche hörte sie das Klingeln ihres Handys.

Das ist Ines, dachte Johanna. Endlich. Das muss Ines sein! Sie hat mich nicht vergessen. Wie konnte ich so etwas nur annehmen? Sie denkt an mich. Vielleicht kann ich sie ja überreden, für ein, zwei Tage herzukommen. Zusammen mit meiner Geliebten am Ende der Welt. Vielleicht wäre das sogar romantisch. Der Streit von neulich war nicht mehr wichtig. Es musste einfach Ines sein!

Ihr Handy verschreckte Johanna nicht wie das völlig unerwartete Klingeln des anderen Telefons, es beruhigte sie eher. Insgeheim hatte sie darauf gewartet. Ein vertrautes Geräusch aus ihrer eigenen Welt. Es war Leben, geschäftiges Treiben, Menschen auf Bürgersteigen und in Cafés, Licht. Die Phase der fehlenden Aufträge würde auch vorbeigehen. Bis jetzt war es immer wieder aufwärtsgegangen, früher oder später. Ines und sie würden sich versöhnen. Das hatten sie bisher jedes Mal getan.

Johanna eilte zum Tisch, nahm ihr klingelndes Handy und blickte voller Vorfreude darauf, in der sicheren Gewissheit, dass sie es wäre, die anrief, Ines. Doch das Gerät kündigte nicht Ines an und ebenso wenig verriet es Johanna die Nummer des Anrufers.

Johanna spiegelte sich im Küchenfenster, wie sie mit dem Handy vor dem Tisch stand, darauf die angebrochene Flasche Rotwein und ein Glas. Wieso gab es in der Küche eigentlich keinen Vorhang vor dem Fenster? Verbargen alte Frauen nicht immer ihre Wohnungen mit Vorhängen vor den Blicken der Nachbarn? Erst recht auf dem Land? Das gespiegelte Bild im warmen Licht der Küche wirkte behaglich. Einladend. So dass man Lust verspürte, am Tisch Platz zu nehmen. Was für ein falscher Eindruck, dachte Johanna.

»Fink?«, sagte sie zögerlich. Schon wieder eine schüchterne, fast verängstigte Frage, keine Aussage.

Am anderen Ende wurde aufgelegt. Nicht sofort, nachdem sie ihren Namen genannt hatte, sondern erst ein, zwei Atemzüge später. Doch Johanna hörte kein Atmen. Sie hörte nichts. Gar nichts. Nur das Knacken in der Leitung, das anzeigte, dass die Verbindung beendet war.

War das dieselbe Person, die vorhin auf dem anderen Telefon angerufen hatte? Aber wer sollte beides kennen – Helene Leinwebers Nummer und die von Johannas Handy? Wer wusste überhaupt, abgesehen von ihrer Mutter, dass Johanna jetzt hier war? Warum sagte niemand etwas? Ihre Mutter würde ganz sicher nicht schweigen. Sie würde, wenn sie Johanna erst am Apparat hätte, die Gelegenheit nutzen und über alles nur Erdenkliche klagen, ihre Nachbarn und deren freche Gören, ihre Zipperlein, ihre in ihren Augen karge Rente – was sie in Wahrheit nicht war –, Johannas zu seltene Besuche bei ihr.

Johanna blickte zu ihrem Spiegelbild im Küchenfenster. Sie sah so aus wie immer. Wenigstens etwas Beruhigendes.

Ein toter Fink auf der Terrasse, zwei Anrufe auf zwei unterschiedlichen Telefonen direkt hintereinander, ohne dass jemand etwas sagte. Beim ersten Anruf ein Horrorkrächzen – um Johanna Angst zu machen?

Johanna schaltete ihr Handy aus, denn Ines würde heute sowieso nicht mehr anrufen. Am nächsten Morgen würde sie ganz früh herumtelefonieren und demjenigen den Zuschlag geben, der Helenes Sachen als Erster abholen könnte. Sie würde sich nichts davon ansehen, nichts sortieren, nicht überlegen, ob sie etwas behalten wollte. Es sollte einfach nur alles fortgeschafft werden. Sie setzte sich wieder an den Küchentisch, trank das Glas leer. Das angenehme Gefühl, das sie in Helenes Küche für einen Moment verspürt hatte, war verflogen. Es war noch zu früh zum Schlafen und für einen Spaziergang war es zu dunkel und zu neblig. Nein, auf gar keinen Fall das Haus verlassen! Das Haus, in dem sie solche Anrufe erreichten, erschien ihr zwar plötzlich auch nicht mehr sicher, aber draußen, wo tote Vögel gut sichtbar wie in einer Schaufensterauslage platziert waren, war es noch bedrohlicher.

Johanna wechselte mit dem Wein ins Wohnzimmer. Vielleicht sollte sie den Fernseher einschalten. Doch das wäre einem Einzug in das Haus gleichgekommen, einer Kapitulation, es wäre die Besiegelung dessen, dass sie nicht sofort wieder zurückfahren, sondern länger bleiben würde. Sie hatte etwas zu lesen dabei und überdies standen in Helenes Regalen genug Bücher. Sie sollte ins Bett gehen und lesen. Doch in welches Bett? Etwa in Helenes? Sie würde nicht umhinkommen, auch das obere Stockwerk zu inspizieren. Hier unten konnte sie nicht schlafen. Das Sofa war zu kurz für sie, dort würde sie kein Auge zutun. Allerdings bezweifelte sie, dass es ihr in diesem Haus überhaupt gelingen würde, egal wo. Und selbst wenn sie sich auf dem Sofa bequem hätte ausstrecken können – ohne zu wissen, was sich im oberen Stockwerk befand, würde sie sich die ganze Zeit fürchten.

Es nützte nichts, es noch länger hinauszuzögern. Einmal musste sie es tun, also am besten gleich. Sie ging in den Flur zum Fuß der Treppe, schaltete das Licht ein. Die Stufen knarrten, als sie die Füße daraufsetzte. Damit hatte Johanna gerechnet. Sie hätte sich gewundert, wenn das Geräusch knarrender Holzstufen ausgeblieben wäre. Wie zuvor unten schaltete sie im ersten Stock alle Lichter ein, die sie finden konnte. Oben befanden sich das Badezimmer, Helenes Schlafzimmer und ein weiterer Raum, in dem ein Schrank und ein schmales Bett standen. Ein Stuhl neben dem Bett. Ein Hocker mit einer Lampe darauf. Vielleicht war es das Gästezimmer. Ob Helene je Besuch gehabt hatte? Sofort beschloss Johanna, dass sie hier übernachten würde und nicht in Helenes Schlafzimmer, obwohl das viel größer war und wahrscheinlich den schöneren Ausblick hatte, denn es lag zum Garten. Aber die Vorstellung, in dem Bett zu liegen, in dem ihre Tante die letzte Nacht ihres Lebens verbracht hatte, war ihr unerträglich.

Sie holte ihre Reisetasche von unten, stellte sie neben das Gästebett. Sie entnahm ihr das Nötigste zum Waschen, außerdem einen Schlafanzug. Immerhin daran hatte sie bei ihrer schlecht organisierten Abreise gedacht. Der älteste, hässlichste Schlafanzug, den sie besaß. Zu Hause zog sie ihn nie an.

Als Nächstes stellte sich das Problem der Bettwäsche. Auf keinen Fall wollte Johanna unter Helenes Decke schlafen. Wenn sie ein Gästebett hatte, dann doch sicher auch weiteres Bettzeug. Johanna suchte im oberen Stockwerk danach und wurde in einem Wäscheschrank im Flur fündig. Sie bezog eine Decke und ein Kopfkissen, zu ihrer Erleichterung roch alles sehr sauber. Danach ging sie wieder nach unten, ließ die Lampen oben jedoch brennen. Was für eine Energieverschwendung. Im Wohnzimmer setzte sie sich auf einen der weinroten Sessel, zog die Schuhe aus, die Füße zu sich heran auf den Sessel und trank den Rest der angebrochenen Flasche Rotwein.

Die Schwere des Weins und die Tatsache, dass sie heute nur sehr wenig gegessen hatte, bewirkten, dass sie bald schläfrig wurde. Sie schloss die Augen, schreckte auf, als sie kurz einnickte. Jetzt konnte sie sich vorstellen, so früh ins Bett zu gehen. Wäre es nur ihr eigenes! Erneut fragte sie sich, ob es möglicherweise doch Ines gewesen war, die sie auf dem Handy angerufen hatte. Aber warum hatte sie dann nichts gesagt? Und warum wurde ihre Nummer nicht angezeigt? Kurz war Johanna versucht, ihr Handy wieder einzuschalten, entschied sich dann aber dagegen. Die Enttäuschung wäre zu groß.

Sie stand auf, warf einen flüchtigen Blick auf die Buchrücken in Helenes Regalen. Vor ihrer Rente war Helene Bibliothekarin in der Stadtbücherei des Nachbarortes gewesen, die es heute aus Einsparungsgründen nicht mehr gab; immerhin das wusste Johanna von ihr. Sie zog *Dracula* von Bram Stoker aus dem Regal, weil sie das Buch kannte und sich nach etwas Vertrautem sehnte, ließ die leere Flasche und das Glas auf dem kleinen Tisch stehen und wollte mit dem Buch gerade nach oben gehen, als ihr vor dem ersten Schritt auf die Treppe einfiel, dass sie unten die Lichter ausschalten sollte. Angst hin oder her, die ganze Nacht in allen Räumen das Licht brennen zu lassen, erschien ihr doch übertrieben.

Ihre Reisetasche packte sie oben nicht aus. Sie zog ihren verwaschenen Schlafanzug an, nahm ein Handtuch aus dem Wäscheschrank im Flur, putzte sich die Zähne und wusch sich das Gesicht. Schweren Herzens löschte sie auch die Lichter im oberen Stockwerk – bis auf die kleine Lampe auf dem Hocker im Gästezimmer. Sie wusste nicht, ob es für Helene überhaupt ein »Gästezimmer« gewesen war, doch sie nannte es jetzt für sich so. Sie legte sich ins Bett und begann zu lesen.

Wieder einmal fragte sie sich nach den ersten Seiten, wie Jonathan Harker nur so naiv sein konnte, sich sehenden Auges in solch eine Gefahr zu begeben, in ein fremdes Schloss, abgeschnitten von der Welt, warum er alle bedrohlichen Vorzeichen missachtete und nicht floh, bevor es zu spät war.

Dann schaltete sie das Licht aus. Jetzt war es im ganzen Haus dunkel. Sie hatte die Vorhänge im Gästezimmer nicht zugezogen, aber das war auch nicht nötig. Anders als in Berlin, wo der Himmel nie richtig dunkel wurde, wo jeder Raum, selbst in tiefster Nacht, immer durch etwas erhellt war, umgab sie hier schwarze Finsternis. Ein Grab. Erst, als ihre Augen sich daran gewöhnt hatten, stellte sie erleichtert fest, dass eine Straßenlaterne in der Nähe des Hauses einen schwachen Schein an die Wand warf.

Johanna drehte sich zur Wand, Bettgestell und Lattenrost quietschten. Sie schloss die Augen.

Ja, sie würde hier schlafen können. Sie war erschöpft von der Reise und leicht benebelt vom Wein.

Nein, sie würde hier nicht schlafen können. Sie wagte ja nicht einmal, sich auf die andere Seite zu drehen, zum offenen Raum hin, da dort vielleicht eine Schreckgestalt lauerte. Oder sie lag unter dem Gästebett. Hockte im Schrank. Wartete nur darauf herauszuspringen. Saß vor der Tür des kleinen Zimmers, die Johanna geschlossen hatte, und drückte langsam die Klinke herunter.

Das sind alberne Kinderängste, dachte Johanna. Es sitzt niemand im Schrank. Es liegt keiner unter dem Bett. Reiß dich endlich zusammen! Schon immer war sie ein Angsthase gewesen. Als Kind hatte sie als Einzige nicht gewagt, ganz nah an die Bahngleise heranzugehen, geschweige denn einen Fuß auf die Schienen zu setzen. Der Zehnmeterturm im Freibad war ihr ein Horror gewesen. Eigentlich hatten ihr bereits fünf Meter zum vollendeten Schrecken genügt. Regenwürmer hatte sie nicht durchschneiden können – und schon gar nicht essen. Nicht einmal anfassen.

An all dem hatte sich bis heute offenbar nichts geändert. Jetzt, als Vierzigjährige, fürchtete sie sich vor der Dunkelheit, vor einem fremden Haus, vor ein bisschen Nebel, vor der Anwesenheit einer Toten, die längst auf dem Friedhof begraben lag. Und vor der Stille. Johanna lauschte in die Stille und ersehnte ein Geräusch. Vielleicht war es die Stille in ihr selbst, die sie mitgebracht hatte, die in Berlin aber von allem übertönt wurde – von den Sirenen der Krankenwagen und Feuerwehr, von den Schleif- und Bohrmaschinen, vom Geschrei auf der Straße, von der Musik aus den Autos und von den Nachbarn um sie herum. Die permanente Geräuschkulisse, die sie zu Hause so oft störte, bedeutete zugleich auch Aufgehobensein. Hier war sie der Stille ausgeliefert. Vielleicht sollte sie aufstehen, wieder nach unten gehen. Den Fernseher einschalten. Das Radio. Geräusche. Eine CD von Cecilia Bartoli suchen, die es in Helenes Haus sicher gab. Sie hätte ihr Handy nicht so voreilig ausschalten sollen. Vielleicht kam ja doch noch eine Nachricht von Ines und sie verpasste sie gerade?

Dann endlich, als sie sich damit abzufinden begann, dass ihr eigener Atem die einzige akustische Gesellschaft bleiben würde, hörte sie von fern Hundegebell. Ein Auto. Und die Glocke eines Kirchturms, ganz in der Nähe, die sie vorher nicht wahrgenommen hatte.

Johanna war immer noch hungrig. Wahrscheinlich würde sie vor Hunger nicht einschlafen können und nicht wegen der Furcht. Sie drehte sich um – auf der anderen Seite des Bettes wartete kein Monster auf sie. Der schmale Schrank im Zimmer war als dunkler Schatten zu erkennen. Doch sie wusste, dass es ein Schrank war, hatte sogar hineingesehen, bevor sie sich ins Bett gelegt hatte. Er war nicht bedrohlich. Seine Formen verwandelten sich nicht in eine Gestalt, er blieb ein Schrank, in dem Helene ihre Arbeits- und Gartenkleidung untergebracht hatte. Warum hatte Johanna nur so wenig gegessen? Sie bereute es, wollte aber nicht wieder aufstehen. Der Ekel vor Helenes Haus war unbegründet und albern. Sie schloss wieder die Augen. *Morgen früh, wenn Gott will, wirst du wieder geweckt* ging ihr im Kopf herum. Sie hatte den Refrain des Schlafliedes nie gemocht. Was, wenn Gott nicht wollte? Und die Frage, wie wohl der Keller des Hauses aussah, beschäftigte sie. Um den würde sie sich morgen auch kümmern müssen. Wahrscheinlich stapelte sich dort das Gerümpel. Morgen früh würde sie hinunter in den Keller steigen, nicht heute. Sie fiel in einen leichten Schlaf. So flüchtig, so hauchzart, dass sie noch alles um sich herum wahrzunehmen glaubte: Das Zimmer, in dem sie lag. Den unheimlichen Ruf eines Waldkauzes, der die Nacht begrüßte. War hier in der Nähe ein Wald?

Johanna Fink glitt vom leichten in einen tiefen, schweren Schlaf. Als sie etliche Stunden später erwachte – die Stunden erschienen ihr allerdings bloß wie wenige Minuten –, nicht vollständig erwachte, sondern nur halb, als steckte sie immer noch in einem Traum fest, aus dem sie sich nicht lösen konnte, war alles um sie herum dunkel. Den Schatten des Schrankes konnte sie nicht sehen – überhaupt keine Konturen im Raum. Sie tastete im Bett herum, es war nur neunzig Zentimeter oder einen Meter breit, viel schmaler als ihres zu Hause. Das bedeutete wohl, dass sie nicht zu Hause war. Von unten glaubte sie ein Geräusch zu hören, ein Klirren, danach einen dumpferen Ton, als wäre etwas zu Boden gefallen. Schritte. Zuerst dachte sie: Der Nachbar in der Wohnung unter ihr in Berlin. Doch die Breite des Bettes passte nicht zu ihrem Schlafzimmer in Berlin. Auch nicht der Geruch der Bettwäsche. Sie war nicht in ihrer Wohnung. Nicht in ihrem Bett. Und auch nicht in Ines' Bett. Schlief sie vielleicht immer noch und träumte nur, sie wäre wach?

Und dann fiel es ihr wieder ein: Tante Helenes Haus auf dem Land. Ananas, Thunfisch und schwerer Rotwein. Toter Buchfink. Dunkelheit, Nebel, der schaurige Ruf eines Waldkauzes.

Johanna erstarrte. Jetzt war sie hellwach. Ihr Herz raste. War hier jemand im Haus? Aber sie hatte die Tür doch versperrt, alle Fenster geschlossen. Oder hatte sie diese Geräusche auch nur geträumt? Befand sie sich in einem dieser scheußlichen Träume, in denen man weiß, dass man träumt, aber einfach nicht aufwachen kann? Sie wagte kaum zu atmen oder sich zu bewegen. Beim Rascheln der Bettdecke zuckte sie zusammen. Ihre Stirn war schweißbedeckt und das Oberteil ihres Schlafanzugs klebte ihr kalt an der Haut.

Sie sollte aufstehen, das Licht einschalten und unten nachsehen. Doch sie konnte sich nicht rühren. Sie lauschte so angestrengt in die Nacht, dass sie das Rauschen ihres eigenen Blutes zu hören glaubte.

So lag Johanna Fink lange da, auf dem Rücken im schmalen Gästebett ihrer verstorbenen Tante, den Blick an die Decke gerichtet oder zum Fenster, hinter dem es immer noch Nacht war.

Sie hörte nichts mehr, keinen Laut, mehrere Stunden lang nicht, so sehr sie sich auch bemühte. Sie hörte nur ihren eigenen Atem, die Kirchturmuhr und den Schrei einer Katze.

3

Am Morgen war der Nebel verschwunden und mit ihm die Angst. Es war hell. Sehr hell für Ende Oktober. Johanna registrierte ihre Umgebung, wusste schnell, wo sie war. Sie tastete nach ihrer Armbanduhr auf dem Stuhl. Kurz vor zehn, schon so spät. Was sie am Abend nicht für möglich gehalten hatte, war eingetreten: Sie hatte lange und tief geschlafen. So gut wie schon seit Wochen nicht mehr. Ausgerechnet hier, in dem fremden Haus, in dem ihre Furcht gestern Abend noch so groß gewesen war, dass sie geglaubt hatte, sie könnte es darin keinen einzigen Tag aushalten.

Wie von zu Hause gewohnt, blieb sie noch einen Moment im Bett liegen. Ein Augenblick der Besinnung, bevor das Bewusstsein vollständig erwachte. Eine Tasse Kaffee wäre jetzt schön, dachte sie, ans Bett gebracht. Sonnenschein fiel in das spartanisch eingerichtete Zimmer und das Gefühl der Bedrohung, das sie gestern empfunden hatte, erschien Johanna nun übertrieben, geradezu albern.

Ihr gewohnter Tages- und Nachtrhythmus war durcheinandergeraten. Sie war zu früh schlafen gegangen und deswegen viel zu früh aufgewacht, mitten in der Nacht. Darüber hinaus hatte sie gestern zu wenig gegessen. Davon bekam sie fast immer schlechte Laune. Die Geräusche, die sie nachts zu hören geglaubt hatte, waren nichts weiter als Bestandteile eines Traums gewesen. Oder der auf Winter geschaltete Ölbrenner hatte sie verursacht.

Genauso fremd wie das Haus waren Johanna auch seine Geräusche – jedes Haus hatte seine ganz eigenen – und sie war im Moment übersensibel. Wegen der fehlenden Lektoratsaufträge. Weil sie sich mit Ines vor ihrer Abreise nicht versöhnt hatte. Sollte sie Ines gleich anrufen? Doch es war ein Tag mitten in der Woche, ein ganz normaler Arbeitstag. Ines war längst im Architekturbüro oder auf der Baustelle ihres Projekts in Berlin-Mitte. Sie schätzte es nicht, wenn man sie bei der Arbeit störte. Am allerwenigsten mochte Ines schmachtende Liebesanrufe, wenn sie inmitten eines Haufens von Arbeitern auf einer Baustelle stand. Manchmal stellte Johanna sich Ines mit einem Bauarbeiterhelm auf dem Kopf vor, wie sie vor einem halb fertigen Haus wichtige Dinge erläuterte, einen großen Plan in den Händen, und dieses Bild war sogar ein wenig erregend. Oder Ines auf einem Baugerüst. Im Unterschied zu Johanna war sie vollkommen schwindelfrei, wie sie behauptete, was in ihrem Beruf von großem Vorteil war.

Das kleine Zimmer lag nach vorne zur Straße und jetzt hörte Johanna auch Autos vorbeifahren. Autos. Nie hätte sie gedacht, dass sie ihr Vorhandensein einmal als so beruhigend empfinden könnte. Stimmen, direkt vor dem Haus, in dem fremden, weichen, in Johannas Ohren etwas lächerlichen Dialekt. Ob Helene auch schwäbisch gesprochen hatte?

Johanna brauchte einen Kaffee, den sie ohne Milch würde trinken müssen, wie sie sich erinnerte. Und sie brauchte dringend etwas zu essen. Am liebsten ein üppiges Frühstück mit Brötchen, Brot, Wurst, Käse, Lachs, Rührei, Saft.

Sie stand auf und ging in Schlafanzug und auf Socken über die knarrende Holztreppe nach unten. Jetzt im Hellen machte ihr das Haus keine Angst mehr. Es war harmlos, sogar freundlich, nicht Draculas Schloss, in das es Jonathan Harker verschlagen hatte. Johanna hoffte, dass es in Helenes Küche Kaffee gab, danach hatte sie am Abend nicht gesucht.

Die meisten Küchen waren nach einem ganz ähnlichen Ordnungsmuster eingerichtet und sie fand, ohne lange suchen zu müssen, Kaffee und Filtertüten in einem Schrank über der Kaffeemaschine. Während die Maschine sich ächzend in Gang setzte, machte Johanna einen schnellen Rundgang durch das Erdgeschoss. Sollte sie jetzt sofort in den Keller gehen, es hinter sich bringen? Nein, entschied sie, nicht der Keller, bevor sie etwas gegessen hatte.

Ende Oktober und trotzdem fror sie nicht in ihrem dünnen Schlafanzug. Mit schlechtem Gewissen bemerkte sie den Grund hierfür: Sie hatte am Abend vergessen, in den unteren Räumen die Ventile der Heizkörper zuzudrehen. Nun war es fast zu warm und sie öffnete im Wohnzimmer Vorhänge und Terrassentür. Sie sah sich um. Das leere Glas stand auf dem Couchtisch, die leere Rotweinflasche lag auf dem Teppich darunter. Johanna musste sie gestern Abend umgeworfen haben. Daran konnte sie sich nicht mehr erinnern. Sie brachte Glas und Flasche in die Küche, goss Kaffee in einen Becher und ging damit zurück ins Wohnzimmer.

Wie jeden Morgen genoss sie den ersten Schluck. Bei den allerersten Schlucken Kaffee war die Welt meist noch gut, das Leben nicht schwer, die Liebe nicht unglücklich und dieses Gefühl der Sorglosigkeit hielt meist noch an, bis die Hälfte der Tasse geleert war. Im Schlafanzug und mit der Tasse in der Hand betrachtete Johanna erneut das Familienfoto, das die beiden Schwestern zusammen mit ihrer Mutter zeigte. Auch bei Tageslicht wirkte Helene, im Unterschied zu Johannas Mutter, traurig. Melancholisch. Beinahe so, als würde sie nicht zu den beiden anderen gehören oder nicht zu ihnen gehören wollen. Eine Außenseiterin mit schön geschwungenen Augenbrauen und einer Traurigkeit im Blick, über die auch das zaghafte, fast schüchterne Lächeln nicht hinwegtäuschen konnte.

Die Anrufe vom Abend fielen Johanna wieder ein. Reiner Zufall, die beiden Anrufe direkt hintereinander, dachte sie. Vermutlich hatte sich jemand verwählt. Und wenn es Jugendliche gewesen waren, die unter tödlicher Langeweile litten, würden sie sich heute sicher einen anderen Zeitvertreib suchen. Jugendliche konnten nicht lange bei einer Sache bleiben. Johanna sollte sich nicht wegen dieser Anrufe verrückt machen, sondern ihre Aufgabe erledigen, um so schnell wie möglich damit fertig zu werden, damit sie wieder abreisen konnte. Der Sonnenschein und der Kaffee bereiteten ihr gute Laune. Sie sollte nicht so viel nachdenken. Auch nicht über das Gekrächze am Telefon, das mit Sicherheit sowieso nicht ihr gegolten hatte. Immer dachte Johanna Fink zu viel nach. Zumindest wurde das oft von ihr behauptet. Ines sagte es gern. *Du grübelst zu viel. Johanna, das ist ungesund. Eines Tages wird es dich noch umbringen.* Johanna hasste Bemerkungen dieser Art. Sie vermittelten den

Eindruck, sie wäre ernstlich gestört. Außerdem, wie sollte Nachdenken wohl umbringen?

Sie schaltete ihr Handy in der Hoffnung ein, darauf endlich eine Nachricht von Ines zu finden. Sie sehnte sich nach Ines. Nach einem Zeichen von ihr.

Doch Johanna hoffte vergeblich. Keine Nachricht von Ines und auch von niemandem sonst. Vermisste Ines sie denn gar nicht? Aber wahrscheinlich war es etwas grundsätzlich anderes, allein in der Fremde zu sitzen oder zu Hause in gewohnter Umgebung. An einem gewöhnlichen Tag wie heute ging Ines ihrer Arbeit nach, war von Menschen umgeben, die sie kannte, hatte keinen Grund, sich einsam und verlassen zu fühlen, keine Zeit und keinen Anlass für trübe Gedanken.

Johanna trat auf die Terrasse. Trotz der Sonne schlug ihr empfindlich kühle Herbstluft entgegen, die bereits den kommenden Winter erahnen ließ, und kroch unter die Hosenbeine ihres Schlafanzugs. Johanna sah vereinzelte Wolken, die schnell vorüberzogen. Der Herbsthimmel war von einem kühlen Hellblau und sehr hoch, schien viel weiter entfernt als ein Sommerhimmel.

Der Garten war tatsächlich so groß, wie sie ihn gestern im Dunkeln eingeschätzt hatte. Gut gepflegt. Erneut fragte Johanna sich, ob Helene sich alleine darum gekümmert hatte. Sie wusste überhaupt nichts von ihrer Tante. Nicht, ob sie Gartenarbeit gemocht hatte, nicht, ob sie in der körperlichen Verfassung dafür gewesen war. Nicht, ob sie je mit einem anderen Menschen zusammengelebt hatte. Liebte nicht jeder Mensch einen anderen?

Bis zu diesem Moment hatte Johanna nicht mehr an den toten Buchfinken gedacht. Doch jetzt fiel er ihr wieder ein, ebenso das übertriebene Entsetzen, das sein Anblick gestern Abend bei ihr ausgelöst hatte. Vorsichtig spähte sie zu der Stelle, an der er gelegen hatte.

Der Buchfink war verschwunden.

Hatte sie ihn vielleicht nur geträumt? Wie die Geräusche aus dem Erdgeschoss in der vergangenen Nacht? Nichts erinnerte daran, dass am Abend noch ein toter Vogel dort gelegen hatte, keine Federn, kein Blutfleck. Johanna ging im Garten umher, auf der Suche nach ihm. Das Gras war feucht und durchnässte rasch ihre Socken. Der Buchfink war nirgends zu sehen. War das ein gutes oder ein schlechtes Zeichen? Johanna war sicher, dass sie sich den Vogel nicht nur eingebildet hatte. Sie hatte ihn gestern auf den Steinplatten der Terrasse gesehen. Er hatte zart und fragil gewirkt und sie hatte sich vorstellen müssen, wie winzig klein seine Knochen und sein Schädel unter den Federn und der Haut wären.

Entweder hatte sie den Buchfinken nur im Traum gesehen oder ein Tier hatte ihn in der Nacht weggeschleppt.

Johanna ging zurück ins Wohnzimmer und hinterließ feuchte Fußabdrücke auf dem Boden. Sie brauchte unbedingt etwas zu essen. Milch für den Kaffee. Sie musste sich anziehen und den Ort erkunden, von dem sie gestern vom Rücksitz des Taxis kaum etwas gesehen hatte. Nur deprimierende Tristesse im Nebel. Doch lohnte sich eine Erkundung überhaupt, wenn sie nur ein paar Tage bliebe? Johannas Mutter hatte ihr den Namen eines Maklers genannt, den sie wegen des Hauses kontaktieren solle. Wenn Ines nur hier wäre, sie könnte ihr mit dem Haus helfen, seinen Wert und seinen Zustand einschätzen, damit kannte sie sich schließlich aus. Wer erbte das Haus eigentlich? Warum hatte Johanna sich bislang nie dafür interessiert? Ihre Mutter hatte ihr darüber keine Auskunft gegeben. Neben den beiden Schwestern gab es noch zwei Brüder, von denen einer bereits vor Jahrzehnten verstorben war, kinderlos, keine Ehefrau. Der andere Bruder, Johannas Onkel Werner, hatte zwei Kinder, die Johanna das letzte Mal vor rund zehn Jahren gesehen hatte. Ihrer Ansicht nach erbten Onkel Werner und ihre Mutter gemeinsam das Haus, da Helene weder verheiratet gewesen war noch Kinder hatte. Johanna erinnerte sich an die Worte ihrer Mutter: »Meine Schwester war immer allein.« Onkel Werner hatte sich um nichts gekümmert, war auch nicht bei der Beerdigung gewesen. Er ging davon aus, dass Johannas Mutter alles Notwendige erledigen würde. Sie hatte auch sogleich ihre Bereitschaft signalisiert, da sie sich gern aufopferungsvoll gab – um diese Pflicht dann wenig später an Johanna zu delegieren.

Johanna wusste nicht einmal, ob ihre Mutter Helene gerngehabt hatte.

Sie wollte nicht ihr Leben lang allein sein wie Tante Helene. Sie zog ihre nassen Socken aus, nahm ihr Handy und wählte die Nummer von Ines' Büro. Die Sehnsucht danach, ihre Stimme zu hören, ihr von dem fremden Haus zu erzählen, von dem toten Vogel auf der Terrasse, der plötzlich verschwunden war, von den beiden Anrufen und den nächtlichen Geräuschen aus dem Parterre, war plötzlich übermächtig.

Ihr Herz klopfte wild, weil sie Ines bei der Arbeit störte. Ines hasste das. Johanna ersehnte ihre Stimme und hatte gleichzeitig Angst vor Ines' Reaktion, fürchtete, sie zu verärgern. Hatte sie nicht oft genau davor Angst: Ines mit etwas zu verärgern? Die Sekretärin des Architekturbüros meldete sich mit ihrem üblichen langen Spruch, der mit einem ekelhaft süßlichen »Guten Morgen« endete. Bildete sie es sich bloß ein oder verlor sich die Freundlichkeit der Sekretärin, sobald Johanna ihren Namen nannte? Kühl teilte sie ihr mit, dass Ines zurzeit außer Haus sei. Johanna bedankte sich und legte auf. Sie entspannte sich augenblicklich, weil sie sich nicht bei Ines entschuldigen musste, dass sie sie bei der Arbeit störte, doch zugleich war sie enttäuscht.

Ich rufe sie nachher zu Hause an, dachte Johanna. Besser keine Störung bei einem »Außer-Haus-Termin« auf Ines' Handy.

Sie musste dringend etwas essen. Die ungewohnte Landluft schien ihr zu bekommen – Enttäuschung bewirkte sonst meistens Appetitlosigkeit bei ihr. Und vielleicht sollte sie auch endlich ihre Tasche auspacken. Wichtiger aber war das Essen. Die zweite Hälfte der Thunfischdose von gestern Abend kam als Frühstück nicht in Betracht. Es gab hier in der Nähe doch sicher einen Bäcker. Sie könnte ihre Mutter anrufen und fragen, doch sie wollte jetzt nicht mit ihrer Mutter reden.

Sie trank den letzten Schluck Kaffee und beschloss, nach oben zu gehen und sich anzuziehen, um im Ort ein Lebensmittelgeschäft zu suchen, als sie hörte, wie von außen ein Schlüssel ins Türschloss gesteckt und zweimal herumgedreht wurde. Dasselbe geschah mit dem zweiten Schloss. Johanna stand in ihrem ältesten und hässlichsten Schlafanzug im Wohnzimmer, barfuß, und konnte sich vor Schreck nicht rühren.

Es war das Allerletzte, womit sie in diesem Haus gerechnet hätte – dass jemand von außen mit einem Schlüssel die Tür aufsperrte. Dass überhaupt jemand einen Schlüssel zum Haus besaß. Helene hatte niemanden gehabt, sie war ganz allein gewesen – das behauptete Johannas Mutter doch immer.

Wer also machte sich da draußen an der Tür zu schaffen?

Leider hatte Johanna ihren Schlüssel abends nicht im Schloss stecken lassen, dann wäre jetzt der Zugang versperrt. Ihre Mutter konnte es nicht sein, die saß in ihrer voll gestopften Wohnung in Ostwestfalen und wollte mit der ganzen Angelegenheit nichts zu tun haben. Außerdem hatte sie ihren Schlüssel zu Johanna nach Berlin geschickt und Johanna konnte sich keinen Grund denken, warum sie ihn zuvor bei einem Schlüsseldienst hätte nachmachen lassen sollen. Oder hatte sie mehrere Exemplare? Helene war es sicher auch nicht, es sei denn, sie war eine Untote wie Graf Dracula. Helene lag in ihrem kühlen Grab auf dem Friedhof. »Ein schönes Grab«, hatte Johannas Mutter gesagt. »Sie hat Bäume um sich.«

Johanna konnte sich nicht von der Stelle rühren. Sie fühlte Unheil auf sich zukommen – Unheil, dem sie in ihrer Nachtbekleidung schutzlos ausgeliefert wäre. Sie blieb im Wohnzimmer stehen, die inzwischen leere Kaffeetasse immer noch in der Hand, als wollte sie sich daran festhalten. Johanna Fink war schon immer ein Feigling gewesen. Schon in der Kindheit. War es nicht so?

Aus dem Flur hörte sie Schritte, einen leisen Fluch in dem hiesigen Dialekt. Jemand sprach mit sich selbst. Oder waren es mehrere Personen? Dann betrat eine Frau das Wohnzimmer und erschrak bei Johannas Anblick.

Die Frau blieb in einigem Abstand zu ihr stehen und starrte sie an. Johanna vermutete, dass sie um die fünfzig war. Allerdings hatte sie das Alter anderer Leute noch nie gut einschätzen können. In der einen Hand hielt die Frau den Schlüssel, in der anderen eine Tasche. Sie trug einen leicht verschlissenen Mantel, eine olivgrüne Hose und bequeme Schuhe. Sie hatte aschblondes, halb langes Haar, war mittelgroß und schlank und in dem Sinne unscheinbar, dass sie Johanna auf der Straße wahrscheinlich nicht sonderlich aufgefallen wäre. Eine durchschnittliche Frau um die fünfzig, die wahrscheinlich sympathisch aussehen würde, wäre ihr Blick nicht so voller unverhohlener Feindseligkeit.

»Wer sind denn Sie?«, fragte sie, starrte Johanna noch immer an. Es klang wie ein Vorwurf. Es klang so, als hätte Johanna kein Recht, hier zu sein. Die Frau sah auf Johannas alten Schlafanzug, dann wanderte ihr Blick weiter nach unten, die Beine entlang, bis er Johannas nackte Füße erreichte.

»Johanna Fink«, antwortete Johanna folgsam.

Müsste nicht eigentlich sie die andere nach ihrem Namen fragen? Und danach, warum sie über einen Schlüssel für das Haus verfügte?

Als die Frau auf den Namen nicht reagierte, ergänzte Johanna: »Helene Leinwebers Nichte.«

»Ach so«, sagte die Frau. »Die Nichte. Warum haben Sie das nicht gleich gesagt? Sie haben mir vielleicht einen Schreck eingejagt! Ich wusste nicht, dass jemand hier ist.« Sie machte eine kurze Pause, rührte sich genauso wenig von der Stelle wie Johanna. »Besucht haben Sie Ihre Tante ja nie«, sagte sie dann. »Und bei der Beerdigung waren Sie auch nicht.«

Ich kenne Sie nicht. Sind Sie überhaupt die Nichte?

»Und wer sind Sie?«, wagte Johanna zu fragen. Sie hätte viel dafür gegeben, nicht in diesem lächerlichen Schlafanzug dazustehen. Um halb elf am Vormittag. Für die immer schaffenden Schwaben kam das wahrscheinlich einer Sünde gleich.

»Fleiß«, antwortete die Frau.

Fleiß? Das erschien Johanna wie ein Kommentar zu der Tatsache, dass sie um diese Uhrzeit noch in ihrer Nachtbekleidung war.

»Angelika Fleiß. Ich habe das Haus Ihrer Tante in Ordnung gehalten.« Sie betrachtete Johanna kritisch. »Und ich habe mich ein wenig um sie gekümmert. Das hat in ihrer Familie ja wohl niemand für nötig gehalten.«

Was wollen Sie hier? Eine treulose Nichte hat nicht das Recht, sich hier breitzumachen. Das sagte Angelika Fleiß' Blick.

»Ich wohne in Berlin«, sagte Johanna. Sie glaubte, sich vor dieser fremden Frau für den fehlenden Familienzusammenhalt, die mangelnde Fürsorge für die Tante rechtfertigen zu müssen.

»In Berlin. Aha. Aber das ist ja wohl keine Entschuldigung«, erhielt sie als Antwort. »Das geht doch heute alles so schnell mit dem Reisen. Und es gibt ja so billige Flüge. Für neunundzwanzig Euro kann man nach Mallorca fliegen.«

Die Frau, die sich als Angelika Fleiß vorgestellt hatte, musterte Johannas Aufzug weiterhin abschätzig und Johanna kam sich im Schlafanzug immer entblößter vor. Sie wünschte sich nichts mehr, als vollständig und ordentlich bekleidet vor der Fremden zu stehen. Sie hätte sie auffordern müssen zu gehen, doch eine Frau, die sich um Helene gekümmert hatte, wie sie sagte, schien ihr im Moment ein weitaus größeres Anrecht darauf zu haben, hier zu sein, als sie selbst.

»Ich wollte auch nur nach dem Rechten sehen«, sagte Angelika Fleiß plötzlich und es klang etwas milder. »Mein Mann hat nämlich heute Morgen gesagt, dass er gestern Licht im Leinweber-Haus gesehen hat, und das kam mir verdächtig vor.«

»Ja, das war ich«, sagte Johanna. »Ich bin gestern Abend angekommen.«

Und ich will bald wieder fahren, dachte sie. So schnell, wie es geht.

Angelika Fleiß erwiderte nichts, sah Johanna nur weiterhin an.

»Meine Mutter war bei der Beerdigung«, sagte Johanna. »Hat sie nicht mit Ihnen gesprochen und Ihnen gesagt, dass ich kommen würde?«

»Kann sein«, sagte Angelika Fleiß. »Ich kann mich nicht mehr erinnern.«

Warum ging sie nicht endlich, damit Johanna sich anziehen konnte? Und was wollte sie hier überhaupt?

Helene war tot. Bekam sie vielleicht noch Geld? Wollte sie Dinge von Wert aus dem Haus schaffen, solange es noch möglich war? Dafür war ihre Tasche zu klein. Vielleicht Schmuck? Hatte Helene überhaupt Schmuck besessen? Johanna hatte noch nicht nachgesehen. Oder verbarg sich in einem Versteck bündelweise Bargeld und Angelika Fleiß wusste als Einzige davon? Aber warum hatte sie es nicht längst geholt – Geld, Schmuck. Gelegenheiten hatte sie genug.

Johanna dachte nicht allzu gut über die Menschen. Johanna vermutete gleich das Schlimmste. Dafür schämte sie sich im selben Moment. Vielleicht bekam man Ablehnung und Misstrauen zurück, wenn man es selbst den anderen entgegenbrachte. Wenn man es ausstrahlte. Ganz sicher war es so. Und der Tag hatte doch mit dem ersten Kaffee am Morgen unerwartet gut begonnen. Der tote Vogel war fort. Und der Nebel.

»Sie haben meine Tante gefunden, oder?« Johanna stellte endlich die leere Tasse auf dem Couchtisch ab. Sie fragte sich, ob sie Angelika Fleiß einen Kaffee anbieten sollte. Wahrscheinlich hätte die Höflichkeit dies geboten, doch für eine Einladung zum Kaffee mit einer Fremden fühlte Johanna sich nicht angemessen gekleidet. Beide blieben unverändert mit einigem Abstand zueinander im Wohnzimmer stehen.

»Ja«, sagte Angelika Fleiß und Johanna glaubte erneut, in ihrem Gesicht einen Vorwurf abzulesen. Weil sie da gewesen war, sie, aber niemand aus Helenes Familie. »Es war ein Dienstag«, fuhr sie fort, »ich komme nämlich immer dienstags und freitags.« Es klang so, als hätte sich daran nichts geändert, als würde sie auch künftig jeden Dienstag und Freitag zum Putzen erscheinen. »Sie lag in der Küche auf dem Fußboden. Zuerst habe ich sie gar nicht gesehen …« – nun meinte Johanna, Tränen in Angelika Fleiß' Augen schimmern zu sehen – »… denn ich fange meistens oben im Badezimmer an. Aber sie hat mich nicht begrüßt. Das tat sie sonst immer. Manchmal haben wir auch einen Kaffee zusammen getrunken, bevor ich anfing. Dann habe ich sie gerufen. Ich war schon mit den Putzsachen oben …« Eine Träne lief über ihre Wange. Sie wischte sie weg. »Ich hatte gleich so ein ungutes Gefühl. Als würde man so etwas spüren. Sie lag in der Küche. In der Küche vor dem Tisch. Auf dem Tisch stand noch ihr Frühstück. Ich bin meistens früh am Morgen gekommen, wenn die Kinder zur Schule sind.« Angelika Fleiß sprach nicht weiter, bedeckte ihren Mund mit der Hand, wischte sich anschließend über die Augen. »Ich habe sofort den Notarzt gerufen. Aber es war schon zu spät.«

Ihre Tante war also dort gestorben, wo Johanna am Abend gestanden und ihr Spiegelbild im Fenster betrachtet hatte. Sie hätte Angelika Fleiß gerne noch gefragt, wie Helene ausgesehen hatte, ob es den friedlichen – oder zumindest den schnellen – Tod wirklich gab, aber eine solche Frage erschien ihr deplatziert. Schließlich wusste sie nicht einmal, wie ihre Tante zu Lebzeiten ausgesehen hatte.

Sie schwiegen beide eine Weile. Keine rührte sich vom Fleck. Als würden sie sich gegenseitig abschätzen, darauf lauern, ob die andere etwas tat, und wenn ja, was, und weder den Angriff noch die Annäherung wagen. Angelika Fleiß behielt ihren Mantel an, legte die Tasche nicht aus der Hand. Johanna zog das Oberteil ihres Schlafanzugs glatt. Wenn ich nicht hier wäre, dachte Johanna, hätte sie es sich inzwischen wahrscheinlich längst bequem gemacht. Angelika Fleiß fühlte sich hier nicht wie eine Fremde. Ihr musste Helenes Haus sehr vertraut sein, das Haus und alle Gegenstände darin.

»Möchten Sie vielleicht einen Kaffee?«, fragte Johanna und hoffte, sie würde ablehnen.

»Nein, danke«, sagte Angelika Fleiß, »ich habe gar keine Zeit, ich muss einkaufen und das Essen für die Kinder vorbereiten. Ich wollte auch nur kurz nach dem Rechten sehen.«

Das Wort »einkaufen« erinnerte Johanna an ihr Problem. Als Angelika Fleiß sich schon zum Gehen wandte, sagte Johanna: »Entschuldigen Sie, können Sie mir sagen, ob es hier in der Nähe vielleicht einen Bäcker gibt? Einen kleinen Lebensmittelladen?«

Angelika Fleiß nickte und beschrieb ihr den Weg. »Nicht weit«, sagte sie. »Ist aber eher teuer und sie haben wirklich nur das Nötigste.« Und dann, nach kurzem Zögern: »Wie lange werden Sie denn bleiben?«

Schon wieder dieser Blick. Als wäre ihr Johannas Anwesenheit nicht recht.

»Ich weiß noch nicht«, sagte Johanna. »Nicht lange. Nur ein paar Tage.«

Johanna wollte sie zur Tür begleiten, doch auch das kam ihr unpassend vor. Angelika Fleiß kannte das Haus viel besser als sie. Sie kannte jede Ecke, jede kleine Ritze. Johanna stand noch im Wohnzimmer und dann hörte sie auch schon das Zuschlagen der Haustür. Angelika Fleiß war so schnell verschwunden, dass sie ihr gar nicht in den Flur hatte folgen können. Dabei wollte sie doch noch nach Busverbindungen in diesem Nest fragen und danach, ob sie vielleicht am Nachmittag oder am nächsten Tag zum Kaffee kommen wolle. Aber immerhin, sie kannte jetzt den Weg zum Bäcker.

Der Schlüssel! Sie hatte vergessen, Angelika Fleiß um die Rückgabe des Schlüssels zu bitten! Johanna hatte weder ihre Telefonnummer noch ihre Adresse. Aber eine Familie Fleiß wäre ja sicher im Telefonbuch zu finden. Oder in einem Adressbuch von Helene. Selbst wenn es in Helenes Leben niemanden gegeben hatte, Telefonnummern von Ärzten, dem Friseur musste auch sie notiert oder im Telefon gespeichert haben.

Angelika Fleiß. Angelika Fleiß. Angelika Fleiß. Johanna sagte den Namen mehrmals laut vor sich hin, damit sie ihn bloß nicht vergaß, obwohl das sehr unwahrscheinlich war. Zur Sicherheit schrieb sie ihn auf einen Notizblock, der auf dem kleinen Tisch im Flur neben dem Telefon lag. Dann ging sie ins obere Stockwerk, noch immer mit nackten Füßen, an denen sie allmählich fror, in »ihr« kleines Zimmer. Sie öffnete die Reisetasche, legte den gesamten Inhalt aufs Bett und begutachtete ihn. Viel war es nicht. Was hatte sie sich beim Packen gestern früh bloß gedacht? Allein deswegen würde sie nicht lange hierbleiben können.

Sie zog die Sachen vom Vortag an. Duschen würde sie später, zuerst musste sie frühstücken. Immer noch war sie darüber verwundert, dass Ines' Schweigen und ihre Unerreichbarkeit ihr nicht den Appetit verdarben.

Das Wissen darum, dass jemand einen Schlüssel zum Haus hatte, behagte Johanna nicht. Heute Abend würde sie ihren Schlüssel im Schloss stecken lassen. Und bald wäre sie wieder weg. Unten nahm sie ihre Umhängetasche, zog Schuhe und Jacke an und trat auf die Straße.

4

Kommet her zu MIR,
alle, die ihr mühselig und beladen seid,
ICH will euch erquicken.

Das las Johanna über dem Eingangsportal der Kirche, die nur wenige Schritte von Helenes Haus entfernt war. Kein Wunder, dass sie in der Nacht die Kirchturmuhr so deutlich gehört hatte. Johanna war weite Berliner Distanzen gewöhnt; allein von ihrer Wohnung bis zur nächsten U-Bahnstation war es ein ganzes Stück zu gehen. Die Strecke von Helenes Haus bis zur Kirche empfand sie nur als einen Katzensprung.

Zum ersten Mal sah sie den Ort im Hellen. Er wirkte wie ein richtiges Dorf. Schmale Straßen und kleine, alte Häuser, in denen sie trotz sichtbarer Renovierungen niedrige Zimmerdecken vermutete. Sie waren zum Teil fast direkt an die Straße gebaut, so dass kaum noch Platz für einen Gehweg zwischen Haus und Straße blieb. Es roch nach Ofen, nach verbranntem Holz. Für einen Moment fühlte Johanna sich nicht nur in eine ganz fremde Region, sondern auch noch in eine andere Zeit versetzt. Nur die Autos, die vor den meisten Häusern parkten – kleine Mittelklassewagen – und damit die halbe Straße blockierten, zeigten ihr, dass sie sich immer noch im Hier und Jetzt befand.

Zunächst sah sie keinen einzigen Menschen. Beim Wachwerden hatte sie doch Stimmen von draußen gehört. Es hatte richtig belebt geklungen. Belebt und lebendig. Leute, die sich auf der Straße unterhielten.

Jetzt war der Ort wie ausgestorben. Ein Geisterdorf. Über dem Kirchturm der kühle, hellblaue Himmel. Vorbeiziehende Wolken. Johanna beobachtete sie eine Weile. Sie war eine Wolkenliebhaberin, jedoch ohne ihre verschiedenen Formen fachgerecht benennen zu können. Sie betrachtete einfach gern die Gebilde am Himmel, die sich fast sekündlich veränderten. Vergänglichkeit und Beständigkeit zugleich. Von ihrer Wohnung in Berlin sah sie immer nur einen kleinen Ausschnitt des Himmels, die Sicht war durch die Häuser ringsum eingeschränkt. Wie es jetzt wohl in Berlin war? Bewölkt? Klar? In welchen Himmel sah Ines?

Vor einem Hauseingang sah Johanna ein kunstvolles Arrangement roter, orangefarbener und gelber Zierkürbisse. In den Fenstern überall adrette Gardinen. Ob dahinter wohl das Grauen lauerte? Sei nicht albern, dachte sie. Du bist in einem kleinen, friedlichen Nest. Langweilig. Sterbenslangweilig. Zum Sterben langweilig. Hier geschieht nichts. Das Aufregendste ist, wenn jemand das Unkraut nicht vom Gehweg vor seinem Haus entfernt. Wahrscheinlich tritt dann der Gemeinderat zusammen. Eine Gardine wurde beiseitegeschoben, als Johanna daran vorbeiging. Doch sie sah noch immer keine Menschenseele. Nur eine schwarze Katze kam ihr entgegen, schien ein konkretes Ziel vor Augen zu haben, auf das sie zusteuerte. Dann hielt sie mitten in der Bewegung inne, sah Johanna aus irritierend gelben Augen an und sprang schnell über die Straße, weg von ihr. Auf der anderen Seite verschwand sie unter einem Auto. Ein Hahn krähte. Krähten Hähne nicht viel früher, wenn der Tag erwachte? Und nicht erst um elf Uhr vormittags?

Ein Bus kam um die Kurve und hielt in der Nähe der Kirche.

Eine Bushaltestelle! Ein Bus! Bei seinem Anblick fühlte Johanna Erleichterung. Der Weg zur nächstgrößeren Stadt. Zum Bahnhof. Der Weg in die Freiheit. Sie würde nicht ewig hier festsitzen. Sie konnte fort, wann immer sie wollte. Natürlich konnte sie auch ohne Bus von hier weg, indem sie einfach ein Taxiunternehmen anrief, doch das Vorhandensein einer Haltestelle, einer Buslinie, beruhigte sie ungemein, machte sie fast beschwingt.

Für einen Moment sah der Busfahrer, der darauf wartete, dass Fahrgäste ausstiegen, über die Straße hinweg direkt in Johannas Augen. Sie konnte seinen Blick nicht deuten, ob er neugierig war oder desinteressiert und gelangweilt, ob der Fahrer einfach nur durch sie hindurchsah und sie gar nicht wahrnahm, dafür war er zu weit entfernt. Als der Bus wieder losfuhr, sah Johanna, dass drei Menschen bei der Kirche ausgestiegen waren, die nun in unterschiedliche Richtungen davongingen. Zwei Frauen, eine Mitte zwanzig, die andere im Rentenalter. Ein alter Mann mit kariertem Hemd und Strickjacke.

Mit einem Mal wurde es draußen belebter, als hätte die Ankunft des Busses diese Veränderung ausgelöst. Aus einem der Häuser mit den adretten Gardinen trat ein Mann und packte etwas in den Kofferraum seines Autos. Zwei Frauen unterhielten sich auf dem schmalen Gehweg. Johanna hatte den Eindruck, dass all diese Personen sie anstarrten, sobald sie sie bemerkten, auch wenn sie vorgaben, mit etwas anderem beschäftigt zu sein. Sie fühlte sich beobachtet. Niemand sagte etwas zu ihr. Machte sie vielleicht etwas falsch? Begrüßte man sich in einem so kleinen Ort ganz selbstverständlich, selbst wenn man sich nicht kannte? Erwarteten alle ein »Guten Morgen« von der Fremden und es war ein Affront, dass sie es unterließ? Sagte man bei den Schwaben um elf Uhr vormittags überhaupt noch Guten Morgen oder wäre das eine weitere Beleidigung, der Beweis, dass sie nicht dazugehörte?

Sie dachte an ihre morgendliche Begegnung mit Angelika Fleiß. Hätte sie sich gestern Abend, in Dunkelheit und Nebel, mit ihrem Schlüssel Zutritt zum Haus verschafft, hätte sie Johanna damit wahrscheinlich zu Tode erschreckt. Doch sie konnte ihr nichts vorwerfen. Angelika Fleiß hatte gesagt, sie wusste nicht, dass sich jemand im Haus befand. Offenbar wusste sie nicht einmal, dass Helene eine Nichte hatte. Dennoch – sie hätte ruhig ein wenig freundlicher sein können. Johanna erwartete zwar nicht, dass man sie wie eine gute alte Bekannte begrüßte oder ihr um den Hals fiel, doch sie hatte mit einem Mindestmaß an Höflichkeit gerechnet. Angelika Fleiß' schroffe Art und ihre unverhohlene Abneigung hatten sie völlig unvorbereitet getroffen und Johanna konnte es sich nicht erklären. Sie hatte ihr nichts getan. Sie kannte Angelika Fleiß nicht einmal. Es traf Johanna immer, wenn sie unfreundlich behandelt wurde – in diesem Fall auch noch, ohne dass sie einen Anlass dafür geboten hätte. Aber vielleicht waren hier ja alle so. Vielleicht lag es in ihrer Natur. Schon der

Taxifahrer war unfreundlich gewesen. Ein weiterer Grund, bald wieder abzureisen.

Sie nahm sich vor, noch heute – spätestens morgen – Angelika Fleiß anzurufen und sie zum Kaffee einzuladen. Ihr lag daran, mit der Person, die sich offenbar um ihre Tante gesorgt hatte, gut auszukommen, auch wenn sie nur ein paar Tage bleiben würde. Und wenn Johanna ihrer Mutter Glauben schenkte, war Angelika Fleiß die Einzige, die sich um Helene gesorgt hatte. Sie wollte sich gerne länger mit ihr unterhalten – und dabei angemessene Kleidung tragen, keinen uralten Schlafanzug –, wollte sie nach Helene fragen. Vielleicht könnte Angelika Fleiß ihr sogar bei der Auflösung des Haushalts behilflich sein, hätte Tipps für sie. Bestimmt kannte sie hier zuverlässige und preiswerte Firmen. Vielleicht wollte sie ja auch etwas von Helenes Sachen haben. Außerdem musste sie Angelika Fleiß dringend um die Rückgabe ihres Schlüssels bitten. Sie würde ihn ohnehin nicht mehr lange behalten können, wenn das Haus verkauft wurde.

Johanna fand den kleinen Lebensmittelladen schnell. Vor dem Eingang stand eine Frau, die das Geschäft gerade verlassen hatte, und lud sich einen schwarzen Rucksack auf den Rücken. Sportlicher Typ, etwas älter als Johanna. Sie machte einen energiegeladenen Eindruck und war so gekleidet, als ginge sie zum Joggen und nicht zum Einkaufen. Sie musterte Johanna, unangenehm prüfend, und stand ihr im Weg. Dann wandte sie den Blick ab, bevor Johanna es tat, und widmete sich intensiv den Schulterriemen ihres Rucksacks.

Johanna fröstelte, obwohl es gar nicht kalt war, im Gegenteil, die Herbstsonne strengte sich an und schien wie am Morgen von einem klaren, blauen Himmel. Erneut fragte Johanna sich, ob es hier üblich war, sich zu begrüßen, auch, wenn man sich nicht kannte. Doch für einen Gruß war es jetzt zu spät, der geeignete Moment schon verstrichen. Sie machte einen Bogen um die Frau, die keinen Millimeter zur Seite wich, beinahe so, als wollte sie Johanna am Eintreten hindern, öffnete die Ladentür und verschwand schnell im Inneren.

Der Laden bot weitaus mehr als nur Brot, Brötchen und Gebäck. Johanna war erleichtert. Für ein paar Tage könnte sie sich hier problemlos versorgen. Es gab Zeitschriften und einige wenige Tageszeitungen, in den Regalen alle möglichen Konserven, Nudeln, Reis, Süßigkeiten, Klopapier, Getränke, in der Tiefkühltruhe Fertiggerichte, daneben ein Kühlregal mit einem kleinen Sortiment an Milchprodukten. Auch frisches Obst und Gemüse und eine kleine Wurst- und Fleischtheke entdeckte Johanna. Als sie sich gerade genauer umsah, bemerkte sie, dass sie beobachtet wurde. Die Verkäuferin hinter der Kuchentheke sah sie an. Zwei Kundinnen ebenfalls. Die Gespräche, die sie beim Betreten des Ladens gehört hatte, waren verstummt.

»Grüß Gott«, sagte die Verkäuferin hinter der Kuchentheke.

»Guten Tag«, erwiderte Johanna. »Grüß Gott« brachte sie nicht über die Lippen, »Hallo« erschien ihr zu salopp und für ein »Guten Morgen« war es vermutlich zu spät.

Die beiden Kundinnen setzten ihr Gespräch fort, doch währenddessen beobachteten sie Johanna weiter. Leises Gemurmel in dem fremden Dialekt, immer wieder unterbrochen von Blicken zu ihr, teils verstohlen von der Seite, teils ganz direkt.

Johanna nahm einen Korb, ging an den wenigen Regalen vorbei – die Blicke im Rücken spürte sie immer – und ärgerte sich, dass sie keinen Einkaufszettel geschrieben hatte. Wo hatte sie ihren Kopf? Niemals hungrig und planlos einkaufen! Genau das war sie: hungrig und planlos. Sie versuchte, sich an die Vorräte in Helenes Schränken zu erinnern, drängte dabei den leichten Ekel, den sie gestern empfunden hatte, beiseite. An einer Reis- oder Nudelpackung gab es nichts Ekelhaftes. Sie legte als Erstes eine Dose Thunfisch in den Korb, als müsste sie für die Hausbewohnerin nachkaufen, was sie gestern gegessen hatte. Ein Becher Schokoladenpudding für Helene. Milch, zwei Becher Joghurt, eingepackten Käse. Ein Becher Sahne. Butter.

»Grüß Gott«, sagte die Verkäuferin hinter der Wursttheke.

»Guten Tag«, erwiderte Johanna.

Einen Moment erwartete sie, danach gefragt zu werden, wer sie denn sei, aber das geschah nicht. Sie verlangte Salami, Schinken und ein kleines Stück Leberwurst. Sie legte eine Packung mit Eiern in ihren Korb. Beim Obst und Gemüse griff sie nach drei Äpfeln, nahm dann noch einen weiteren, außerdem eine Zucchini, Tomaten, Mohrrüben, Kartoffeln und Zwiebeln.

Sie sah in ihren Einkaufskorb und fragte sich: Für wen kaufst du das alles eigentlich?

Sie wurde noch immer beobachtet, von den beiden Verkäuferinnen und den Kundinnen, die sich unterhielten. Eine dritte Kundin, die nun von der Wurst- zur Kuchentheke ging und die Johanna anfangs gar nicht aufgefallen war, sah sie auch an, doch im Unterschied zu den anderen strahlte sie nichts Abwehrendes aus. Im Gegenteil, sie sah Johanna offen ins Gesicht und lächelte sie an.

Johanna erwiderte ihr Lächeln. Die Frau war gut gekleidet, Johanna schätzte sie auf Anfang vierzig, hatte einen teuren Haarschnitt und zeigte der Verkäuferin hinter der Theke die Kuchenstücke, die sie haben wollte. Johanna trat neben sie, die Frau blickte zu ihr und lächelte erneut. Dann nahm sie ein großes Kuchenpaket entgegen und ging mit ihm und ihren anderen Einkäufen zur Kasse.

Der erste Mensch, der Johanna hier am Ende der Welt anlächelte! Johanna verlangte zwei Brötchen, ein halbes Brot und außerdem etwas, das aussah wie ein kleines, unförmiges Baguette, mit grobem Salz und Kümmel bedeckt. Sie zeigte darauf und nannte es »das da«, worauf die Verkäuferin hinter der Theke tadelnd sagte: »Eine Seele.« Zusätzlich nahm Johanna auch noch ein Stück Kuchen, angeregt durch die Frau, die sie angelächelt hatte, obwohl ihr gar nicht nach etwas Süßem war.

Sie bezahlte an der Kasse, musste auch eine Plastiktüte verlangen, weil sie nicht daran gedacht hatte, eine Tasche mitzunehmen. Wo hatte sie ihren Kopf? Die Frau an der Kasse lächelte nicht, aber das hatte Johanna auch nicht erwartet.

Als sie den kleinen Laden verließ, wartete die gut

gekleidete Frau draußen auf sie.

»Hallo«, sagte sie, nicht »Grüß Gott«, und lächelte sie wieder an. Sie hielt in der einen Hand das große Kuchenpaket, in der anderen einen Einkaufskorb, aus dem Lauchstangen herausragten.

»Hallo«, sagte Johanna.

»Sie sind nicht von hier, oder?«, fragte die Frau.

»Sieht man mir das an?«, fragte Johanna.

»Ehrlich gesagt ja«, sagte die Frau. Erst jetzt merkte Johanna, dass sie keinen Dialekt sprach. »Hier kennen sich natürlich die meisten Leute«, ergänzte sie. Sie setzte ihren Einkaufskorb auf dem Boden ab und reichte Johanna die Hand. »Christiane Holzapfel.«

Ihr Händedruck war fest und angenehm. »Johanna Fink«, sagte Johanna. »Ich bin nur für ein paar Tage hier. Ich muss mich um das Haus meiner verstorbenen Tante kümmern.«

»Frau Leinweber?«, fragte die andere.

»Ja, genau. Ich bin ihre Nichte.« Fast rechnete Johanna damit, dass nun ähnliche Vorwürfe wie am Morgen von Angelika Fleiß folgen würden, dass sie Johanna aber noch nie hier gesehen habe, dass sie sich ja nicht um ihre Tante gekümmert habe, nicht einmal bei der Beerdigung gewesen sei. Doch Christiane Holzapfel sagte nichts dergleichen.

Stattdessen fragte sie: »Woher kommen Sie denn?«

»Aus Berlin.«

»Oh, Berlin«, sagte Christiane Holzapfel. »Das ist aber eine weite Strecke mit dem Auto.«

»Nein, ich bin mit dem Zug gefahren«, sagte Johanna.

»Und wann sind Sie angekommen?«

»Gestern Abend«, sagte Johanna.

»Und wahrscheinlich kennen Sie hier niemanden, oder?«

»Ja, richtig.«

Christiane Holzapfel schien einen Augenblick zu überlegen, dann sagte sie: »Haben Sie vielleicht Lust, heute Nachmittag zu mir zum Kaffee zu kommen? Nur, wenn Sie Zeit haben, natürlich. Und wenn sie ein neunjähriger Junge und ein Mädchen mitten in der Pubertät nicht stören.«

Als Johanna nicht sofort antwortete, sagte die andere: »Entschuldigen Sie, ich wollte nicht aufdringlich sein.«

»Nein, nein«, beeilte Johanna sich zu sagen, »Sie sind doch nicht aufdringlich. Ich komme gerne zu Ihnen zum Kaffee.«

»Wie schön«, sagte Christiane Holzapfel und sie schien sich tatsächlich aufrichtig zu freuen.

Sie beschrieb ihr den Weg, Johanna prägte ihn sich gut ein und sie verabredeten sich für vier Uhr.

Gleich am zweiten Tag – eigentlich dem ersten – wurde Johanna von jemandem zu sich nach Hause eingeladen. Es war doch gar nicht so, wie sie anfangs gedacht hatte. Die Leute waren doch gar nicht so schlimm. Johanna hielt im Moment wirklich nicht viel aus. Sie war übersensibel. Und wahrscheinlich war sie deshalb eine anstrengende Gesellschaft für Ines. Wahrscheinlich meldete sich Ines nicht bei ihr, weil sie froh war, ein paar Tage ihre Ruhe vor ihr zu haben, nichts von ihr zu hören. Nicht der Ort war das Problem, nicht die hügelige Landschaft, die

Johanna an diesem Vormittag, im Sonnenschein, als sehr lieblich empfand, nicht Helenes Haus, nicht die Menschen und ihr Dialekt, sondern sie selbst.

Auf dem Weg zurück zu Helenes Haus sah Johanna die Frau, die sie vor dem Geschäft so prüfend und missbilligend angesehen und ihr im Weg gestanden hatte, ein zweites Mal. Diesmal weiter weg, in der Nähe der Kirche. Sie trug den schwarzen Rucksack auf dem Rücken, schien ihre Einkäufe noch nicht nach Hause gebracht zu haben. Vielleicht wartete sie ja auf den Bus. Doch dazu stand sie eigentlich zu weit von der Haltestelle entfernt. Sie beobachtete sie, dessen war sich Johanna plötzlich ganz sicher. Vielleicht war sie eine Verrückte. Verrückte gab es ja wohl überall, in der Großstadt und auf dem Land. Die beiden Anrufe von gestern Abend, an die sie seit Stunden nicht mehr gedacht hatte, fielen ihr ein. Johanna fror wieder.

Als sie zurück im Haus war – unterwegs hatte sie sich mehrfach umgedreht und überprüft, ob die Frau mit dem schwarzen Rucksack ihr möglicherweise folgte –, ging sie direkt in die Küche und packte ihre Einkäufe aus. Sie schüttelte den Kopf über sich selbst. So viele Zwiebeln. So viele Kartoffeln. Vorratshaltung. Was hatte sie sich dabei gedacht? Dass sie hier wochenlang bleiben würde? Geh niemals hungrig einkaufen! Sie deckte den Frühstückstisch für sich, breitete die Zeitung, die sie auch gekauft hatte, darauf aus. Eine überregionale. Bloß kein Provinzblatt. Bloß keine Meldungen über hiesige Sportvereine, die freiwillige Feuerwehr, fünfundneunzigste Geburtstage und Verkehrsunfälle mit einem Traktor. Sie war jetzt so hungrig, dass sie nicht abwarten konnte, bis sie ein Brötchen aufgeschnitten, mit Butter bestrichen und mit Wurst belegt hatte. Sie schüttete den Inhalt der Brötchentüte auf den Tisch, griff sich als Erstes das Weißbrotgebäck mit dem seltsamen Namen und biss hinein.

Die schwäbische Seele war ausgesprochen gut. Und gar nicht so trocken, wie es auf den ersten Blick den Anschein gehabt hatte. Johanna riss ein großes Stück davon ab, bestrich es mit Butter. Sie verschlang die Seele so gierig im Stehen, als hätte sie seit Tagen nichts mehr gegessen. Sie schien hier überhaupt alles im Stehen zu essen. Das musste sie sich dringend abgewöhnen. Es hatte etwas Ruheloses, Gehetztes. Bestimmt war es auch ungesund. Als würde sie in einer ungemütlichen Bahnhofshalle vor einem Imbiss noch schnell etwas hinunterschlingen, bevor der Zug kam.

Nach der Seele war ihr Hunger keineswegs gestillt. Johanna setzte sich nun an den Tisch, einen Teil der Einkäufe rings um sich versammelt, aß ein Brötchen mit Salami und warf dabei einen Blick in die Zeitung. Ihre Augen flogen über die Überschriften, doch sie merkte sich nicht, was sie las. Sie dachte an Helene, daran, dass hier der Ort war. Hier in der Küche war sie gestorben, als sie sich auch gerade zum Frühstück setzen wollte. Hier unten am Boden, direkt neben Johannas Füßen. Hatte sie geahnt, dass es ihr letztes Frühstück sein würde?

Alte Heuchlerin, dachte Johanna, tu doch nicht so, es geht dir doch gar nicht nahe.

Der Tod kam jeden Tag zu Besuch, überall, in der

Regel ungebeten, das wusste Johanna natürlich – aber sie wünschte, er hätte nicht vor Kurzem ausgerechnet den Platz aufgesucht, an dem sie jetzt frühstückte. Seine Anwesenheit war immer noch zu spüren. Davon war sie überzeugt.

Es war schon nach zwölf. Johanna packte Wurst, Käse und Butter in den Kühlschrank, fegte die Krümel vom Küchentisch und machte sich auf die Suche nach einem Telefonbuch. In den gelben Seiten fand sie unter dem Stichwort »Wohnungsauflösungen« nur drei Nummern. Bei der ersten meldete sich der Anrufbeantworter und verwies auf Bürozeiten am Nachmittag. Johanna hinterließ ihre Handynummer. Bei der zweiten verkündete ein überaus mürrischer Mann in einem Schwäbisch, das Johanna kaum verstand, dass sie so etwas grundsätzlich zwar machten, er aber erst in der kommenden Woche Zeit habe, sich die Möbel anzusehen. Die dritte rief sie nicht an. Als Nächstes versuchte Johanna es bei dem Immobilienmakler in der Nachbarstadt, dessen Telefonnummer sie von ihrer Mutter hatte. Immerhin schien er zu wissen, wer sie war und um welches Objekt es sich handelte. Er sagte, ihre Mutter habe schon mit ihm gesprochen. Johanna wunderte sich darüber, dass ihre Mutter so viel Einsatz gezeigt hatte, aber wahrscheinlich war die Aussicht auf eine Erbschaft so verlockend. Am nächsten Tag in der Mittagspause habe er Zeit, sich das Haus anzusehen, sagte er und sie vereinbarten ein Treffen für zwölf Uhr.

Einerseits wertete Johanna die Verabredung mit dem Makler am nächsten Tag als Erfolg, als Beweis dafür, dass sie sich um ihre Aufgabe kümmerte, andererseits war sie mit der Auflösung des Haushalts noch keinen Schritt weitergekommen, nicht einmal gedanklich.

Immer noch keine Nachricht von Ines auf ihrem Handy. Johanna hatte fast einen ganzen Vormittag nicht mehr an sie gedacht. War das ein gutes oder ein schlechtes Zeichen? Sie beschäftigte sich mit der Suche nach einem persönlichen Adressbuch Helenes, denn sie musste Angelika Fleiß ausfindig machen und mit ihr reden. Sie musste so viel tun, bis sie endlich wieder von hier wegkonnte, und es wuchs ihr schon jetzt über den Kopf, bevor sie überhaupt richtig angefangen hatte. So wird das nie was, dachte sie. Die tatkräftige Ines hätte es wahrscheinlich sofort geschafft, alles unter Dach und Fach zu bekommen. Kein Wunder, dass Johanna es nicht zu einem anständigen Beruf gebracht hatte, wie ihre Mutter immer sagte. Sie hatte kein Durchsetzungsvermögen. Keinen Biss. Nicht einmal die Promotion hatte sie nach ihrem Studium geschafft.

Das Haus immerhin machte Johanna an diesem sonnigen Tag keine Angst mehr. Sie durchstöberte es zögerlich, doch zugleich neugierig, betrat auch zum ersten Mal Helenes Schlafzimmer. Eine Tagesdecke in Rot- und Beigetönen lag auf dem Bett. Hatte Helene ordentlich ihr Bett gemacht, bevor sie in der Absicht zu frühstücken nach unten gegangen war und dann starb? Hatte sie jeden Tag ordentlich ihr Bett gemacht? Oder war es Angelika Fleiß gewesen, die mit dem Putzen immer oben begonnen hatte, wie sie sagte?

Vielleicht war Fleiß ja ein noch schlimmerer Name als Fink. Johanna fand kein Adressbuch von Helene und vergaß es auch für einen Moment, denn sie war von dem Raum sehr angetan. Auch hier ein Regal mit Büchern. Helene war Bibliothekarin gewesen. Was sie allerdings vor über dreißig Jahren von Westfalen nach Baden-Württemberg geführt hatte, wusste Johanna nicht. Ihre Mutter hatte darüber nie etwas erzählt. Und seltsam, Johanna hatte auch nicht danach gefragt. Erst jetzt fiel es ihr auf, im Schlafzimmer ihrer Tante, die nun nicht mehr lebte. Sie schämte sich plötzlich. Sie saß auf Helenes gemachtem Bett, blickte auf ein gerahmtes Bild an der Wand gegenüber und schämte sich dafür, dass sie sich all die Jahre – die meisten ihres eigenen Lebens – nicht für ihre Tante interessiert hatte.

Durch die halb zugezogenen Vorhänge schimmerte weich das Tageslicht. Ein wirklich schöner Raum. Zu Johannas Verwunderung standen an beiden Seiten des Bettes kleine, identische Nachttische. War Helene nicht ihr Leben lang allein gewesen? Das Bild, das an der Wand gegenüber vom Bett hing, war kein Druck, sondern ein Original. Es zeigte eine sanfte, hügelige Landschaft. Vielleicht die Gegend hier? Johannas erster Eindruck war, dass es ihr nicht sonderlich gefiel, dass sie es sich ganz sicher nicht an die Wand hängen würde, und auch der zweite Eindruck änderte daran nichts. Helene allerdings musste es gemocht haben, denn sie hatte beim Wachwerden als Erstes auf dieses Bild geblickt, jeden Morgen. Johanna wollte die Schublade eines der Nachttische aufziehen, doch im letzten Moment schreckte sie davor zurück. Zu indiskret. Als würde Helene noch leben.

Vielleicht kannte Angelika Fleiß die Geschichte zu dem Bild. Falls es eine Geschichte dazu gab. Ob sie Johannas Tante gut gekannt hatte, vertraut mit ihr gewesen war? Vielleicht sogar befreundet? Johanna wusste nichts. Nicht einmal, wie lange Angelika Fleiß für Helene gearbeitet hatte.

Ohne den Keller inspiziert, ohne einen Rückruf wegen der Wohnungsauflösung erhalten zu haben – geschweige denn einen von Ines –, machte sich Johanna am Nachmittag auf den Weg zu ihrer Verabredung.

5

Unterwegs fragte Johanna sich, worüber sie mit Christiane Holzapfel eigentlich reden sollte und ob es wirklich eine gute Idee gewesen war, sich mit ihr zu verabreden. Eine übereilte Zusage, der Tatsache geschuldet, dass sie sich einsam, verlassen und fremd fühlte. Sie hatte sich wie ein herrenloser Hund benommen, der beim Erstbesten, der das Wort an ihn richtet und seinen Kopf tätschelt, bereitwillig und dankbar mitgeht.

Wahrscheinlich übertrieb sie. Christiane Holzapfel war einfach eine nette Person und Gesprächsthemen fanden sich immer. Johanna machte sich zu viele Gedanken, wieder einmal. *Johanna, du grübelst zu viel. Eines Tages wird es dich noch umbringen.*

Christiane Holzapfel hatte ihr den Weg gut beschrieben, sie fand das schmucke Einfamilienhaus auf Anhieb. Es machte einen gepflegten, einladenden Eindruck und man sah, dass seine Bewohner es liebten. Auch hier stand ein Auto auf dem Gehweg, neben dem Eingang lagen ein Kinderfahrrad und ein Skateboard auf dem Boden. Auf dem ovalen Keramikschild an der Tür stand in geschwungener Schreibschrift: »Hier wohnen Thomas, Christiane, Lisa und Leonard Holzapfel«. Die Namen waren von Blüten umrankt.

Noch bevor Johanna auf den Klingelknopf drücken konnte, öffnete Christiane Holzapfel die Tür.

»Ich habe Sie kommen sehen«, sagte sie zur Begrüßung. »Sie sind aber pünktlich! Na ja, die

Entfernungen sind hier ja auch etwas kleiner als in Berlin.«

Sie lächelte Johanna an, wie am Morgen im Lebensmittelladen, reichte ihr die Hand und trat dann einen Schritt zur Seite, um sie ins Haus zu lassen. Nun war Johanna überzeugt, dass sie sich unnötige Gedanken gemacht hatte. Christiane Holzapfel war ein herzlicher, unkomplizierter Mensch. Sie trug jetzt andere Kleidung und erschien Johanna noch ein wenig eleganter als am Vormittag, als hätte sie sich für eine Verabredung zum Kaffee besondere Mühe gegeben. Im Gegensatz zu ihr. Johanna ärgerte sich über ihre Nachlässigkeit. Sie hätte mehr auf ihre Kleidung achten müssen. Wieder bereute sie es, kaum etwas auf die Reise mitgenommen zu haben.

Im Flur der Familie stand eine bunte Schultasche, an der Garderobe hingen ein Sakko, zwei, drei Freizeitjacken, ein Mantel und eine Kinderjacke. Schuhe unterschiedlicher Größe waren auf zwei Schuhregalen ordentlich aufgereiht.

Johanna hängte ihre Jacke an die Garderobe und Christiane Holzapfel, die noch immer lächelte, führte sie durch den Flur in das Wohnzimmer im rückwärtigen Teil des Hauses. Dort war der Esstisch bereits gedeckt. Für drei Personen, wie Johanna sah.

»Setzen Sie sich doch«, sagte ihre Gastgeberin. In den Flur rief sie: »Lisa!« Als nichts geschah, wiederholte sie es: »Lisa, kommst du? Wir haben Besuch.«

Auf eine Begegnung mit einem pubertierenden Mädchen hätte Johanna gut verzichten können, umgekehrt galt das für das Mädchen sicher auch. Wenn es nach Johanna gegangen wäre, müsste Christiane

Holzapfel nicht nach ihr rufen. Sie warf einen Blick in den Garten, bevor sie sich setzte. Jetzt, in der kälteren Jahreszeit, sah er ein wenig trist aus, doch sie konnte sich vorstellen, dass er im Frühling und Sommer ein Paradies war.

»Lisa ist unsere Tochter«, sagte Christiane Holzapfel. »Sie werden sie ja gleich kennenlernen. Wenn sie so gnädig ist, ihr Zimmer zu verlassen und herunterzukommen. Ein schwieriges Alter.« Sie seufzte. »Haben Sie auch Kinder?«

»Nein«, sagte Johanna.

»Na, dann bleibt Ihnen einiges erspart.« Christiane Holzapfel lachte und Johanna lachte mit. Sie setzte sich zu ihr an den Tisch, stand jedoch im nächsten Moment wieder auf. Diese Ruhelosigkeit hatte sie am Vormittag im Laden nicht ausgestrahlt. »Entschuldigen Sie«, sagte sie, »ich muss ja den Kaffee holen.«

»Soll ich Ihnen helfen?«, bot Johanna an und stand ebenfalls wieder auf.

»Aber nein«, sagte Christiane Holzapfel, »wobei denn helfen? Außerdem sind Sie doch der Gast.« Sie rief wieder in den Flur, diesmal drängender: »Lisa!« An Johanna gewandt sagte sie: »Tut mir leid.«

Sie verschwand in der Küche und kehrte mit einer alten, schönen Kaffeekanne aus Porzellan zurück. Eine solche Kanne hatte Johanna das letzte Mal vor Jahrzehnten in der Küche ihrer strengen Großmutter gesehen.

»Ich habe den Kaffee nach der altmodischen Methode gekocht«, sagte Christiane Holzapfel und fast erwartete Johanna, dass sie sich nun auch dafür entschuldigen würde, doch stattdessen kicherte sie, als handelte es sich um etwas Verbotenes oder zumindest Anstößiges. »Obwohl wir natürlich auch eine neue Maschine haben. So ein sündhaft teures Ding aus Chrom, das man dauernd putzen muss. Mein Mann wollte unbedingt eine.«

Sie goss Kaffee ein, zuerst Johanna, dann sich selbst, und setzte sich. Gleich darauf stand sie wieder auf.

»Jetzt habe ich doch den Kuchen vergessen!« Sie lächelte Johanna entschuldigend an und ließ sie erneut alleine am Esstisch zurück.

Johanna nahm einen Schluck Kaffee und blickte wieder in den Garten. Sie konnte eine Schaukel sehen, für die zumindest die Tochter inzwischen wohl zu alt war – andererseits, schaukelte man nicht in jedem Alter gern? –, eine Tischtennisplatte, auf der heruntergefallene Blätter lagen. Auf der Terrasse direkt hinter der breiten Glastür standen ein Tisch und vier Stühle. Für einen Moment hatte Johanna den Garten im Sommer vor Augen, das Leben, das die Familie Holzapfel hier führte. Ein Leben, das sie selbst nicht hatte. Bislang hatte sie auch keine Sehnsucht danach verspürt, doch nun fühlte sie einen überaus heftigen und schmerzhaften Stich. Neid. Neid auf Christiane Holzapfel und ihr Familienleben. Johanna hatte keine Kinder, keinen Garten, keine Tischtennisplatte, von der sie im Herbst das Laub hätte fegen müssen, sie hatte, wenn sie ihre Situation in Berlin richtig einschätzte, nicht einmal mehr eine feste Partnerschaft.

Christiane Holzapfel kehrte mit einem großen Teller zurück, voll beladen mit unterschiedlichen Kuchenstücken. Johanna hatte gar keinen Appetit auf etwas Süßes, nahm sich aber vor, den Kuchen wegen der Gastfreundschaft trotzdem zu essen, mehr noch, so zu tun, als hätte sie sich nichts sehnlicher gewünscht.

»Lisa!«, rief Christiane Holzapfel mit dem Kuchenteller in der Hand ärgerlich. »Lisa!«

Oder war es verzweifelt, nicht ärgerlich?

Vielleicht sitzt die Tochter unter Kopfhörern, dachte Johanna, und hört die Mutter gar nicht.

»Sie müssen entschuldigen«, sagte Christiane Holzapfel und setzte sich. »Ich kann nicht garantieren, dass unsere Tochter wirklich herunterkommt.«

»Vielleicht hört sie Sie gar nicht?«, sagte Johanna.

»Doch, sie hört mich sehr gut«, sagte Christiane Holzapfel. »Wir fangen einfach schon mal an, oder?«

»Ich habe schon angefangen.« Johanna deutete auf ihre Kaffeetasse und Christiane Holzapfel goss ihr sofort welchen nach. Sie nahmen sich beide von dem Kuchen.

»Das ist ja ein trauriger Anlass, der Sie hierher geführt hat«, sagte Christiane Holzapfel. »Ich meine, der Tod Ihrer Tante.«

»Kannten Sie meine Tante?«, fragte Johanna und begann zu essen.

»Flüchtig. Vom Sehen. Wie man sich hier eben so kennt. Ich habe sie hin und wieder beim Einkaufen getroffen und manchmal haben wir uns kurz unterhalten. Über Bücher. Ihre Tante sprach gerne über Literatur, aber das wissen Sie ja sicher.«

Johanna wusste es nicht und sie schämte sich.

»Und ich bin ja eigentlich Lehrerin«, fuhr Christiane Holzapfel fort. »Auch wenn ich das inzwischen selbst fast vergessen habe.«

»Welche Fächer?«, fragte Johanna.

»Deutsch und Englisch, Gymnasialstufe. Dann kam Lisa, als ich kurz nach dem Referendariat meine erste Stelle hatte. Und ich habe erst mal aufgehört. Und wie das so ist, daraus wurde ein Dauerzustand. Fünf Jahre nach Lisa kam Leonard. Ich bin nie wieder reingekommen. In den Beruf, meine ich.«

Christiane Holzapfel hielt die Kuchengabel mit einem Stück Mohnkuchen darauf in der Luft. Statt sie zum Mund zu führen und das Stück Kuchen zu essen, blickte sie auf einen Punkt in der Ferne – oder in ihre eigene Vergangenheit.

»Aber ich bereue es nicht«, sagte sie dann und schien sich wieder an die Gegenwart und die Kuchengabel in ihrer Hand zu erinnern. Sie legte die Gabel auf dem Teller ab und sah Johanna an. »Und Sie? Was machen Sie in Berlin?«

»Ich bin Lektorin«, sagte Johanna.

»Oh! Lektorin! Wofür? Und für welchen Verlag?«

»Wissenschaft. Hauptsächlich Geschichte. Für unterschiedliche Verlage. Freiberuflich, nicht fest angestellt.« Johanna erwartete eine ablehnende oder zumindest verwunderte Reaktion, ähnlich wie bei ihrer Mutter, die nicht müde wurde zu erwähnen, Johannas Tätigkeit sei ja kein richtiger Beruf, doch Christiane Holzapfel schien eher beeindruckt zu sein.

»Ich stelle mir das wunderbar vor«, sagte sie schwärmerisch. »Sie haben doch dann auch viele Freiheiten, können sich Ihre Arbeitszeiten selbst aussuchen. Und dann noch in Berlin …«

»Freiheit ja«, sagte Johanna. »Aber meistens auch nicht allzu viel Geld.« Nein, sie würde einer Fremden jetzt nicht erzählen, dass sie seit Monaten keinen Lektoratsauftrag mehr hatte. Und ebenso wenig, dass sie in Berlin mit einer Frau zusammenlebte. Wie reagierte man hier auf dem Land wohl darauf? Doch es stimmte ja gar nicht, Johanna lebte nicht mit einer Frau zusammen. Genau genommen wusste sie nicht einmal, ob Ines und sie überhaupt noch ein Paar waren. Sobald sie wieder in Helenes Haus war, würde sie Ines anrufen.

»Ach, ich beneide Sie«, sagte die Frau, die Johanna ihrerseits wenige Minuten zuvor um ihr Haus, ihren Garten, ihre Familie beneidet hatte, mit einem schwärmerisch-verträumten Ausdruck im Gesicht. »Nicht, dass mir mein Leben nicht gefallen würde, aber wie das klingt … freie Lektorin … Berlin …«

Beide hörten ein Geräusch aus dem oberen Stockwerk.

»Lisa?«, rief Christiane Holzapfel.

Keine Antwort. Einen Moment wirkte Christiane Holzapfel so, als wollte sie wieder aufstehen, doch sie schien sich anders zu besinnen und blieb sitzen. »Leo, unser Sohn«, sagte sie, »hat heute Nachmittag Training. Und mein Mann ist bei einer Schulkonferenz. Thomas ist auch Lehrer. Wir haben uns im Studium kennengelernt. Ich hatte es mir ja eigentlich ganz schön vorgestellt, wenn wir drei Frauen zusammensitzen. Wobei Lisa ja noch ein Kind ist. Auch wenn sie sich natürlich sehr erwachsen fühlt.«

»Offenbar hat sie keine Lust auf Kaffeetrinken mit uns«, sagte Johanna. »Aber das macht doch nichts.« Sie warf einen Blick auf den großen Teller in der Mitte des Tisches, der immer noch randvoll mit Kuchenstücken bedeckt war. »Obwohl es für uns beide ein bisschen viel Kuchen ist, wenn ich das sagen darf.«

»Ich habe bei Nägele – das ist unser Lebensmittelladen – ganz spontan den Entschluss gefasst, Sie zum Kaffee einzuladen, deswegen habe ich so viel gekauft«, sagte Christiane Holzapfel. »Ich war mir natürlich nicht sicher, ob Sie wirklich kommen würden, aber ich dachte, ich versuch's einfach mal. Sie sahen ein wenig verloren aus.«

Johanna erschrak. War ihr so deutlich anzusehen, wie sie sich fühlte, dass es sogar einer vollkommen Fremden an der Kuchentheke auffiel?

»Ich bin gestern Abend angekommen«, sagte sie, »und bislang war noch niemand besonders freundlich zu mir.« Sie dachte an Angelika Fleiß, die sie nicht gerade willkommen geheißen hatte. Sie musste Christiane Holzapfel unbedingt fragen, ob sie Angelika Fleiß kannte.

»Machen Sie sich nichts draus«, sagte Christiane Holzapfel. »Die Leute kennen Ihr Gesicht noch nicht. Die sind am Anfang so. Es ist halt ein kleiner Ort. Ich stamme übrigens auch nicht von hier, sondern aus Norddeutschland. Ich bin damals zum Studium nach Tübingen gegangen. Ach, ist das schon lange her. Als Leo auf der Welt war, haben wir uns dann das Haus hier gekauft.«

»Deswegen sprechen Sie keinen Dialekt«, sagte Johanna.

Christiane Holzapfel lachte. »Richtig. Ich brauchte damals eine Weile, um mich daran zu gewöhnen. So lange, dass Sie sich daran gewöhnen können, werden Sie aber sicher nicht bleiben, oder?«

»Nein, nicht allzu lange. Das Haus meiner Tante wird verkauft und ich soll mich darum kümmern.« Mit Verwunderung sah Johanna, dass sie ihr Stück Kuchen bereits aufgegessen hatte, obwohl ihr doch nicht nach etwas Süßem war. Sie fühlte sich wohl. Sie spürte, wie die Anspannung des gestrigen Abends, der Nacht und des Vormittags von ihr abfiel. Das Zusammensein mit Christiane Holzapfel wärmte ihr das Herz. Der erste Mensch in diesem Nest, der ihr eine Tasse Kaffee anbot und sie nicht nur anstarrte. Sie erzählte Christiane Holzapfel von dem Weißbrotgebäck und seinem seltsamen Namen, ihre Gastgeberin erklärte ihr, der Ursprung des Namens liege vermutlich in Allerseelen.

»Sollen wir nicht Du sagen?«, fragte Christiane Holzapfel.

»Ja, gerne. Ich bin Johanna.«

»Christiane.«

»Auf die Seelen«, sagte Johanna.

Plötzlich stand ein junges Mädchen im Zimmer. Weder Johanna noch Christiane Holzapfel hatten sie bemerkt.

»Da bist du ja endlich«, sagte Christiane Holzapfel, woraufhin das Mädchen die Augen verdrehte. »Das ist Lisa, unsere Tochter. Lisa, das ist Johanna aus Berlin, Frau Leinwebers Nichte. Du weißt doch, Frau Leinweber, die kürzlich gestorben ist. Johanna … oh, ich weiß Ihren, ich meine deinen Nachnamen gar nicht.«

»Fink«, sagte Johanna. Und an Lisa gewandt: »Hallo.«

»Hallo«, nuschelte Lisa, sah Johanna kaum an und machte keine Anstalten, sich zu setzen.

»Kümmerst du dich selbst um deinen Tee?«, sagte Christiane zu ihrer Tochter. »Ich mache doch immer irgendwas falsch. Zu kurz ziehen lassen, zu lange ziehen lassen oder ihn schief angucken …«

Lisa schlurfte zur Küche. Man hörte sie mit dem Wasserkocher hantieren.

»Grüner Tee«, sagte Christiane leise. »Lisa ist gerade auf dem Gesundheitstrip, das ist ihre neuste Marotte. Ich habe in ihrem Alter am liebsten Cola getrunken.«

»Ja, ich auch«, sagte Johanna und lachte.

»Wir leben schon auch sehr gesund«, beeilte sich Christiane zu sagen, immer noch mit gedämpfter Stimme, »wir kaufen meistens alles im Bioladen im Nachbarort, aber Lisa übertreibt ein wenig.«

»Liegt das nicht am Alter?«, fragte Johanna.

»Was?«

»Das Übertreiben. Egal, womit.«

»Ja, wahrscheinlich hast du recht.«

Nach einigen Minuten kehrte Lisa mit einem Becher Tee zurück und setzte sich auf den freien Platz. Sie sah Johanna noch immer nicht an, auch nicht ihre Mutter. Stattdessen blickte sie abwechselnd in ihren Tee und auf ihre Fingernägel und schien dabei äußerst bemüht, so gelangweilt wie möglich zu wirken. Sie sah so aus wie die Teenager, die Johanna auch in Berlin in der U-Bahn und auf der Straße sah: lange Haare, sehr enge Jeans, der Pullover ließ ein Stück ihres Bauches frei. Ein junges Mädchen in einem Körper, der unaufhaltsam die Kindheit abstreifte, sich aber noch nicht recht dazu durchringen konnte, vollständig erwachsen zu werden. Das Resultat war ein Stadium dazwischen.

Sie tat Johanna leid. Wahrscheinlich würde sie jetzt lieber mit ihren Freundinnen telefonieren, statt hier unten mit ihrer Mutter und fremdem Besuch am Kaffeetisch zu sitzen. Oder was taten Mädchen in diesem Alter? Lisa langweilte sich. Es war unverkennbar, dass sie nicht hier sein wollte. Erst als Johanna sich eine Mohnschnecke vom Kuchenteller nahm, rief das eine erkennbare Reaktion bei ihr hervor: Abscheu.

»Ich habe mich einfach selbst bedient«, sagte Johanna und schielte zu dem Mädchen.

»Aber natürlich«, entgegnete Christiane Holzapfel. Zu Lisa sagte sie: »Nimm dir doch auch ein Stück Kuchen.«

»Du weißt doch, dass ich so was nicht esse«, zischte Lisa und sah angeekelt auf Johannas Mohnschnecke und den Kuchenteller in der Mitte des Tisches.

»Du hast es aber mal gegessen«, sagte Christiane. »Und zwar sehr gerne. Du konntest nicht genug davon kriegen. Das ist noch gar nicht so lange her. Ich kann mich noch gut daran erinnern.«

Lisa verdrehte die Augen. »Das muss wohl in einem anderen Leben gewesen sein«, murmelte sie.

Im Folgenden redete Christiane Holzapfel über Essen und Kochen, erkundigte sich bei Johanna, ob die Küche ihrer Tante denn noch vollständig eingerichtet sei, und gab ihr Tipps, wo sie im Ort essen gehen könne. Zwei Landgaststätten. Augenscheinlich kochte sie gern und ihre unverkennbare Vorliebe für Pasta und italienische Kost passte zum Stil des Hauses und zu einer jungen, modernen Familie des Bildungsbürgertums. Johanna vergaß vorübergehend, dass eine mürrisch dreinblickende Pubertierende, die zwischendurch nur an ihrem Tee nippte und sich nicht am Gespräch beteiligte, mit am Tisch saß.

Als ihre Mutter sich ein zweites Stück Kuchen auf den Teller legte, meldete sich die schweigsame Tochter plötzlich zu Wort.

»Dreihundertfünfzig Kalorien«, sagte sie.

»Was?«, fragte Johanna irritiert.

»Das da«, sagte Lisa, sah Johanna zum ersten Mal an, nur ganz kurz, und zeigte angewidert auf das Stück Apfelkuchen auf dem Teller ihrer Mutter. »*Das da*« – sie betonte diese zwei Wörter so, als würde es sich um etwas unbeschreiblich Abstoßendes handeln – »sind ungefähr dreihundertfünfzig Kalorien.«

»Aha.« Johanna blickte zuerst auf Christianes Teller, auf dem nun dreihundertfünfzig Kalorien lagen, dann auf ihren eigenen und die Hälfte der Mohnschnecke.

»Ganz schlimm«, Lisa wies mit dem Kinn zu Johannas Teller, »ungefähr vierhundert Kalorien.«

»Lisa, bitte«, sagte Christiane, »verdirb uns nicht den Appetit!« Sie lächelte verlegen. »So etwas weiß sie auswendig.«

Oder war es Stolz, keine Verlegenheit?

»Erstaunlich«, sagte Johanna.

»Und natürlich isst Lisa seit Neustem auch kein Fleisch mehr.«

»Natürlich«, sagte Johanna. Auch sie hatte eine Weile das Dasein als Vegetarierin probiert, es allerdings nicht allzu lange durchgehalten, denn ein Lammbraten hatte ihre guten Vorsätze zunichtegemacht – oder war es ein Brathähnchen gewesen? – und sie hatte sich geschlagen geben müssen.

»Ich verstehe nicht, wie jemand überhaupt Fleisch essen kann«, sagte Lisa voller Verachtung. »Man sollte es verbieten. Und die Leute einsperren, die es trotzdem tun.«

»Lisa, bitte!« Mit ihrem Zwischenruf wollte Christiane Holzapfel wahrscheinlich erreichen, dass ihre Tochter mit dem Thema aufhörte, doch er war viel zu schwach. Nicht autoritär genug.

»Dann säßen wohl viele Leute im Gefängnis«, warf Johanna ein.

»Ja und?«, sagte Lisa. »Das hätten sie doch auch verdient. Mörder.« Ein böser Blick zu ihrer Mutter.

»Wieso kennst du dich eigentlich so gut mit Kalorien aus?«, fragte Johanna und schämte sich kurz angesichts ermordeter Lämmer und Hähnchen.

»Es ist doch wichtig, was man isst«, antwortete Lisa. »Oder etwa nicht?«

»Doch, sicher.«

»Johanna, willst du noch Kaffee?«, fragte Christiane und hielt die Kanne schon in der Hand.

»Ja, gerne.« Johanna war gar nicht daran gewöhnt, bedient zu werden. Sie genoss es, aber gleichzeitig hatte es etwas Beunruhigendes. Als würde es sich im nächsten Augenblick als Irrtum herausstellen. Sie nahm sich, von Lisa beobachtet, Milch aus dem Porzellankännchen.

»Und dass du immer die Milch mit dem höchsten Fettgehalt kaufen musst«, tadelte Lisa ihre Mutter.

»Du trinkst doch sowieso keine«, sagte Christiane.

Lisa verdrehte wieder die Augen. Offenbar das typische Mienenspiel einer Pubertierenden. Sie rutschte unruhig auf ihrem Stuhl herum.

»Kann ich wieder nach oben gehen?«, fragte sie schließlich. »Ich muss noch Hausaufgaben machen.«

»Ja, sicher.« Christiane Holzapfel seufzte.

Lisa stand auf und schob ihren Stuhl lautstark nach hinten. Verachtung sprach aus ihren Blicken und ihrer Körperhaltung. Doch wahrscheinlich war es nichts weiter als Unsicherheit, dachte Johanna. Lisa verabschiedete sich nicht von ihr, verließ wortlos den Raum. Johanna hörte, wie sie die Treppe nach oben ging. Hausaufgaben sind ein guter Vorwand, um sich aus dem Staub zu machen, dachte sie. Welche Mutter hätte dagegen schon etwas einzuwenden?

»Lange hat unsere Tochter es ja nicht ausgehalten«, sagte Christiane.

»Hast du nicht selbst gesagt, das ist ein schwieriges Alter?«

»Ja, stimmt, das habe ich.«

Sie aßen jede noch ein weiteres Stück Kuchen – auch davon hätte Lisa sicher den genauen Kaloriengehalt im Kopf, dachte Johanna –, redeten über die Studienzeit und ihre damaligen Vorstellungen, wie ihr Leben verlaufen sollte. Johanna hatte den Eindruck, dass Christiane Holzapfel sich in ihrem jetzigen Leben wohlfühlte. Danach erzählte ihr Johanna vom Zustand des Hauses und fragte sie, ob sie jemanden wisse, der Helenes Möbel abholen würde. Christiane versprach, sich deswegen umzuhören und ihr Bescheid zu sagen. Johanna wollte ihrer Gastgeberin auch von den Geräuschen in der Nacht erzählen, von dem toten Buchfinken am ersten Abend auf der Terrasse, ließ es dann aber. Hier auf dem Land Bestürzung über einen toten Vogel zu zeigen, erschien ihr doch zu albern.

»Ich würde mich freuen, wenn du nicht so bald nach Berlin zurückfährst«, sagte Christiane, »obwohl das ein sehr egoistischer Wunsch ist. Du hast zu Hause bestimmt viel zu tun und sowieso keine Lust, länger als nötig in der schwäbischen Provinz zu sitzen.«

»Ein paar Tage werde ich schon noch bleiben.« Johanna hatte im Moment zu Hause nahezu gar nichts zu tun, aber das musste Christiane Holzapfel ja nicht wissen. Sollte ihre neue Bekannte sie ruhig für eine viel beschäftigte Person halten.

»Du bist bestimmt mit deinem Laptop verreist«, sagte Christiane. »Und mit Manuskripten, die du bearbeitest.« Sie hatte wieder dieses schwärmerische Gesicht.

»Äh … ja, sicher.« Christiane Holzapfel musste nicht wissen, dass das Einzige, was Johanna gestern Abend gelesen hatte, *Dracula* von Bram Stoker war.

Dann fiel ihr der Vormittag wieder ein und die unerfreuliche Begegnung mit Helenes Putzhilfe.

»Sag mal, kennst du zufällig Angelika Fleiß?«, fragte sie.

»Ja«, sagte Christiane. »Wieso?«

»Ach, nur so. Sie war heute Morgen im Haus, also im Haus meiner Tante. Sie hat für sie geputzt.«

»Ich weiß«, sagte Christiane.

Johanna berichtete ihr von dem Vormittag, von dem Schreck, den Angelika Fleiß ihr mit ihrem plötzlichen Erscheinen eingejagt hatte, und, allerdings nur angedeutet, da sie nicht wusste, wie gut Christiane Holzapfel sie kannte, von ihrer barschen Art.

»Angelika und ich«, sagte Christiane, »wir hatten uns mal ein bisschen angefreundet. Aber dann hat es plötzlich aufgehört.«

Ihr Blick war, wie zu Beginn des Nachmittags, wieder in eine unbestimmte Ferne gerichtet. Johanna hatte das Gefühl, dass sie nicht über Angelika Fleiß reden wollte, darüber, warum die Freundschaft plötzlich aufgehört hatte, wie sie sich ausdrückte, und sie entschied, vorerst nicht nachzufragen.

»Ich denke, ich werde langsam gehen«, sagte Johanna und stand auf. »Soll ich dir mit dem Geschirr helfen?«

»Ach was«, sagte Christiane, »das erledigt doch sowieso die Spülmaschine. Und außerdem bist du der Gast, schon vergessen?«

Zusammen gingen sie vom Wohnzimmer in den Flur, Johanna nahm ihre Jacke von der Garderobe und zog sie an.

»Danke für den schönen Nachmittag«, sagte sie. »Du bist der erste Mensch hier, der nett zu mir ist.«

»Ich habe zu danken«, sagte Christiane. »Und, was machst du heute noch?«

»Endlich planen, wie ich die Haushaltsauflösung angehe«, sagte Johanna.

Sie hörten, wie von draußen ein Schlüssel ins Schloss gesteckt wurde.

»Das ist Leo, unser Sohn«, sagte Christiane.

Ein hübscher Junge kam herein, in der Hand eine Sporttasche. Noch im Gehen streifte er sich die Turnschuhe von den Füßen, ohne dazu die Hände zu benutzen, und ließ sie anschließend achtlos im Flur liegen. Johanna beachtete er kaum.

»Hallo«, sagte Johanna.

»Hi«, antwortete er mit einer niedlichen, hellen Kleinjungenstimme.

Christiane bückte sich automatisch und räumte seine Schuhe in eins der Schuhregale.

»Wann gibt's Essen?«, fragte Leo.

»Später, wenn Papa zu Hause ist. Er ist auf einer Konferenz. Es ist noch Kuchen übrig. Iss aber nicht zu viel. Und trink was. Keine Cola – Apfelsaft.«

»Ja, ja, okay«, sagte Leo, zog seine Jacke aus, hängte sie an die Garderobe und ging die Treppe nach oben. Seine Sporttasche hatte er auch im Flur liegen lassen.

»Ein hübscher kleiner Kerl«, sagte Johanna.

»Ja, das ist er. Der ganze Stolz seines Vaters.«

»Und Lisa?«

»Lisa?« Christiane schien einen Moment verwundert. »Doch, auch, sicher, natürlich, aber … ganz anders. Leo ist eben sein Sohn. Da sind Männer sehr eigen. Thomas ist da keine Ausnahme.«

Johanna öffnete die Haustür und als sie nach draußen ging, versprach Christiane Holzapfel, sich wegen der Abholung der Möbel umzuhören – am besten wäre es doch, wenn sie noch einen guten Preis dafür erzielen könne – und sie am nächsten Tag anzurufen. Johanna sah wieder auf das Keramikschild neben der Klingel mit den blumenumrankten Vornamen der Holzapfels.

Draußen dämmerte es längst, bald würde es ganz dunkel sein. Johanna hatte bei Christiane Holzapfel die Zeit vergessen und ihrem Eindruck nach war es ihrer Gastgeberin genauso gegangen. Es tat gut, für ein paar Stunden nicht allein gewesen zu sein.

Sie hatte beim Gehen schon immer gut denken können, als wäre dann ihr Geist beflügelt, als gerieten die Synapsen in einen leichten, beschwingten Trab. Ihr war ein wenig übel von dem vielen Kuchen und sie dachte unterwegs über die Familie Holzapfel nach. Eine ausgesprochen nette Mutter, die sich vielleicht ein wenig zu oft entschuldigte, eine vegetarische Tochter in der Pubertät, die Kalorientabellen auswendig aufsagen konnte – ob sie ihre Latein- oder Französischvokabeln wohl genauso gut beherrschte? – und ansonsten kaum ein Wort sprach, ein auffallend hübscher Sohn, der seine Sportsachen zu Boden fallen ließ, sobald er das Haus betrat, weil er wahrscheinlich davon ausging, dass seine Mutter sie schon wegräumen würde, was ja auch zutraf. Ob aus dem hübschen Kleinen später auch ein schöner Mann werden würde? Wurden aus schönen Kindern automatisch attraktive Erwachsene? Johanna war neugierig, wie Thomas Holzapfel aussah, doch sie hatte das Gefühl, Christiane war es nicht unrecht gewesen, dass sie noch vor seinem Eintreffen gegangen war, denn beim Abschied hatte sie plötzlich eine gewisse Nervosität gezeigt.

Kurz bevor sie Helenes Haus erreicht hatte, bemerkte Johanna eine Gestalt auf der anderen Straßenseite, die sie im Dämmerlicht nicht richtig erkennen konnte. Allem Anschein nach stand sie einfach nur herum, als würde sie auf etwas warten. Johanna dachte sich nichts dabei, bis ihr auffiel, dass die Gestalt ihr bekannt vorkam. Eigentlich war das nicht möglich. Sie war erst gestern angekommen, sie kannte hier niemanden. Doch plötzlich war sie ganz sicher: Es war die Frau mit dem schwarzen Rucksack, die am Vormittag den Eingang zum Lebensmittelladen blockiert hatte und die sie später in der Nähe der Kirche ein zweites Mal gesehen hatte. Täuschte Johanna sich? Nein, sie war es, die unheimliche Frau vom Vormittag, diesmal ohne schwarzen Rucksack. Warum lief sie ihr so oft über den Weg? Das dritte Mal an diesem Tag? Beobachtete sie Johanna? Aber sie konnte doch gar nicht wissen, wo Johanna sich gerade aufhielt, dass sie jetzt auf dem Weg von Christiane Holzapfel zu Helenes Haus war. Außer, sie überwachte Johanna auf Schritt und Tritt. Allerdings war es sicher nicht ungewöhnlich, sich in einem so kleinen Ort mehrmals am Tag zu begegnen. Es war nur ein Zufall. Eine schwarze Katze lief eilig vorbei. Vielleicht die vom Vormittag. Die rätselhaften Anrufe von gestern Abend fielen Johanna wieder ein, die Geräusche in der Nacht. Das unangenehme Zusammentreffen mit der garstigen Angelika Fleiß. Warum hatte Christiane Holzapfel, die sich bei allen anderen Themen als so gesprächig erwies, eigentlich nicht über Angelika Fleiß reden wollen?

Johanna war froh, als sie die Tür zu Helenes Haus aufschloss und keinen Blicken von der anderen Straßenseite mehr ausgesetzt war. Sie bedauerte, beim Weggehen kein Licht eingeschaltet zu haben, denn jetzt empfing sie Finsternis in einem unbelebten Haus. Drinnen verriegelte sie beide Schlösser, genauso wie am ersten Abend, und schaltete schnell die Lampen ein.

Sie holte ihr Handy und setzte sich in Helenes Küche. Noch immer keine Nachricht von Ines. Sie hatte es nicht tun wollen, hatte sich vorgenommen zu warten, bis Ines sich bei ihr melden würde, das gebot der Stolz, doch jetzt hielt sie es nicht mehr aus und rief Ines zu Hause an. Nichts. Der Anrufbeantworter sprang nach dem fünften Klingeln an. Johanna sagte nichts, sondern legte wieder auf. Danach versuchte sie es auf Ines' Handy. Es war ausgeschaltet. Ines war nicht erreichbar. Ines war verschollen. Johanna versuchte zurückzurechnen, wann sie das letzte Mal mit ihr gesprochen hatte. Sie kam auf drei Tage. Vor drei Tagen hatte sie ihre Stimme zum letzten Mal gehört. Waren drei Tage lang oder kurz? Johanna erschienen sie lang, hier in der Fremde mindestens doppelt so lang wie zu Hause in Berlin. In Berlin sprach sie oft zwei, drei Tage nicht mit Ines, ohne sich darüber Gedanken zu machen. Hier waren drei Tage eine Ewigkeit.

Die Enttäuschung darüber, nicht mit Ines sprechen, ihr nichts von ihrem Aufenthalt in der Fremde erzählen zu können, machte das Gefühl der Entspannung, das sie beim Zusammensein mit Christiane Holzapfel empfunden hatte, zunichte. Christiane Holzapfel wartete jetzt nicht verzweifelt auf einen Anruf. Sie saß ein paar Straßen weiter mit ihrer Familie beisammen. Die Tochter würde am Essen herummäkeln, der kleine Sohn eine Augenweide sein, der Ehemann von der Konferenz in der Schule erzählen. Ob Christiane wirklich glücklich war ohne ihren Beruf?

Auch etliche Stunden später verspürte Johanna noch leichte Übelkeit. Sie hatte nach dem Kuchen bei Christiane Holzapfel großes Verlangen nach etwas Herzhaftem und war dankbar für ihre Einkäufe am Vormittag. Sie überwand den Ekel vor Helenes Küche, suchte eine große Pfanne und bereitete sich ein Abendessen aus Kartoffeln, Eiern, Tomaten und Zucchini zu. Mit diesen Zutaten wäre sogar Lisa Holzapfel einverstanden, dachte Johanna. Vielleicht mit Ausnahme der Eier. Beim Essen las sie die Zeitung und sah nebenher fern. Zwischendurch wunderte sie sich erneut über ihren Appetit. Hatte sie nicht erst kürzlich in einer Selbstdiagnose akute Schwermut bei sich festgestellt und zeichnete Schwermut sich nicht unter anderem durch fehlenden Appetit aus? Dass sie immerzu hungrig war, drei Stücke Kuchen hintereinander bei Christiane Holzapfel gegessen hatte und jetzt schon wieder aß, sprach dagegen.

Johanna wurde bald müde und ging auch am zweiten Abend früh schlafen. Wahrscheinlich lag es an der ungewohnten Luft – der Appetit und die Müdigkeit. In ihrem Bett in Helenes kleinem Gästezimmer hörte sie wieder die Kirchturmuhr. Und den Waldkauz, der mit seinem Ruf die Nacht ankündigte. Kurz, bevor sie wegdämmerte, dachte Johanna, dass sie nun schon sieben Menschen hier kannte: Angelika Fleiß, die beiden Verkäuferinnen aus dem Lebensmittelgeschäft Nägele, die sie allerdings auf der Straße vermutlich nicht wiedererkennen würde, Christiane Holzapfel – ein Lichtblick –, ihre Tochter Lisa, ihren Sohn Leonard und die unheimliche Frau, der sie dreimal begegnet war. Unheimliche Frau, dachte Johanna beim Einschlafen – was für ein Unsinn. An ihr war nichts Unheimliches. Sie war im Gegenteil sogar ganz unscheinbar. Bestenfalls seltsam, aber das traf auch auf Angelika Fleiß zu. Und eine schwarze Katze kannte Johanna auch. Doch schwarze Katzen gab es hier bestimmt mehr als nur eine. Unheimliche Frau.

Der Waldkauz und sein unheimlicher Ruf in der Nacht. *Unheimlich.* Mit diesem Wort schlief Johanna am zweiten Abend ein.

6

Johanna nahm ihre Armbanduhr vom Stuhl. Kurz vor zehn. Offenbar war das die Zeit des Wachwerdens, auf die sie sich in Helenes Haus einpendelte. Sie fühlte sich angenehm ausgeschlafen. Vollkommen ausgeruht. Dass sie hier so gut schlief, trotz der allgegenwärtigen Kirchturmuhr und der nächtlichen Rufe des Waldkauzes, verwunderte sie. Es war ihr fast unheimlich – jenes Wort, das sie gestern in den Schlaf begleitet hatte, kam ihr wieder in den Sinn.

Sie stand auf, wollte nach unten gehen, zögerte dann und betrat stattdessen das Schlafzimmer ihrer Tante. Ganz leise und vorsichtig, als könnte sie jemand dabei hören und als handelte es sich um einen verbotenen Raum. Das Gemälde gegenüber vom Bett ging ihr nicht aus dem Kopf. Vermutlich stellte es die schwäbische Alb dar. Johanna kannte sich mit Malerei nicht aus, im Unterschied zu Ines – zumindest behauptete Ines das von sich. Ob wohl alles, was sie behauptete, der Wahrheit entsprach? Johanna fragte sich, wie gut sie ihre Freundin oder ihre Noch- oder vielleicht auch ihre Nicht-mehr-Freundin überhaupt kannte. Aber dieses Bild, das sah auch Johanna, war nicht besonders gut gelungen. Die Perspektive der Hügel stimmte nicht. Oder war das Absicht? Die Farben waren abscheulich. Doch Helene hatte das Bild gemocht, darüber bestand kein Zweifel. Auch ohne ihre Tante näher gekannt zu haben – abgesehen von den wenigen Erinnerungen aus der Kindheit –, konnte Johanna sich nicht vorstellen, dass sie es nur dort aufgehängt hatte, um den Platz an der Wand zu füllen. Dazu war das Haus zu liebevoll eingerichtet.

Zehn Uhr. Viel zu spät für die Schwaben. Hoffentlich stünde gleich nicht wieder Angelika Fleiß unangemeldet im Wohnzimmer, weil sie der Ansicht war, hier ein- und ausgehen zu können, sähe Johanna ein zweites Mal im Schlafanzug und würde ihr Vorhaltungen darüber machen, dass sie sich nicht um ihre Tante gekümmert hatte. Auf eine weitere Begegnung mit der unfreundlichen, garstigen Angelika Fleiß konnte sie gut verzichten. Andererseits wäre es praktisch, dann könnte Johanna sie um die sofortige Herausgabe des Schlüssels bitten und müsste sie deswegen nicht extra anrufen. Angelika Fleiß dachte wahrscheinlich, dass Helenes Nichte ein Lotterleben führte, wenn sie vormittags noch im Schlafanzug herumlief. Manchmal glaubte Johanna es ja selbst von sich.

Doch im Unterschied zu anderen, dachte sie trotzig, arbeite ich oft bis spät in die Nacht – wenn ich Arbeit habe. Als führte sie nicht bloß ein Selbstgespräch in Helenes Schlafzimmer, sondern müsste sich vor jemandem rechtfertigen. Zu Hause in Berlin saß sie oft auch dann noch im Schein ihrer Schreibtischlampe über Manuskripten, wenn die meisten Fenster in den Häusern gegenüber längst dunkel waren.

Sie müsste sich nun endlich um Helenes Hausrat kümmern – und zwar ernsthaft –, Telefonate erledigen, forscher und energischer auftreten. Schließlich wollte sie wieder von hier weg. Fort von diesem Dialekt. Nicht länger den abschätzigen Blicken ausgesetzt sein, in einem Landstrich, der ihr absolut fremd war und es auch immer bleiben würde. In Berlin, vor ihrer Abreise, hatte sie gedacht, sie könnte ihren Aufenthalt als einen kurzen Urlaub betrachten, doch es fühlte sich nicht wie Urlaub an. Johanna wollte nach Hause. Zu Ines. Gestern hatte sie die erforderlichen Schritte nach einem halbherzigen Versuch, Kontakt aufzunehmen, auf den nächsten Tag verschoben. Der nächste Tag, das war heute. Tat sie das nicht häufig – Dinge auf den nächsten Tag verschieben? Und war das nicht ein Symptom für Depressionen? Oder zeigte sich darin einfach nur die Unfähigkeit, das eigene Leben in den Griff zu kriegen? Aktiv, tatkräftig, handlungsorientiert, energiegeladen, resolut, wild entschlossen, zielbewusst, kraftvoll, tüchtig, zupackend, schwungvoll, dynamisch, tatendurstig, draufgängerisch. All das waren andere, nicht sie. Ihre Mutter hatte den Auftrag der Falschen erteilt.

Aber darüber wollte Johanna gar nicht weiter nachdenken. Außerdem schien Christiane Holzapfel gestern doch tatsächlich von ihr und ihrem Leben beeindruckt gewesen zu sein. Das schmeichelte ihrem Ego. Wenn Johanna erst wieder zu Hause wäre, würde alles gut werden. Mit Ines. Vor allem mit Ines. Und sie würde auch wieder Lektoratsaufträge bekommen. Immerhin, der erste Schritt war getan, sie hatte gestern den Immobilienmakler angerufen, heute Mittag um zwölf käme er. Noch zwei Stunden bis dahin, genügend Zeit.

Unten in der Küche füllte sie die Kaffeemaschine. Am zweiten Morgen in der süddeutschen Verbannung würde sie ihren Kaffee mit Milch trinken können und diese Vorstellung stimmte sie geradezu heiter. Draußen keine Spur mehr vom Nebel des ersten Abends. Die Sonne schien, es würde ein schöner Herbsttag werden und vielleicht wurde der Oktober ganz am Ende doch noch golden. Johanna blickte zu den allmählich kahl werdenden Bäumen im Garten und dachte, dass sie im Grunde nur wenig brauchte, um gut gelaunt zu sein. Milch für den Kaffee. Sonne. Sie sah sich in der Küche um, während sie darauf wartete, dass der Kaffee fertig war. Ihre Tante Helene hatte in einem freundlichen Haus gelebt. Wie hatte Johanna am ersten Abend nur so übertrieben ängstlich sein können? Licht veränderte alles. Im Hellen lauerten keine Schrecken mehr in den Winkeln, hinter den Möbeln oder in der Telefonleitung. Im Hellen war alles gut.

Mit der Kaffeetasse in der Hand stand sie dann an genau derselben Stelle im Wohnzimmer wie am Morgen zuvor, als sie dort von Angelika Fleiß überrascht wurde. Fast wartete sie auf Helenes Putzhilfe, auf das Geräusch des Schlüssels im Schloss. Heute würde sie nicht hereinkommen können, denn Johanna hatte ihren Schlüssel gestern Abend stecken lassen. Sie ärgerte sich noch immer über Angelika Fleiß' Eindringen in das Haus. Ganz selbstverständlich hatte sie die Tür geöffnet, als wäre sie hier zu Hause. Was sie eigentlich hierher geführt hatte, jetzt, wo Helene tot war, hatte sie im Dunkeln gelassen – abgesehen von der vagen Aussage, »nach dem Rechten sehen zu wollen«. Und sie hatte die Frechheit besessen, Johanna eine Rüge zu erteilen, ohne sie zu kennen. Ich muss Angelika Fleiß den Schlüssel abnehmen, dachte Johanna. Nicht, dass sie glaubte, sie würde davon weiterhin Gebrauch machen, jetzt, wo sie wusste, dass sich die Nichte im Haus aufhielt, aber theoretisch konnte Angelika Fleiß jederzeit hier hereinspazieren, wann immer es ihr beliebte, und Johanna zu Tode erschrecken – tagsüber oder auch nachts. Das war eindeutig die schlimmste aller Möglichkeiten, dass sich jemand ins Haus schlich, während Johanna oben in dem kleinen Zimmer lag, schutzlos, und nicht das Geringste davon mitbekäme, da sie hier ja offenbar wie eine Tote schlief.

Wahrscheinlich tat sie Angelika Fleiß unrecht. Und das nur aus einem einzigen Grund: weil sie ihr unsympathisch war. Vielleicht hatten ihre Tante und sie ein freundschaftliches Verhältnis zueinander gepflegt und sie fühlte sich für Helene verantwortlich, sogar jetzt noch, über den Tod hinaus. Und Johanna war ein solches Gefühl der Verantwortung und Loyalität bloß fremd.

Die ersten Schlucke Kaffee am Morgen waren die besten des Tages. Johanna setzte sich mit der Tasse in der Hand auf einen der weinroten Sessel. Ob Helene hier immer gesessen hatte? Oder auf dem anderen? Oder auf dem Sofa? Johanna würde es nicht mehr erfahren, was sie für einen Moment traurig machte, und bald gäbe es das alles nicht mehr, die Möbel, das Haus. Das Haus würde natürlich weiterexistieren, einige der Möbel vielleicht auch, wahrscheinlich würde eine junge, moderne Familie einziehen, die auf die Umwelt achtete, auf Bildung und gesunde Ernährung, eine Familie wie die Holzapfels. Sie würde das Haus renovieren, mit ökologischen Baustoffen, es von Grund auf verändern, und von Helene wäre nichts mehr übrig.

Nach der ersten Tasse Kaffee stand Johanna auf, zog die Vorhänge zur Seite und öffnete die Terrassentür. Einen Garten zu haben, zumindest eine kleine Terrasse unter dem Dach eines Berliner Mietshauses, das hatte Johanna sich immer gewünscht. Doch ihre unregelmäßigen Einkünfte hatten dafür nie gereicht und es blieb ein Traum. Jetzt, Ende Oktober, war im Garten vom Sommer nicht mehr viel zu sehen – hinten an der Mauer einige zart rosafarbene Dahlien und eine späte Rose. Trotzdem verspürte Johanna plötzlich das unbändige Verlangen, nach draußen zu gehen, so, wie sie war, in ihrem alten Schlafanzug und auf Socken, noch vor dem Frühstück. Einen kleinen Rundgang im Garten zu machen. Wenn sie jemand dabei sah, war es auch egal; ihr lag nicht mehr daran, bei irgendwem aus dem Ort einen guten Eindruck zu machen, abgesehen vielleicht von Christiane Holzapfel. Den toten Vogel vom ersten Abend hatte sie längst vergessen. Sie war ausgeschlafen, das Koffein hatte ihren Kreislauf in Schwung gebracht und sie brauchte jetzt dringend frische Luft. Sie fühlte so deutlich wie schon lange nicht mehr, dass sie lebendig war. Begierig atmete sie die kühle Luft ein, als wäre sie tagelang eingesperrt gewesen. Vielleicht würde sie sich heute ja doch als energiegeladen und tatkräftig erweisen.

Schon aus den Augenwinkeln bemerkte sie, dass etwas nicht stimmte. Etwas war anders als gestern und vorgestern. Eine Irritation. Als fehlte ein Möbelstück, das gestern noch da gewesen war, oder ein neues wäre hinzugekommen. Als wäre die Anordnung empfindlich gestört. Auf den Steinplatten der Terrasse, neben einem der Plastikstühle, lag etwas, das nicht hierher gehörte. Erst nahm Johanna es nur als dunklen Schatten wahr, dann sah sie, dass es ein Körper war. Er lag an fast derselben Stelle wie am ersten Abend der Buchfink, war aber viel größer. Unendlich viel größer.

Obwohl Johanna Helenes Putzhilfe gestern zum ersten Mal gesehen hatte, erkannte sie Angelika Fleiß sofort. Sie lag halb auf der Seite, so dass Johanna ihr Gesicht zunächst nicht sehen konnte, in seltsam entspannter Haltung, als hätte sie sich auf einer Sommerwiese ausgestreckt, um sich ein wenig auszuruhen.

Was macht sie denn da?, dachte Johanna. Warum liegt sie denn da auf dem Boden? Dafür ist es doch jetzt im Herbst viel zu kalt! Warum ist sie nicht ins Haus gekommen, so wie gestern auch?

Dann dachte sie: Sie war auf dem Weg zu mir, hatte einen Schwächeanfall und ist zusammengebrochen. Etwas mit dem Herzen, wie Tante Helene.

Doch war sie dafür nicht eigentlich noch zu jung?

Nein, das konnte jeden treffen, Johanna hatte erst kürzlich etwas über den plötzlichen Herztod gelesen.

Aber wieso war sie hinten durch den Garten gekommen und nicht vorne zur Haustür?

»Frau Fleiß«, sagte Johanna und trat vorsichtig einen Schritt näher. »Hallo? Frau Fleiß?«

Sie erhielt keine Antwort.

Warum war Johanna hier in Süddeutschland, allein, warum war Ines nicht bei ihr, warum erledigte ihre Mutter nicht die Formalitäten mit Helenes Haus – immerhin war sie ihre Schwester –, warum saß sie jetzt nicht an ihrem Schreibtisch in Berlin, mit Blick auf die Häuser gegenüber und, weiter weg, den Fernsehturm, warum passierte das alles ausgerechnet Johanna?

Sie ging in die Hocke und berührte Angelika Fleiß ganz leicht an der Schulter. Keine Reaktion.

Sie hätte nicht sagen können, wie sie darauf kam, woran sie es zu sehen glaubte und, das vor allem, weshalb sie sich dessen so sicher war. Aber als sie an diesem Morgen im Schlafanzug auf Helenes Terrasse vor ihr niederkniete, wusste sie, dass Angelika Fleiß tot war.

Die beiden weißen Plastikstühle waren immer noch von einem dünnen Schmutzfilm bedeckt, auf der Platte des Holztisches entdeckte Johanna eine Kerbe, die ihr vorher nicht aufgefallen war. Der Himmel war hellblau. Freundliche Wolken zogen vorbei. Von der Straße hörte Johanna Autos, einen Hund, alltägliche Geräusche. Ein Raubvogel zog bedächtige, fast schläfrige Kreise, durch das Gras huschte eine schwarze Katze, vielleicht die, die sie gestern auf der Straße gesehen hatte. Katze und Raubvogel hielten vermutlich nach derselben Beute Ausschau.

Johanna hatte schon Tote gesehen, wenn auch nicht viele. Einen Großvater, zwei Großmütter, einen Onkel, ihren Vater. Einen verunglückten Motorradfahrer auf der Autobahn, von dem sie erst wusste, dass er tot war, als sich auf der Standspur von hinten ein Leichenwagen näherte, dunkel und drohend, fast lautlos. Der Tod hatte kleine Gardinen an der Seite und am Heckfenster. Bis auf den Motorradfahrer waren es erwartete Tode, mit denen alle gerechnet hatten. Eine tote Frau auf der Terrasse vor dem Frühstück war jedoch etwas anderes. Eine fremde tote Frau auf einer fremden Terrasse.

Wie lange lag sie dort? Ob sie schon kalt war? Wie schnell ging das? Johanna wagte nicht, sie noch einmal zu berühren. Angelika Fleiß' Augen waren halb geöffnet. Blicklos und starr, obwohl sie Johanna anzusehen schienen, als sie sich zu ihr beugte. Sie wirkte wie »mitten aus dem Leben gerissen«, nicht so wächsern und bläulich wie Johannas Vater in der Leichenhalle. Erst jetzt bemerkte Johanna eine Verletzung in der Bauchgegend. Der Pullover unter dem Mantel war an mehreren Stellen zerrissen, an den zerfransten Rändern klebte dunkles, getrocknetes Blut. Es war derselbe verschlissene Mantel, den Angelika Fleiß auch gestern getragen hatte, sogar die olivgrüne Hose war dieselbe wie am Vortag, als wiederholte sich der gestrige Besuch, bloß mit einer schrecklichen Änderung im Drehbuch.

Das war kein Herzinfarkt, dachte Johanna und wunderte sich darüber, dass sie in dieser Situation eine so unbeteiligte, nüchterne Feststellung machte. Genauso gut hätte sie denken können: Heute regnet es nicht. Als wären in ihrem Kopf angemessene Gefühle gelöscht worden, die Empfindungen lahmgelegt. Doch was war in dieser Situation ein angemessenes Gefühl?

Sie ging zurück ins Haus, in den Flur zu dem kleinen Tisch, auf dem das Telefon stand, und benachrichtigte den Notruf. Sie verlangte beides, Krankenwagen und Polizei. Während sie sich oben anzog, um Sanitätern und Polizisten nicht im

Schlafanzug gegenüberzutreten – sie dachte erschreckend vernünftig –, fragte sie sich, ob es möglich war, dass sie sich getäuscht, die Tote nur geträumt hatte. Vielleicht hatte ihr ein besonders übler Albtraum – denn zu einem solchen schien sich ihr Aufenthalt hier zu entwickeln – nur eine tote Angelika Fleiß auf der Terrasse vorgegaukelt. Vielleicht hatte es vorgestern, an ihrem ersten Abend in diesem Haus, gar keine Anrufe gegeben. Vielleicht lag Angelika Fleiß inzwischen nicht mehr da, wo Johanna sie vorhin gefunden hatte, war wie durch Geisterhand verschwunden, so wie der tote Buchfink, Polizei und Krankenwagen kämen umsonst und man hielte sie für verrückt?

Doch Angelika Fleiß lag immer noch auf den Steinplatten der Terrasse. Weder an ihrer Körperhaltung noch an den halb geöffneten Augen hatte sich etwas verändert. Neben ihr lag eine Vogelfeder.

Etwa zwanzig Minuten nach ihrem Anruf hielten ein Kranken- und ein Streifenwagen vor dem Haus. Wenn Angelika Fleiß tatsächlich einen Herzinfarkt erlitten hätte, käme jede Rettung wahrscheinlich zu spät. Johanna führte zwei Sanitäter durch das Haus nach hinten, gefolgt von zwei uniformierten Polizisten. Einer der Sanitäter bückte sich, suchte einen Puls an Angelika Fleiß' Hals und am Handgelenk, leuchtete mit einer kleinen Taschenlampe in ihre Augen und schüttelte den Kopf.

»Haben Sie hier etwas angerührt oder verändert?«, fragte ein Polizist und Johanna antwortete wahrheitsgemäß, sie habe Angelika Fleiß nur an der Schulter berührt.

»Sie wissen also, wer sie ist?«, fragte der Polizist.

Johanna berichtete ihm von ihrer verstorbenen Tante Helene, betonte immer wieder, dass sie nicht hier wohne, erst vorgestern angereist sei und sich nur um das Haus kümmern solle. Angelika Fleiß sei die Putzhilfe ihrer Tante gewesen. Der zweite Polizist telefonierte im Hintergrund. Die beiden Sanitäter zogen ihre Handschuhe aus, nahmen ihren Koffer, verabschiedeten sich flüchtig von den Polizisten und verließen das Haus.

Der Polizist ließ sich Johannas Ausweis zeigen und nahm ihre Personalien auf. »Gleich kommen unsere Kollegen«, sagte er, »und werden Ihnen noch ein paar Fragen stellen.«

Johanna fiel ein, dass sie heute noch nichts gegessen hatte. Wie herzlos, dachte sie, mich interessiert nur mein Frühstück. Noch immer fühlte sie sich völlig unbeteiligt, als wäre es nichts Außergewöhnliches, eine Leiche auf der Terrasse vorzufinden, oder als ginge sie das alles nichts an. Aber es war ja auch so, es ging sie nichts an.

Sie fragte artig, ob sie kurz etwas essen könne, erklärte, sie habe noch nicht gefrühstückt. Die Polizisten wechselten einen kurzen Blick und nickten. Wahrscheinlich reagierte sie auf das Geschehen nicht so, wie es erwartet wurde oder üblich war, und die Polizisten waren irritiert. Andererseits konnte ihr egal sein, was zwei fremde Polizisten von ihr dachten. In der Küche aß sie ein Brot im Stehen – erstaunlicherweise war sie auch jetzt hungrig – und goss sich die zweite Tasse Kaffee des Tages ein. Vielleicht sollte ich ihnen auch Kaffee anbieten, dachte sie. Wie lange stand sie dort in der Küche? Fünf Minuten? Eine halbe Stunde? Als sie zurück ins Wohnzimmer ging, waren zwei weitere Polizisten eingetroffen, die Zivil trugen, außerdem etliche Männer, die in weiße Overalls gekleidet waren und vorsichtig auf der Terrasse und im Garten herumgingen. Angelika Fleiß wurde von allen Seiten fotografiert, danach kniete jemand vor ihr nieder und untersuchte sie.

Die beiden Polizisten in Zivil stellten sich ihr als Kriminalhauptkommissare Hartmann und Wagner vor. Hartmann trug Jeans und ein braunes Wolljackett, das über seinem Bauch spannte, was Johanna auf den zu häufigen Genuss von Käsespätzle zurückführte. Aßen hier unten nicht alle ständig Käsespätzle? Sie schätzte ihn auf um die fünfzig. Wagner, vielleicht Anfang vierzig und schlanker als Hartmann, trug ebenfalls Jeans und eine schwarze Lederjacke.

»Sie leben nicht hier?«, fragte Wagner.

»Nein, ich lebe in Berlin«, antwortete Johanna. Das hatte sie doch bereits alles den uniformierten Polizisten erzählt. Sprachen sie sich denn nicht ab?

»Aha, in Berlin«, sagte Hartmann und betrachtete Johannas Personalausweis übertrieben gründlich, während sein jüngerer Kollege sich Notizen machte. »Da war ich vor ein paar Jahren mit meiner Frau. Wir haben den Reichstag besichtigt und waren im KaDeWe.«

Johanna lebte schon lange in Berlin und hatte noch nie den Reichstag besichtigt, aber das sagte sie ihm nicht. Sie erzählte noch einmal, was sie hierher geführt hatte, dass sie erst vorgestern angekommen sei und Angelika Fleiß nur ganz flüchtig kannte.

»Darf ich Sie fragen, was Sie von Beruf sind?«, sagte Hartmann.

»Lektorin«, antwortete Johanna. »Für wissenschaftliche Publikationen.«

»Lektorin, aha. Und was macht man da so, als Lektorin?«

»Texte lektorieren.« Johanna sah sofort, dass ihre Antwort nicht gut ankam, und ergänzte deswegen: »Manuskripte verbessern, sie sprachlich eleganter machen, inhaltliche Fehler finden. Den Text von vorne bis hinten betreuen, so dass man ihn dann drucken kann.«

»Klingt anstrengend«, sagte Hartmann und Johanna war nicht klar, ob es ernst oder ironisch gemeint war. Vermutlich Letzteres. Warum sollte ein Provinzpolizist, selbst ein Kriminalhauptkommissar, eine andere Meinung von ihrer Arbeit haben als ihre Mutter?

Dann meldete sich auch Wagner in der sportlichen Lederjacke zu Wort, der bislang kaum etwas gesagt hatte. »Es ist schon auffällig, dass die Tote ausgerechnet auf Ihrem Grundstück liegt«, sagte er, »obwohl Sie sie angeblich nicht kennen, finden Sie nicht?«

»Es ist nicht mein Grundstück, sondern das meiner Tante«, stellte Johanna richtig. »Sie ist vor zwei Wochen gestorben.«

»Ja, wir sind informiert«, sagte Wagner und sah in sein Notizbuch. »Helene Leinweber, Rentnerin. Lebte allein. Nicht verwitwet. In welchem Verhältnis stand Ihre Tante zu der Toten?«

»Das habe ich doch schon gesagt. Sie hat für meine Tante geputzt, soweit ich weiß.«

»Es schadet sicher nicht, etwas zweimal zu sagen«, entgegnete Wagner. »Und in welchem Verhältnis standen Sie zu ihr?«

»Ich stand in gar keinem Verhältnis zu ihr«, sagte Johanna. »Aber auch das habe ich schon gesagt. Ich kannte sie nicht. Ich habe sie gestern zum ersten Mal gesehen.«

»Und warum liegt sie Ihrer Meinung nach dann auf Ihrer Terrasse« – er korrigierte sich schnell, als er sah, dass Johanna den Mund zum Protest öffnete – »... ich meine, auf der Terrasse Ihrer Tante?«

»Woher soll ich das denn wissen?«, sagte Johanna und merkte selbst, wie laut sie dabei wurde. Auch den beiden Polizisten entging es nicht. »Ich kannte sie doch gar nicht«, fuhr sie fort, diesmal leiser. »Ich habe sie gestern zum ersten Mal gesehen. Und ich war noch nie in meinem Leben hier. Ich habe auch das Haus vorgestern zum ersten Mal gesehen.«

Sie verschwieg, dass sie durchaus eine dezidierte Meinung zu Angelika Fleiß hatte, obwohl sie sie nicht kannte. Dass sie sie unsympathisch fand und die gestrige Begegnung mit ihr höchst unerfreulich. Sie schielte unablässig zu der Toten auf der Terrasse. Die Polizisten suchten Augenkontakt zu ihr, doch ihr Blick ging immer wieder nach draußen. Dort hob jemand Angelika Fleiß' Arm, drehte sie vorsichtig zur Seite. Sie ließ sich problemlos bewegen, schien weich und nachgiebig, demnach war sie sicher noch nicht lange tot. Oder wann setzte die Leichenstarre ein?

Hartmann bat sie, ihnen noch einmal ganz genau zu schildern, wann und wie sie Angelika Fleiß gefunden habe. Geduldig erzählte Johanna alles noch einmal.

Dass sie wach geworden und nach unten gegangen sei, um Kaffee zu kochen. Dass sie darüber nachgedacht habe, wie sie mit der Auflösung des Haushalts verfahren solle. Dass sie zuerst im Wohnzimmer gesessen und nach der ersten Tasse Kaffee die Terrassentür geöffnet habe, um frische Luft zu schnappen und ein paar Schritte durch den Garten zu gehen. Sie erzählte ihnen sogar, dass sie zu Hause manchmal einen Garten vermisse. Dass sie sie dann entdeckt habe, neben einem der Stühle. Wie den Buchfinken am ersten Abend, dachte sie, an genau derselben Stelle. Aber sie erwähnte ihn nicht. Was würden Hartmann und Wagner von ihr denken, wenn sie einen toten Vogel beklagte, während draußen auf der Terrasse eine tote Frau lag? Wahrscheinlich sollte sie den beiden jetzt Kaffee anbieten; selbst wenn sie ihn ablehnten, wäre es eine höfliche Geste. Doch sie hatte dazu keine Lust. Bestimmt dachten Kriminalhauptkommissar Hartmann und Kriminalhauptkommissar Wagner nach ihrer Schilderung, dass sie sehr spät aufstand. Sie selbst hatten um diese Zeit wahrscheinlich schon einen Teil ihres Tagwerks hinter sich.

»Und vergangene Nacht«, sagte Hartmann, »ist Ihnen da gar nichts aufgefallen? Verdächtige Geräusche?«

»Ich bin früh schlafen gegangen«, sagte Johanna. »Ich war sehr müde. Nein, mir ist nichts aufgefallen.«

War ihr etwas aufgefallen, abgesehen von der Kirchturmuhr und dem Waldkauz? In der ersten Nacht hatte sie genau das zu hören geglaubt: verdächtige Geräusche. Sie erzählte den Polizisten nichts davon. Sie fragten ja nach der letzten, nicht der vorletzten Nacht und wahrscheinlich hatte Johanna es sich in der vorletzten Nacht mit der überempfindlichen Wahrnehmung eines hoffnungslosen Angsthasen bloß eingebildet.

Wagner machte sich eifrig Notizen und Hartmann betrachtete Johanna interessiert. Hartmann schien sich überhaupt nie etwas zu notieren, er hatte die ganze Zeit noch nichts geschrieben und sie hatte auch kein Notizbuch bei ihm bemerkt. Er sah sie nicht unfreundlich an, fand sie. Eher neugierig. Wie ein Tier im Zoo, das man gern betrachtete, aber bei dem man froh über die Absperrung zwischen Kreatur und Besucher war.

»Ich habe nicht die geringste Ahnung, wie Frau Fleiß auf die Terrasse meiner Tante gekommen ist«, sagte Johanna. »Gestern Abend lag sie noch nicht da. Ich kann nur wiederholen, dass ich sie nicht kannte, dass ich diesen Ort nicht kenne. Ich bin erst vorgestern angekommen. Ich kannte übrigens noch nicht mal Frau Leinweber, meine Tante. Ich habe sie das letzte Mal als Kind gesehen.«

Hartmann und Wagner warfen sich einen Blick zu.

»Wie ist sie denn eigentlich …«, Johanna zögerte, »gestorben?«

»Sieht nach einer Stichverletzung aus«, sagte Wagner. »Aber Genaueres können wir noch nicht sagen. Der Gerichtsmediziner wird sie untersuchen. Woher wussten Sie eigentlich, dass sie tot ist? Sind Sie Ärztin? Sie sagten doch gerade, Sie sind …«

»Lektorin.«

»Ja, genau, Lektorin. Also, woher wussten Sie dann, dass Angelika Fleiß tot ist?«

»Ich verstehe die Frage nicht«, sagte Johanna.

Wagner sah in sein Notizbuch. »Ihr Anruf ging um 10.21 Uhr ein. Sie sagten wörtlich: ›Auf der Terrasse liegt eine tote Frau.‹ Woher wussten Sie, dass sie tot ist, Frau Fink?«

Aber das sieht man doch, dachte Johanna.

»Ich weiß nicht«, sagte sie, »es sah so aus … ich habe es einfach … angenommen.«

Die beiden Polizisten wechselten wieder einen Blick.

Danach befragten sie Johanna ein weiteres Mal: Wann sie gestern ins Bett gegangen sei, ob sie einen festen Schlaf habe, ob sie in der Nacht wirklich keine ungewöhnlichen Geräusche gehört habe, wann sie aufgestanden sei und wie sie den Morgen bis zu dem Zeitpunkt verbracht habe, als sie Angelika Fleiß entdeckte. Johanna erzählte geduldig alles noch einmal. Hartmann und Wagner mussten es inzwischen auswendig können.

Es klingelte an der Tür und Johanna reagierte nicht. Sie fühlte sich für das Haus jetzt weniger verantwortlich denn je. Sie hatte den Eindruck, als stünde sie schon seit Stunden mit den beiden Kriminalbeamten im Wohnzimmer und würde immer wieder dieselbe Geschichte erzählen. Der schlanke, drahtige Wagner ging zur Haustür. Mit ihm kamen zwei Männer und trugen einen Metallsarg durch das Wohnzimmer zur Terrasse. Johanna sah zu, wie sie Angelika Fleiß hochhoben, in den Sarg legten und den Deckel schlossen. War das überhaupt noch Angelika Fleiß, die Person, die diesen Namen trug, einen bestimmten Platz in der Welt hatte, eine persönliche Geschichte? Oder war es nur noch ihr Leichnam? Ihre Hülle? Johanna merkte, dass sie von den beiden Polizisten beobachtet wurde. Sie musste ihnen jetzt unbedingt sagen, dass sie keineswegs so gefasst war, wie es vielleicht den Anschein hatte, dass es für sie nicht alltäglich war, morgens über Tote auf der Terrasse zu stolpern, sie musste ihnen einen Kaffee anbieten oder wenigstens ein Glas Wasser, das hätte sie schon längst tun sollen.

»Wie lange werden Sie hierbleiben?«, fragte Wagner.

Das wüsste ich auch gerne, dachte Johanna.

»Noch ein paar Tage«, sagte sie. »Bis mit dem Haus alles erledigt ist.«

»Das könnte sich auch noch ein wenig verzögern. Es muss nicht so sein, aber ich weise Sie zur Vorsicht lieber darauf hin. Und wir werden sicher noch weitere Fragen haben.«

»Ja, das dachte ich mir schon.«

»So haben Sie sich Ihren Aufenthalt bei uns wahrscheinlich nicht vorgestellt«, sagte Hartmann.

»Nein, bestimmt nicht«, sagte Johanna. Sie hörte, wie der Wagen mit dem Metallsarg, in dem Angelika Fleiß lag, davonfuhr.

»Ich hoffe, Sie haben jetzt keine Angst«, sagte Hartmann. »Angst, hier im Haus zu sein«.

»Was? Angst? Nein, nein, keine Sorge. Ich habe ja nichts damit zu tun.«

»Wir werden jetzt die Familie von Frau Fleiß benachrichtigen müssen.« Hartmann seufzte und sah sehr bekümmert aus. »Die Kinder sind vermutlich in der Schule.«

Dass Angelika Fleiß Kinder hatte, wusste Johanna, denn sie hatte gestern davon gesprochen, das Essen für sie vorbereiten zu müssen. Vermutlich gab es auch einen Ehemann.

Es klingelte erneut an der Haustür. Hartmann und Wagner sahen sie fragend an; daraus schloss sie, dass sämtliche Personen, die erforderlich waren, um einen Todesfall wie diesen zu untersuchen, bereits hier gewesen waren oder sich mitsamt ihrer Ausrüstung noch auf der Terrasse befanden.

»Erwarten Sie jemanden?«, fragte Wagner.

»Ich?«, sagte Johanna. »Wen sollte ich denn erwarten? Ich kenne hier doch niemanden.« Doch dann fiel ihr die Verabredung mit dem Immobilienmakler ein. »Wie spät ist es?«, fragte sie. Ihre Uhr lag noch oben in Helenes Gästezimmer.

Wagner sah auf seine Uhr. »Fünf vor zwölf«, sagte er.

Johanna hatte den Makler vergessen. Er stand vor der Tür, überpünktlich, und sie wollte ihm natürlich ein Haus in allerbestem Zustand bieten. Im Garten waren noch immer die Männer von der Spurensicherung zugange, die in ihren unförmigen weißen Overalls ein wenig wie Mondastronauten wirkten. Fast erwartete Johanna, dass sie sich im nächsten Augenblick schwerelos über die Terrasse bewegen würden. Die Polizisten in Zivil im Wohnzimmer, beide mit ernsten, wichtigen Gesichtern, die Astronauten im Garten, die nachgezeichneten Umrisse von Angelika Fleiß' Körper auf den Steinplatten der Terrasse – kein besonders repräsentabler Zustand für ein zu verkaufendes Objekt.

»Soll ich die Tür aufmachen?«, fragte Wagner.

»Nein, das mache ich schon, es ist tatsächlich

jemand für mich«, sagte Johanna. »Ich hatte es ganz vergessen.«

Sie ging an Hartmann und Wagner vorbei in den Flur und öffnete die Haustür. Vor ihr stand ein übergewichtiger Mann Ende fünfzig und hielt eine dünne Mappe in der Hand.

»Frau Fink?«, sagte er und streckte ihr die Hand entgegen. »Fritz. Wolfgang Fritz. Wir haben gestern telefoniert. Wie schön, Sie persönlich kennenzulernen.«

Johanna gab ihm die Hand. Ihre Vermutung, dass seine unangenehm feucht sein würde, bestätigte sich. Sie wusste nicht, wie sie mit ihm verfahren sollte. Ihn hereinbitten? Jetzt? In dieser Situation? Mit all diesen Menschen im Haus und im Garten? Oder sich tausendfach dafür entschuldigen, dass er sich ganz umsonst die Mühe gemacht habe, heute aber leider doch kein günstiger Tag für die Besichtigung des Hauses sei? Ihm sagen, dass etwas Unerwartetes geschehen sei? Ihm vorschlagen, an einem anderen Tag zu kommen, weil sich hier ein Unfall ereignet habe? Oder ihm die Wahrheit sagen: Heute Morgen fand ich auf der Terrasse des Hauses, das Sie verkaufen sollen, ganz überraschend eine weibliche Leiche – gestern habe ich sie übrigens noch quicklebendig gesehen – und momentan ist die Polizei da und gräbt den halben Garten um?

»Guten Tag, Herr Fritz«, sagte sie. »Heute ist hier eine Menge los.«

Wolfgang Fritz wirkte sehr überrascht. »Gibt es denn schon Interessenten?«, fragte er.

Er meinte natürlich: Gibt es schon potenzielle Käufer, ohne dass ich etwas daran verdiene?

Johanna versperrte ihm den Eingang, so wie es gestern die unheimliche Frau mit dem schwarzen Rucksack vor dem Lebensmittelladen getan hatte, und sie sah die Irritation in seinem Blick, sah ihm an, dass er es gewohnt war, in Wohnungen einfach hineinzumarschieren.

»Es tut mir leid«, sagte sie, »aber wir müssen unseren Termin leider verschieben. Vor allem tut es mir leid, dass ich Sie nicht angerufen habe, um Ihnen Bescheid zu sagen.«

Wolfgang Fritz öffnete den Mund. Johanna sah eine Ader des Zorns an seiner Stirn anschwellen. Den bin ich los, dachte sie. Er würde kein zweites Mal kommen, so etwas ließ er sich nicht bieten. Aber es gab hier sicher noch andere Immobilienmakler, sie war nicht auf Wolfgang Fritz angewiesen. Allerdings würde es ihre Abreise verzögern, wenn sie erst einen anderen Makler suchen müsste.

Zu ihrer Verwunderung sagte Wolfgang Fritz jedoch: »Oh, ja sicher, wenn es Ihnen heute nicht passt, kein Problem. Sollen wir gleich einen neuen Termin vereinbaren oder rufen Sie mich an? Hier ist meine Karte.«

Er zog seine Visitenkarte aus der Jackentasche und reichte sie ihr. Die Ader an seiner Stirn schwoll wieder ab. Offenbar liefen Immobiliengeschäfte zurzeit nicht so gut.

»Ich rufe Sie am besten an«, sagte Johanna.

»Gut. Ich höre dann von Ihnen.«

Wolfgang Fritz gab ihr die Hand, zögerte einen Moment, als erwartete er doch noch, hereingebeten zu werden, dann drehte er sich um und ging zu seinem Wagen.

Als Johanna ins Wohnzimmer zurückkehrte, sah sie den beiden Kriminalbeamten an, dass sie gelauscht hatten.

»Wie lange wird das alles hier noch dauern?«, fragte sie.

Hartmann und Wagner wechselten wieder einen Blick, diesen bestimmten Blick, den sie inzwischen schon kannte, und Johanna hätte am liebsten gefragt, was sie damit eigentlich bezweckten.

»So lange es eben dauert«, sagte Wagner.

»Ja, aber handelt es sich dabei um Stunden, Tage oder sogar Wochen?«, fragte Johanna. »Ich muss regeln, was mit dem Haus geschieht. Und ich muss möglichst bald wieder zurück nach Berlin.«

»Das verstehen wir«, sagte Hartmann.

»Aber Sie werden sicher einsehen«, fuhr Wagner an seiner Stelle fort, »dass es alles seine Zeit braucht. Es geht hier nicht um eine tote Katze, die im Garten liegt. Wir müssen Sie schon darum bitten, mit uns zu kooperieren.«

»Mir bleibt ja wohl nichts anderes übrig«, sagte sie.

Kooperieren, dachte Johanna, was für ein überkandidelter Begriff. Lernten sie das in Kriminalkommissarfortbildungen? Wagners Worte schüchterten sie nicht ein, sondern machten sie wütend. Was dachten sie sich eigentlich? Was konnte sie denn dafür, dass Angelika Fleiß heute früh auf Helenes Terrasse gelegen hatte? Was hatte sie überhaupt mit all dem zu tun? Nichts. Absolut gar nichts. Es war an der Zeit, das noch einmal klarzustellen.

Später war alles vorbei, das Haus leer, die Autos auf dem Gehweg fort, Johanna wieder allein. Sie setzte sich auf den weinroten Sessel, auf dem sie auch heute Morgen gesessen hatte. Da hatte sie Angelika Fleiß noch nicht gefunden. Was sie in Berlin befürchtet hatte, bestätigte sich nun: In diesem Haus steckte der Tod. Das Haus war damit kontaminiert. Johanna hatte heute Morgen zwanzig Minuten friedlich und ahnungslos den ersten Kaffee des Tages getrunken, während draußen, direkt neben ihr, nur durch eine Glastür von ihr getrennt, eine Tote gelegen hatte. Möglicherweise schon die halbe Nacht; die Polizisten hatten darüber keine Auskunft gegeben. Vor der Obduktion war es wahrscheinlich auch nicht möglich.

Die Terrassentür stand weit offen, weder die Polizisten noch sie selbst hatten daran gedacht, sie zu schließen. Kühle Herbstluft drang ins Wohnzimmer.

Die Heizung ist an, dachte Johanna, ich muss die Tür schließen. Es ist kalt. Ich muss jetzt aufstehen und die Tür schließen.

Doch sie konnte nicht aufstehen. Sie konnte sich nicht bewegen, nicht mal einen Finger rühren. Sie saß ganz reglos auf dem roten Sessel und trotzdem schlug ihr Herz wie rasend, als wollte es sich selbst überholen. Sie saß ganz ruhig da und trotzdem ging ihr Atem so schnell, als wäre sie eine weite Strecke gerannt. Ihr Herzschlag und ihr Atem lieferten sich einen rasanten Wettstreit. Wer war schneller? Atem, Herz. Atem, Herz. Atem, Herz.

Angelika Fleiß war tot und allem Anschein nach war sie hier gestorben, vor Johannas Haustür. Direkt vor meiner Nase, dachte sie. Letzte Nacht oder heute früh, als sie oben in Helenes Gästebett wohlig geschlafen hatte. Doch was hatte Angelika Fleiß nachts in fremden Gärten zu suchen gehabt? Sie war tot. Eine Stichverletzung. Erstochen. Es war gar nicht so viel Blut gewesen. Zumindest weniger, als Johanna sich bei einer solchen Verletzung immer vorgestellt hatte. Nur das verkrustete Blut am Pullover.

Hätte es etwas geändert, wenn sie Angelika Fleiß bereits gestern angerufen hätte? Wie sie es sich anfangs auch vorgenommen hatte? Wenn sie nicht immer alles vor sich herschieben würde? Nein, wie sollte es. Was dort draußen geschehen war, hatte nichts mit ihr zu tun, das wusste sie. Es gab keinen Zusammenhang.

Johannas Atem ging immer schneller. Beängstigend schnell. War das ein Anfall von Panik? Fühlte sich so eine Panikattacke an? Dass sie schneller und schneller atmete und trotzdem keine Luft mehr bekam? Dass ihr die Luft abgeschnürt wurde, sie zu ersticken drohte? Dass sie aufstehen wollte, weglaufen, sich aber nicht rühren konnte? Sie hatte schlecht über Angelika Fleiß gedacht. Sie schämte sich deswegen. Als hätte sie mit schlechten Gedanken zu ihrem gewaltsamen Tod beigetragen oder ihn dadurch sogar herbeigeführt. Als hätten Gedanken solch eine Macht. Warum hatte sie sie eigentlich anrufen wollen, wenn sie doch schlecht über sie gedacht hatte? Natürlich – wegen des Schlüssels! Angelika Fleiß hatte ihr gestern den Schlüssel zu Helenes Haus nicht ausgehändigt. Wer war nun im Besitz dieses Schlüssels? Ihr Ehemann, der wahrscheinlich in diesem Moment vom Tod seiner Frau unterrichtet wurde? Oder hatte Angelika

Fleiß ihn dabeigehabt, weil sie in der Absicht gekommen war, erneut eigenmächtig ins Haus zu gelangen? Steckte der Schlüssel in ihrem Mantel? In der kleinen Tasche, die sie gestern in der Hand gehalten hatte? Hatte sie diese Tasche stets bei sich? Hatte auf den Steinplatten der Terrasse neben der Toten eine Tasche gelegen? Johanna konnte sich nicht erinnern. Nur an die Vogelfeder. An Angelika Fleiß' halb geöffnete Augen. An die zerfransten Ränder ihres Pullovers unter dem Mantel. Das verkrustete Blut. War der Schlüssel zu Helenes Haus zusammen mit Angelika Fleiß im Metallsarg abtransportiert worden?

Johannas Handy klingelte und sie fuhr vor Schreck zusammen. Es lag in der Küche. Sie stand vom Sessel auf, erleichtert, dass ihre Beine ihr jetzt wieder gehorchten, und ging dem Geräusch entgegen.

Eine ihr unbekannte Nummer.

»Ja?«, sagte sie. Sie rechnete mit der Polizei, mit wieder denselben Fragen, die sie alle schon zur Genüge beantwortet hatte.

»Hallo, kleiner Buchfink«, hörte sie am anderen Ende und danach ein hässliches Lachen.

7

Christiane Holzapfel kam sofort zu ihr, nachdem Johanna sie angerufen hatte. Darüber, warum Christiane, eine Fremde, ihr in dieser Situation zur Seite stand und nicht Ines, würde Johanna ein andermal nachdenken.

»Mein Gott, das ist ja schrecklich«, war das Erste, was Christiane sagte. »Angelika … auf deiner Terrasse … wieso …«

»Fang du nicht auch noch damit an! Es ist nicht *meine* Terrasse, verdammt!« In Johannas Stimme lag eine unbeabsichtigte Schärfe.

Christiane erschrak und wich einen Schritt zurück. Johanna entschuldigte sich gleich darauf.

»Es tut mir leid.« Sie berührte Christiane am Arm. »Aber diese beiden Polizisten, die hier waren, haben mich das alles schon hundertmal gefragt. Entschuldige. Danke, dass du so schnell gekommen bist. Ich bin so froh, dass du da bist.«

Sie bat Christiane in die Küche, dort setzten sie sich an den Tisch.

»Das ist doch selbstverständlich«, sagte Christiane. »Es ist gut, dass du mich angerufen hast. Du kennst hier doch auch niemanden. Ich kann mir vorstellen, dass deine Nerven blank liegen, nach allem, was passiert ist.«

Nach allem, was passiert ist. Bei diesen Worten begann Christiane zu weinen. Johanna erinnerte sich, dass sie von einer früheren Freundschaft zu Angelika Fleiß gesprochen hatte. Oder zumindest von einer Beinahe-Freundschaft. Auf dem Tisch lag noch immer die geblümte Decke, jetzt durch einen Rotweinfleck verunziert. Johanna rieb über den längst eingetrockneten Fleck, als könnte sie ihn damit zum Verschwinden bringen. Bei seinem Anblick fiel ihr das dunkle, verkrustete Blut auf Angelika Fleiß' Pullover ein. Die offenbar schwere Verletzung – so schwer, dass sie zu ihrem Tod geführt hatte –, die als solche gar nicht zu erkennen gewesen war. Ihr wurde übel. Sie versuchte, den Rotweinfleck zu ignorieren und legte ihre Hand auf Christianes.

»Kanntest du sie gut?«, fragte sie.

Christiane zog ein Papiertaschentuch aus ihrer Handtasche und wischte sich über die Augen. Zuerst sagte sie: »Ja.« Dann nahm sie es gleich wieder zurück. »Nein, gut eigentlich nicht. Ach, was heißt schon ›gut kennen‹.«

»Kannst du dir vorstellen, wer das getan haben könnte?«

»Getan?«, sagte Christiane irritiert. »Hat es denn überhaupt jemand getan? Wer sollte denn …«

»Glaubst du etwa, sie hat sich selbst in den Bauch gestochen?«, fragte Johanna. »Ausgerechnet auf der Terrasse meiner Tante? Außerdem hätte dann ein Messer dort liegen müssen und ich habe keins gesehen.«

»Ein Messer?« Christiane begann erneut zu weinen.

»Ein Messer, eine Schere, was weiß ich, ich kenne mich damit nicht aus. Aber ich habe nichts gesehen. Sie hatte eine Wunde am Bauch. Es war gar nicht so viel Blut. Es war eigentlich ganz wenig Blut.«

Christianes Weinen, bisher lautlos, ging nun in Schluchzen über. »Sie hat doch Kinder«, sagte sie. »Sie hat alles für ihre Familie getan. Sie hat nicht nur für deine Tante geputzt, sondern auch noch für alle möglichen anderen Leute im Ort, und nicht nur hier im Ort. Sie war ständig unterwegs, hat dauernd gearbeitet.«

Beide schwiegen für einen Moment. Nur ein Vogel im Garten war zu hören, entferntes Hundegebell, eine landwirtschaftliche Maschine. Und Christianes Weinen. Ihre Anstrengungen, dabei Luft zu holen. Weinen und gleichzeitig sprechen, erinnerte sich Johanna, war nicht ganz leicht.

»Wie viele Kinder gibt es?«, fragte sie, als Christiane sich ein wenig beruhigt hatte.

»Drei. Martin, der Älteste, ist schon erwachsen, er studiert in Hamburg. Wollte weit weg von hier. Das Mädchen macht nächstes Jahr Abitur und der Kleinste ist fünfzehn oder sechzehn.«

Drei Kinder, dachte Johanna, zwei davon noch minderjährig. Was der Tod ihrer Mutter wohl für sie bedeutete? In einem Alter, in dem man glaubt, selbstständig zu sein, stark, unabhängig, die Mutter aber viel mehr braucht, als man ahnt. Sie versuchte, sich diesen Verlust vorzustellen, doch vermutlich war das gar nicht möglich. Sie selbst wohnte seit mehr als zwanzig Jahren nicht mehr zu Hause, war froh, als sie es damals endlich hinter sich lassen konnte, ärgerte sich oft über ihre Mutter, auch heute noch – aber immerhin, sie hatte noch eine. Die beiden Beamten hatten Angelika Fleiß' Kindern die grauenhafte Nachricht inzwischen wahrscheinlich längst überbracht.

»Ein Ehemann?«, fragte Johanna. Sie stand auf, goss Christiane und sich ein Glas Wasser ein.

»Ja, Dieter. Schwierige Situation. Er ist zurzeit auf Kurzarbeit und verliert vielleicht seinen Job, jedenfalls sieht alles danach aus. Und jetzt das … zwei Kinder, die noch zur Schule gehen …«

»Verliert seinen Job?« Johanna war erstaunt. »Hier bei euch in Baden-Württemberg? Ich dachte immer, euch ginge es vergleichsweise gut. Also, im Unterschied zu anderen Regionen. Zumindest liest man das immer in der Zeitung.«

»Ach, das ist doch längst nicht mehr so rosig, auch hier nicht«, sagte Christiane, trank gierig ihr Wasser und holte ein neues Taschentuch aus der Packung. »Angelika und Dieter müssen ganz schön knapsen. Sie müssen zusehen, woher das Geld kommt. Deswegen arbeitet Angelika ja auch so viel nebenbei.« Sie machte eine Pause, als merkte sie, dass sie von Angelika Fleiß fälschlicherweise im Präsens gesprochen hatte. Eine Zeitform, die auf sie nicht mehr zutraf, die für immer der Vergangenheit angehörte. »Das Haus muss noch abbezahlt werden, die Ausbildung der Kinder. Mit dem Haus haben sie sich übernommen. Das habe ich ihr immer gesagt. Ich habe immer gesagt …«

Christiane stockte, sprach nicht mehr weiter. Ihr Kinn und ihre Lippen zitterten, sie hatte all die vielen Muskeln ihres Gesichts nicht mehr unter Kontrolle. Sechsundzwanzig Gesichtsmuskeln hat der Mensch, dachte Johanna. Tränen liefen über Christianes Wangen, am Mund vorbei, tropften vom Kinn auf den Tisch, wo sich die geblümte Decke vor Nässe dunkel verfärbte.

Sie hatte Angelika Fleiß sehr gern, dachte Johanna. Oder sie ist schockiert, dass so etwas in ihrer Nachbarschaft passiert, in diesem kleinen, idyllischen Ort, in dem lauter friedliche, arbeitsame Menschen leben.

»Besonders viel hat Dieter nie verdient«, fuhr Christiane fort, nachdem sie die Tränen weggewischt hatte. »Sie kamen gerade so über die Runden. Waren seit Jahren nicht mehr im Urlaub. Angelika hat nebenher sogar Obst und Gemüse verkauft, aus ihrem eigenen Garten, für die Schulfahrten der Kinder. Sie hatte keine besonders gute Schulausbildung, das war hier auf dem Land bei Mädchen ihrer Generation oft so üblich.«

»Wie alt war sie denn eigentlich?«, fragte Johanna und hätte Christiane zuliebe gerne *ist* gesagt, nicht *war*, *wie alt ist sie denn*.

»Achtundvierzig.«

»Du kanntest sie recht gut, oder?«

»Hier ist nicht Berlin«, sagte Christiane abwehrend und zum ersten Mal, seit Johanna sie kennengelernt hatte, leicht aggressiv. »Wo man wahrscheinlich die Nachbarn im eigenen Haus nicht kennt. Es ist ein kleiner Ort, das hast du doch gesehen. Hier kennen sich die meisten Leute. Ich weiß ja zum Beispiel auch, dass deine Tante gern gelesen hat. Die Leute wohnen seit Jahren hier. Ach, seit Jahrzehnten. Schon ihr ganzes Leben.«

Aus irgendeinem Grund will sie Angelika Fleiß nicht gut gekannt haben, dachte Johanna. Oder sie will nicht darüber reden. Doch es geht mich auch nichts an. Außerdem hatte Christiane recht: Johanna kannte tatsächlich viele ihrer Nachbarn in Berlin nicht, würde manche von ihnen nicht einmal auf der Straße erkennen, außerhalb des Treppenhauses oder des Hofes mit den Mülltonnen und Fahrrädern.

»Was für ein Mensch ist denn Angelikas Mann, Dieter? Ich meine, so eine Situation, das Geld reicht vorne und hinten nicht, drohende Arbeitslosigkeit … das stellt die meisten Beziehungen auf eine harte Probe.«

»Ja, sicher«, sagte Christiane, »es gab schon öfter Streit, glaube ich, aber was genau meinst du?«

»Na ja, ich meine, ob er vielleicht …« Johanna überlegte, ob sie weitersprechen und wenn ja, welches Wort sie wählen sollte. Sie hatte weder Angelika Fleiß gekannt noch wusste sie etwas über ihren Ehemann. Doch nun hatte sie schon einmal damit begonnen und musste den angefangenen Gedanken auch fortführen. »Jähzornig«, sagte sie. »Impulsiv. Ich meine, ob ihr Mann vielleicht gewalttätig ist.«

»Gewalttätig? Jähzornig? Wie kommst du denn darauf? So ein Unsinn. Was denkst du denn? Du kennst ihn doch gar nicht! Nein, das alles ist Dieter bestimmt nicht. Dieter ist ein netter, stiller Mann. Ein netter, stiller, schwacher Mann.«

»Wie meinst du das – schwach?«

»Ach, nichts. Ich meine gar nichts.« Christiane blickte sich suchend in der Küche um. »Hast du zufällig einen Schnaps?«, fragte sie. »Den könnte ich jetzt brauchen.«

Die halb volle Flasche Grappa auf der Arbeitsplatte fiel Johanna ein. »Grappa?«, fragte sie und Christiane nickte.

Johanna stand auf, suchte im Schrank nach passenden Gläsern, goss Christiane und sich ein. Dabei blickte sie auf die Spüle, auf die benutzte Tasse und das benutzte Weinglas, die immer noch dort standen. Hatte Helene noch daraus getrunken, am letzten Tag ihres Lebens, am letzten Abend ihres Lebens, und Tasse und Glas anschließend nicht in die Spülmaschine geräumt? Oder Angelika Fleiß, die jetzt auch tot war? Oder war noch jemand anders im Haus gewesen, jemand, von dem sie gar nichts wusste? Ein Verrückter, der draußen Frauen abstach?

»Danke«, sagte Christiane, als Johanna ihr das Glas reichte. Sie nahm einen großen Schluck, verzog das Gesicht, als die Flüssigkeit ihre Geschmacksknospen erreichte. »Wir haben gar nicht über dich geredet«, sagte sie. »Das muss doch auch für dich ganz schrecklich sein. Ich meine, du hast sowieso keine Lust, hier zu sein und all diese lästigen Dinge mit dem Haus zu erledigen, und dann gehst du kurz auf die Terrasse und da liegt eine … eine Tote. Muss die Polizei dich denn noch mal befragen? Aber ich nehme an, du kannst ihnen sowieso nicht weiterhelfen. Wie solltest du auch. Hast du denn irgendwas gesehen oder gehört?«

»Das haben die Polizisten mich natürlich auch gefragt. Nein, gar nichts. Ich habe geschlafen wie ein Stein. Ich habe lange nicht mehr so gut geschlafen wie hier.« Johanna wurde übel und sie wusste nicht, ob es am Schnaps lag, den sie nicht gewohnt war, oder an der Vorstellung, ahnungslos und selig geschlafen zu haben, während direkt vor ihrer Tür eine Frau erstochen wurde. Vielleicht hatte sie in diesem Moment gerade etwas Angenehmes geträumt, sich wohlig von einer Seite auf die andere gedreht und dabei die warme Decke näher zu sich herangezogen. »Ich verstehe nicht, warum es hier passiert ist, bei meiner Tante. Und ich verstehe sowieso nicht, wie jemand so etwas tun kann. Hast du eine Erklärung?«

»Nein. Ich wüsste niemanden, der etwas gegen Angelika hat. Und selbst wenn, man bringt doch niemanden um, bloß weil man ihn nicht leiden kann. Wir leben doch in einer zivilisierten Welt. Zumindest dachte ich das immer. Es sei denn …«

»Es sei denn was?«

»Vielleicht läuft hier im Ort ein Irrer herum«, sagte Christiane, »und hat sie …«

»Du meinst vergewaltigt?«

»Ja. Und dann umgebracht.«

Johanna dachte darüber nach. Genau das hatte sie sich auch schon gefragt, aber erst, nachdem Hartmann und Wagner gegangen waren. Vorher, in Anwesenheit der beiden Kommissare, der Spurensicherung, die sich nicht nur auf den Garten und die Terrasse beschränkt hatte, sondern auch ins Haus gekommen war, der Männer, die den Metallsarg quer durch das Wohnzimmer getragen hatten, war ihr gesamtes Denken blockiert gewesen. Als wäre sie nicht imstande, das Geschehene zu begreifen. Aber später, allein, auf dem weinroten Sessel, hatte sie auch über solche Möglichkeiten nachgedacht. Sexualmorde gab es nicht nur in der Fiktion; um das zu wissen, genügte ein Blick in die Zeitung. War es ein Sexualmord? Angelika Fleiß war jedoch vollständig bekleidet gewesen, Hose, Pullover, Mantel, Schuhe. Johanna konnte sich an ihre Schuhe erinnern, dieselben wie am Vortag. Doch sprach die Tatsache, dass sie bekleidet auf der Terrasse gelegen hatte und nicht entblößt, denn unbedingt gegen eine solche Tat?

Christiane sah auf die Uhr. »Kann ich dich jetzt allein lassen?«, fragte sie. »Ich muss langsam nach Hause. Thomas kommt bald und danach muss er gleich zum Fußballtraining. Ich kann aber morgen gerne wiederkommen, wenn du willst.«

»Ja, sicher kannst du mich allein lassen. Ich komme schon zurecht.«

Bei dem Gedanken, dass Christiane gleich gehen würde, überfiel Johanna Panik. In wenigen Stunden würde die Dämmerung alles bedecken, die scharfen Konturen draußen in undeutliche, bedrohliche Schatten verwandeln. Und anschließend käme die finstere Nacht. Es war eindeutig die falsche Jahreszeit, um alleine in einem leeren, fremden Haus zu sitzen, auf dessen Terrasse eine Frau ermordet worden war.

Christiane stand auf. »Aber du schließt nachher die Tür ab, hörst du?«, sagte sie, als hätte sie in diesem Moment auch an die nahende Dunkelheit gedacht. »Und wenn was ist, rufst du mich an.« Sie schrieb ihre Nummer auf. Das hatte sie zwar gestern schon getan, aber es war eine wohltuende, beruhigende Geste. Eine Einladung, dass Johanna wirklich anrufen solle, dass Christiane ihren Anruf erwartete.

Johanna begleitete sie zur Haustür. Christiane blieb einen Moment vor der Tür stehen, bevor sie auf die Straße trat, und legte die Hand auf Johannas Arm.

»Du rufst an, ja?«

»Ja, ich rufe an, bestimmt.«

Christiane hatte wieder Tränen in den Augen. »Es ist …«, sagte sie, »so … schrecklich. Ich kann es überhaupt nicht fassen. Es kann doch nicht sein, dass Angelika tot ist. Dass jemand sie umgebracht hat. Wer macht denn so was? Und warum? Sie hat doch niemandem was getan. Sie hat einfach nur … gelebt. Gearbeitet. Ihre Kinder großgezogen. Das alles kann doch einfach nicht sein.«

Christiane umarmte Johanna kurz, dann ging sie.

Würde Johanna nun so weitermachen wie vor Christianes Besuch? Sich auf den Sessel setzen, den ganzen Nachmittag bis zum Abend, und vor Angst nicht mehr von der Stelle bewegen? Sie hätte sie aufhalten, sie bitten sollen, länger bei ihr zu bleiben, damit die Angst nicht zurückkehrte. Aber Christiane hatte eine Familie und sicher wollte sie lieber gemeinsam mit ihr um Angelika Fleiß trauern, statt mit einer Wildfremden. Und wenn Johanna jetzt einfach ihre Sachen packen und von hier verschwinden würde? Den Bus in die nächste größere Stadt nehmen, solange es draußen noch hell war, oder ein Taxi anrufen? In den Zug steigen, zurück nach Berlin fahren? Sie müsste gar nicht lange packen, fiel ihr ein, nur die wenigen Sachen wieder in die Reisetasche räumen. Verschwinden, einfach von hier verschwinden, ohne sich um das verfluchte Haus zu kümmern. Die beiden Schlösser von außen verriegeln, wenn sie ging, den Schlüssel zu ihrer Mutter nach Ostwestfalen schicken und ihr schreiben, sie solle gefälligst selbst alles Nötige erledigen. In der Schule hatte Johanna manchmal den drängenden Wunsch verspürt, nach der großen Pause einfach nicht mehr in den Klassenraum zurückzugehen, weil sie Angst vor der nächsten Stunde hatte. Sie hatte es damals allerdings nie wahr gemacht. Oben hatte ja noch ihre Schultasche gelegen. Sie war jedes Mal brav zurückgegangen und bis zur letzten Stunde geblieben. Wahrscheinlich würde sie auch heute, mit vierzig, bis zum Ende bleiben.

Hätte nicht jeder Angst in dieser Situation? In einem fremden Ort mit einer Toten auf der Terrasse? Als die Polizisten bei ihr gewesen waren, hatte sie sich seltsam unbeteiligt gefühlt. Als hätte zwischen ihr und dem Geschehen dichter Nebel gestanden, den ihr Verstand nicht durchdringen konnte. Hartmann und Wagner hatten sich im Haus umgesehen, wenn auch dezent und nicht so gründlich wie im Garten. Angelika Fleiß. Johanna hatte ihren Namen gestern auf den Notizblock beim Telefon geschrieben, um ihn nicht zu vergessen. Groß und deutlich. Sie ging in den Flur zu dem kleinen Tisch, der Block lag noch genauso da wie am Vortag. Hartmann und Wagner hatten den Namen Angelika Fleiß gelesen. Sie hatte gesehen, wie sie ihn gelesen hatten. Beide hatten danach so getan, als wäre ihnen nichts Besonderes aufgefallen, aber Johanna hatte es förmlich in ihren Gehirnen arbeiten sehen. Immer verrieten die Augen diese Art von Hirnaktivität. Wagner hatte sich anschließend etwas in seinem kleinen Buch notiert.

Christiane Holzapfel war zu ihrer Familie gegangen, in ihr schönes, gemütliches und geschmackvolles Haus, in ihr warmes Nest, zu lauter Menschen, die sie liebten. Johanna beneidete sie, jetzt ganz besonders. Doch sie war ihr auch unendlich dankbar, denn Christiane hatte sie davor bewahrt, den restlichen Tag in Panik zu verbringen. Christiane hatte sie gerettet – zumindest für eine Weile. Fragte sich nur, wie lange die Weile andauern würde. Der Anruf auf Johannas Handy, nachdem die Polizisten gegangen waren, hatte sich als harmlos herausgestellt, doch er hatte ihr trotzdem einen gehörigen Schreck eingejagt. Vera hatte angerufen, eine Freundin aus Berlin, mit der Johanna sich alle zwei, drei Wochen auf ein Bier oder zum Essen traf. Vera hatte wissen wollen, wo Johanna abgeblieben war, weil sie seit einiger Zeit nichts mehr von ihr gehört hatte. Johanna hatte ihr nichts von der Reise nach Süddeutschland erzählt. Vera nannte sie manchmal »Buchfink«, mit der Begründung, es gäbe wohl keine bessere Anrede für eine Lektorin, die mit Nachnamen »Fink« hieß. Natürlich hatte Vera nicht ahnen können, was sie mit ihrem Anruf und der Verwendung dieses besonderen Kosenamens auslöste. Johanna hatte ihre Stimme nicht sofort erkannt. Sie hatte mit allen möglichen Anrufern gerechnet, mit ihrer Mutter, mit Hartmann oder Wagner von der Kriminalpolizei – mit ihnen vor allem. Mit der Anfrage eines Verlags wegen eines Auftrags. Nein, damit hatte sie nicht wirklich gerechnet. Mit Ines. Ebenso wenig wie ihre Stimme hatte Johanna Veras Lachen erkannt, das ihr ganz fremd erschienen war, unangenehm und bedrohlich. Sofort hatte sie wieder den kleinen toten Vogel vor Augen gehabt. Und Angelika Fleiß. Den Zusammenhang zwischen »Buchfink« und Vera hatte sie hier, in der schwäbischen Hölle, *nach allem, was passiert war*, einfach nicht hergestellt. Vielleicht, weil sie Vera schon eine Weile nicht mehr gesehen hatte. Vielleicht, weil sie schon länger keinen Lektoratsauftrag mehr hatte und sich deshalb von dem Kosenamen nicht angesprochen fühlte. Vielleicht, weil sie weit entfernt von ihrem eigentlichen Leben in Berlin war.

Johanna ging im Erdgeschoss umher. In die kleine Kammer, in der der Ölbrenner stand, der verlässlich seine Arbeit verrichtete. Sie erwartete, dass einer der beiden Kommissare im nächsten Augenblick anrufen würde, um sich noch einmal den heutigen Morgen von ihr schildern zu lassen, um noch ein weiteres Mal zu hören, dass ihr in der Nacht und am Morgen nichts aufgefallen war. Sie rechnete fest damit. Aber es rief niemand an. Nicht einmal ihre Mutter. Vielleicht hätte Johanna jetzt sogar gerne mit ihrer Mutter geredet, um sich weniger allein zu fühlen. Das Haus war relativ groß für eine einzige Person. Ob es Helene nicht zu groß gewesen war? Der anfangs freundliche Tag hatte sich inzwischen in einen düsteren verwandelt. Mächtige Wolken türmten sich drohend am Himmel. Es war windig geworden. Auf der Terrasse, da, wo Angelika Fleiß gelegen hatte, fegten herabgefallene Blätter wild umher, wurden gegen die Glastür gewirbelt. Ein Wetterumschwung. Hatte der Oktober nicht das Versprechen gegeben, sich in seinen letzten Zügen freundlich zu zeigen?

Sie dachte kurz daran, dass sie immer noch nicht im Keller gewesen war. Aber jetzt würde sie ihn nicht besichtigen. Jetzt erst recht nicht. Stattdessen stieg sie die Treppe nach oben, ging in das kleine Zimmer – »ihr« Zimmer – und schaltete das Licht ein; es war schlagartig so dunkel geworden, dass es nötig war. Ihre Reisetasche lag dort bereit, Johanna konnte jederzeit weg. Sie müsste nur die wenigen Dinge im Badezimmer einsammeln, in die Tasche legen und zur Bushaltestelle an der Kirche gehen. Die Versuchung war groß. Die Versuchung kribbelte unter der Haut. Jetzt würde sie es tun. Jetzt würde sie gehen, nicht wie damals in der Schule aus Angst und Pflichtgefühl bleiben. Johanna blickte aus dem Fenster, das zur Straße lag. Einige wenige Autos fuhren vorbei, ansonsten war niemand zu sehen. Nicht einmal eine schwarze Katze. Ein Geisterdorf. Als sie sich schon wieder abwenden, das Zimmer verlassen und nach unten gehen wollte, bemerkte sie, dass draußen doch jemand war, den sie zuerst übersehen hatte, schräg gegenüber von Helenes Haus. Eine einzelne Person in dunkler Jacke, die so wirkte, als beäugte sie das Haus. Als wartete sie auf etwas. Sah sie nicht sogar zu Johanna nach oben, direkt zu dem Fenster, hinter dem sie mit eingeschaltetem Licht wie auf dem Präsentierteller stand?

Es war die unheimliche Frau. Trotz der schlechten Lichtverhältnisse war sich Johanna ganz sicher. Die Frau, die sie seit dem Einkauf in dem kleinen Supermarkt zu verfolgen schien, die dort auftauchte, wo Johanna war. Nun stand sie sogar vor Helenes Haus. Heute trug sie keinen schwarzen Rucksack. Sie tat nichts, stand einfach nur da. Was wollte sie von ihr? Johannas Herz klopfte. Ihr war übel. Schnell zog sie den Vorhang vor das Fenster, ging aus dem Zimmer und löschte das Licht.

Sie rief Ines an. Nicht im Büro, sondern zu Hause, denn eine weitere barsche Zurückweisung der Sekretärin wollte sie sich ersparen. Sie hinterließ eine Nachricht auf dem Anrufbeantworter: »Ich bin im Haus meiner

Tante. Melde dich doch mal. Bitte. Es ist wichtig.« Danach versuchte sie es auf Ines' Handy. Nichts. Es war ausgeschaltet. Wie lange hatte sie nicht mehr mit ihr gesprochen? Drei Tage? Vier Tage? Fünf Tage? Sie konnte sich nicht mehr erinnern. Ihr Zeitgefühl war komplett durcheinandergeraten. Wo war Ines nur? Ihr Handy war normalerweise doch immer eingeschaltet. Und warum meldete sie sich nicht bei ihr? Inzwischen hatte sie etwas Unwirkliches, als gäbe es sie gar nicht. Als gäbe es folglich auch die letzten zwei Jahre nicht, die Johanna mit ihr verbracht hatte. Als hätten sich ein Mensch und zwei Jahre einfach in Luft aufgelöst, wären nur die Ausgeburt ihrer Fantasie.

Draußen wurde es zusehends dunkler. Ein Gewitter zog auf. Bald schon hörte Johanna das erste Donnern. Sie stand im Wohnzimmer hinter der Terrassentür und sah Blitze über den Himmel zucken. Peitschender Wind wehte den Regen auf die Terrasse, auf die Plastikstühle, den Holztisch. Erstaunlicherweise lösten sich die Umrisse von Angelika Fleiß' Körper nicht auf, wie Johanna erwartete, sondern blieben. Sie wurden nur an den Rändern leicht verwischt. Der Donner krachte ohrenbetäubend. Die Abstände, die zwischen Blitz und Donner lagen, wurden kleiner, das Gewitter war jetzt ganz nah, fast über ihr. Bei jedem Blitz und jedem Donner zuckte Johanna zusammen. Immerhin, dachte sie, wird bei diesem Wetter garantiert niemand mehr vor dem Haus stehen und es beobachten.

Sie hatte Angst. Vor dem Gewitter, so gewaltig, so monströs, wie sie noch nie eines gesehen hatte, vor dem Tod, mit dem das Haus verpestet war. Vor der unheimlichen Frau. Der Regen kam jetzt in Sturzbächen vom Himmel. Draußen war es ganz dunkel, sie wusste nicht, ob die Dämmerung hereingebrochen war oder ob es an den schwarzen Gewitterwolken lag. Sie musste mit jemandem sprechen, sonst würde sie vor Angst verrückt. Nicht noch einmal eine Panikattacke wie die auf dem roten Sessel, nachdem die Polizisten das Haus verlassen hatten. Sie zog die Vorhänge zu, um das grelle Licht der zuckenden Blitze nicht länger sehen zu müssen. Sie musste jetzt mit jemandem sprechen. Beruhigende Worte hören. Die Einzige, die ihr einfiel, war Christiane Holzapfel. Hatte Christiane nicht gesagt, Johanna könne – nein, *solle* sogar – sie jederzeit anrufen?

Sie wählte ohne zu zögern Christianes Nummer, bevor sie es sich wieder anders überlegen konnte. Der Hörer wurde glitschig-feucht, sobald sie ihn in die Hand nahm. Johanna roch ihren eigenen Schweiß. Unangenehm, fast abstoßend. Er roch nach Angst.

»Holzapfel«, meldete sich eine sympathische, männliche Stimme.

»Hallo, hier ist Johanna Fink. Könnte ich bitte mit Christiane sprechen?«

»Ja, natürlich«, sagte der Mann. »Moment.«

Johanna hörte, wie er nach Christiane rief. Er rief ihren Namen, nicht »Schatz« oder Ähnliches, was Johanna sogleich für ihn einnahm.

»Sie kommt gleich«, sagte er dann. »Johanna Fink, sagten Sie? Sind Sie nicht die Frau aus Berlin, die heute Angelika gefunden hat?«

Johanna bejahte.

»Oh, das tut mir leid. Das muss ja schrecklich für Sie gewesen sein. Ein Albtraum. Ich mag mir das gar nicht vorstellen. Augenblick, Christiane ist gleich da.«

Ob Thomas Holzapfel genauso gut aussah wie sein kleiner Sohn? Während sie auf Christiane warteten, plauderte er noch ein wenig mit ihr, verstand es gut, sie abzulenken, auch wenn es vielleicht gar nicht seine Absicht war. Er fragte sie, wo in Berlin sie denn wohne, sagte, dass er die Stadt auch wieder einmal besuchen müsse, das letzte Mal sei schon eine Weile her, vielleicht mit der ganzen Familie, vielleicht auch nur mit Leo, seinem Sohn. Aber mit der ganzen Familie, sagte er, das sei eigentlich besser, dann könne sich seine Frau mit Johanna treffen, sie hätten sich ja wohl ein wenig angefreundet, was ihn freue. Er sprach über Belanglosigkeiten und Johanna rechnete ihm seine Feinfühligkeit hoch an – er fragte nicht nach dem Besuch der Polizei, wollte nicht wissen, wie Angelika Fleiß ausgesehen hatte. Johanna hörte seiner angenehmen, warmen Stimme zu und vergaß für einen Moment das Gewitter, das immer noch draußen tobte. Ob sich Christiane damals zuerst in seine Stimme verliebt hatte?

»So, hier ist sie«, sagte Thomas dann, »es war sehr nett, mit Ihnen zu reden. Vielleicht sehen wir uns ja mal, je nachdem, wie lange Sie noch hier sind.«

Der Hörer wurde weitergereicht. »Johanna!«, sagte Christiane. »Das ist aber eine Überraschung. So schnell hatte ich nicht mit dir gerechnet.«

Jetzt, als sie Christiane am anderen Ende hörte, schämte Johanna sich plötzlich für ihren Anruf und hätte ihn am liebsten wieder rückgängig gemacht. Angst vor Gewitter. Eine erwachsene Frau hatte Angst vor Gewitter und rief deswegen um Hilfe.

»Entschuldige, dass ich dich störe …«, begann sie.

»Du störst mich nicht.«

»Es ist nur …«, sagte Johanna zögerlich, »dieses Gewitter … es ist mir nicht geheuer.«

Daraufhin sagte Christiane eine Weile gar nichts, so dass Johanna sich schon fragte, ob sie aufgelegt hatte.

Plötzlich lachte Christiane.

»Ach so, das Gewitter«, sagte sie. »Um diese Jahreszeit ist es eigentlich ungewöhnlich. Im Sommer haben wir hier viele heftige Gewitter. Die müsstest du erst mal sehen! Die machen auch mir manchmal Angst. Das jetzt ist doch ganz harmlos.«

»Harmlos nennst du das? Ich finde es überhaupt nicht harmlos!«

»Du bist wahrscheinlich wegen heute Morgen sehr empfindlich.« Christiane sprach jetzt leiser. »Wegen Angelika. Ich kann das verstehen. Versuch dich mit irgendetwas abzulenken. Das Gewitter ist bald vorbei. Und dann geh am besten früh schlafen. Sollen wir uns morgen vielleicht kurz sehen?«

»Ja, gerne«, sagte Johanna. »Sehr gerne. Ich ruf dich morgen an. Tut mir leid, dass ich dich gestört habe. Und dann auch noch wegen so etwas.«

»Unsinn. Du hast genau das Richtige getan.«

Christiane versicherte, dass das Gewitter bald vorbei sei. Dass es ihr nichts anhaben könne. Dass sie sich keine Sorgen zu machen brauche und es ganz bestimmt nicht albern sei, deswegen anzurufen. Manchmal habe auch sie selbst Angst bei Gewitter und an einem Tag wie diesem sei alles zum Fürchten.

»Danke«, sagte Johanna schließlich. »Mir geht es schon viel besser. Du bist sehr nett. Bis morgen.«

Sie verabschiedeten sich. Johanna hielt den Hörer noch eine Weile in der Hand und blieb im Flur stehen. Mit zwei Kindern war Christiane Holzapfel sicher ans Trösten gewöhnt. Aufgeschlagene Knie, Zahnweh, verhasster Besuch bei der Oma, nicht das ersehnte Geschenk unterm Weihnachtsbaum, Streit mit Schulfreunden. Es lag Christiane wahrscheinlich so sehr im Blut, dass sie auch einer verängstigten Erwachsenen automatisch Trost spendete. Einer Erwachsenen, die sich vor Blitz und Donner fürchtete. Obwohl Christiane doch diejenige war, die Trost gebraucht hätte – sie hatte den Tod einer Freundin zu beklagen. Johanna stellte sich vor, wie nun die gesamte Familie Holzapfel an ihrem Esstisch aus massivem Nussbaumholz sitzen würde. Die nette, tröstende Christiane, ihr Mann mit der sympathischen Stimme, der hübsche Sohn, die unausstehliche Tochter. Wie sie sich gemeinsam darüber amüsieren würden – trotz des schrecklichen Ereignisses am heutigen Tag –, dass die Frau aus der Großstadt vor Angst schlotterte, sobald sie einen Blitz am Himmel sah. Das würde vermutlich sogar der mürrischen Lisa ein kleines Lächeln entlocken.

Endlich zog das Gewitter weiter. Johanna ging wieder in den oberen Stock in das kleine Zimmer. Diesmal unterließ sie es tunlichst, das Licht einzuschalten. Vorsichtig trat sie ans Fenster und zog den Vorhang ein kleines Stück beiseite. Ihr Herz klopfte. Stand die Frau, die sie verfolgte, noch immer unten, als würde sie auf etwas warten? Doch es war niemand dort, die Straße menschenleer. Der Regen glänzte auf dem Asphalt. Ein Auto fuhr vorbei. Bestimmt hatte sie sich die Frau nur eingebildet. Hatte eine andere mit ihr verwechselt. Sah Gespenster. An einem Tag wie diesem wäre es nicht verwunderlich.

Seit dem ersten Abend erschien Johanna das Draußen noch weitaus gefährlicher als das Drinnen. Trotzdem zog sie sich unten Schuhe und Jacke an, nahm den Schlüssel und trat hinaus. Der Regen hatte nachgelassen. Die Luft war ganz frisch. Reingewaschen. Johanna sah über die Straße, um sich davon zu überzeugen, dass auf der anderen Seite wirklich niemand mehr stand. Doch vielleicht reichte ein kurzer Blick nicht aus, um ganz sicherzugehen. Sie überquerte die Straße, ging auf der gegenüberliegenden Seite den schmalen Gehweg auf und ab. Niemand. Es war niemand hier. Keine Gestalten in dunklen Jacken. Bei dem Wetter saßen alle in ihren Häusern.

Es war heute viel früher dunkel geworden als gestern, auf das abziehende Gewitter war übergangslos die Nacht gefolgt. Johanna genoss die Luft. Sie war den ganzen Tag noch nicht draußen gewesen – abgesehen von der Terrasse –, hatte sich nicht bewegt. Kein Wunder, dass sie sich nicht wohlfühlte. *Nach allem, was passiert war.* Sie wollte einen kleinen Spaziergang machen, konnte sich aber für keine Richtung entscheiden, da sie sich hier nach wie vor nicht auskannte. Es gab sicher schöne Ecken – im Hellen –, doch sie wusste nicht, wo. Das Schlimmste wäre, sich jetzt auch noch zu verlaufen. Schließlich wählte sie die Richtung, die ihr bekannt war – die zum Lebensmittelgeschäft Nägele.

Sie ging zügig, dachte dabei an den heutigen Tag. An Angelika Fleiß. Die Polizei. Die Angst, die sie danach gepackt hatte. Das Gewitter. Den Anruf bei der Familie Holzapfel. Thomas Holzapfels angenehme Stimme, Christianes tröstende Worte. Der Weg zum Lebensmittelgeschäft Nägele erschien ihr jetzt im Dunkeln sehr lang, viel länger als am Tag zuvor. Müsste sie nicht längst an ihm vorbeigekommen sein? Und hatte sie gestern dieselben Häuser gesehen, dieselben Türen, Autos und Arrangements von Zierkürbissen? War das Geschäft vielleicht verschwunden? So wie Ines? Die Straße war vom Regen nass, Johanna trug nicht die passenden Schuhe und rutschte mehrfach auf dem Laub aus, konnte sich einmal nur mit Mühe halten, ohne zu stürzen. Das Lebensmittelgeschäft musste doch bald kommen. Gestern hatte es nicht so lange gedauert. Es gab hier nichts, was Johanna wiedererkannte. Allerdings hatte sie auch nicht sonderlich auf ihre Umgebung geachtet, seit sie hier war. Als sie allmählich ahnte, dass sie den falschen Weg eingeschlagen hatte, bog sie um eine Ecke, aber dahinter sah es auch nicht anders aus. Sie sollte sich am Kirchturm orientieren. Wieder zurückgehen, zu Helenes Haus. Dort war es wenigstens warm, trocken und hell. Obwohl der Tod darin wohnte. Der Spaziergang war doch keine gute Idee gewesen. Ihre Jacke war durchnässt, Johanna hatte den Regen unterwegs gar nicht gespürt. Und an ihren Schuhen, vorne, an der Spitze, drang Feuchtigkeit ein. Von Anfang an hatte sie sich über diese Schuhe geärgert, schon kurz nach dem Kauf. Was sollte man mit Schuhen anfangen, in denen man beim leisesten Regen nasse Socken bekam? Plötzlich gab es rechts und links weniger Häuser. Oder bildete

Johanna sich das nur ein? Sie sollte umkehren, zurück zum Kirchturm gehen. Aber etwas trieb sie weiter, obwohl sie inzwischen gar nicht mehr wusste, was und wohin. Gehen, nur gehen. Ein- und ausatmen. Ein und aus. Immer weitergehen, weg von toten Vögeln, Terrassen, Kreidezeichnungen, erstochenen Putzfrauen, Polizeibeamten. Was Christiane Holzapfel jetzt wohl von ihr dachte? Und die Polizisten? Und der Immobilienmakler? Der Makler, sie musste ihn bald anrufen.

Dann hörte Johanna Schritte hinter sich. Ein gleichmäßiges Klack-klack fester Schuhsohlen. Sie stellte sich Lederschuhe vor, mit einer gut gearbeiteten Sohle. Auf keinen Fall Turnschuhe, die hätten bei jedem Schritt gequietscht oder schmatzende Geräusche erzeugt. Klack-klack. Eilig, aber nicht gehetzt. Zielstrebig. Gleichmäßiges Tempo. Wie ein kräftiger, gesunder Herzschlag bei Bewegung. Kamen die Schritte näher oder entfernten sie sich von ihr? Sie sollte endlich zurückgehen, zu Helenes Haus. Aber sie wusste nicht mehr genau, wo das Haus war. Sie sollte umdrehen, in Richtung Kirchturm gehen, dann würde sie es schon wiederfinden. Doch vielleicht war der Kirchturm jetzt im Dunkeln gar nicht mehr zu sehen. Und wenn sie stehen blieb und sich umdrehte, dann würde sie sich auch zu den Schritten hinter ihr wenden. Das Klack-klack kam näher. Johanna rutschte auf etwas Glitschigem aus – diesmal konnte sie sich nicht mehr halten, sondern fiel hin. Im Fallen sah sie, dass es eine rötlich-braune Nacktschnecke gewesen war, die sie mit ihrem Schuh zerquetscht hatte. Sie spürte den nassen, kalten Boden, verletzte sich die

Handballen. Ihr Knie schlug hart auf dem Pflaster auf und der scharfe Schmerz bewirkte, dass ihr die Tränen in die Augen schossen.

Johanna lag mit verheultem Gesicht auf der Straße, ihre Hände taten weh, ihr Knie, und die Schritte hinter ihr kamen näher.

Dann hörte sie, wie sie langsamer wurden. Seitlich von sich sah Johanna elegante, gut gepflegte, schwarze Herrenschuhe. Hosenbeine mit Bügelfalte.

»Oh, das hat bestimmt wehgetan«, sagte eine Stimme über ihr. »Warten Sie, ich helfe Ihnen.«

8

Der Mann mit den eleganten Schuhen half ihr auf. Er betrachtete kritisch – und äußerst fachkundig, wie es schien – die Abschürfungen an ihren Händen und ermahnte Johanna, sie zu Hause zu desinfizieren. Und wegen des Knies, sagte er, solle sie am besten einen Arzt aufsuchen, man wisse ja nie.

Er hatte eine beruhigende Stimme. Leichter Dialekt. Lauter Männer mit beruhigenden Stimmen, dachte Johanna – erst Thomas Holzapfel, dann die eleganten Schuhe.

Nein, erwiderte sie, so schlimm sei es nicht, es tue gar nicht mehr weh. Dabei stimmte das nicht. Es tat weh. Es tat sogar höllisch weh. Sie humpelte leicht. Ihre Hose war beschmutzt, morgen würde sie sie keinesfalls wieder anziehen können. Sie würde Tante Helenes Waschmaschine benutzen müssen. Sie hätte in Berlin mehr Kleidung einpacken sollen und verfluchte sich für dieses Versäumnis, nicht zum ersten Mal.

Es sei nicht mehr ganz seine Richtung gewesen, sagte der Mann und musterte sie von oben bis unten, aber Johanna sei ihm aufgefallen und er habe sich vergewissern wollen, dass es ihr gut gehe. Vermutlich habe es einen ganz falschen Eindruck auf sie gemacht, von ihm regelrecht verfolgt zu werden, sagte er, möglicherweise habe sie sich dadurch sogar bedroht gefühlt, sie sei ja auch immer schneller und schneller gegangen. Es tue ihm außerordentlich leid. Er sagte tatsächlich »außerordentlich«. Aber dann sei sie auch noch ins Straucheln geraten, das habe er schon von Weitem gesehen und gedacht, dass er ihr helfen müsse. Sie habe ein wenig orientierungslos gewirkt. Das habe ihn gewundert, denn hier im Ort sehe man selten orientierungslose Menschen – eigentlich nie –, sondern nur solche, die genau wüssten, wohin sie gehörten.

Sie standen nebeneinander auf der menschenleeren Straße und Johanna gestand dem Mann, dass sie tatsächlich die Orientierung verloren hatte, zumindest aber wisse, dass sich ihr Zuhause in der Nähe des Kirchturms befinde. Sie nannte ihm die Straße und bereute es im selben Moment. So genau sollte er gar nicht Bescheid wissen. Er zeigte ihr die Richtung, die sie einschlagen musste. Dann, nach einem Moment des Überlegens, entschied er sich, sie ein kleines Stück zu begleiten, obwohl es gar nicht sein Weg sei, wie er sagte. Aber er habe sie zu Tode erschreckt und deswegen sei er es ihr schuldig.

Unterwegs schwiegen beide. Der fremde Mann passte sich Johannas Schritten an; wegen ihres lädierten Knies war sie gezwungen, langsam zu gehen. Eine äußerst lästige Einschränkung, denn normalerweise ging sie immer sehr zügig. Ines beschwerte sich manchmal darüber, wenn sie zusammen unterwegs waren. Wie sehr man etwas als selbstverständlich betrachtet, fällt offenbar erst dann auf, wenn es nicht mehr möglich ist, dachte sie. Aus den Augenwinkeln sah sie, dass der Mann sie von der Seite beobachtete. Als sie eine Straße erreichten, die Johanna wiedererkannte, bedankte sie sich bei ihm für seine Begleitung und seine Hilfe und sagte, nun komme sie alleine zurecht. Sie war misstrauisch und wollte vermeiden, dass er sah, welches Haus sie betrat. Am Ende war er noch derjenige, der hier in der Nacht Frauen abstach. Ein Mörder mit schönen Schuhen, gebügelten Hosen aus teurem Wollstoff und ausgesprochen höflichen Umgangsformen.

»Gehen Sie in Zukunft besser nicht mehr bei solchem Wetter spazieren«, sagte er zum Abschied.

»Mir war heute danach«, erwiderte sie.

»Das verstehe ich.«

Wieso versteht er das?, fragte sich Johanna.

»Schönen Abend noch«, sagte er.

»Ja, Ihnen auch.«

»Und denken Sie dran …« Er deutete auf ihr Knie und ihre Hände. »Passen Sie auf sich auf.«

Weshalb sagt er das?, fragte sie sich.

Sie gingen in unterschiedliche Richtungen davon. Nach ein paar humpelnden Schritten drehte Johanna sich um, denn sie wollte sicher sein, dass der Mann sich entfernt hatte. Er war nirgends zu sehen. Johanna stand allein auf der regennassen Straße, die wie ausgestorben war. Nur die Lichter in den umliegenden Häusern verrieten, dass hier Menschen lebten. Nach einer Weile konnte Johanna auch die Schritte des Mannes nicht mehr hören.

Vor Helenes Haus wartete niemand auf sie. Drinnen sah es noch genauso aus wie vor ihrem Aufbruch. Im Wohnzimmer waren die Vorhänge vor der Terrassentür zugezogen. Das war gut so. Auf diese Terrasse wollte Johanna nie mehr einen Blick werfen. Sie war ein Tatort. Oder war sie nur ein Fundort? Johanna nahm sich vor, künftig nur noch im Hellen spazieren zu gehen.

Sie schaltete den Fernseher ein, um sich davon zu überzeugen, dass es die Welt draußen noch gab. Die Welt außerhalb dieses Hauses, dieses Ortes. Sie betastete ihr Knie, zog die Hose ein Stück nach unten. Morgen würde dort ein riesiger blauer Fleck prangen. Hoffentlich nur das, hoffentlich käme sie mit einem blauen Fleck davon. Obwohl die Heizung lief und die Ventile der Heizkörper in allen unteren Räumen aufgedreht waren, fror sie. Wer bezahlt das eigentlich, jetzt, wo Helene tot ist und ihre Rente nicht mehr überwiesen wird?, fragte sie sich. Aber die Rechnung für das Heizöl hatte ihre Tante vermutlich längst beglichen. Und der Strom? Das Telefon? Wasser? Steuern, die bei einem eigenen Haus samt Grundstück sicher auch anfielen? Wahrscheinlich würde es vom Erlös des Hausverkaufs abgehen. Hauptsache, Johanna säße nicht plötzlich im Dunkeln. Ihre Mutter hatte ihr weder detaillierte Informationen zukommen lassen noch hatte sie sich um irgendetwas gekümmert, abgesehen von der Beerdigung. Ihre Mutter verschwendete keinen Gedanken an die Arbeit, die sie Johanna aufgebürdet hatte, und tat sich selbst sehr leid. Das konnte Johanna sich lebhaft vorstellen. Wut auf ihre Mutter flammte kurz auf, doch gegen die Kälte, die sich in Johanna ausgebreitet hatte, konnte sie auch nichts ausrichten. Sie musste sich dringend etwas Wärmeres anziehen. Sie mochte nicht in den ersten Stock zu ihrer traurigen, schlecht bestückten Reisetasche gehen, in der sich ohnehin nichts Warmes befand. An der Garderobe hing doch die grobe, graue Strickjacke. Tante Helenes Strickjacke. Sie sah so aus, als wäre sie für die Gartenarbeit benutzt worden.

Johanna ging in den Flur, nahm die Jacke vom Bügel und zog sie an. Einen Moment blieb sie reglos vor der Garderobe stehen, wagte nicht, einen möglicherweise unangenehmen Geruch, der von der Jacke aufstieg, einzuatmen. Sie wartete auf den Ekel, der sie gleich todsicher überkommen würde, so dass sie gezwungen wäre, die Jacke sofort wieder auszuziehen. *Todsicher.* War es nicht an der Zeit, Wortkombinationen, die den Tod enthielten, weniger leichtfertig zu verwenden? Zu Johannas Überraschung blieb der Ekel aus. Die Jacke roch nach Wolle, nach einem Hauch Waschmittel und ganz schwach nach etwas anderem, vielleicht eine Creme oder ein Parfüm von Helene. An den Handgelenken, dort, wo die Wolle direkt auf Johannas Haut traf, kratzte sie ein wenig.

Johanna ließ den Fernseher laufen, schaltete aber den Ton aus. Sie stöberte in den CDs ihrer Tante. Viel Klassik, wie sie vermutet hatte. Frauenstimmen. Soprane, Mezzosoprane, einige Namen kannte Johanna. Außerdem die Beatles. Lieder von Kurt Weill. Laurie Anderson. Leonard Cohen. Sie wählte Leonard Cohen aus, setzte sich auf das Sofa und blickte zu den stummen Bildern des Fernsehers, ohne sie wirklich wahrzunehmen. Die Haushaltsauflösung stand bevor. Vielleicht würde Johanna nicht alles weggeben, sondern ein paar der CDs behalten. Und einige Bücher.

Sollte sie Ines noch einmal anrufen? Aber sie hatte es schon so oft versucht. Und heute hatte sie ihr auch eine Nachricht hinterlassen. Ines wusste, dass Johanna mit ihr sprechen wollte, musste es wissen. Doch sie war nicht erreichbar. Zumindest nicht für

Johanna. Vielleicht hatte sie sich gestern sogar von der Sekretärin verleugnen lassen, als Johanna im Architekturbüro angerufen hatte. Johanna traute ihr alles zu. Vielleicht hatte sie im selben Raum gesessen und der Sekretärin ein Zeichen gemacht: Nein, für Johanna Fink bin ich nicht zu sprechen.

Und wenn Johanna ihr mit ihrem Groll und ihrer Enttäuschung unrecht tat? Wenn es ganz anders war? Wenn Ines sie gerne angerufen hätte – es aber nicht konnte? Wenn ihr etwas passiert war? Etwas Schlimmes? Wenn sie im Krankenhaus lag, einen Unfall gehabt hatte, vielleicht nicht bei Bewusstsein war? Das Leben war so fragil. Und wenn niemand daran dachte, Johanna Bescheid zu sagen? Wer käme dafür überhaupt in Frage? Wahrscheinlich nicht allzu viele. Ines und sie hatten keine gemeinsamen Freunde. Ines hatte von Anfang an keinen Zweifel daran gelassen, dass sie ihr eigenes Leben hatte und die Beziehung mit Johanna daran nichts ändern würde. Johanna hatte sich gefügt. Eine Arbeitskollegin von Ines fiel ihr ein: Katharina Gessler. Vor einigen Wochen hatten sie gemeinsam Katharina Gesslers Geburtstagsfeier besucht und soweit Johanna wusste, waren Ines und sie nicht nur Kolleginnen, sondern auch miteinander befreundet.

Der bohrende Ärger, den sie in den letzten Tagen empfunden hatte, wich nun der Sorge. Sie rief Ines an. Jetzt musste sie doch zu Hause sein, selbst wenn sie einen langen Arbeitstag gehabt hatte. Nach dem fünften Klingeln sprang der Anrufbeantworter an. Johanna wollte schon auflegen, entschied sich dann aber anders und sagte: »Ich bin's, Johanna. Was ist denn los? Wo bist du?« Danach wählte sie die Nummer von Ines' Handy. Es war ausgeschaltet.

Wo war Ines nur? Johanna konnte nichts tun. Nichts tun als zu warten, dass sie sich endlich meldete.

Sie hörte Leonard Cohens *Suzanne*. Den Text hatte sie noch nie verstanden. Nicht vor zwanzig Jahren, nicht vor zehn Jahren und auch heute nicht. Wie immer achtete sie nur auf eine einzige Zeile: *And you know that she's half crazy*. Sie wunderte sich, dass Tante Helene solche CDs besaß, doch dann fiel ihr ein, dass sie immer noch den Fehler machte, Helene mit ihrer Mutter zu verwechseln, dass sie ihnen automatisch Ähnlichkeiten zuschrieb, bloß weil sie Schwestern waren. Helene war vermutlich kein bisschen wie Johannas Mutter gewesen. Dass sie nicht viele Gemeinsamkeiten hatten, war schon an den unterschiedlichen Einrichtungsstilen zu erkennen. In diesem Haus gab es keine Schrankwand, keine schweren Übergardinen, keine bestickten Zierkissen.

Vorsichtig betastete Johanna noch einmal ihr Knie, das zu pochen begonnen hatte, zog die beschmutzte Hose wieder nach unten. Das Knie wies eine leichte Schwellung auf, erste Anzeichen des Hämatoms waren bereits zu sehen. Sie hatte ihre Hände nicht desinfiziert, wozu ihr der Mann mit den schönen Schuhen dringend geraten hatte. Schuldbewusst ging sie nach oben ins Badezimmer und wusch sie. Wenigstens etwas. Als die Seife in die Abschürfungen drang, brannte es so sehr, dass Johanna wieder Tränen in die Augen stiegen. Was für ein armseliges Bild sie doch abgab. Zuerst rief sie Christiane Holzapfel an, die sie im Grunde kaum kannte, weil sie sich vor dem Gewitter fürchtete. Dann ließ sie sich von einem Wildfremden von der Straße aufhelfen und sogar fast bis nach Hause bringen, weil sie sich in dem kleinen Nest verirrt hatte. Sie verhielt sich wie eine hilflose Person. Nannte die Polizei das nicht immer so? *Sind hier am U-Bahnhof Kottbusser Tor. Haben hilflose Person aufgegriffen.*

In der Küche aß sie eine Kleinigkeit. Sie beschloss, zuerst in die Badewanne zu gehen und danach ins Bett, damit dieser unselige Tag bald ein Ende fand. Eine Weile sah sie im Wohnzimmer noch dem stummen Fernseher zu, hörte die CD von Leonard Cohen zu Ende. *And you know that she's half crazy. But that's why you want to be there.* Halb verrückt. War das weniger schlimm als ganz verrückt? Dann rüttelte Johanna an der Haustür und überprüfte, ob wirklich beide Schlösser verriegelt waren. Sie ging nach oben ins Badezimmer und ließ Wasser in die Wanne. Ein Bad wäre jetzt genau das Richtige. Sie roch nicht gut. Für ihr Knie allerdings wäre ein Bad sicher das Falsche, da es zum Abschwellen vermutlich Kälte statt Wärme bräuchte, aber das war Johanna egal. Ihr Knie hatte ihr vierzig Jahre lang gute Dienste geleistet und würde auch nach einem Sturz nicht einfach schlappmachen. Sie sah sich in dem kleinen Regal neben der Badewanne um. Wenn sie schon Helenes Strickjacke anzog, dann konnte sie auch ohne einen Anfall von Ekel ihren Badezusatz benutzen. Ihr Knie pochte. Warum war sie nur bei diesem Wetter spazieren gegangen? Was für eine blöde Idee. Während das Wasser lief, zog Johanna in dem kleinen Gästezimmer ihren Schlafanzug an. Helenes Strickjacke hängte sie über den Stuhl. Zum Schlafen war es eigentlich viel zu früh; zu Hause wurde sie um diese Zeit oft erst richtig wach. Johanna konnte gut nachts arbeiten. Aber jetzt war sie plötzlich bleiern müde. Sie war sogar zu müde für die Angst. Gerade noch wach genug für ein Bad. Als sie sich die Zähne putzte und darüber nachdachte, dass der Badeschaum angenehm roch, dass er eine Wohltat wäre, dass er ihren Angstgestank wegwaschen würde, hörte sie das Klingeln des Telefons unten im Flur. Helenes laut schrillendes Telefon, nicht ihr Handy. Sie eilte nach unten, mit Zahnpastaschaum im Mund und so schnell, wie es mit ihrem angeschlagenen Knie möglich war, denn sie hoffte, dass es endlich Ines wäre. Dass Ines gerade nach Hause gekommen war und ihren Anrufbeantworter abgehört hatte. Doch ihr fiel ein, dass Ines es gar nicht sein konnte, denn sie hatte ihr Helenes Nummer nicht genannt. Mit den Socken an den Füßen rutschte Johanna fast auf der glatten Holztreppe aus. Das hätte gerade noch gefehlt.

»Ja?«, sagte sie atemlos und schluckte die Zahnpasta herunter. »Bei Leinweber. Johanna Fink.«

Am anderen Ende hörte sie zuerst gar nichts. Dann schweres Atmen.

»Hallo?«, sagte Johanna.

Als Antwort erhielt sie lautes Krächzen. Wie von einer Nebelkrähe. Ein Krächzen wie das am ersten Abend in diesem Haus. War das ein Mensch? Eine menschliche Stimme? Keine Spur mehr von der eben noch so tief empfundenen Müdigkeit. Das Adrenalin ließ Johanna schlagartig wach werden, löste Panik und Übelkeit in ihr aus.

»Hallo? Wer ist denn da?«

Sie sollte diese Frage nicht stellen. Sie sollte sofort auflegen. Sich nicht angreifbar machen. Sie sollte nicht diese Unsicherheit in der Stimme zeigen. Diese offenkundige Angst.

Die Intensität des Krächzens steigerte sich, als wäre die Nebelkrähe äußerst unzufrieden mit etwas. Es tat Johanna im Ohr weh und vom Ohr ging es direkt in ihren Kopf, als würde ein rabenähnlicher Vogel mitten in ihrem Gehirn krächzen und als hallte das Geräusch an den Innenwänden ihres Schädels wider.

Johanna legte auf. Ihre Hand zitterte. Und nicht nur ihre Hand, auch ihre Beine, das unversehrte Knie und das angeschlagene, ihr ganzer Körper. Sie stand im Flur vor dem Telefon, ihr Herz raste, gleich würde es aus dem Hals springen, der Schweiß brach ihr aus.

Sie ging in die Küche und trank ein großes Glas Leitungswasser in einem Zug aus. Angst machte einen trockenen Mund. Dann fiel ihr das Badewasser ein. Das Haus unter Wasser zu setzen, wäre ungünstig für den Verkauf. Sie ging nach oben, vorsichtig, um nicht auf den glatten Holzstufen auszurutschen, und erreichte die Wanne gerade noch rechtzeitig. Sie drehte das Wasser ab und setzte sich danach auf den Klodeckel. Ruhig atmen, redete sie sich ein. Ganz ruhig. Ich muss Ruhe bewahren. Es ist ein ganz normaler, kleiner, schwäbischer Ort. Es ist doch nichts passiert. Nur ein Anruf. Bestimmt sind es wirklich Jugendliche, gedankenlose Teenager mit einem eigentümlichen Sinn für Humor, wie auch schon am ersten Abend. Ich darf mich nicht verrückt machen lassen. Ich habe mit der Toten auf der Terrasse nichts zu tun. Es war Zufall, dass sie hier lag. Nichts als Zufall. Es ist Zufall, dass ich hier bin. Ich habe mit nichts von dem, was hier geschieht, das Geringste zu tun. Ich bin nicht gemeint.

Nach dem Bad, das sie dann doch nahm, ging Johanna wie beabsichtigt ins Bett. Ihre Handflächen sahen zwar zerschunden aus, machten aber den Eindruck, als würden sie problemlos und ohne eine Infektion verheilen. Was mit ihrem Knie war, bliebe abzuwarten. Sie las ein paar Seiten in *Dracula*, um rasch festzustellen, dass es nicht die richtige Lektüre nach diesem Tag war. Also löschte sie das Licht. Im Dunkeln lauschte sie in die Stille, die ihr heute erschreckend laut vorkam. Sie hörte nur die Kirchturmuhr. Hin und wieder ein vorbeifahrendes Auto. Einen Wortwechsel zwischen zwei Männern, bis sie sich voneinander verabschiedeten. Dann das Telefon. Diesmal war es nicht Helenes Festnetztelefon, sondern ihr Handy. Es lag unten im Wohnzimmer. Ines! Es musste endlich Ines sein! Johanna sprang auf, machte Licht, ging so schnell sie konnte die Treppe nach unten, zum Wohnzimmer, sah schon von Weitem das blinkende Display, das im Dunkeln aufleuchtete.

»Ja, Hallo?«, sagte sie atemlos.

Am anderen Ende hörte sie nichts. Stille. Ihren eigenen Atem. Ein Knacken irgendwo im Haus. Dann wurde die Verbindung beendet.

Johanna sah auf ihr Handy. Der Anrufer war unbekannt. Sie schaltete das Gerät aus, ging wieder nach oben und legte sich ins noch warme Bett.

Sie lag lange wach. Sie hörte die Kirchturmuhr, jedoch nicht den Waldkauz. Beinahe vermisste sie seinen schaurigen Ruf. Wo war er denn? Hatte er sich einfach davongemacht, jetzt, als sie sich allmählich an ihn gewöhnt hatte? Sie dachte an Angelika Fleiß. Angelika Fleiß konnte nicht in der Nacht umgebracht worden sein. Es musste am Morgen geschehen sein. Denn was hätte Angelika Fleiß nachts hier zu suchen gehabt? Lag eine Familienmutter nicht nachts im Bett, statt draußen herumzustreunen? Rechtschaffen müde von ihrem anstrengenden Tag? Vor allem, wenn sie auch noch so viel nebenbei gearbeitet hatte, wie Christiane Holzapfel sagte? Johanna fragte sich, ob es sich um einen Zufall handelte, ob sie wirklich mit all dem, was hier geschah, nichts zu tun hatte. Oder hatte jemand Angelika Fleiß extra für sie dorthin gelegt? Wie den toten Buchfinken?

Nachts träumte sie von kleinen, toten Vögeln, von dem Bild der schwäbischen Alb in Helenes Schlafzimmer gegenüber vom Bett und von einer Krähe, die sich mit einem großen, bleichen Knochen im Schnabel abmühte, bis sie ihn schließlich fallen ließ, weil er zu schwer war.

9

Hartmann und Wagner, die Männer ohne Vornamen, meldeten sich gleich am nächsten Morgen. Hartmann, genauer gesagt. Es lasse sich leider nicht vermeiden, sagte er, dass er noch einmal mit ihr reden müsse.

Johanna, die nichts anderes erwartet hatte, fügte sich klaglos.

»Ja, sicher«, sagte sie, »ich bin ja sowieso hier.«

Noch einmal die Polizei, dachte sie. Noch einmal die gleichen Fragen wie am Vortag, immer wieder, die Aufdringlichkeit der Beamten, ihre unangenehme Präsenz, obwohl sie sich bemühten, höflich und dezent zu sein. Sie verabredeten sich für mittags.

»Geht es Ihnen gut?«, fragte er, als Johanna das Gespräch schon beenden wollte.

Ging es ihr gut? Seine Frage überraschte sie. Nein, es ging ihr nicht gut. Obwohl sie sich erstaunlich gut hielt – dafür, dass eine Tote vor ihrer Tür gelegen hatte, dass ihre Geliebte verschollen war, dass sie von einer möglicherweise Verrückten verfolgt wurde und außerdem rätselhafte Anrufe erhielt.

»Nein, eigentlich nicht«, antwortete sie.

»Das kann ich mir vorstellen«, sagte Hartmann. »Es muss ein ziemlicher Schock für Sie gewesen sein, als Sie die Tote gefunden haben. Wer rechnet denn schon mit so was?«

Lauter verständnisvolle Männer, die sich um ihr Wohlergehen sorgten. Thomas Holzapfel. Die eleganten Schuhe. Und jetzt Hauptkommissar Hartmann. So viel Fürsorge war Johanna beinahe ein wenig unheimlich. Doch was war nicht unheimlich in diesem elenden Nest, in dem es von Tag zu Tag mehr nach Holzofen stank, je kälter es draußen wurde? Inzwischen drang der Geruch sogar durch die geschlossenen Fenster. Johanna roch es überall. Offenbar hatte es sich bis zu diesem schwäbischen Kaff noch nicht herumgesprochen, dass es Heizungen gab.

Sie schilderte Hartmann ihren gestrigen Spaziergang und das kleine Malheur auf der regennassen Straße. Warum um alles in der Welt tat sie das? Sie machte sich bei ihm vollkommen lächerlich. Doch im Grunde spielte es keine Rolle, ob sie vor Kriminalhauptkommissar Hartmann lächerlich dastand; sie kannte ihn nicht, würde ihn nicht wiedersehen, wenn sie zurück in Berlin wäre, und alsbald vergessen. Und er sie sicherlich auch. Also erzählte sie weiter. Währenddessen rieb sie über ihr Knie, beugte und streckte vorsichtig das Bein. Das Knie tat noch ein bisschen weh, schien aber funktionstüchtig.

»Vielleicht hätten Sie bei diesem Wetter besser nicht spazieren gehen sollen«, sagte Hartmann.

»Das dachte ich dann auch. Leider erst nachher.«

Ines rief sie nicht an, nicht einmal ihre Mutter interessierte sich dafür, wie es Johanna erging. Doch Kriminalhauptkommissar Hartmann hörte ihr zu und war freundlich zu ihr. So berichtete sie ihm auch von dem Anruf am Abend, erwähnte, dass es bereits das zweite Mal gewesen war, dass sie auch an dem Abend direkt nach ihrer Ankunft einen solchen Anruf erhalten hatte.

»Eine Krähe?«, fragte Hartmann.

»Nein, natürlich keine Krähe«, sagte Johanna.

»Aber es klang so. Es klang überhaupt nicht wie ein Mensch.«

Hartmann schwieg eine Weile. Dann sagte er: »Wahrscheinlich hat sich jemand einen Scherz erlaubt. Vielleicht Jugendliche.«

»Ja«, sagte Johanna, »das vermute ich auch.«

»Kein besonders guter Scherz«, ergänzte Hartmann.

Nein, dachte Johanna. Ein sehr schlechter Scherz.

Es war der dritte Morgen in Helenes Haus.

Nach dem Telefongespräch mit Hartmann warf Johanna ihre beschmutzte Hose und alles, was sie seit der Fahrt von Berlin getragen hatte, zusammen in Helenes Waschmaschine, ungeachtet dessen, dass die Kleidungsstücke unterschiedlicher Waschgänge bedurft hätten. Immerhin hatte sie daran gedacht, eine zweite Hose mitzunehmen. Sie zog sie an, außerdem ein sauberes T-Shirt und Helenes graue Strickjacke. Sehr rustikal, dachte sie, als sie sich im Badezimmerspiegel betrachtete, aber schließlich war sie ja auch auf dem Land.

Immer noch keine Nachricht von Ines. Aber Johanna hatte auch nicht damit gerechnet. Sie horchte in sich hinein, ob der Ärger und die maßlose Enttäuschung dort noch zu spüren waren. Warum stritten Ines und sie sich eigentlich so häufig? Nach den Geschehnissen der letzten Tage erschien Johanna jeder Streit unnötig und sie wollte nichts weiter als Frieden. Warum taten sie sich weh? Warum verstanden und vertrugen sie sich nicht? Liebten sich einfach? War nicht alles ganz leicht? Solange man nicht erstochen auf einer Terrasse am Ende der Welt lag?

Obwohl – dann war auch alles ganz leicht. Dann war es vorbei. Wenn Ines jetzt anriefe, wäre sie erleichtert, sonst nichts. Und selbst, wenn sie nicht anriefe, wenn sie sich bis zu Johannas Abreise nicht meldete, würde sie ihr später in Berlin keinen Vorwurf machen. Das nahm sie sich fest vor. Heute Abend würde sie Katharina Gessler anrufen, Ines' Arbeitskollegin.

Johanna beschloss, die Vorhänge im Wohnzimmer zugezogen zu lassen. Keine Sicht in den Garten. Auf den Himmel. Auf die Terrasse. Lieber die ganze Zeit dämmriges Licht im Zimmer. Sie wollte nicht wissen, ob an diesem dritten Morgen womöglich eine neue Überraschung auf den Steinplatten für sie bereitlag. Dann rief sie ihre Mutter an, um ihr von der Toten und vom Besuch der Polizei zu erzählen. Helene war schließlich ihre Schwester gewesen und vermutlich hatte sie auf Helenes Beerdigung Angelika Fleiß kennengelernt. Johanna hatte nicht hierhin fahren wollen, sie hatte sich von ihrer Mutter dazu breitschlagen lassen. Nun hatte sie das dringende Bedürfnis, sich bei jemandem zu beschweren. Darüber, dass all das ausgerechnet jetzt geschah. Und wer wäre dafür besser geeignet als ihre Mutter, der sie es schließlich zu verdanken hatte?

Doch ihre Mutter war nicht zu Hause. Es klingelte und klingelte und niemand nahm den Hörer ab. Ihre Mutter hatte keinen Anrufbeantworter und auch kein Handy. Wahrscheinlich ist sie beim Einkaufen, dachte Johanna und blickte zur Uhr. Oder sie trifft sich mit ihrer Freundin aus der Nachbarschaft, ebenfalls eine Witwe. Johanna mochte Frau Hülsbrink, Mutters

Witwenfreundin, nicht sonderlich. Sie hatte ein gehässiges Mundwerk.

Sie war beim Einkaufen oder trank Kaffee mit Frau Hülsbrink. Es gab keinen Grund, beunruhigt zu sein.

Johanna brauchte eine Zeitung, die ihr wenigstens eine Ahnung von der Welt draußen, außerhalb des schwäbischen Dorfes, vermittelte. Sie brauchte frische Brötchen. Frische Luft. Sie machte sich auf den Weg zum Lebensmittelgeschäft Nägele. Jetzt im Hellen würde sie sich ja wohl nicht verlaufen. In Helenes Flur bemerkte sie den Notizblock auf dem kleinen Tisch, auf dem sie den Namen Angelika Fleiß notiert hatte. Sie riss den obersten Zettel ab und zerknüllte ihn. Bei der Vorstellung, den Namen einer Toten aufgeschrieben zu haben – zu einem Zeitpunkt, als diese noch gelebt hatte –, wurde ihr unbehaglich zumute. Ein Frösteln breitete sich in ihrem Magen aus und zog von dort in den übrigen Körper. Dann schrieb sie »Katharina Gessler« auf den Block. Sie würde zwar auch ohne diese Erinnerung sicher nicht vergessen, Ines' Kollegin nachher anzurufen, doch es sollte als Aufforderung dienen, es auch wirklich zu tun.

Da sie ihrem Knie noch nicht recht traute, waren Johannas erste Schritte auf der Straße übertrieben vorsichtig.

Ich habe den Keller immer noch nicht gesehen, dachte sie bei ihrem gemächlichen Tempo, und wahrscheinlich werde ich nie mehr einen Blick auf die Terrasse werfen. Die Vorhänge bleiben zugezogen. Doch was wäre mit dem Immobilienmakler? Ganz sicher würde er die Terrasse sehen, in den Garten gehen wollen. Sollte sie sich so lange in einem anderen Raum verkriechen? Aber vielleicht lag auf der Terrasse auch keine neue Überraschung, wenn sie Gesellschaft hatte, sondern nur dann, wenn sie allein war.

Johanna erkannte manche Häuser draußen wieder, die engen Straßen, sogar einige Autos am Straßenrand. Die Straßen waren so schmal, dass an vielen Stellen keine zwei Autos nebeneinanderpassten. Ein Traktor fuhr vorbei, füllte majestätisch die gesamte Breite der Straße aus. An diesem dritten Morgen nahm Johanna ihre Umgebung bewusster wahr als an den Tagen davor. Wie war es nur möglich gewesen, dass sie sich gestern so heillos verirrt hatte? Sie sah eine Sparkasse, die sie zuvor nicht bemerkt hatte. Vielleicht hatte Angelika Fleiß hier ihre Kontoauszüge geholt. Monat für Monat niedergeschlagener angesichts der Schulden der Familie Fleiß, wenn es stimmte, was Christiane Holzapfel sagte. Ein Elektrogeschäft, das offenbar geschlossen hatte und dessen Inhaber keinen Wert auf ein geschmackvoll gestaltetes Schaufenster zu legen schien. Vor den Haustüren überall Kürbisse – Zierkürbisse und auch solche zum Essen, die auf Tischen zum Verkauf angeboten wurden. Aufgeschichtetes Brennholz, das den Geruch erklärte, der sich schwer über den Ort gelegt hatte. Eine kleine Volksbankfiliale. Im Hintergrund Landschaft. So viel Landschaft war Johanna nicht gewöhnt. Die sanft geschwungene Erhebung am Horizont war bestimmt die schwäbische Alb. Johanna dachte an das Bild in Helenes Schlafzimmer.

Als sie das Lebensmittelgeschäft fast erreicht hatte, bemerkte sie eine Frau, die sie als ihre Verfolgerin identifizierte. *Die unheimliche Frau.* Sie lauerte ihr schon wieder auf. Die Frau, die ihr am ersten Morgen den Zutritt zum Laden versperrt und die gestern kurz vor dem Gewitter Helenes Haus beobachtet hatte. Diesmal stand sie nicht vor dem Eingang des Ladens, sondern etwas abseits in einer kleinen Seitenstraße neben einem Scheunentor. Sie sah nicht furchteinflößend aus, sondern vollkommen gewöhnlich. Sie hätte sogar sympathisch gewirkt, würde sie nicht überall dort auftauchen, wo Johanna auch war. Wie ein Gespenst. Oder wie jemand, der sie beschattete und auf den geeigneten Moment wartete. Den geeigneten Moment wofür? Verrückten sieht man ihre Verrücktheit vermutlich nicht unbedingt an, dachte Johanna. Kurz war sie versucht, zu ihr zu gehen, sie am Arm zu packen, zu schütteln und sie zu fragen, was sie verdammt noch mal von ihr wolle, doch als die Frau den Kopf zu ihr wandte, sah sie schnell weg.

Im Lebensmittelgeschäft Nägele wurde sie von den beiden Verkäuferinnen und den wenigen Kundinnen genauso misstrauisch beäugt wie bei ihrem ersten Besuch.

»Grüß Gott«, sagte die Verkäuferin hinter der Kuchentheke.

»Guten Morgen«, erwiderte Johanna. Sie würde nicht »Grüß Gott« sagen. Auch nicht am dritten Morgen.

Wahrscheinlich wussten inzwischen alle im Ort ganz genau, wer sie war, was sie hier tat und was ihr widerfahren war. So etwas sprach sich schnell herum. In einem kleinen Ort wie diesem wussten vermutlich sogar alle über ihren gestrigen Sturz auf der nassen

Straße Bescheid. Johanna hatte den Eindruck, dass die Verkäuferin gerne noch mehr gesagt, sie am liebsten nach der toten Angelika Fleiß und der Polizei gefragt hätte, doch sie schien es sich im letzten Moment anders zu überlegen, schloss den schon zum Sprechen geöffneten Mund wieder, rückte die Brotlaibe im Regal hinter ihr zurecht und richtete die Preisschildchen für die Kuchenstücke gerade. Ihre Augen bewegten sich zwischen gedecktem Apfelkuchen, Mohnschnecken, Croissants und Johanna hin und her.

Johanna ging durch die Reihen und sah sich in den wenigen Regalen um, unschlüssig, was sie kaufen sollte und ob sie überhaupt etwas brauchte, und hörte die Unterhaltung im hinteren Teil des Ladens zwischen zwei Kundinnen und der Verkäuferin hinter der Wursttheke. Noch immer hatte sie Probleme, den hiesigen Dialekt zu verstehen, auch am dritten Morgen.

»Ja, gestern Nacht«, sagte die eine und Johanna fragte sich sofort, ob sie über Angelika Fleiß sprachen. Doch Angelika Fleiß war vorletzte Nacht gestorben – vielleicht am Morgen danach –, nicht in der vergangenen.

»Diese jungen Leute«, sagte eine andere. »Dass die Eltern sie nicht im Griff haben …«

»Die interessieren sich heutzutage doch gar nicht mehr dafür, was ihre Kinder treiben«, sagte die Verkäuferin.

Sie sprachen leise. Deshalb und wegen des fremden Dialekts hatte Johanna Mühe, die Unterhaltung zu verstehen. Wovon redeten sie? Was ging hier im Ort vor sich?

»Die Eltern müssen ja wohl für den Schaden aufkommen«, sagte eine der Kundinnen.

»Aber es ist ja nicht nur der Schaden«, entgegnete die Verkäuferin. »Es ist die Verrohung.«

Die beiden Kundinnen stimmten ihr zu.

»Sie wollten das halt ausprobieren, wie weit sie gehen können.«

»Sie machen sich keine Gedanken über den Schmerz.«

»Die armen Viecher.«

Johanna spähte zur Theke. Die Hand der Verkäuferin griff nach einem geräucherten Schinken, dessen Anblick augenblicklich ihren Hunger wachrief. Sie beschloss, Wurst zu kaufen und trat an die Theke. Das Gespräch der drei Frauen verstummte.

»Grüß Gott«, sagte die Verkäuferin und legte den Schinken wieder zurück. »Was darf's sein?«

Johanna wählte drei Wurstsorten aus, obwohl das viel zu viel war, was sie im selben Moment wusste. Während die Verkäuferin die Wurstscheiben abwog und einpackte, wandte Johanna sich an eine der neben ihr stehenden Kundinnen.

»Entschuldigung, ich habe zufällig ihr Gespräch mitbekommen. Darf ich Sie fragen, worüber Sie sich unterhalten haben?«

Alle drei starrten sie an. Sofort bereute Johanna ihre Frage, bereute, dass sie sich an sie gewandt hatte, dass sie zur Wursttheke gegangen war – zumal sie von dort gar nichts brauchte – und jetzt nicht mehr zurückkonnte. Sie wusste nicht einmal, ob sie die Frage aus bloßer Neugier gestellt hatte oder aus dem Bedürfnis nach sozialem Kontakt.

Als Erste fand die Verkäuferin die Sprache wieder.

»Es geht um diese Jugendlichen«, sagte sie. »Was sie letzte Nacht mit den Schafen gemacht haben.«

»Mit den Schafen?«, fragte Johanna.

»Ja, haben Sie das denn gar nicht mitbekommen?«

Die Frauen schienen davon auszugehen, dass hier im Ort jeder alles mitbekam, selbst eine Fremde wie Johanna.

»Sie haben das schon mal gemacht«, sagte eine Kundin.

Nun sahen alle drei Johanna an. Sie bemühte sich, ihren Blicken nicht auszuweichen, und stellte erleichtert fest, dass sie nicht skeptisch oder feindselig waren. Eher zurückhaltend neugierig.

»Vom Unterstand beim alten Schöll haben sie sie weggeholt«, sagte die andere Kundin. »Zwei Schafe. Keiner hat was gehört. War ja auch so ein Sauwetter gestern, dass man lieber drinnen geblieben ist.«

»Und dann haben sie die armen Tiere ans Auto gebunden«, erklärte die Verkäuferin und reichte Johanna die eingepackte Wurst über die Theke. »Ans Auto gebunden und mitgeschleift. Da waren nur noch blutige Fetzen. Über die ganze Straße verteilt.«

Johanna wurde ein wenig übel. »O Gott«, sagte sie. Nun hatte sie doch Gott in den Mund genommen.

»Vor ein paar Monaten haben Sie das schon mal gemacht«, sagte eine der Kundinnen. »Aber da haben sie aufgehört, als das arme Tier noch gelebt hat.«

»Wie können diese Kinder so grausam sein?«, fragte die andere Kundin, an niemand Bestimmtes gerichtet.

»Das ist die heutige Zeit«, bemerkte die Verkäuferin. »Die Kinder tun ja nichts anderes, als von früh bis spät vor ihren Mörderspielen am Computer zu sitzen.«

»Zumindest sind die Kinder alt genug für den Führerschein«, warf Johanna ein. Alle sahen sie an.

»Ja, der Marcel, der Sohn vom Trautmann, der hat ein Auto«, sagte eine Kundin. »Der ist sozusagen der Anführer von denen allen.«

Die andere Kundin nickte. »Die tun alles, was der Marcel sagt.«

»Mit dem Marcel gibt's ja nur Probleme«, sagte die Verkäuferin. »Was da wohl noch als Nächstes kommt?«

Johanna lächelte die drei Frauen an, verabschiedete sich, nahm eine Regionalzeitung, weil es heute im Laden keine andere mehr gab, wählte zwei Brötchen aus und bezahlte alles an der Kasse.

Tote Schafe. Tote Angelika Fleiß. Nein, da gab es keinen Zusammenhang. Beim Verlassen des Ladens spürte Johanna die Blicke der Frauen im Rücken. Als würden unzählige Augen ihr hinterhersehen und ihre Schritte verfolgen. Bevor die Tür zufiel, hörte Johanna, wie eine der Frauen »Angelika Fleiß« sagte, eine andere »ach, tatsächlich?«, eine dritte »ja, ja, ganz bestimmt!«. Den Rest verstand sie nicht. Sie sprachen nicht mehr über Schafe, sondern über die Tote, mit Sicherheit auch über sie, und hatten damit gewartet, bis sie weg war.

Draußen ging ein junges Mädchen am Laden vorbei. Johanna erkannte Lisa, Christiane Holzapfels Tochter, sofort. Lisa bemerkte Johanna auch, wollte – viel zu auffällig und ungeschickt – vortäuschen, sie nicht gesehen zu haben, doch es war schon zu spät.

»Hallo, Lisa!«, sagte Johanna und blieb vor ihr stehen.

»Hallo«, nuschelte Lisa. Bemüht grimmig und gelangweilt. Es war unübersehbar, dass sie nicht von Johanna angesprochen werden, sie nicht einmal kennen wollte.

»Keine Schule?«, fragte Johanna.

»Wüsste nicht, was Sie das angeht«, antwortete Lisa und sah in eine andere Richtung.

Ich muss nicht hier auf der Straße stehen und mich mit diesem ungezogenen Teenager beschäftigen, dachte Johanna. Ich kann jetzt einfach weitergehen. Sie betrachtete Lisa. Schlank. Erste weibliche Rundungen. Sehr enge Jeans und ein ebenso enges Oberteil unter der offenen Jacke, wie auch vorgestern schon. Hatte sich Johanna in Lisas Alter auch so gekleidet? Ihrer Erinnerung nach hatte sie ihren Körper damals nicht gemocht, er war ihr fremd gewesen. Sie hätte ihn ungern so zur Schau gestellt, hatte ihn lieber unter übertrieben weiter Kleidung verborgen. Allerdings war sie auch fülliger gewesen als Lisa. Sie fragte sich, ob sie eine Vierzehnjährige beneiden sollte; so schlank wie Lisa war sie nie gewesen, nicht mit vierzehn und erst recht nicht mit vierzig. Kurz dachte sie an den Hunger, der sie überfallen hatte, seit sie hier war, der durch nichts zu stillen schien, an die drei Sorten Wurst in ihrer Einkaufstasche. Wenn sich an ihrem Hunger nichts ändern würde, hätte sie keine Mühe, alles aufzuessen. Lisa aß kein Fleisch. Sie war tierlieb. Nein, Christiane Holzapfels Tochter würde keine Schafe über die Straße schleifen, zum Vergnügen, bis ihre Haut in Fetzen hing. Sie würde auch nicht dabei zusehen.

»Ist ja ganz schön viel los bei euch«, sagte Johanna. »Viel mehr als in Berlin.«

Das Zauberwort Berlin bewirkte, dass in Lisas Augen nun doch ein Funke Interesse aufleuchtete.

»Eigentlich ist hier nie was los«, sagte sie. »Ich würde gern nach Berlin fahren. Vielleicht nächstes Jahr.«

»Mit deinen Eltern?«

»Am liebsten mit meinem Vater.«

Als sie ihren Vater erwähnte, fiel wie durch eine Verwandlung all das Mürrische plötzlich von Lisa ab, sie strahlte geradezu. Ein Vaterkind, dachte Johanna. War sie das nicht auch? War sie mit ihrem Vater nicht immer viel besser ausgekommen als mit ihrer Mutter?

»Ich glaube, dein Vater hat erwähnt, dass er gerne mal wieder nach Berlin fahren würde«, sagte Johanna. »Mit der ganzen Familie.«

»Wann haben Sie denn mit meinem Vater geredet?«, fragte Lisa in dem typisch patzigen Ton, der Jugendlichen zu eigen ist, als würde sie Johanna nicht glauben, als wäre es gar nicht möglich, dass Johanna mit ihrem heiligen Vater gesprochen hatte.

»Gestern Abend am Telefon.«

»Da haben Sie sicher was falsch verstanden«, sagte Lisa. »Am liebsten würde er nur mit mir fahren.«

»Aber vielleicht würde deine Mutter auch gerne nach Berlin?«, sagte Johanna. »Und dein Bruder.«

»Ach, meine Mutter«, sagte Lisa und sofort verschwand das Strahlen aus ihrem Gesicht; es verschloss sich wieder und Johanna glaubte, eine Spur Verachtung darin zu sehen. »Die kann mir gestohlen bleiben.«

Johanna würde sich freuen, fiel ihr jetzt auf, wenn sie Christiane Holzapfel eines Tages in Berlin begrüßen könnte, wenn ihre Bekanntschaft auch über ihren Aufenthalt hinaus von Bestand wäre. Aber meistens war es im Leben nicht so. Meistens schlief es ganz schnell ein, ein Gruß zu Weihnachten, zum Geburtstag, auch wenn beide Seiten anfangs das Gegenteil beteuerten.

»Mögen Sie Ihren Vater?«, fragte Lisa.

»Mein Vater lebt nicht mehr«, sagte Johanna. »Er hat früher viel mit mir unternommen, als ich so alt war wie du. Oder noch ein bisschen jünger. Er hat mir draußen Vogelstimmen erklärt, wie man sie unterscheiden kann, wie die Vögel aussehen und solche Sachen. Ich fand's damals ein bisschen langweilig.«

»Ihr Vater hat viel mit Ihnen unternommen?«, fragte Lisa, als wäre das etwas Außergewöhnliches.

»Ja, er war oft mit mir draußen und er hat viel Zeit mit mir verbracht. Wegen der blöden Vögel bestand er darauf, dass wir am Wochenende ganz früh aufstehen, mit belegten Broten und Thermoskanne und so. Sonst würden wir sie nicht hören. Ich hätte lieber länger geschlafen.«

Mit einem Mal sah Lisa traurig aus. Hatte Johanna etwas Falsches gesagt? Es machte Lisa sicher nicht traurig, dass Johannas Vater ihr vor dreißig Jahren Vogelstimmen erklärt hatte. Vielleicht, dass er nicht mehr lebte? Doch wahrscheinlich war nichts von all dem der Grund. Es lag einfach am Alter.

»Wie … wie sah sie denn aus?«, fragte Lisa plötzlich.

»Meinst Du Angelika Fleiß?«

Lisa nickte. »Sah sie … sah sie tot aus?«

»Ja«, sagte Johanna und korrigierte sich sofort: »Nein, eigentlich nicht.«

Beide schwiegen einen Moment.

Dann fragte Johanna: »Kennst du einen Marcel? Marcel Trautmann?«

»Marcel, der Idiot. Den kennt hier jeder.«

Johanna sah, dass die unheimliche Frau noch immer in der kleinen Seitenstraße stand. Heute hatte sie wieder ihren schwarzen Rucksack dabei. Hatte sie nichts zu tun? Johanna wandte ihren Kopf näher zu Lisa und sagte ganz leise: »Sag mal, kennst du die Frau da?« Sie deutete mit dem Kopf in ihre Richtung.

Viel zu auffällig drehte Lisa sich um. »Ach die«, sagte sie. »Klar, die kenne ich. Die ist komisch.« Sie kicherte ein wenig.

»Wie – komisch?«, fragte Johanna.

»Na, komisch halt.« Lisa wedelte andeutungsweise mit der Hand vor ihrem Gesicht herum. »Was ist daran so schwer zu kapieren?«

»Oh, nichts«, sagte Johanna, »gar nichts. Komisch halt.«

»Sonst noch Fragen?«, sagte Lisa und blickte dabei nicht Johannas Gesicht an, sondern kritisch, beinahe ein wenig angewidert, den Kragen von Helenes alter Strickjacke, der unter Johannas Jacke hervorsah.

Johanna schüttelte den Kopf.

»Ich hab jetzt auch wirklich keine Zeit mehr«, sagte Lisa wie eine viel beschäftigte Erwachsene und ging ohne Verabschiedung.

In Helenes Haus blätterte Johanna die mitgebrachte Regionalzeitung durch und stellte belustigt fest, dass auf der Wirtschaftsseite eine Notiz über die aktuellen Ferkelpreise in Oberschwaben zu finden war. Der Preis lag derzeit bei dreißig bis fünfunddreißig Euro. Gewogener Durchschnittspreis in Euro pro fünfundzwanzig Kilo Ferkel, ohne Mykosplasmenimpfung und ohne Mehrwertsteuer. Dann entdeckte sie einen kurzen Bericht über Angelika F., eine dreifache Mutter, die tot aufgefunden worden sei. Die eingeschaltete Kriminalpolizei tappe noch im Dunkeln. Angelika F. sei von einer Frau gefunden worden, die zurzeit zu Besuch sei.

Es klingelte an der Tür. Hartmann und Wagner, eine halbe Stunde zu früh.

Sie waren ähnlich gekleidet wie am Tag zuvor. Der jüngere Wagner sportlich, auf sein Äußeres bedacht, nach Rasierwasser riechend. Hartmann etwas nachlässig, so als würde er morgens nicht allzu viel Zeit damit verschwenden, über seine Kleidung nachzudenken.

»Dürfen wir reinkommen?«, fragte Wagner überflüssigerweise und Johanna bat sie in die Küche. Ohne die Kommissare zu fragen, ob sie welchen wollten, füllte sie die Kaffeemaschine und schaltete sie ein.

Hartmann und Wagner setzten sich an den Küchentisch. Als würden sie Johanna eine kurze Atempause gönnen, warteten sie, bis die Kaffeemaschine fertig war. Wagner blätterte in seinem Notizbuch, Hartmann sah aus dem Fenster. Johanna holte drei Tassen aus dem Schrank, goss Kaffee ein, stellte die Tassen vor die beiden und setzte sich mit ihrer eigenen dazu.

»Entschuldigen Sie, dass wir zu früh sind«, sagte Hartmann, »aber es hat sich so ergeben.«

»Macht nichts«, sagte Johanna, »ich bin ja hier.« Es störte sie, dass sie zu früh gekommen waren, das war noch unhöflicher, als sich zu verspäten, es störte sie, dass die beiden überhaupt da waren und nun in Helenes Küche saßen.

»Die Anrufe«, begann Wagner dann, nachdem er einen Schluck Kaffee getrunken hatte, »die Anrufe, die Sie erhalten haben. Warum haben Sie uns nicht gestern schon davon erzählt?«

Johanna sah zu Hartmann, der jedoch den Blick abgewendet hatte. Sie fühlte sich von ihm verraten, denn von den Anrufen hatte sie nur ihm berichtet.

»Warum haben Sie uns das nicht eher erzählt?«, wiederholte Wagner. Hartmann schwieg noch immer.

»Ich dachte, es ist nicht wichtig«, sagte Johanna.

»Was wichtig ist«, entgegnete Wagner, »entscheiden wir.«

»Ich habe keinen Zusammenhang mit der Toten gesehen.«

»Ob es Zusammenhänge gibt und welche«, sagte Wagner, »entscheiden auch wir.«

»Wahrscheinlich hat es auch gar nichts miteinander zu tun«, meldete sich jetzt Hartmann zu Wort und sah sie an. »Aber trotzdem hätten Sie es uns sofort erzählen sollen.«

Alle drei schwiegen einen Moment. Johanna fühlte sich wie ein unartiges Kind, das für sein Fehlverhalten getadelt wurde.

»Es gibt da noch etwas«, sagte Hartmann. »Uns ist da gestern etwas aufgefallen.« Er sah in seine Kaffeetasse, fuhr mit dem Zeigefinger die Form des Henkels nach.

Johanna stand auf, nahm die Kanne von der Maschine und goss Hartmann neuen Kaffee ein. Wagner lehnte ab.

»Was uns aufgefallen ist …«, sagte Hartmann.

»Warum haben Sie den Namen des Opfers auf den Notizblock im Flur geschrieben?«, fragte Wagner.

Johanna war wieder auf dem Weg zur Kaffeemaschine und hätte beinahe die Kanne fallen lassen. Bei einem verunglückten Schritt zur Seite verdrehte sie ihr Knie, der Schmerz kam augenblicklich. Ihr entfuhr ein leises Aufstöhnen und sie hatte Tränen in den Augen. Nein, dachte sie, nicht schon wieder Tränen, nicht vor den beiden Polizisten. Sie benahm sich so, als wäre sie verdächtig. Das war ja lächerlich. Völlig absurd. Dabei hatte sie Angelika Fleiß' Namen doch nur aufgeschrieben, um ihn nicht zu vergessen. Damit sie daran denken würde, sie anzurufen. Wegen des Schlüssels. Und um vielleicht etwas über ihre Tante zu erfahren – mehr, als ihre Mutter ihr verriet. Wann war das gewesen? Vorgestern. Es schien schon unendlich lange her zu sein.

»Alles in Ordnung mit Ihnen?«, fragte Hartmann.

Johanna stand noch immer vor der Arbeitsplatte, mit dem Rücken zu den beiden Kommissaren.

»Ja, ja«, sagte sie, ohne sich umzudrehen. Würde sie nun die ganze Zeit den Polizisten den Rücken zuwenden?

»Der Name des Opfers stand auf dem Notizblock«, sagte Wagner. »Das ist uns aufgefallen. Wir fanden es etwas merkwürdig. Können Sie uns das vielleicht erklären?«

Johannas Knie zitterten. Das gesunde und das

lädierte Knie. Ihr wurde schwindelig und sie musste sich an der Arbeitsplatte festhalten. Glaubten die Kommissare etwa, sie hätte Angelika Fleiß' Namen gut sichtbar im Flur notiert, damit sie bloß nicht vergaß, dass sie sie ja noch umbringen wollte? Im Übrigen ohne Motiv? Und dann hätte sie Angelika Fleiß mit dem Fleischmesser aus der Küchenschublade ihrer Tante erstochen, ohne Motiv, und anschließend auf der Terrasse liegen lassen? Vor der eigenen Tür?

»Alles in Ordnung?«, hörte sie Hartmann fragen. Seine Stimme klang weit entfernt, als käme sie aus einem anderen Zimmer. Hatte er das nicht vorhin schon gefragt? Hörte sie eine Wiederholung, die einzig in ihrem Kopf erklang?

»Frau Fink?«, hörte sie jemanden sagen. Sie wusste nicht, welcher der beiden Polizisten es war. Sie müsste jetzt antworten. Sich umdrehen, Hartmann und Wagner ansehen, sich ihren Blicken stellen, die sich in ihren Rücken bohrten. Aber sie konnte nicht. Sie konnte sich nicht umdrehen. Sie wollte nach Hause. In ihre Wohnung in Berlin. Ins Bett. Die Augen schließen. Sie wollte, dass Ines ihr ins Ohr flüsterte, dass alles gut sei, dass gar nichts passiert war. Alles ist gut. Was für ein unsinniger und magischer Satz.

»Essen Sie vielleicht zu wenig?«, hörte sie Wagner fragen.

Wieso fragte er das? Wie kam er darauf? Was ging ihn das überhaupt an? Sie dachte an das Wurstpaket von Nägele, an ihren unstillbaren Hunger, der sie seit ihrer Ankunft hier überfallen hatte, und musste lachen.

»Frau Fink, geht es Ihnen gut?«

Hartmann hatte diese Frage gestellt. Seine Stimme war näher gerückt, als wäre er von einem weit entfernten Raum zurück in die Küche gekommen. Erst jetzt bemerkte Johanna, dass sie noch immer die gläserne Kanne in der Hand hielt, der dunkelbraune Kaffee schwappte hin und her. Sie stellte die Kanne zurück auf die Heizplatte der Kaffeemaschine.

»Ich habe ihren Namen auf den Block geschrieben, um ihn nicht zu vergessen«, sagte sie und drehte sich langsam zu den Kommissaren um. Sie saßen unverändert am Küchentisch, blickten sie an.

»Um ihn nicht zu vergessen?«, fragte Wagner.

»Sie hatte noch einen Schlüssel vom Haus meiner Tante«, sagte Johanna. Sie überlegte, ob sie sich wieder zu Hartmann und Wagner an den Tisch setzen sollte, entschied sich aber dagegen. »Mit dem Schlüssel ist sie ja auch an dem Morgen davor ins Haus gekommen. Sie hat vergessen, ihn mir zurückzugeben. Ich meine, vor ihrem Tod. Und ich habe es auch vergessen. Aber danach, als sie weg war, ist es mir wieder eingefallen. Ich brauche doch den Schlüssel. Und was sollte sie auch damit, jetzt, wo meine Tante gestorben ist? Das Haus soll doch verkauft werden, deshalb bin ich ja hier. Aber das alles habe ich Ihnen schon gesagt.«

»Hat sie Ihnen den Schlüssel denn später zurückgegeben?«, fragte Wagner und blätterte in seinem Notizbuch. »Haben Sie Angelika Fleiß noch mal gesehen? Nach diesem Vormittag?«

»Nein. Zumindest nicht mehr lebendig. Und den Schlüssel habe ich immer noch nicht.«

Hartmann und Wagner sahen sie so an, als glaubten sie ihr nicht. Seltsam, den Unglauben so gut in den Blicken erkennen zu können, dachte Johanna, selbst bei Menschen, die man nicht kennt. In ihren Augen, der Körperhaltung. Köpfe nickten, aber ihre Gesichter sagten: Ich glaube dir nicht. Du lügst.

»Steht die Tür zur Terrasse eigentlich immer auf?«, fragte Wagner und blätterte wieder in seinem Notizbuch.

»Was? Wieso? Nein, natürlich nicht.«

»Wir wundern uns über so manches«, sagte Wagner. »Unter anderem wundern wir uns auch, warum Frau Fleiß auf der Terrasse war. Was sie hier wollte. Was wollte Angelika Fleiß hier, was meinen Sie? Wir fragen uns natürlich auch, ob Sie Frau Fleiß doch besser kannten, als Sie uns gesagt haben. Die Terrassentür hat ja kein Schloss, das sich von außen öffnen lässt, wie wir gestern festgestellt haben. Wir wundern uns einfach über den Ort, an dem die Leiche gefunden wurde. An dem Sie die Leiche gefunden haben. Die Tür stand wirklich nicht auf? So dass man sie von außen nur aufzudrücken brauchte?«

»Nein, sie war geschlossen«, wiederholte Johanna. »Ich könnte hier kein Auge zutun, wenn unten die Tür aufstünde.«

»Nun«, jetzt meldete sich Hartmann zu Wort, viel sanfter als sein jüngerer Kollege, »es hätte ja sein können, dass Ihre Tante das immer so gehandhabt hat. Dass sie keine Angst bei offener Tür hatte, weil sie ihre Nachbarn kannte. Und dass Sie daran nichts verändert haben, es Ihnen vielleicht nicht einmal aufgefallen ist.«

»Das glauben Sie doch wohl selbst nicht«, sagte Johanna. »Eine Tür, die offen ist, auch nachts, soll mir nicht aufgefallen sein? Ich wohne in Berlin. Ich würde ganz bestimmt nicht vergessen, nachts die Tür zu verschließen. Außerdem lässt doch kein Mensch nachts die Tür auf. Sicher auch meine Tante nicht. Würden Sie etwa nachts Ihre Tür auflassen und könnten dann ruhig schlafen?«

»Was wir machen würden, tut jetzt nichts zur Sache, Frau Fink«, sagte Wagner. Er notierte wieder etwas. Inzwischen empfand Johanna einen regelrechten Widerwillen gegen sein kleines Buch. Als wäre Wagner ein Journalist oder ein Schriftsteller, dem laufend neue Ideen kamen und der seine grandiosen Einfälle sofort aufschreiben musste. Schrieb er in seinem Buch wörtlich mit, was sie gesagt hatte?

»Sagen Sie uns bitte Bescheid, wenn Sie wieder so einen Anruf erhalten.« Hartmann stand auf. Wagner erhob sich ebenfalls.

»Ja, das mache ich«, sagte Johanna. Vielleicht täte sie es diesmal ja wirklich – die Polizei anrufen. Doch sie hoffte, keine Anrufe dieser Art mehr zu erhalten. Einen kurzen Moment überlegte sie, ob sie Hartmann und Wagner nach den Schafen befragen sollte, denn sie war neugierig, doch Kriminalhauptkommissare waren vermutlich nicht für tote Schafe zuständig.

Alle drei verließen die Küche. Wagner warf noch einen schnellen Blick ins Wohnzimmer.

»Sie haben tagsüber die Vorhänge zu?«, fragte er.

»Ja«, sagte sie. »Das ist mir lieber.« Wahrscheinlich macht er sich auch darüber eine Notiz, dachte sie. Sie würde es ihm ganz sicher nicht erklären.

Sie gingen in den Flur zur Haustür.

»Warum hat es eigentlich so wenig geblutet?«, fragte Johanna.

»Wie bitte?« Wagner, der gerade den Reißverschluss seiner Jacke schloss, sah sie irritiert an.

»Angelika Fleiß«, sagte Johanna, »sie wurde doch … erstochen. Warum gab es so wenig Blut?«

»Sind Sie etwa enttäuscht?«, fragte Wagner. »Haben Sie sich das Ganze blutrünstiger vorgestellt?«

Johanna errötete. »Nein«, sagte sie, »natürlich nicht … oder doch, eigentlich schon.«

»Wir sind keine Ärzte«, sagte nun Hartmann, »wir können Ihnen das also auch nicht beantworten. Und ehrlich gesagt, so viele Gewaltverbrechen dieser Art haben wir hier normalerweise auch nicht. Aber es ist schon oft … weniger Blut, als man denkt.«

»Sie werden sicher noch von uns hören«, sagte Wagner.

»Ja, ich weiß.«

»Sie haben doch nicht vor, bald wieder abzureisen?«

»Nein, noch nicht. Ich habe ja noch einiges zu erledigen.«

»Übrigens gab es keine verwertbaren Spuren im Garten«, sagte Wagner. »Nur welche vom Opfer. Das wundert uns auch.« Bevor er zur Tür trat, sah er auf den kleinen Tisch, auf dem das Telefon stand.

Nachdem sich die Polizisten verabschiedet hatten, ging Johanna zu dem Tisch im Flur und sah auf den Notizblock, sah das, was Wagner zuvor gesehen hatte. »Katharina Gessler« stand auf dem Block, gut leserlich in Johannas großzügiger Handschrift.

10

Das Spaziergangsverbot, das Johanna sich selbst auferlegt hatte, galt nur für Dunkelheit und Regen.

Die Sonne schien. Ein schöner Herbsttag. Bis zur Dämmerung würde es noch eine Weile dauern. Sie zog Schuhe und Jacke an, steckte nur Helenes Hausschlüssel ein. Kein Handy. Mit dem Telefon in der Tasche würde sie die ganze Zeit lauern, würde alle paar Minuten nachsehen, ob nicht doch eine Nachricht von Ines gekommen war. Und wenn eine Nachricht von ihr ausbliebe, würde die Wut möglicherweise zurückkehren, obwohl Johanna sich mit allen Kräften gegen sie wehrte. Wenigstens draußen musste Ruhe vor dem unerträglichen Warten sein. Am besten, sie schaltete ihr Handy ganz aus.

Der Bus kam, hielt an der Kirche. Die schwarze Katze war wieder unterwegs und Johanna bemerkte, dass sie sich über ihr Auftauchen freute. Eine alte Frau fegte emsig das Laub vom schmalen Gehweg. So hatte Johanna sich die Schwaben immer vorgestellt. Von einem Hof, zwischen einem Haus und einer Scheune gelegen, hörte sie Männerstimmen und sah in ihre Richtung. Zwei Männer standen vor einem Tisch, auf dem ein Schwein lag. Das Schwein lag auf dem Bauch. Es war sehr rosig. Seine Augen waren geschlossen. Die Ohren hingen entspannt an beiden Seiten des Kopfes herab. Einen Moment wunderte Johanna sich darüber, dass Schweine tatsächlich so rosafarben waren. Oder bewirkte das Sonnenlicht diesen intensiven Ton? Dann sah sie den Schnitt unterhalb der Schnauze, der weiter nach unten führte, den Hals in zwei Hälften teilte, und sie ahnte den auseinanderklaffenden Bauch. Das Schwein war schon ausgeblutet. Einer der Männer hielt ein großes Messer in der Hand, dessen Klinge in der Sonne aufblitzte, und setzte es an.

Johanna ging schnell weiter. Sie wollte keine Toten mehr sehen, nicht einmal Schweine. Erschreckten sie tote Schweine? Sie konzentrierte sich auf den Weg, prägte sich ihn gut ein, damit sie sich nicht wieder verirrte.

Nach einigen Schritten öffnete sich vor ihr eine Wiesenlandschaft mit Obstbäumen. Wie schön Tante Helene gelebt hatte! Ob sie hier auch manchmal spazieren gegangen war? Die Natur befand sich jetzt, Ende Oktober, in einem seltsamen, beinahe unwirklichen Zwischenstadium. Später Sommer und Herbst, beides zugleich, auch bereits die Ahnung von Winter. Am Wegrand leuchteten die Hagebutten und dunkelgrüne Schlehenhecken mit ihren blauen Früchten zogen sich den Hügel entlang. Auf den Streuobstwiesen trugen einige Bäume noch Früchte, andere waren schon kahl. Winterliche Kargheit und spätsommerliche Üppigkeit nebeneinander. Im Gras lagen heruntergefallene Früchte und verströmten einen süßlichen Geruch. Äpfel, Birnen, späte Zwetschgen, auch einen Walnussbaum entdeckte Johanna. Frische Äpfel lagen neben braunen, verfaulten. Leben und Tod. Verschwendung und Verderben. An manchen Bäumen waren die Blätter noch grün, an anderen bunt verfärbt. Oder sie hingen dunkel, vertrocknet und tot an den Ästen – wie eine düstere Mahnung, nicht zu vergessen, was eines Tages unweigerlich auf alle zukommen wird.

Johanna ging nicht querfeldein, sondern hielt sich an die Spazierwege. Sie dachte an Ines. An die vielen Streitigkeiten, die so oft zwischen ihnen entbrannt waren, aus nichtigen Anlässen. An die Tassen und Gläser, die Ines zornig gegen die Wand geschleudert hatte – immer Johannas Tassen und Gläser, nie ihre eigenen –, an die Wohnungstür, die sie manches Mal so fest zugeschlagen hatte, dass Teile des Lacks vom Türblatt abgesprungen waren. Und sie dachte an Angelika Fleiß und ihren Mörder. Ein Mörder lief hier im Dorf herum. Hatte er es nur auf Angelika Fleiß abgesehen, seine Mission also erfüllt, oder war er auch für andere gefährlich? Die Polizei tappte im Dunkeln. Warum sonst würden Hartmann und Wagner sie immer noch belästigen? Vielleicht war Angelika Fleiß nur ein zufälliges Opfer gewesen, zur falschen Zeit am falschen Ort – so wie ich, dachte Johanna –, und hatte Pech gehabt. Ein Zufall, der tötete. Wer sollte einer überarbeiteten Familienmutter mit Geldsorgen so etwas antun? Wäre es ihr Ehemann gewesen, hätte sich alles vermutlich im nicht abbezahlten Haus der Familie Fleiß abgespielt, in einer verhängnisvollen Nacht der blinden Wut und des Alkohols. Familientragödien, über die in den Zeitungen berichtet wurde. Es wäre nicht auf Helene Leinwebers Terrasse passiert. Wäre es Angelika Fleiß' Mann gewesen, wüssten Hartmann und Wagner es sicher längst.

Als Johanna wieder zu Hause war – unterwegs waren ihr nur drei Menschen begegnet, ein junger Mann beim Joggen und ein mittelaltes Paar, das spazieren ging wie sie selbst und sie mit einem »Grüß Gott« bedachte –, rief sie Herrn Fritz an, den Makler, und verabredete sich ein zweites Mal mit ihm. Bei Ines erreichte sie wieder nur den Anrufbeantworter. Doch Ines' Handy war zum ersten Mal seit Tagen eingeschaltet, worüber Johanna, die damit nicht gerechnet hatte, so sehr erschrak, dass ihr Herz sofort zu rasen begann. Ines nahm nicht ab.

Bis jetzt hatte sie Ines' Unerreichbarkeit erstaunlich gut ausgehalten. Doch wie lange würde es noch dauern, bis dieser Zustand sie verrückt machte? Ich muss zurück nach Berlin, dachte sie, heute noch, ich muss sie sehen, ich muss wissen, was los ist – doch es war unmöglich, sie konnte nicht von hier weg. Nach dem Todesfall erst recht nicht. Nicht nur das Haus und der Verkauf hielten sie hier fest, sie müsste auch Hartmann und Wagner um Erlaubnis bitten. Und wenn sie einfach losfuhr, ohne ihnen Bescheid zu sagen? Schließlich würden die beiden sie nicht ernstlich als Verdächtige betrachten. Wenn sie sich beeilte, schnell ihre wenigen Sachen packte und einen Bus an der Kirche erwischte, könnte sie am späten Abend in Berlin sein, vielleicht wäre es sogar noch früh genug, um an Ines' Tür zu klingeln. Hatten sie beim letzten Mal Funkstille vereinbart, an die Johanna sich nicht mehr erinnern konnte? Oder war es, anders als sonst, nach dem letzten Streit endgültig vorbei und sie weigerte sich beharrlich, diese Tatsache zu begreifen? Realitätsferne Menschen hatten ihr immer leidgetan.

Auch ihre Mutter nahm den Hörer nicht ab. War sie immer noch bei der gehässigen Frau Hülsbrink oder bei jemand anders aus ihrer Nachbarschaft? So gesellig war ihre Mutter eigentlich nicht. Oder war sie gar verreist und Johanna hatte es vergessen? Um ihre Mutter war sie nicht besorgt, dazu war sie viel zu verärgert. Schließlich war sie es, die sie mit all dem hier allein ließ. Johanna war allein, das ließ sich nicht leugnen. *Pass bloß auf, dass du nicht auch so endest.* War es schon längst so weit? Johanna musste einem fremden Kriminalbeamten von den mysteriösen Anrufen erzählen und die einzige Gesellschaft, die sie tröstete, war Christiane Holzapfel. Sie hatte heute noch nicht mit ihr geredet. Doch es erschien ihr zu aufdringlich, Christiane schon wieder anzurufen.

Die Dämmerung kam schnell. Fahles Licht herrschte im ganzen Haus, im Wohnzimmer war es wegen der zugezogenen Vorhänge noch dunkler als in den anderen Räumen. Johanna ging im Haus herum, fürchtete sich beim Betreten jedes Zimmers. Die Schatten in den Ecken wirkten bedrohlich. Sie hatte Angst vor dem, was hinter der nächsten Flurbiegung auf sie warten könnte. Zum wiederholten Mal verfluchte sie alles. Ihre elende Angst. Dass sie hier sein musste, obwohl sie es nicht wollte. Dass Ines nicht mit ihr sprach. Dass sie zu wenig Kleidung mitgenommen hatte. Dass eine Tote vor dem Haus wahrscheinlich den Verkauf verzögerte. Vielleicht wollte unter diesen Umständen ja auch niemand mehr hier wohnen. Johanna saß fest. Zurück nach Berlin zu fahren, war so schnell nicht möglich. Im selben Moment schämte sie sich. Angelika Fleiß war umgebracht worden und sie dachte an nichts anderes als daran, wie sehr es ihre Pläne durcheinanderbrachte.

Ihr fiel auf, dass sie sich heute noch gar nicht gewaschen hatte, und sie ging unter die Dusche. Es erschien ihr plötzlich wichtig, der Angst sauber und wohlriechend gegenüberzutreten, als wäre sie dann besser gegen sie gewappnet. Sie dachte wieder an den Schlüssel der toten Angelika Fleiß. Was, wenn ihn jemand benutzte, plötzlich im Haus stand, die Treppe nach oben stieg, ins Badezimmer kam? Angestrengt lauschte sie auf alle Geräusche, die durch das Rauschen des Wassers drangen, versuchte, jene herauszufiltern, die ihr ungewöhnlich erschienen. Sie musste auf der Hut sein, durfte nicht unaufmerksam werden. Sie erkannte die allgegenwärtige Kirchturmuhr. Autos auf der Straße. Ein Knacken irgendwo im Haus. War das die Holztreppe? Dann zwang sie sich, ruhiger nachzudenken. Der Schlüssel befand sich vermutlich bei Angelika Fleiß zu Hause. Oder bei der Polizei, weil er in ihrer Manteltasche gesteckt hatte. Aber das hätten Hartmann und Wagner ihr gesagt. Sie musste Angelika Fleiß' Mann anrufen und den Schlüssel zurückfordern. Nachdem sie sich abgetrocknet und angezogen hatte, verwarf sie diesen Gedanken wieder. Sie würde es nicht über sich bringen, die trauernde Familie wegen eines Schlüssels zu stören.

In der Küche betrachtete sie ihre Einkäufe und konnte sich nicht zum Kochen durchringen. Deshalb beschloss sie, essen zu gehen. Christiane hatte ihr zwei Gaststätten im Ort genannt, »Zum Löwen« und die »Traube«, und ihr auch die Lage beschrieben.

Als sie vor die Tür trat, sah sie sich um, denn sie erwartete, dass die unheimliche Frau in der Nähe des Hauses herumschlich. Sie hatte sich an ihren Anblick gewöhnt und war beinahe verwundert, sie nirgends zu sehen. Spielte sich die Bedrohung, die von ihr ausging, nur in Johannas Kopf ab und führte dort ein Eigenleben? In einem Dorf wie diesem lief man sich wahrscheinlich andauernd über den Weg.

Die »Traube« befand sich ein Stück hinter der Kirche und hatte ganztägig geöffnet, außer am Montag. Als Johanna das Lokal betrat, wurde sie von der Kellnerin genauso gemustert wie von den Verkäuferinnen im Lebensmittelgeschäft. Sie war eine Fremde. Und jetzt war das Haus, in dem sie sich aufhielt, auch noch zum Schauplatz eines Verbrechens geworden. Wahrscheinlich war sie inzwischen eine Berühmtheit im Dorf. Sie hängte ihre Jacke an die Garderobe und setzte sich an einen der kleinsten Tische, weit weg von der Theke und mit Blick zur Tür.

Die Kellnerin brachte ihr die Karte.

»Grüß Gott«, sagte sie übertrieben freundlich und lächelte Johanna an.

»Hallo«, erwiderte Johanna.

Die Karte bot schwäbisches Essen, wie Christiane gesagt hatte. Johanna entschied sich schnell. Sie bestellte Schweinebraten mit Kartoffeln und Rotkohl. Der Rotkohl hieß hier Blaukraut.

»Den Schweinebraten mit Rotkohl bitte«, sagte sie.

»Einmal den Braten mit Blaukraut, gerne. Und zu trinken?«

Johanna wählte einen Weißwein.

Um diese Uhrzeit war im Lokal nichts los, außer ihrem war nur ein einziger anderer Tisch besetzt und die Kellnerin schien das dort sitzende Paar gut zu kennen. Sie wechselten hin und wieder ein paar Worte miteinander, die Johanna nicht verstand, und die Frau am Tisch drehte mehrmals den Kopf und sah zu ihr. Johanna senkte den Blick. Sie hatte sich extra etwas zu lesen mitgebracht, um die Zeit bis zum Essen zu überbrücken. Nicht, weil sie wirklich lesen wollte, sondern, um einen beschäftigten Eindruck zu machen. Sie hasste es, alleine essen zu gehen, und war, wenn sie es trotzdem tat, bemüht, eine Zeitung oder ein Buch vor sich auf dem Tisch zu haben. Wenn sie alleine essen ging, fühlte sie sich immer auf besondere Weise beobachtet. Als hätten alle um sie herum Mitleid mit ihr. Und hier in der »Traube« galt sie zudem bestimmt als Hauptverdächtige in einem Mordfall.

Das Essen kam bald. Johanna aß zügig und mit großem Appetit. Die Kellnerin hatte sie offenbar genau im Visier, denn sobald Johanna den letzten Bissen gegessen und die Serviette unter das Besteck geschoben hatte, kam sie und räumte den Teller ab. Sie fragte, ob alles in Ordnung gewesen sei, und lächelte, als Johanna bejahte. Als sie sich wieder entfernt hatte, schlug Johanna ihr Buch auf, *Dracula*, und tat so, als würde sie lesen. Ein Buch auf dem Tisch war ein Schutzwall gegen die anderen. Es berechtigte dazu, ungestört alleine an diesem Tisch zu sitzen. Sie wollte noch in Ruhe ihren Wein austrinken, heimlich die beiden anderen Gäste beobachten und ihrem fremden Dialekt lauschen. Vielleicht schnappte sie etwas auf. Bestimmt sprach das ganze Dorf über Angelika Fleiß. Bestimmt war hier so etwas noch nie passiert. Die Kellnerin hatte sich zu den anderen Gästen an den Tisch gesetzt.

Als Johanna sie auf sich aufmerksam machen wollte, um zu bezahlen, öffnete sich die Tür und eine vierköpfige Familie trat ein. Familie Holzapfel. Johanna erkannte Christiane sofort, ebenso Leo und Lisa, die in einigem Abstand zu den anderen ganz am Schluss ging. Christiane bemerkte Johanna und winkte ihr kurz zu. Johanna erwartete, dass sie an ihren Tisch käme, doch das geschah nicht.

»Ich weiß schon, was ich nehme«, krähte Leo, noch bevor sie sich gesetzt hatten.

»Ja, das bekommst du, mein Schatz«, sagte Christiane, nahm ihm die Jacke ab und hängte sie auf.

Johanna wünschte sich, dass auch zu ihr jemand mit sanfter Stimme sagen würde: Das bekommst du. Alles, was du willst. Sie beneidete einen kleinen Jungen.

Lisa wirkte mürrischer denn je. Wenn sie Johanna auch bemerkt hatte, gab sie es durch nichts zu erkennen. Sie stierte vor sich hin, ihre Augen waren auf den Boden gerichtet, auf das Tischtuch. Sie zerriss einen Bierdeckel in kleine Fetzen und behielt ihre Jacke an, bis ihr Vater ganz leise etwas zu ihr sagte. Daraufhin zog sie die Jacke aus und hängte sie über die Stuhllehne.

Thomas Holzapfel sah tatsächlich sehr gut aus. Ein schöner Mann. Wahrscheinlich schwärmt die Hälfte seiner Schülerinnen für ihn, dachte Johanna. Und auch einige Schüler. Er sah manchmal zu ihr herüber, über viele Tische hinweg, und lächelte charmant und mit lässiger Selbstverständlichkeit, wenn sich ihre Blicke trafen, als würden sie sich kennen. Er strahlte eine bemerkenswerte Selbstsicherheit aus, die genauso zu ihm zu gehören schien wie sein wohlgeformtes Gesicht, und verunsicherte Johanna damit, worüber sie sich ärgerte. Christiane wirkte neben ihrem Mann ungewohnt scheu, beinahe ein wenig blass, nicht so lebendig wie beim Kaffeetrinken. Als würde hier im Lokal eine ganz andere Christiane Holzapfel sitzen als die, die Johanna vorgestern kennengelernt hatte.

Wie schnell man sich doch an die Anwesenheit eines Menschen gewöhnte. Sie hatte Christiane heute vermisst. Ihre beruhigende Stimme. Ihren Trost. Sehnsüchtig sah sie zum Tisch der Holzapfels. Sie gehörte nicht dazu. Oder war es blanker Neid, keine Sehnsucht? Wahrscheinlich war Christiane mit ihrer Familie beschäftigt, dachte Johanna. Oder ich gehe ihr schon jetzt auf die Nerven.

Die Kellnerin kam an ihren Tisch und fragte, ob sie noch etwas wünsche. Obwohl Johanna längst hatte gehen wollen, bestellte sie kurz entschlossen einen zweiten Wein.

»Noch ein Viertele, gerne«, sagte die Kellnerin und nahm das leere Glas mit.

Mit dem aufgeschlagenen Buch vor sich versuchte Johanna, möglichst unauffällig zu Familie Holzapfel zu sehen. Inzwischen hatten sie ihr Essen bekommen. Leo aß wie ein Scheunendrescher, verschmähte allerdings, soweit Johanna es erkennen konnte, den Salat. Vor Lisa hingegen stand nichts weiter als Salat, in dem sie lustlos, fast angeekelt, herumstocherte. Thomas sprach am meisten. Johanna konnte nicht hören, worüber sie redeten, dazu saßen sie zu weit weg. Außerdem hatte sich das Lokal unterdessen gefüllt, die Gespräche an den anderen Tischen machten es unmöglich, etwas zu verstehen. Thomas Holzapfels Lachen jedoch war laut genug, um durch die vielen anderen Stimmen bis zu Johanna vorzudringen. Er lachte oft. Johanna mochte sein Lachen nicht. Es war zu laut, zu demonstrativ, zu selbstgefällig, und es machte sein schönes Gesicht für kurze Momente hässlich. Christiane strich immer wieder über Leos Kopf, dem das offensichtlich nicht recht war, denn jedes Mal zog er den Kopf unter ihrer streichelnden Hand weg, wie eine Katze, die ihre Ruhe haben wollte. Sie zeigte auf Leos Salat, der kaum angerührt war, sprach leise auf ihn ein, und als er den Kopf schüttelte und ein Gesicht zog, aß sie ihn selbst. Manchmal legte sie die Hand auf die ihres Mannes, der ihr gegenübersaß. Sie blickte nur ein- oder zweimal flüchtig zu Johanna, wozu sie sich umdrehen musste, und sah schnell wieder weg.

Christiane Holzapfel war ganz anders als an den vergangenen Tagen und Johanna fühlte sich von ihr zurückgestoßen. Doch was erwartete sie von einer Frau, die sie erst seit zwei Tagen kannte? Etwa, dass sie aufstand und Johanna zu sich an den Familientisch bat? Das hätte sie auch gar nicht gewollt.

Johanna trank ihren Wein aus, zahlte und ging. Sie würde sich keine Gedanken darüber machen, was mit Christiane Holzapfel los war. Sie grübelte zu viel und musste es dringend abstellen.

Wieder zurück im Haus fürchtete sie sich mehr denn je vor der Dunkelheit. Es half auch nichts, dass sie daran gedacht hatte, einige Lampen eingeschaltet zu lassen. Sie hantierte in der Küche herum, füllte die Spülmaschine und drückte den Startknopf.

Danach schaltete sie den Fernseher ein, blieb jedoch nicht davor sitzen, sondern ließ ihn einfach nur laufen.

Es war noch früh. Was sollte sie mit dem restlichen Abend anfangen? Sich fürchten. Das ging bei Dunkelheit besonders gut. Bei jedem Geräusch, den Stimmen aus dem Fernseher, dem Gurgeln der Spülmaschine, zuckte sie zusammen. Sie war so schreckhaft. Einen Hang dazu hatte sie zwar schon immer gehabt, aber nicht so extrem, so ausufernd wie jetzt. In den Ecken saßen keine Gestalten, es hockten keine Monster in der Nische zwischen Schrank und Wand. War nicht eine Möglichkeit, seine Ängste loszuwerden, die brutale Konfrontation mit ihnen? Bei diesem Gedanken beschleunigte sich Johannas Puls, ihr Mund wurde trocken, ihre Handflächen waren kalt und unangenehm feucht. Sie blickte zu den zugezogenen Vorhängen vor der Terrassentür. Ihr Herz klopfte wild gegen die Rippen. Sie trat an die Vorhänge heran, strich über den Stoff, zögerte kurz und zog sie dann mit einem Ruck beiseite.

Im ersten Moment sah sie nur sich selbst, gespiegelt in der Terrassentür. Eine verängstigte Frau in einer groben Strickjacke mit Zopfmuster. Sehr ländlich. Dann erkannte sie allmählich schemenhaft den Garten, die Bäume im Hintergrund. Sie öffnete die Tür und trat nach draußen. Die Luft war jetzt sehr kalt, aber trocken. Johanna sah die Stühle und den Tisch auf der Terrasse. Und die Umrisse von Angelika Fleiß' Körper. Auch der Gewitterregen hatte sie nicht davongeschwemmt. Sie musste Hartmann und Wagner fragen, ob sie sie endlich entfernen durfte. Dem Makler konnte sie nicht die Konturen eines Verbrechensopfers zeigen, erst recht nicht einem möglichen Käufer.

Doch warum sollte sie die Polizisten fragen, statt es einfach selbst zu entscheiden? Und zwar jetzt? Sie ging zurück in die Küche, holte aus dem Schrank unter der Spüle einen Putzeimer, füllte ihn mit Wasser und gab Spülmittel dazu. War Spülmittel das Richtige? Doch es würde schon ausreichen, es war ja nur Kreide. In dem kleinen Raum, in dem sich der Ölbrenner befand, suchte sie einen Schrubber. Sie schüttete das Wasser in großem Schwung auf die Steinplatten der Terrasse und scheuerte über die Kreide, geriet dabei leicht ins Schwitzen. Die Farbe erwies sich als wesentlich hartnäckiger, als Johanna erwartet hatte, es handelte sich wohl doch nicht um simple Schulkreide.

Nachdem die Erinnerung an den toten Körper endlich weggeschrubbt war, fühlte Johanna Erleichterung.

Danach rief sie ein weiteres Mal Ines an, auf beiden Telefonen, ohne Erfolg. Die Sorge um sie kehrte zurück. Wenn ihr doch etwas zugestoßen war? Wenn sie hier in dem schwäbischen Nest saß, weit weg von Berlin, ahnungslos, und Ines ging es nicht gut?

Schließlich rief sie Ines' Kollegin Katharina Gessler an, wie sie es sich vorgenommen hatte. Johanna hatte ihre Telefonnummer in ihrem Kalender notiert, obwohl sie sich oft gefragt hatte, wozu. Sie kannte sie kaum. Doch jetzt war sie dankbar dafür. Sie hatte Katharina Gessler auch noch nie angerufen, weil es dafür nie einen Anlass gegeben hatte. Ines und Katharina arbeiteten oft an denselben Projekten – zurzeit auch – und sie schätzten und ergänzten sich gegenseitig. Eine lockere Freundschaft verband sie. Johanna mochte Katharina, der sie nur drei- oder viermal begegnet war. Sie war unkompliziert und geradlinig und nannte die Dinge beim Namen.

Katharina Gessler meldete sich nach dem zweiten Klingeln.

»Oh, Hallo«, sagte sie, nachdem Johanna ihren Namen genannt hatte. Sie klang verwundert, aber sehr freundlich. »Das ist aber eine Überraschung.«

»Ich bin gerade in Süddeutschland«, sagte Johanna, »in einem schwäbischen Dorf, ich muss wahrscheinlich auch noch eine Weile hierbleiben …«

Sie wollte weitersprechen, doch Katharina unterbrach sie.

»Schwaben? Oh, wie nett! Was tust du denn dort?«

»Meine Tante hat hier gelebt. Sie ist kürzlich gestorben und ich muss mich um die Auflösung des Hauses kümmern.«

»O je«, sagte Katharina. »Das tut mir leid.«

»Es ist nicht so schlimm«, sagte Johanna, »ich meine, ich kannte meine Tante eigentlich gar nicht.«

»Na ja, ein schöner Anlass ist es aber trotzdem nicht«, sagte Katharina. »Und all die Sachen auszusortieren, die Möbel, den Kleinkram … Was tust du denn sonst noch dort unten, außer dich um das Haus zu kümmern?«

Wenn ich mich wenigstens um das Haus kümmern würde, dachte Johanna.

»Heute Nachmittag war ich spazieren«, sagte sie, »und gerade komme ich vom Essen. Keine Lust zum Kochen.«

»Schwäbisches Essen?«, fragte Katharina.

Johanna zählte auf, was sie gegessen hatte, und erwähnte, dass der Rotkohl hier Blaukraut hieß.

Katharina Gessler lachte. »Ich weiß«, sagte sie. »Ich stamme von dort, bin da aufgewachsen. Es ist meine Heimat.«

»Das wusste ich gar nicht«, sagte Johanna. »Man hört es dir nicht an.«

»Mühsam abtrainiert«, sagte Katharina.

Es war wohltuend, Katharina Gesslers Stimme zu hören, ungeachtet dessen, dass sie Johanna nicht vertraut war. Die Stimme einer Freundin von Ines. Endlich ein Bezug zur Wirklichkeit. Zu Johannas eigener Wirklichkeit in Berlin.

»Aber deswegen hast du mich doch bestimmt nicht angerufen, oder?«, fragte Katharina.

»Nein, natürlich nicht.« Johanna atmete ein paar Mal tief durch, bevor sie weitersprach. »Ich kann Ines einfach nicht erreichen, aber ich muss dringend mit ihr sprechen. Ich dachte, vielleicht kannst du mir helfen. Ihr seid doch befreundet.«

Katharina schwieg. Sie trank etwas, Johanna hörte sie schlucken.

»Tut mir leid«, sagte sie dann. »Ich kann dir nicht weiterhelfen.«

Katharina konnte ihr auch nicht helfen. Johanna merkte, dass ihr gleich die Tränen kommen würden. Wahrscheinlich ließ Ines sich verleugnen und hatte alle eingeweiht, die Sekretärin im Büro, Katharina Gessler, alle, die mit Ines' Leben zu tun hatten und die Johanna flüchtig kannte.

»Ich glaube, ich muss dich über etwas aufklären«, sagte Katharina.

»Ja?« Johannas Stimme zitterte, die Hand, die den Hörer hielt, wurde feucht.

Sie erwartete, das Schrecklichste zu hören, das sie sich vorstellen konnte. Was war das Schrecklichste, das sie sich vorstellen konnte? Dass Ines schwer verletzt war, vielleicht nicht bei Bewusstsein, dass sie krank war, operiert werden musste. Dass Ines eine andere hatte und Johanna längst vergessen war.

»Ines und ich«, sagte Katharina, »wir sind nicht wirklich miteinander befreundet.«

»Aber ich dachte …«, sagte Johanna, »ich dachte immer … du warst doch bei ihrem Geburtstag. Und Ines und ich zusammen bei deinem. Das ist doch sehr … privat. Ich meine, mehr als unter Arbeitskolleginnen üblich.«

»Gesellschaftliche Gepflogenheiten«, sagte Katharina. »Ehrlich gesagt sind wir mehr Konkurrentinnen, als dass wir befreundet wären.« Sie trank wieder einen Schluck.

»Das wusste ich nicht«, sagte Johanna. »Davon hat sie nie etwas gesagt.«

»Ich wäre dir dankbar, wenn du das für dich behältst.«

»Ja, sicher«, sagte Johanna.

»Es täte dem Betriebsklima nicht gut«, erklärte Katharina. »Und unserem derzeitigen Projekt auch nicht.«

»Wäre es für das Betriebsklima nicht besser, offen darüber zu reden?«, fragte Johanna.

»Nein«, sagte Katharina entschieden.

»Ich sage niemandem etwas. Ich wüsste auch gar nicht, wem.«

Dann wechselte Katharina das Thema.

»Bleibst du noch lange da?«, fragte sie. »Ich beneide dich, muss ich sagen. Ich habe oft Heimweh.«

Sie beschrieb den Ort ihrer Kindheit, aber Johanna hatte keine Vorstellung davon, wo er lag, ob hier ganz in der Nähe oder weiter entfernt.

»Ein paar Tage werde ich hier wohl schon noch zu tun haben«, sagte Johanna.

Ein paar Tage? Würde alles nicht viel länger dauern?

Dann erzählte sie Katharina von ihrem Spaziergang, von der Landschaft und den Obstwiesen, vom Dialekt der Einheimischen und ihren Problemen, ihn zu verstehen. Die tote Putzhilfe ließ sie aus, ebenso die Polizei, die Schafe, die unheimliche Frau und die seltsamen Anrufe, obwohl sie einen Moment versucht war, Katharina auch davon zu berichten.

»Geht's dir denn sonst so weit gut?«, erkundigte sich Katharina.

»Nicht wirklich.«

»Weil du Ines nicht erreichen kannst?«

»Deswegen auch. Aber ... hier sind merkwürdige Dinge passiert ... nein, das ist das falsche Wort ... schreckliche Dinge.«

»Schreckliche Dinge?«, fragte Katharina. »Was denn?«

»Ich glaube, ich will jetzt gar nicht darüber reden.«

»Klar, in Ordnung«, sagte Katharina. »Wenn du es dir anders überlegst und doch drüber reden willst, kannst du mich gerne wieder anrufen. Oder wenn du mir erzählen willst, was es beim nächsten Mal zu essen gibt. Allerdings hoffe ich, dass ich dann schon gegessen habe und nicht so futterneidisch bin wie jetzt. Ich bestelle mir jetzt eine Pizza. Bäh, was ist eine Pizza gegen anständiges Blaukraut?«

Jetzt lachte Johanna. »Du meinst Rotkohl«, sagte sie. »Ich werde dich wieder anrufen. Sehr gerne sogar.«

Kurz spielte sie mit dem Gedanken, Katharina Gessler zu bitten, Ines etwas von ihr auszurichten. Dass sie sich melden solle. Dass sie darauf wartete. Dass sie sie vermisste. Doch das konnte sie nicht tun. Sie wollte weder Katharina als Botin missbrauchen, Postillon für eine unglückliche, vielleicht schon tote Liebe, noch sich diese Blöße geben.

»Also dann«, sagte Katharina. »Ich freue mich darauf. Und was immer auch passiert ist, es renkt sich bestimmt wieder ein, du wirst sehen. Betrachte deinen Aufenthalt doch einfach ein bisschen als Urlaub. Schlaf gut.«

»Ja, du auch.«

Wie sollte sich der Tod wieder einrenken?

Nach dem Gespräch blieb Johanna noch eine Weile mit dem Hörer in der Hand in der Küche sitzen. Ines und Katharina Gessler waren nicht miteinander befreundet – wenn es stimmte, was Katharina gesagt hatte. Warum hatte ihr das Ines nie erzählt? Oder besser gesagt: Warum hatte sie immer etwas ganz anderes behauptet? Dass Katharina viel mehr sei als eine gute Kollegin. Sie sei auch eine Freundin. Auf den Geburtstagen hatten sie sich umarmt und sich die obligatorischen Küsschen auf die Wangen gegeben. War es denkbar, dass sich die Wirklichkeit für Ines ganz anders darstellte als für Katharina Gessler?

Zumindest aber war Ines nichts zugestoßen, kein Unfall, keine plötzliche Krankheit. Dann wäre sie nicht bei der Arbeit erschienen und Katharina hätte es ihr sicher gesagt. Wenn Ines plötzlich entlassen worden wäre – Johanna erwog es nicht ernsthaft – oder das Architekturbüro pleitegegangen war, hätte Katharina es wahrscheinlich ebenfalls erwähnt, dann wäre sie selbst ja auch arbeitslos.

Eine Weile war Johanna beruhigt. Ines ging es gut. Doch dann meldete sich die Wut zurück. Ines ging es gut, aber sie reagierte nicht auf Johannas Anrufe, geschweige denn dass sie ihrerseits anrief. Seit wie vielen Tagen ging das schon so?

Katharina Gessler hatte zum Abschied gesagt, sie solle gut schlafen, und das würde sie auch tun. Vorher kontrollierte sie alle Türen und Fenster des Hauses. Nachts gutgläubig die Terrassentür offen stehen lassen – auf was für Ideen die Kommissare doch kamen. Bei ausgeschaltetem Licht sah Johanna aus jedem Fenster des Hauses, zuletzt aus dem ihres kleinen Zimmers im oberen Stockwerk. Sie hatte das Gefühl, in einer Festung zu sitzen und darüber wachen zu müssen, ob sich Feinde näherten. Einen Moment glaubte sie, auf der Straße eine dunkel gekleidete Gestalt ausmachen zu können, die zum Haus blickte, doch sie hatte sich getäuscht. Dort war niemand.

11

Etwas mehr als drei Tage war Johanna jetzt hier. In diesen drei Tagen hatte es einen toten Singvogel auf der Terrasse gegeben, was wahrscheinlich nicht weiter erwähnenswert war, zwei zu Tode gequälte Schafe und die Leiche einer achtundvierzigjährigen Frau.

Der vierte Morgen in der schwäbischen Verbannung. Johanna saß am Küchentisch, trank Kaffee und blickte hinaus in den herbstlichen Garten. Seit sie eigenmächtig die Umrisse des Körpers von den Steinplatten entfernt hatte, jagte der Garten ihr weniger Angst ein. Er war wieder einfach nur ein Garten, nichts weiter. Die Kommissare hatten mit keinem Wort die Kreideumrisse erwähnt oder gar ausdrücklich gesagt, sie dürfe sie nicht anrühren. Wozu brauchten sie auch diese Figur am Boden, die an eine prähistorische Höhlenzeichnung und an moderne Kunst gleichermaßen erinnerte, die Leiche war von allen Seiten fotografiert worden. Es war Johanna gleichgültig, ob sie ein Verbot übertreten hatte.

Sie aß ein Brot, belegt mit drei Scheiben Wurst. Wurst hatte sie im Überfluss. Sie musste an Lisa Holzapfel denken, an den kargen Salat, vor dem Christianes Tochter gestern Abend gesessen hatte, freudlos und anscheinend ohne jeden Appetit. Die Jugend war ein rätselhaftes Alter. Junge Mädchen, fast noch Kinder, achteten heute schon auf ihr Gewicht. War das bei ihr früher auch so gewesen? Johanna konnte sich nicht mehr erinnern, nur noch vage an eine zeitweilige Leidenschaft für klebrige Süßigkeiten und fettige Kartoffelchips, woraus sie schloss, dass sich die Zeiten geändert hatten. Oder es hatte ihr schon immer an Disziplin gemangelt.

Sie wartete darauf, dass einer der beiden Kommissare anrief – hoffentlich Hartmann –, um wieder dieselben Fragen zu stellen. Oder um ihr mitzuteilen, dass der Täter gefasst, weiterer Zutritt zum Haus nicht mehr notwendig sei, ebenso wenig ihre Anwesenheit, und sie jederzeit zurück nach Berlin fahren könne. Doch das Telefon blieb stumm. Insgeheim hegte Johanna die Hoffnung, dass Katharina Gessler heute im Büro oder auf der Baustelle ihr gestriges Gespräch erwähnen würde, ganz nebenbei, und dass diese Erwähnung Ines dazu bewog, sich endlich zu melden. Aber vielleicht würde sie auch nur denken, dass Johanna ihr hinterherspionierte, indem sie ihre Freundinnen anrief.

Konkurrentinnen, korrigierte sie sich, keine Freundinnen.

Es war Zeit für einen kurzen Spaziergang. Mit Johannas Bedürfnis nach frischer Luft verhielt es sich ähnlich wie mit ihrem permanenten Hunger.

Von frischer Luft konnte jedoch keine Rede sein. Wie an den Tagen zuvor roch es draußen nach verbranntem Holz. Der Nebel war wieder da. Er lag unterhalb des Dorfes, ein Wolkenteppich, und es war nicht zu erkennen, ob er dort bleiben, sich im Laufe des Tages auflösen oder weiter nach oben ziehen würde. Hoffentlich bliebe er unten. Johannas Knie tat noch ein bisschen weh, wenn sie es drehte, aber sein Zustand hatte sich im Vergleich zum Vortag wesentlich gebessert.

Sie erkannte die alte Frau wieder, die gestern das Laub vom Gehweg gefegt hatte. Wie gestern auch hatte sie sich eine geblümte Schürze umgebunden. Zwei Katzen strichen um ihre Beine. Heute mühte sich die Frau mit einer Schubkarre ab, die mit Brennholz beladen war. Sie versuchte, die Schubkarre über zwei Treppenstufen bis zu ihrer Haustür zu ziehen. Schon von Weitem sah es sehr mühsam aus. Es misslang ihr. Die Schubkarre neigte sich zur Seite, die Frau konnte sie nicht mehr halten. Die Schubkarre kippte um und die Holzscheite verteilten sich auf den Treppenstufen und auf dem Gehweg. Die Frau sagte etwas, entweder zu sich selbst oder zu den Katzen, zugleich ärgerlich und so, als wäre sie kurz vor den Tränen. Johanna ging zu ihr und bot ihre Hilfe an. Ohne eine Antwort abzuwarten, begann sie, die Holzscheite einzusammeln.

»Das ist aber nett von Ihnen«, sagte die Frau und richtete die Schubkarre wieder auf. »Die war wohl zu schwer für mich. Geht alles nicht mehr so gut wie früher.«

Johanna sah in ihr Gesicht, forschte nach dem üblichen Misstrauen, das ihr von den meisten Dorfbewohnern entgegengebracht wurde, doch die alte Frau lächelte. Vielleicht übertrieb Johanna mittlerweile und dachte von jedem gleich das Schlechteste.

Als die Schubkarre wieder gefüllt war, zog die Frau sie durch die Tür und bedankte sich im Gehen bei Johanna. Die Katzen liefen zwischen ihren Beinen hindurch ins Innere, beinahe wäre sie über eine von ihnen gestolpert. Johanna blieb vor dem Haus stehen. Die Tür stand noch immer offen. Ein Schwall abgestandener Luft drang nach draußen, es roch muffig, nach Essen und nach Katze. Sie sah Fressnäpfe auf dem Fußboden, einen an die Wand gelehnten Besen. Der Brennholzstapel vor dem Haus war nicht viel kleiner geworden und die Frau käme sicher gleich wieder heraus, um die nächste Fuhre zu holen.

Bald darauf erschien sie mit der leeren Schubkarre.

»Sie sind ja immer noch da!«, rief sie erstaunt.

»Ich dachte, bei dem Rest kann ich Ihnen auch noch helfen«, sagte Johanna.

»Aber Sie haben doch bestimmt keine Zeit. Ihr jungen Leute habt doch heute alle keine Zeit.«

»Ein bisschen Zeit habe ich schon«, sagte Johanna und stapelte die nächsten Scheite in die Schubkarre, dabei riss sie sich einen Splitter in den Finger.

»Aber ich will Sie von nichts abhalten«, protestierte die Frau, »wenn Sie noch schaffen müssen.«

»Ich helfe Ihnen gerne.«

Nach und nach räumten sie gemeinsam den großen Stapel vor dem Haus ab, arbeiteten in schweigendem Einklang. Zwischendurch fragte Johanna sich, ob es im Haus überhaupt genügend Platz für das Holz gab und wer es der Frau gebracht und draußen gestapelt hatte. Sobald die Schubkarre gefüllt war, zog Johanna sie die zwei Stufen nach oben, den Rest übernahm die Frau. Ins Haus bat sie Johanna nicht.

Als sie fertig waren, bedankte sich die Frau noch einmal. »Das hätte ich ja nicht gedacht, dass ich das heute alles reinholen würde«, sagte sie zufrieden. »Mein Schwiegersohn bringt mir das Holz immer. Aber jetzt reicht es ja erst mal für eine Weile. Der wird staunen, wenn er sieht, dass alles schon drin ist.«

Johanna betrachtete ihren Finger, drückte mit dem Nagel von unten gegen den Fremdkörper unter der Haut.

»Haben Sie sich einen Spreißel geholt?«

»Einen was?«, fragte Johanna.

»Na, einen Spreißel, Sie wissen doch, was ein Spreißel ist.«

»Nein, nein, nichts passiert«, sagte Johanna. Den Splitter würde sie zu Hause entfernen.

»Sie sind doch die Leinwebernichte, oder?«

»Ja, die bin ich.« Johanna wünschte der alten Frau einen schönen Tag und ging weiter.

Die Wiesen mit den Obstbäumen waren genauso bezaubernd wie gestern. Außer Johanna waren keine anderen Spaziergänger unterwegs, nicht mal ein Jogger oder jemand, der seinen Hund ausführte. Ein Raubvogel zog seine Kreise. Wann war sie das letzte Mal so allein gewesen, ohne andere Menschen in Sichtweite? Ines war wohlauf, sie musste sich keine Sorgen um sie machen. Dass sie sich nicht bei ihr meldete, hatte also andere Gründe. Doch welche? Hatte Ines sich in den vergangenen zwei Jahren jemals über so viele Tage am Stück tot gestellt?

Tot stellen war kein guter Begriff in der gegenwärtigen Situation.

Aber vielleicht sollte Johanna darüber nicht allzu viel nachdenken. Ließ sich das Denken steuern? Nach Belieben ein- und ausschalten? Ihren Aufenthalt als Urlaub zu betrachten, wozu ihr Katharina Gessler geraten hatte, würde ihr zwar nicht gelingen, doch sie sollte versuchen, das Beste daraus zu machen.

Sie fragte sich wieder, ob ihre Tante auch manchmal auf diesen Wegen spazieren gegangen war, ob sie Raubvögel, den Nebel im Tal und die braunen Äpfel im Gras betrachtet hatte, ob ihre Füße denselben Steinen ausgewichen waren wie Johannas. Für einen Moment konnte sie sich vorstellen, was Helene vor Jahrzehnten hierhin verschlagen hatte, warum sie so lange hier gelebt und dass sie die Gegend nach und nach vielleicht sogar als Heimat betrachtet hatte. Katharina Gessler hatte gesagt, ihre Heimat sei hier. Hatte Johanna selbst eine Heimat? War das der Ort, an dem man aufgewachsen war und den man sich nicht ausgesucht hatte? Oder der, an dem man sich wohlfühlte? Hatte Heimat etwas damit zu tun, ob man Splitter oder Spreißel sagte? Rotkohl oder Blaukraut? Wenn Katharina jetzt mit ihr spazieren ginge – eine angenehme Vorstellung, wie ihr auffiel, viel angenehmer als die, von Ines begleitet zu werden –, würde sie alles mit anderen Augen betrachten als Johanna, denn ihr waren Sprache und Landschaft vertraut. Johanna sah mit den Augen einer Fremden. Sie war es für die Verkäuferinnen bei Nägele, die Kellnerin gestern Abend, die alte Frau mit der Schubkarre und sie fühlte sich selbst wie eine Fremde.

Der Spaziergang geriet kürzer als der gestrige, denn sie wurde wieder hungrig. Sie dachte an Lisa, an ihre Verachtung für *Tiermörder*, an den Salat, von dem sie so lustlos nur wenige Blätter gegessen hatte. Und sie erinnerte sich an Christiane Holzapfel. Warum war Christiane gestern im Lokal so reserviert gewesen? Johanna musste sich endlich um Helenes Haus kümmern. Bücher aussortieren, Kleidung. Doch bevor sie die Bücher weggab, musste sie sie erst durchsehen. *Buchfink*. Sie musste auch Vera in Berlin anrufen. Vielleicht sollte sie, wenn sie schon nicht mit Ines rechnen konnte, Vera zu sich einladen, um Hilfe zu haben? Platz gab es im Haus genug. Aber Vera hatte zu tun und es wäre ihr hier zu einsam. Wenn sie Urlaub hatte, reiste sie bevorzugt in europäische Großstädte, am liebsten nach London oder Mailand oder Barcelona. Mit New York hätte man Vera locken können, nicht mit der schwäbischen Alb und ein paar kahl werdenden Obstbäumen. Außerdem standen sie sich nicht so nah.

Wie es aussah, war Johanna dazu verdammt, das alles alleine durchzustehen.

Besichtigung des Kellers. Nach dem zweiten Wurstbrot und einem weiteren Kaffee fühlte sie sich für dieses Vorhaben noch immer nicht gerüstet. Also verschob sie es. Bestimmt war der Keller modrig. Roch nach Schimmel. War es überhaupt nötig, dass sie hinunterging, bevor der Makler kam? Wolfgang Fritz' Interesse, das Haus zu verkaufen, war genauso groß wie ihres. Sollte er doch in den Keller steigen.

Aus dem Badezimmer holte sie eine Pinzette und setzte sich damit an den Küchentisch. Der Splitter in ihrem Finger war so tief in die Haut gedrungen, dass sie ihn nicht zu fassen bekam. Der Finger war gerötet, tat weh. Konnte man an einem nicht entfernten Holzsplitter sterben?

Es klingelte an der Tür. Hartmann und Wagner, dachte Johanna.

Sie legte die Pinzette auf den Tisch und ging zur Tür. Ob Hartmann wieder das abgenutzte Jackett trug und Wagner die flotte Lederjacke, die so gut zu seinem bemüht grimmigen Gesicht passte? Müsste sie ihnen eigentlich erklären, warum die Kreideumrisse der Toten verschwunden waren, oder sollte sie einfach warten, bis sie es von selbst sahen, und sich dann ahnungslos stellen?

Draußen stand Christiane Holzapfel mit einem kleinen Blumenstrauß in der Hand.

»Hallo«, sagte sie. »Störe ich?«

»Hallo. Nein, du störst nicht. Komm rein. Mit dir habe ich nicht gerechnet.«

Christiane überreichte Johanna die Blumen, zog ihre Jacke aus und hängte sie an die Garderobe.

»Ich dachte, du hast vielleicht Zeit für einen Kaffee«, sagte sie.

Über einen Mangel an Zeit kann ich mich hier nicht beklagen, dachte Johanna. Aber das musste Christiane ja nicht wissen.

Sie gingen in die Küche, in der noch immer Johannas Frühstücksgeschirr auf dem Tisch stand.

»Störe ich dich auch wirklich nicht?«, fragte Christiane und sah sich im Raum um.

Ich hätte aufräumen sollen, dachte Johanna.

»Nein, du störst mich nicht. Setz dich doch. Ich hole eine Vase.«

Johanna wusste gar nicht, wo Helene Blumenvasen aufbewahrt hatte, fand aber schließlich eine im Wohnzimmer. Sie füllte sie mit Wasser und stellte die Blumen hinein.

»Ich hätte vorher anrufen sollen«, sagte Christiane.

»Ach was. Ich freue mich, dass du da bist. Danke für die Blumen!«

Christiane lächelte. Johanna glaubte, eine gewisse Erleichterung in ihrem Gesicht zu erkennen. Sie räumte den Tisch ab, stellte die Vase darauf, füllte die Kaffeemaschine und schaltete sie ein.

»Dein Tipp mit der ›Traube‹ war übrigens gut«, sagte sie. »Ich hatte gestern nämlich überhaupt keine Lust zum Kochen.«

»Na ja, schwäbisches Essen halt«, sagte Christiane. »›Zum Löwen‹ ist so ähnlich.«

»Für mich war es genau das Richtige. Sozusagen meine Rettung. Ich bin hier immer so hungrig. Ich habe andauernd Hunger. Ich weiß gar nicht, was mit mir los ist. Und der Wein war auch gut.«

»Wir sind da nicht oft«, sagte Christiane. »Eigentlich sogar eher selten. Das Essen ist ja schon sehr … üppig.«

»Deinem Sohn scheint es geschmeckt zu haben.«

Christiane lachte. »Ja, wenn es nach Leo ginge, wären wir jeden Tag in der ›Traube‹ und er würde jeden Tag Schnitzel essen.«

»Jetzt habe ich ja endlich deine ganze Familie gesehen«, sagte Johanna. »Auch deinen Mann.« Sie goss Kaffee ein.

»Ja, wie gesagt, wir gehen nicht allzu oft dahin«, wiederholte Christiane, hob ihre Tasse zum Mund und setzte sie wieder ab, ohne getrunken zu haben. »Es war eher ein Zufall. Aber für dich war es sicher eine nette Abwechslung. Ich meine, tagelang nur für sich alleine zu kochen, ist bestimmt sehr … öde. Ich muss die ganze Zeit an Angelika denken. Und an ihre armen Kinder. Wer macht denn so was? Sie hat doch niemandem etwas getan. Ist das nicht schrecklich?«

»Ja, das ist es«, sagte Johanna, nahm die Pinzette in die Hand und spielte damit herum.

»Hast du irgendwas Neues von der Polizei gehört?«, fragte Christiane.

»Heute noch nicht, nein. Aber ich glaube auch nicht, dass sie es ausgerechnet mir erzählen würden, wenn sich was Neues ergeben hätte.«

»Wieso nicht?«

»Ich hatte doch gar nichts mit Angelika Fleiß zu tun«, sagte Johanna. »Ich bin nicht mit ihr verwandt, ich kannte sie nicht einmal.«

»Aber immerhin ist es bei dir passiert«, wandte Christiane ein.

»Bei meiner Tante«, sagte Johanna. »Meiner verstorbenen Tante. Nicht bei mir. Du könntest ihnen sicher mehr über Angelika Fleiß erzählen.«

»Ich könnte ihnen überhaupt nichts erzählen«, sagte Christiane.

Beide schwiegen. Johanna ertrug die Stille, in der eine kribbelnde, ungute Spannung lag, schlecht, stand auf, goss Christiane neuen Kaffee ein, obwohl ihre Tasse noch nicht leer war, und sich selbst Wasser. Sie hatte schon genug Kaffee getrunken.

»Was hast du denn da gemacht?«, fragte Christiane und deutete auf Johannas geröteten Finger.

»Ach, nichts, nur ein Holzsplitter.«

»Zeig mal her.«

Johanna reichte ihr die Hand und Christiane begutachtete den Finger.

»Ich sehe ihn«, sagte sie.

Sie drückte an der Haut herum, bis es wehtat und Johanna das Gesicht verzog.

»Tut mir leid«, sagte Christiane, »aber er muss raus.«

Konzentriert drückte sie weiter, damit der Splitter nach oben rutschte. Schließlich schob sich die Spitze heraus, kleiner als ein Millimeter. Mit der einen Hand hielt Christiane Johannas Hand fest, mit der anderen griff sie nach der Pinzette. Christianes Hand war sehr warm, die Haut weich. Johanna genoss die Berührung, die Nähe, auch wenn sie nur dem Entfernen eines Splitters diente. Offenbar vermisste sie Ines so sehr, dass es ihr schon wohlige, unangebrachte Empfindungen bereitete, wenn eine verheiratete Frau kurz ihre Hand hielt.

Geschickt und ganz ruhig zog Christiane den Splitter heraus und zeigte ihn anschließend Johanna.

»Geschafft«, sagte sie.

Ein, zwei Sekunden hielt sie noch Johannas Hand fest, bevor sie losließ.

»Danke. Das ging aber schnell.«

»Ich bin auch Expertin. Was meinst du, wie oft man das bei zwei Kindern machen muss.«

Johanna rieb über ihren Finger, auf dem noch die Abdrücke von Christianes Nägeln zu sehen waren.

»Lebst du eigentlich allein?«, fragte Christiane.

Mit dieser Frage hatte Johanna zwar seit dem ersten Tag gerechnet, aber jetzt kam sie so plötzlich, dass sie einen Moment lang nicht wusste, was sie antworten sollte.

»Ich lebe allein in einer Wohnung«, sagte sie. »Aber ich habe eine Beziehung, falls du das meinst. Meine Freundin heißt Ines.«

Wenn Christiane über die Antwort verwundert war,

ließ sie es sich nicht anmerken, sondern verarbeitete diese Information schnell.

»Mit Frauen ist bestimmt manches leichter«, sagte sie.

Johanna dachte an Ines. »Das glaube ich nicht«, sagte sie.

»Hatte deine Freundin, Ines, keine Zeit, dich zu begleiten?«, fragte Christiane.

»Nein, sie muss gerade ziemlich viel arbeiten. Sie ist Architektin.«

»Oh, Architektin«, sagte Christiane, »toll.« Sie wirkte aufrichtig beeindruckt, fast ehrfürchtig.

»Ja, das finde ich auch«, sagte Johanna und empfand einen albernen Stolz auf Ines' Beruf.

»Na ja, aber vielleicht kommt sie ja mal am Wochenende?«

»Ja, vielleicht«, sagte Johanna.

Das glaube ich nicht, dachte sie.

Um weitere Fragen nach Ines zu vermeiden, um nicht zugeben zu müssen, dass sie auch nicht wusste, warum ihre Freundin sie nicht begleitete, dass sie seit Tagen nicht mehr mit ihr geredet hatte, dass ihre Beziehung am Ende war, wechselte Johanna das Thema.

»Isst Lisa eigentlich immer nur Salat?«, fragte sie.

Ihre Beziehung war am Ende. Jetzt hatte Johanna es zum ersten Mal gedacht.

Christiane lachte. »Konntest du so genau sehen, was wir gegessen haben? Hast du uns beobachtet?«

»Nein, natürlich habe ich euch nicht beobachtet. Aber ich war ja allein und da hat man Zeit, sich umzusehen.« Johanna goss sich doch noch einen Kaffee ein, obwohl sie keinen mehr wollte. »Ich hätte es nicht ausgehalten, wenn mein Bruder neben mir ein Schnitzel isst und ich kriege nur Salat. Sie hat nicht mal Brot dazu gegessen. Ist das nicht ein bisschen wenig?«

»Du hast uns doch beobachtet?«

»Nein. Es ist mir nur aufgefallen.«

»Ich wünschte, ich wäre beim Essen auch so bewusst wie meine vierzehnjährige Tochter«, sagte Christiane.

»Aber das bist du doch. Hast du doch erzählt. Bioladen und so weiter.«

»Ja, schon, aber wenn es um mich selbst geht …«, Christiane lachte mädchenhaft und verhalten, »… ich habe manchmal meine Schokoladenphasen und kann mich nicht mäßigen.«

»Das sieht man dir aber nicht an«, sagte Johanna. Sie überlegte, ob sie Christiane erzählen sollte, dass sie gestern ihre Tochter getroffen hatte. Sie vermutete, dass Lisa die Schule schwänzte. Oder waren gerade Herbstferien?

»Machen deine Kinder eigentlich Sport?«, fragte sie.

»Leo spielt Fußball. Lisa hat alles Mögliche angefangen, dann aber wieder aufgehört. Sie kann sich schnell für etwas begeistern, aber genauso schnell hört es wieder auf und wird ihr langweilig. Handball. Dann eine Weile Kampfsport. Komischerweise wollte sie nie reiten, das wollen doch sonst immer alle Mädchen, auch viele ihrer Klassenkameradinnen.«

»Kampfsport?«, fragte Johanna. Das beeindruckte sie. Etwas so Kraftvolles hätte sie dem zarten Mädchen gar nicht zugetraut.

»Ja, aber auch nicht sehr lange, ein paar Monate oder ein halbes Jahr, dann hatte sie keine Lust mehr. Dabei hat es ihr am Anfang wirklich Spaß gemacht. Das Training war im Nachbarort, ich habe sie meistens gefahren.«

Beide schwiegen wieder. Ob Lisa Holzapfel die Schule schwänzte, ging Johanna nichts an und sie würde die Begegnung mit ihr nicht erwähnen.

»Ich muss dauernd an Angelika denken«, sagte Christiane. »Du hast mich doch gefragt, ob ich mit ihr befreundet bin.«

»Ja. Und du hast gesagt, nicht richtig befreundet. Ich hatte den Eindruck, du willst nicht darüber reden. Aber das kam mir vielleicht nur so vor.«

»Thomas wollte das nicht«, sagte Christiane.

»Was wollte Thomas nicht?«

»Dass ich mit Angelika befreundet bin. So eng befreundet bin.«

Und das lässt du dir verbieten?, lag Johanna auf der Zunge. Doch sie schwieg.

»Er meinte, dass ich mich zu wenig um die Kinder kümmere«, fuhr Christiane fort. »Und um ihn. Er ist ganz schön verwöhnt«, sie lachte, »er mag es, wenn ich für ihn da bin. Dass ich auf ihn warte, wenn er nach Hause kommt. Er muss dann sehen, dass ich auf ihn gewartet habe. Dass das Haus in Ordnung ist, seine Sachen. Er ist manchmal ein großer, verwöhnter Junge. Und als Angelika und ich uns öfter getroffen haben, auch mal abends was zusammen unternommen haben, meinte er, ich könnte doch auch gut ohne dieses Weibergetratsche leben, wozu ich das denn bräuchte, ich hätte ihn, die Familie, das Haus, unsere gemeinsamen Freunde. Wahrscheinlich hat er gedacht, dass wir über ihn reden.« Sie lachte wieder. »Er kann es gar nicht gut haben, von etwas ausgeschlossen zu sein. Und manchmal ist er ganz schön eifersüchtig.«

»Weibergetratsche?«, fragte Johanna.

»Na ja, ich weiß nicht mehr, was er wörtlich gesagt hat. Er hat es natürlich auch nicht so gemeint. Dabei wusste er gar nicht, worüber Angelika und ich geredet haben, wie sollte er auch, er war ja nie dabei, aber er meinte: ›Das kann ich mir lebhaft vorstellen‹.«

Und das lässt du dir gefallen? Sollte Johanna das jetzt sagen?

»Ich weiß, wie sich das anhört«, sagte Christiane. »Als wäre ich ein unterdrücktes Hausweibchen. Aber so ist es nicht. So ist es bestimmt nicht. So könnte ich gar nicht leben. Es ist nur … Thomas ist … er braucht … Aufmerksamkeit.«

Johanna hatte genug. Sie wollte das Gespräch nicht mehr weiterführen. Keine Fragen stellen, nichts davon hören. Sie schwitzte, weil sie zu viel Kaffee getrunken hatte, ein unangenehmer, scharfer Schweiß, dessen Geruch sie selbst anekelte.

»Ich habe deine Zeit schon viel zu lange beansprucht«, sagte Christiane und stand auf. Sie trug ihre Kaffeetasse zur Spülmaschine, öffnete sie und stellte die Tasse hinein. »Ich muss jetzt auch gehen.«

Wahrscheinlich kommt Thomas bald nach Hause und braucht Aufmerksamkeit, dachte Johanna.

»Du meldest dich, wenn was ist?«, sagte Christiane. »Wenn du Hilfe brauchst? Bist du denn eigentlich mit dem Haus weitergekommen? Entschuldige, ich habe gar nicht danach gefragt.«

»Nein«, sagte Johanna, »nicht wirklich. Ehrlich gesagt habe ich mich kaum darum gekümmert. Aber immerhin habe ich einen Termin mit dem Makler.«

»Das ist doch gut. Es geht voran. Oh, übrigens, ich habe mich noch nicht erkundigt, wegen des Hausrats und wer ihn eventuell kaufen würde, ich bin noch nicht dazu gekommen, aber das mache ich noch. Versprochen.«

Sie gingen zusammen zur Haustür. Christiane zog ihre Jacke an.

»Sag einfach Bescheid, wenn du was brauchst.«

»Ja, sicher, mache ich«, sagte Johanna. »Danke für deinen Besuch. Und für die Blumen und das Verarzten.« Sie zeigte auf ihren Finger.

»Du solltest es zur Sicherheit noch desinfizieren«, riet Christiane. »Wir können das Kaffeetrinken ja morgen wiederholen, was meinst du?«

»Klar, gerne«, sagte Johanna.

Wenn Thomas nichts dagegen hat, dachte sie.

Sie war froh, als Christiane das Haus verlassen hatte. Einen Moment blieb sie hinter der geschlossenen Tür stehen, lehnte sich dagegen und fragte sich, ob sie den Schluss des Gesprächs nur geträumt hatte. Hatte Christiane, diese moderne junge Frau, das alles wirklich gesagt? Johanna rief sich die Familie in Erinnerung. Die Kinder nachmittags im Haus der Holzapfels, Lisa, Leo, gleich am ersten Tag nach ihrer Ankunft. Die Kinder gestern Abend im Lokal. Der gut aussehende Thomas Holzapfel, der *große, verwöhnte Junge*. Das Telefongespräch mit ihm, als sie Christiane sprechen wollte. Sein charmantes, selbstsicheres Lächeln.

Vielleicht ging es Christiane gut mit ihrem Leben. So gut, wie es Johanna niemals gehen würde. Vielleicht verstand sie einfach nichts von Beziehungen. Von Glück.

Nicht so viel nachdenken, ermahnte sie sich. Du grübelst zu viel, schon wieder. Es geht dich weder etwas an, ob Lisa regelmäßig die Schule besucht, noch, wie Christiane lebt.

Heute Abend würde sie kochen und dafür musste sie noch bei Nägele einkaufen. Sie müsste auch mit dem Bus in die nächstgrößere Stadt fahren, weil sie etwas zum Anziehen brauchte. Bald. Sehr bald. Außer der Strickjacke würde sie ganz sicher keine anderen Kleidungsstücke Helenes tragen. Für eine Fahrt in die Stadt wäre Christiane sehr hilfreich, sie hätte ein Auto zu bieten, kannte die Geschäfte, könnte sie beraten. Doch im Augenblick wollte sie keinen Einkaufsbummel mit Christiane unternehmen.

An der Kirche studierte Johanna den Busfahrplan und versuchte, sich die Abfahrtzeiten einzuprägen. Alle dreißig Minuten. Im Lebensmittelgeschäft behandelten die Verkäuferinnen hinter den Theken sie freundlicher als an den Tagen zuvor. Wahrscheinlich hatten sie sich allmählich an ihren Anblick gewöhnt. Sie sagten unverändert »Grüß Gott« zu ihr, Johanna erwiderte »Hallo«.

Sie kaufte eine Zeitung und die Zutaten für ihr Abendessen. Hackfleisch, Tomaten, Parmesan, Sellerie. Leider gab es keine Kalbsleber bei Nägele, nicht einmal Hühnerleber. Die Frau an der Kasse verlor einige Worte über das Wetter. Als Johanna das Geschäft verließ, war sie beinahe gut gelaunt.

Die Verkäuferin hatte mit ihr über das Wetter gesprochen, darüber, ob es vielleicht doch noch ein schöner Herbst werden würde. Sie würde nicht länger über Ines nachdenken und auch nicht über Christiane Holzapfel.

Langsam schlenderte sie mit ihren Einkäufen zurück zu Helenes Haus. Sie schien heute vom Nebel verschont zu bleiben, er lag immer noch unten im Tal. Auf der Straße standen Kinder, jünger als Lisa, vielleicht in Leos Alter oder höchstens am Beginn der Pubertät. Ausnahmslos Jungen. Hatten sie keine Schule? Vermutlich waren jetzt tatsächlich Herbstferien. Johanna konnte sich nicht vorstellen, dass ein ganzes Dorf die Schule schwänzte. Die Kinder starrten sie an. Starrten Johanna in diesem verdammten Kaff eigentlich alle an? Der Kleinste von ihnen fing an zu kichern, es klang wie ein Mädchen. Johanna tat so, als würde sie die Gruppe nicht bemerken. Ihr wurde schlagartig ganz heiß. Hatte sie jetzt schon Angst vor Kindern auf einer Dorfstraße? Sie würde nicht auf die andere Seite wechseln, obwohl sie es am liebsten getan hätte, obwohl alles in ihr danach drängte. Sie ging direkt auf die Kinder zu, die ein wenig beiseitetraten, als sie sie erreichte.

Sie ging an ihnen vorbei, atmete auf, weil sie sie hinter sich gelassen hatte, es waren nur harmlose kleine Jungen, die auf der Straße spielten, und hörte plötzlich ihren Namen.

»Fink, Fink«, sagte ein Junge mit heller Stimme und lachte.

»Mistfink!«, rief ein anderer. Viel lauter.

»Mistfink! Mistfink!«

Jetzt wurde es zu wildem Geschrei, ein disharmonischer Chor, in den alle mit einstimmten.

»Mistfink, Mistfink! Mistfink stinkt!«

»Mistfink, Stinkefinger!«

»Stink, stink, Mistfink!«

Nun lachten alle, in hoher Tonlage, noch vor dem Stimmbruch. Sie kamen ihr nach, Johanna hörte ihre trampelnden Schritte. Ohne zu überprüfen, wie belastbar ihr Knie heute schon war, wurde sie automatisch schneller. Sie rannte fast. Ihre Einkaufstasche schlug ihr gegen das Bein. Mistfink, Mistfink. Buchfink. Toter Fink. Johanna Fink. Eine erstochene Frau vor der Terrassentür. Tote Schafe. Zwei Kriminalhauptkommissare, die sie so behandelten, als hätte sie etwas zu verbergen, das sie bloß noch herausfinden mussten. Wagner mit seinem verfluchten Notizbuch. Kinder auf der Straße, die ihren Namen kannten, obwohl sie erst drei Tage hier war. Hatte sie jetzt wirklich schon Angst vor einer Schar Kinder? Ihre Angst ging Johanna allmählich selbst auf die Nerven.

Ihr Handy klingelte, als sie atemlos das Haus betrat. Sie beeilte sich, zu ihm zu gelangen. Der Anrufer war nicht zu erkennen. Johanna meldete sich mit einem vorsichtigen und auch erwartungsvollen »Ja?«. Sie wollte ihren Namen nicht sagen, »Fink« nicht aussprechen.

Am anderen Ende wurde aufgelegt.

Nachdem sie wieder zu Atem gekommen war, noch bevor sie ihre Jacke auszog, versuchte sie ein weiteres Mal, Ines zu erreichen. Auf Ines' Handy, bei ihr zu Hause. Nichts. Inzwischen konnte sie all die vergeblichen Versuche gar nicht mehr zählen. Sollte sie vielleicht Vera anrufen, wenn sie mit reden wollte? Doch sie war nicht in der Stimmung für die stets heitere Vera, wollte nicht *Buchfink* genannt werden. War es denn so, dass es niemanden in Johannas Leben gab, dem sie von allem hier hätte erzählen können? War das, was ihre Mutter immer prophezeit hatte, längst eingetreten? Dass sie allein war, völlig allein? Oder wollte sie verzweifelt nur mit einer Einzigen reden, mit Ines, und mit niemandem sonst?

12

»Haben Sie wieder so einen Anruf bekommen?«

Es war Hauptkommissar Hartmann. Mit ihm hatte Johanna bereits am Morgen gerechnet. Sie erwähnte den Anruf auf ihrem Handy, das Auflegen, nachdem sie sich gemeldet hatte.

Hartmann kommentierte es nicht, schien es nicht für wichtig zu halten.

»Aber sonst nichts?«, fragte er. »Kein Krächzen mehr?«

»Nein, kein Krächzen mehr.«

Müsste sie ihm nun beichten, dass sie die Kreideumrisse auf der Terrasse weggewischt hatte? Sie hatte das Gefühl, etwas ungeheuer Verbotenes getan zu haben. Und sollte sie ihm von den Kindern auf der Straße erzählen, von der Verunglimpfung ihres Namens? Nein, lieber nicht. Hartmann würde sie nicht ernst nehmen. Er würde Johanna als überempfindlich abstempeln und sich insgeheim über sie amüsieren. Möglicherweise fand er ihren Namen ebenso lächerlich wie die Kinder und war der Ansicht, »Mistfink« sei das Naheliegendste, was man daraus machen könne. Von Anfang an hatte Johanna den Eindruck gehabt, als trauten ihr die beiden Kommissare nicht über den Weg, wenngleich sie es sich nicht erklären konnte. Lag es an ihrem Beruf, von dem sie noch nie etwas gehört zu haben schienen? Daran, dass sie keine Einheimische war, sondern in Berlin wohnte? Sie war zufällig in diese Situation geraten, das mussten doch auch Hartmann und Wagner sehen.

Der unangenehme Wagner mit der Lederjacke, der sie immer wie eine Verdächtige behandelte, hatte gestern gesagt, dass es im Garten außer denen des Opfers keine anderen Spuren gab. War das beruhigend, weil es bedeutete, dass sich niemand sonst draußen aufgehalten hatte, nur Angelika Fleiß? Oder war es ein schlechtes Zeichen? Ein schlechtes Zeichen wofür?

»Ich wollte Sie auch noch etwas fragen«, sagte Johanna. »Zu den Spuren … haben Sie sich da auch nicht getäuscht?«

»Welche Spuren meinen Sie?«, fragte Hartmann.

»Die Spuren im Garten. Dass Sie im Garten nur welche von Angelika Fleiß gefunden haben. Haben Sie nichts übersehen?«

»Wollen Sie damit unterstellen, dass wir nicht gründlich gearbeitet haben?« Zum ersten Mal klang Hartmann unfreundlich.

»Nein, natürlich nicht. Entschuldigen Sie.«

»Wir machen unsere Arbeit sehr sorgfältig, das können Sie mir glauben«, sagte er. »Wir haben sicher nichts übersehen. Wenn wir keine anderen Spuren gefunden haben, dann gab es auch keine. Warum wollen Sie das überhaupt wissen?«

»Weil es indirekt ja auch mich betrifft.«

»Indirekt?«

»Ich kannte Angelika Fleiß nicht. Ich bin erst seit wenigen Tagen hier. Vorher war ich noch nie in meinem Leben in diesem Dorf. Das habe ich Ihnen ja alles schon gesagt. Und deshalb betrifft mich das Ganze nicht direkt. Aber indirekt.«

»Ja, das haben Sie alles schon gesagt. In der besagten Nacht und am Morgen haben Sie geschlafen. Das haben Sie zumindest angegeben. Dabei bleibt es noch immer?«

»Wie meinen Sie das? Natürlich bleibt es dabei. Was sollte sich daran denn geändert haben? Glauben Sie, ich hatte es vergessen und jetzt ist mir plötzlich wieder eingefallen, dass ich doch wach war?«

»Ich glaube gar nichts«, sagte Hartmann. »Die Wahrheit ist, dass die Spurenlage sowieso nicht sehr gut war. In der besagten Nacht hat es geregnet, am frühen Morgen auch.«

Johanna hatte in der Nacht keinen Regen bemerkt. Und auch morgens, als sie Angelika Fleiß entdeckt hatte, war ihr entgangen, dass es draußen feucht war.

»Warum wollen Sie das so genau wissen?«, wiederholte Hartmann.

»Immerhin war ich im Haus, als es passiert ist«, antwortete Johanna. »Ich war ganz in der Nähe. Es passierte, als ich geschlafen habe.«

»Machen Sie sich Sorgen?«

»Würden Sie sich etwa keine machen, wenn vor Ihrer Tür jemand umgebracht wird?«

»Doch, vermutlich schon«, sagte Hartmann. »Obwohl es nach meiner Erfahrung eher unwahrscheinlich ist, dass zweimal hintereinander exakt das Gleiche passiert. Das sage ich nur, falls Sie sich jetzt nicht mehr in den Garten oder auf die Terrasse trauen. Ich denke, das können Sie gefahrlos tun.«

Er schwieg einen Moment. Johanna hörte, wie er etwas trank und mit Papier raschelte, Stimmen und das Klingeln eines Telefons im Hintergrund. Jemand lachte.

»Sie meinen aber nicht«, fuhr Hartmann dann fort,

»dass es jemand eigentlich auf Sie abgesehen hat und nur zufällig auf Angelika Fleiß traf, oder?«

»Wohl kaum.«

»Aha. Und warum sind Sie da so sicher?«

»Ich wüsste nicht, wer das sein sollte«, sagte Johanna. »Und ich wüsste auch keinen Grund. Ich habe keine Feinde. Und hier erst recht nicht. Ich bin ja erst seit drei Tagen hier.«

»In Berlin haben Sie auch keine Feinde?«

»Nein. Nicht, dass ich wüsste.«

»Aha. Halten wir also fest, Sie haben keine Feinde«, sagte Hartmann. »Was mich nur interessieren würde – weiß man das denn immer so genau?«

»Ich denke schon«, sagte Johanna. »Es geht auch eher darum, dass er ja nicht weiß, dass ich geschlafen habe. Dass er vielleicht zurückkommt, weil er glaubt, ich hätte ihn beobachtet.«

»Wer *er*?«, fragte Hartmann.

»Derjenige, der Angelika Fleiß erstochen hat.«

»Wie kommen Sie darauf, dass es ein Er war?«

»Ist es nicht meistens so?«, sagte Johanna. »Ich vermute, die Statistik gibt mir recht und Gewaltverbrechen werden überwiegend von Männern begangen.«

»Ja, das stimmt allerdings«, gab Hartmann zu. »Aber wir schließen beim Tötungsdelikt Fleiß trotzdem keine Möglichkeit aus.«

»Wann ist Angelika Fleiß denn gestorben?«, fragte Johanna. »Nachts oder morgens?«

»Wir haben leider noch keinen abschließenden Bericht der Rechtsmedizin. Dort gibt es sozusagen einen Stau. Überall zu wenig Geld, Sie wissen schon.«

Ein Leichenstau, dachte Johanna. Schränke voller

Leichen, die, kalt und mit bläulicher Haut, auf die Enthüllung ihrer letzten Geheimnisse warteten.

»Sie haben immer noch nicht vor, demnächst wieder abzureisen?«, fragte Hartmann.

»Nein, so bald nicht.«

»Gut.« Er klang nun wieder freundlich. »Gehen Sie einfach weiter Ihren Beschäftigungen nach. Wir machen schon unsere Arbeit.«

»Ich werd's versuchen«, sagte Johanna.

Was sich Hauptkommissar Hartmann wohl vorstellte, worin ihre normalen Beschäftigungen bestanden, denen sie nachgehen sollte?

»Sie hören wieder von uns.«

»Ja, das dachte ich mir.«

»Klingt da beginnender Unmut durch?« Hartmann lachte.

»Nein, nein, das haben Sie missverstanden. Ich höre von Ihnen. Bis dann.«

Keine weiteren Spuren im Garten. Wieso gab es nur Spuren des Opfers? Vielleicht waren Angelika Fleiß die Verletzungen gar nicht auf Helenes Grundstück zugefügt worden, sondern außerhalb, auf der Straße, und sie hatte sich schwer verletzt hierhin geschleppt und war auf der Terrasse zusammengebrochen. Doch das würde auch nicht erklären, was sie nachts hier gewollt hatte. Ein Rätsel, das Johanna ebenso unlösbar schien wie die Frage, wer der Täter war. Hatte Angelika Fleiß Johanna ein weiteres Mal zurechtweisen wollen, weil sie nicht bei der Beerdigung ihrer Tante gewesen war und sich zu ihren Lebzeiten nicht für sie interessiert hatte? Das war um diese Uhrzeit wohl auszuschließen. Hatte sie Wertgegenstände aus dem Haus stehlen wollen, während Johanna schlief? Und wo war ihr Schlüssel abgeblieben?

Ach, unbekannte Tante Helene, dachte Johanna, wie findest du das? Was sagst du dazu, dass deine Putzfrau auf deiner Terrasse gestorben ist? Wüsstest du, wonach sie hier gesucht hat?

Halbherzig versuchte Johanna, jemanden zu erreichen, der Helenes Hausrat abholen könnte. Sie war nicht richtig bei der Sache. Sie war die ganze Zeit schon nicht richtig bei der Sache. Vor ihrer Reise hatte sie sich die ganze Angelegenheit leichter vorgestellt, hatte gedacht, es wäre mit zwei, drei Anrufen erledigt. Bevor jemand käme, müsste sie durch das Haus gehen, müsste alle Möbel, jeden Krimskrams dahingehend prüfen, ob es sich nur um wertloses Zeug handelte, wofür sie keinen Cent mehr bekäme, oder ob sich darunter auch etwas befand, das sich verkaufen ließe. Ihre Mutter würde nur zu gerne daran verdienen, das wusste Johanna, auch wenn sie es nicht so deutlich gesagt hatte. Ihr selbst war es gleichgültig. Je länger sie es vor sich herschob, desto weniger wollte sie sich damit befassen.

Am Nachmittag schnitt sie Zwiebeln, Mohrrüben und Sellerie für die Nudelsoße klein. Ohne Leber wäre die Soße etwas fad, aber das würde Johanna verschmerzen. Auch zu Hause musste sie die Leber manchmal weglassen, immer dann, wenn sie für Ines kochte. Ines ekelte sich vor Innereien, konnte nicht einmal ihren Anblick ertragen. Sie rief dann gerne aus: »Johanna! Igitt! Das kannst du doch nicht essen!«

Helenes Messer waren alt, aber ausnahmslos gut geschärft. Bei einem Stück Mohrrübe rutschte Johanna ab und schnitt sich in die Fingerkuppe. Sie betrachtete das Blut, das aus der Wunde drang und auf das Schneidebrett tropfte, und dachte an Angelika Fleiß, an das getrocknete Blut an den zerfransten Rändern ihres Pullovers.

Sie klebte ein Pflaster auf ihren Finger, briet das Hackfleisch, vermischte es mit den restlichen Zutaten und setzte sich an den Küchentisch. Die Soße müsste nun etliche Stunden kochen. Die Blumen, die Christiane Holzapfel mitgebracht hatte, fielen ihr ins Auge. Schon lange hatte ihr niemand mehr Blumen geschenkt, aber es gelang ihr nicht, sich zu freuen. Ihr fiel ein, dass sie sich all die Tage nicht um Helenes Pflanzen gekümmert hatte. Helene war tot, ihr Haus würde verkauft werden, aber deshalb mussten ihre Pflanzen ja nicht vertrocknen. Sie suchte eine Gießkanne, füllte sie und ging damit im ganzen Haus herum. Offenkundig war ihre Tante eine Pflanzenliebhaberin gewesen, in allen Räumen standen Töpfe, eine nahezu unüberschaubare Menge. Als alle versorgt waren, schaltete Johanna den Fernseher ein, zog die Vorhänge vor der Terrassentür zu und setzte sich auf das Sofa. Sie würde jetzt bis zum Essen dort sitzen bleiben und fernsehen. Nichts denken. Eine Weile gelang es ihr. Nebenher blätterte sie durch die Zeitung, die sie bei Nägele gekauft hatte. Heute fanden sich auf der Wirtschaftsseite keine aktuellen Ferkelpreise, nur die für Schlachtfleisch. Allmählich drang der Geruch nach Essen aus der Küche, verlockend, verführerisch, und erinnerte Johanna an gute

Zeiten. An das Gefühl der Geborgenheit. Vielleicht bedeutete Heimat nichts weiter als eine gut gekochte Nudelsoße. Während ihr das Wasser im Mund zusammenlief, dachte Johanna wieder an Lisa Holzapfel und ihren Salat. Würde ihr künftig immer, wenn sie etwas aß, Christianes misslaunige Tochter in den Sinn kommen? Kein schöner Gedanke.

Sie hatte viel zu viel gekocht, sie könnte jemanden zum Essen einladen. Die unheimliche Frau. Sie müsste nur vor die Tür treten und nach ihr Ausschau halten, irgendwo dort draußen, in der Nähe des Hauses, trieb sie sich sicher herum. He, Sie!, könnte Johanna sagen. Wenn Sie mich sowieso die ganze Zeit beobachten, müssen Sie ja nicht in der Kälte stehen. Sie können genauso gut reinkommen und mitessen. Es ist genug da. Sie mögen doch Hackfleischsoße? Oder hassen Sie auch Tiermörder?

Dann begann Johanna aus heiterem Himmel zu weinen. Die Soße auf dem Herd kochte vor sich hin, der Geruch durchzog die ganze untere Etage und Johannas Tränen kamen ohne Vorwarnung, als sie auf Helenes Sofa saß. Sie weinte und wusste nicht einmal, warum. Oder um wen. Weinte sie um eine andere Person? Um ihre verlorene Liebe? Um sich selbst? Weinte man nicht meistens, weil man sich selbst leidtat?

Sie aß in der Küche. Ihre Augen brannten immer noch und waren gerötet. Gut, dass sie niemand so sah. Nach dem Essen kontrollierte sie ihre Stimme, indem sie laut mit sich selbst sprach, ging ins Wohnzimmer, setzte sich auf einen der weinroten Sessel und rief Katharina Gessler an.

»Hier ist Johanna Fink«, sagte sie. Und schnell, noch bevor Katharina etwas entgegnen konnte: »Du hast ja gesagt, dass ich dich wieder anrufen kann.«

»Hallo, Johanna«, sagte Katharina. »Das habe ich auch so gemeint. Warst du heute schon in der Dorfgaststätte?«

»Stell dir vor, es gibt sogar zwei Dorfgaststätten. ›Zum Löwen‹ und die ›Traube‹. Nein, ich habe es heute vorgezogen zu kochen.«

Katharina fragte, was sie gegessen hatte, und Johanna beschrieb die Zubereitung der Soße und ihre lange Kochzeit.

»Das hätte ich jetzt auch gerne«, sagte Katharina. »Auf mich wartet nur eine Tiefkühlpizza.«

»Welche Sorte?«

»Salami. Bio.«

»Biotiefkühlpizza ist nicht wirklich besser«, sagte Johanna.

»Nein. Tiefkühlpizza generell ist grauenhaft. Egal, welche.«

»Ich würde dich gerne zum Essen einladen«, sagte Johanna. »Ich habe viel zu viel gekocht.«

Sie sprachen eine Weile über das Kochen für sich allein. Katharina schien selbstverständlich davon auszugehen, dass Johanna es oft täte, und Johanna witterte sogleich eine Botschaft hinter ihren Worten. Die Botschaft lautete: Ines hatte sich von ihr getrennt und Johanna würde künftig immer für sich alleine kochen müssen. Ines hatte sich von ihr getrennt und alle wussten es. Alle – bis auf Johanna.

Doch Katharina erwähnte Ines bei diesem zweiten Telefongespräch kein einziges Mal und Johanna vermisste es nicht. Weder vermisste sie den Klang ihres Namens noch empfand sie den Wunsch, von Katharina, die Ines tagtäglich sah, etwas über sie zu erfahren. Sie sprachen über Katharinas Heimat. Johanna hatte immer noch keine Vorstellung davon, ob der Ort, in dem sie aufgewachsen war, weit entfernt von demjenigen lag, in dem sie gerade festsaß. Die Beschreibungen klangen Helenes Dorf ganz ähnlich. Vermutlich sah es hier überall so aus. Seelen, stellte Johanna bald fest, war eins von Katharinas Lieblingsthemen. Ihre Herstellung sei nicht so einfach, wie man vielleicht vermuten würde, sagte sie, sondern erfordere großes Geschick des Bäckers. Seele sei nicht gleich Seele. Johanna versprach, am nächsten Morgen bei Nägele noch einmal eine Seele zu kaufen, sie aufmerksamer als die erste zu essen und ihr später ausführlich von der Qualität zu berichten. Sie sprachen über Berlin und bemerkten erstaunt, dass sie fast Nachbarinnen waren, nur wenige Straßen voneinander entfernt wohnten.

»Die Welt ist wohl wirklich sehr klein«, sagte Katharina.

»Ich habe dich aber noch nie gesehen, jedenfalls kann ich mich nicht erinnern«, sagte Johanna. »Beim Einkaufen zum Beispiel.«

»Ich schätze, ich habe einfach andere Arbeitszeiten als du«, sagte Katharina. »Meistens komme ich ziemlich spät nach Hause und kaufe dann noch irgendwo unterwegs ein.«

Katharina interessierte sich für Geschichte, wie sie sagte, hatte nach dem Abitur kurz überlegt, es zu studieren, bevor sie zur Architektur kam. Und sie interessierte sich für Johannas Beruf, fragte nach den letzten Büchern, die sie lektoriert hatte.

Ines will nie über meine Arbeit reden, dachte Johanna. Wenn ich davon anfange, tritt dieser gelangweilte Ausdruck in ihre Augen und sie wechselt schnell das Thema.

Warum musste sie jetzt Ines mit Katharina Gessler vergleichen? Ines war nicht wie jemand anders. Ines war Ines. In Ines hatte Johanna sich vor zwei Jahren verliebt. Suchte sie zwanghaft nach etwas, das ihr an Ines nicht gefiel, damit ihr die Trennung leichtfiel?

»Weißt du schon genauer, wie lange du bleibst?«, fragte Katharina.

»Morgen kommt der Makler, der sich das Haus ansehen soll. Ich hoffe, er findet schnell einen Käufer. Warum fragst du?«

»Ach, nur so«, sagte Katharina. »Schade, dass ich so viel zu tun habe. Ich würde das Haus gerne mal sehen. Und wenn der Makler da war, fährst du dann zurück nach Berlin? Du musst doch nicht die ganze Zeit dort sein, bis es verkauft ist, oder?«

Johanna erwiderte, dass sie sich ja noch um die Möbel kümmern müsse, den gesamten Hausrat. Sie verschwieg, wie gering ihre Motivation war, dass sie gegen Null ging, dass eine Mischung aus Lustlosigkeit und Angst sie gefangen hielt. Sollte sie Katharina von Angelika Fleiß erzählen? Von dem grausigen Fund am zweiten Morgen auf der Terrasse?

»Oh, schon so spät«, sagte Katharina. »Mit dir vergeht die Zeit so schnell. Ich kann mich nicht erinnern, wann ich das letzte Mal so lange telefoniert habe.«

Johanna sah auf die Uhr. Sie telefonierten seit mehr als zwei Stunden.

»Rufst du mich morgen wieder an?«, fragte Katharina. »Und erzählst mir vom guten Essen, von der Landschaft, von den Kürbissen vor den Türen und vom Haus deiner Tante?«

»Ich rufe dich ganz bestimmt an«, sagte Johanna. »Weißt du … ehrlich gesagt fühle ich mich hier ein bisschen einsam.«

»Das habe ich mir gedacht.«

»Ich würde dir auch gerne was erzählen. Über den Ort hier.«

»Was denn?«

»Eine Horrorgeschichte.«

»Eine schwäbische Horrorgeschichte, wie aufregend!«, sagte Katharina. »Aber ich muss jetzt leider noch mal weg. Ins Büro. Sonst wird es zu spät. Ich glaube, meine Tiefkühlpizza muss noch eine Weile warten.«

»Du musst so spät noch ins Büro?«, fragte Johanna.

»Ja, leider. Es gibt Unstimmigkeiten bei dem Neubau in Mitte. Falsche Berechnungen. Eine sehr ärgerliche Geschichte. Aber damit will ich dich jetzt nicht belästigen. Für Außenstehende dürfte das auch ziemlich langweilig sein. Ich würde schrecklich gerne weiter mit dir reden, aber ich muss los, sonst schaffe ich das nicht mehr und kann dann gleich im Büro übernachten. Worauf ich keinen Wert lege.«

»Tut mir leid, dass ich dich so lange aufgehalten habe«, sagte Johanna.

»Ich habe mich selbst aufgehalten. Du kannst es wiedergutmachen, wenn du mich mal zum Essen einlädst. Oh, ich bin so hungrig. Ich würde jetzt gerne essen und dann ins Bett gehen. Vielleicht noch in die Badewanne. Na ja, vielleicht habe ich es in ein, zwei Stunden geschafft, wenn ich Glück habe.«

»Ich wünsche dir Glück«, sagte Johanna. »Und dass du es in einer Stunde geschafft hast.«

»Und du rufst mich morgen an? Am besten um die gleiche Zeit, dann bin ich zu Hause. Ich kann es gar nicht erwarten, Horrorgeschichten vom Land zu hören.«

Wenn du wüsstest, dachte Johanna.

»Und natürlich, wie die Seele war«, sagte Katharina, »denn das ist natürlich das Wichtigste.«

»Ich rufe dich morgen an. Aber du kannst mich natürlich auch anrufen.« Johanna nannte Katharina ihre Handynummer und die von Helenes Anschluss.

Morgen. Morgen um die gleiche Zeit würde Johanna endlich einem Menschen von allem erzählen.

»Und wenn du wieder zurück bist, treffen wir uns mal, was meinst du?«, sagte Katharina. »Ich hoffe, du hast bald alles erledigt und musst nicht allzu lange bleiben. Ein bisschen beneide ich dich ja auch.«

Du würdest mich ganz bestimmt nicht um das beneiden, was hier geschieht, dachte Johanna.

»Und wer weiß«, sagte Katharina, »wenn du noch länger da bist, komme ich dich ja vielleicht wirklich mal besuchen. Wir könnten die zweite Gaststätte ausprobieren. Und ich könnte die Seelen des Bäckers testen.«

»Ich würde dich gerne einladen«, sagte Johanna. »Neben der Beurteilung der Seelen könntest du sicher auch den Zustand des Hauses einschätzen.«

»Ein bisschen könnte ich das wahrscheinlich, ja.

Ich nehme an, du hast einen Grundriss vom Haus?«

»Einen Grundriss?«, sagte Johanna. »Ehrlich gesagt, nein.«

»O je. Ich sollte dich wohl wirklich besuchen. Weißt du, am liebsten würde ich sofort runterfahren. Ach. Zwiebelrostbraten essen. Die Alb sehen.«

»Wahrscheinlich brauchst du Urlaub?«, vermutete Johanna.

»Das ist gerade nicht drin.« Katharina klang jetzt sehr müde. »Mit dem verdammten Projekt in Mitte gab es eigentlich von Anfang an Ärger.«

»Ich hab dich schon viel zu lange aufgehalten«, sagte Johanna. »Du musst los. Bis morgen.«

»Ja, bis morgen. Ich freue mich darauf. Es ist schön, mit dir zu reden. Es ist so entspannend.«

»Genau das Gleiche dachte ich auch gerade«, sagte Johanna.

Nachdem sie aufgelegt hatten, blieb Johanna noch eine Weile auf dem roten Sessel sitzen. Inzwischen mochte sie die beiden Sessel und es würde ihr schwerfallen, sie in ein paar Tagen wegzugeben. Dann stand sie auf und sah Helenes CDs durch. Sie wählte eine ältere Aufnahme von Emma Kirkby, Sopranistin. Mozart. *Ruhe sanft, mein holdes Leben.* Sie drehte es lauter, ging im Wohnzimmer umher, dann in den Flur und die Treppe nach oben. Es gab bestimmt einen Grundriss des Hauses, doch wo hatte Helene ihn aufbewahrt? Warum war sie darauf noch nicht selbst gekommen? Johanna betrat Helenes Schlafzimmer. Der Raum, den sie mied, seit sie hier war. Sie setzte sich auf das Bett. Blickte auf das Bild an der gegenüberliegenden Wand. Zog die Schublade des Nachttischs auf.

Entschuldige, Helene, dachte Johanna, aber ich muss das tun, ich muss mich ja um deine Sachen kümmern. In der Schublade lagen Papiertaschentücher, eine Packung Tabletten. Ein kleiner Schreibblock, zwei Bleistiftstummel, ein Radiergummi. Eine Brille. Und ganz hinten ein einzelnes Foto. Darauf war eine Frau um die fünfzig zu sehen. Es war nicht Helene selbst, das erkannte Johanna. Die Frau stand draußen auf einer Wiese; die Blumen, die Blüten an den vereinzelten Obstbäumen im Hintergrund und die Kleidung, die sie trug, deuteten darauf hin, dass es an einem warmen Frühlingstag aufgenommen worden war, wahrscheinlich im Mai. Die Frau lächelte in die Kamera, glücklich, vertraut mit der Person, die auf den Auslöser drückte. Das luftige Kleid wehte ihr um die Beine. Der leichte Wind war auf dem Foto eingefangen, so deutlich, dass Johanna ihn zu spüren glaubte. Es war ein Foto von der Sorte, wie nur der Zufall sie erschaffen konnte. Der Zufall des perfekten Moments.

Johanna legte das Foto zurück in die Schublade und schloss sie. Sie stand auf und zog die Decke glatt. Sie fühlte sich von ihrer Tante beobachtet, hatte immer noch den Eindruck, etwas Unerhörtes zu tun. Doch wenn sie Helenes Haushalt auflösen würde, müsste sie in ihren Sachen herumschnüffeln. Sie würde in jede Schublade blicken müssen, in die hintersten Ecken der Schränke, sie würde jeden Gegenstand in die Hand nehmen, mit ihrer Neugier beschmutzen und Helenes Geheimnisse lüften müssen. Hatte Helene Geheimnisse?

Katharina Gessler war nun sicher schon im Büro. Fuhr sie mit dem Auto? Mit der U-Bahn? Dem

Fahrrad? Johanna wusste, wo das Architekturbüro lag, sie hatte Ines einige Male von der Arbeit abgeholt, kurz nachdem sie sich kennengelernt hatten. Ines hatte es von Anfang an nicht gemocht, daraus keinen Hehl gemacht und Johanna hatte bald wieder damit aufgehört. In Gedanken begleitete Johanna Katharina Gessler durch den Abend und die Straßen Berlins. Sie beneidete sie. Katharina fuhr durch Berlin, musste nicht in diesem elenden Nest festhängen wie sie. Umgekehrt wurde sie von Katharina genau darum beneidet. Offenbar bekam niemand, was er sich am meisten wünschte. Ausgenommen vielleicht Leo Holzapfel. Vielleicht war das Leben ein einziges Warten auf das, was man sich am meisten wünschte.

Johanna dachte heute nicht gerne an Christiane. Bereits gestern bei der zufälligen Begegnung in dem Lokal hatte sich ein leichtes Gefühl der Distanz eingeschlichen. Christiane ließ sich von ihrem Mann Freundschaften verbieten. Oder sie verbot sie sich in vorauseilendem Gehorsam gleich selbst, weil sie davon ausging, Thomas wäre es lieber. Obwohl sie doch nach außen hin so bestrebt war, dem Bild einer modernen, selbstbewussten Frau zu entsprechen.

Oder hatte Johanna alles missverstanden?

Sie räumte in der Küche auf, füllte die restliche Nudelsoße in einen Plastiktopf, den sie im Schrank fand, stellte ihn in den Kühlschrank, putzte den Herd und die Arbeitsfläche. Kurz, bevor sie nach oben in ihr kleines Zimmer gehen wollte – sie wurde so früh müde wie an jedem Abend, seit sie hier war –, hörte sie ein Geräusch an der Terrassentür. Es klang wie ein Klopfen. Als würden Fingerknöchel gegen das Glas trommeln. Johanna erstarrte. War jemand im Garten? Sie trat vorsichtig ins Wohnzimmer, konnte wegen der Vorhänge jedoch nichts erkennen. Sie wartete darauf, ob sich das Klopfen wiederholte. Oder auf ein anderes verdächtiges Geräusch. Doch sie hörte nur das Rascheln von Blättern. Wind war aufgekommen und fegte das trockene Laub durch den Garten. Wahrscheinlich hatte Johanna einen Ast gehört, der gegen die Scheibe geweht worden war. Oder hatte sie sich das Geräusch eingebildet? Nein, sie konnte ihren Sinneswahrnehmungen trauen. Sie bildete sich nichts ein.

Sie wollte keine Geräusche mehr von draußen hören, nicht einmal den Wind. Sie wollte nichts anderes als beruhigt einschlafen.

13

Der fünfte Morgen in Helenes Haus.

Ein Hahn krähte, in der Ferne war eine schwere Landmaschine zu hören. Das Quieken eines Schweins, ganz nah. Was ihm blühte, hatte Johanna ja gestern gesehen.

Vielleicht konnte sie ihren Sinnen doch nicht trauen und sie gaukelten ihr etwas vor. Weil ihr der Ort nicht bekam. Das Alleinsein. Wer sollte gestern an die Terrassentür geklopft haben? Etwa der Geist von Tante Helene? Der Geist von Angelika Fleiß? Johanna wollte keinen Nebel mehr, weder weiter unten im Tal noch hier oben, keinen Wind, nicht einmal Sonnenschein. Am liebsten wollte sie gar keinem Wetter ausgesetzt sein, nur der Klimaanlage im ICE auf der Fahrt nach Berlin.

Sie hatte noch einen Grund mehr, sich auf ihre Rückkehr zu freuen: Katharina Gessler. Waren sie im Begriff, sich anzufreunden? Es fühlte sich gut an und machte sie beschwingt. Es fühlte sich so an, als könnte daraus etwas von Dauer entstehen. Eine gute Freundin würde Johanna in nächster Zeit brauchen können – am besten jetzt gleich hier vor Ort. Sie begann, sich damit abzufinden, dass Ines und sie kein Paar mehr waren. Zumindest ließ sie diese Möglichkeit – oder war es eine unumstößliche Tatsache? – an den äußersten Rand der Realität heran.

Sollte sie es versuchen? Katharina hierhin einladen? Sie mit den sanften Hügeln, den Streuobstwiesen, Spätzle, Seelen und Blaukraut locken? Mehr als die

Einladung ausschlagen konnte sie nicht, doch das würde Johannas Ego verkraften. Ganz sicher würde Katharina sie nicht hier unten besuchen. Sie hatte ja so viel zu tun. Aber manchmal hielt das Leben Überraschungen bereit und selten war etwas so wie in der Vorstellung. Vielleicht galt das hin und wieder ja auch für erfreuliche Ereignisse.

Wäre es ein Affront gegen Ines, privater Kontakt zu ihrer beruflichen Konkurrentin?

Doch was kümmerte sie Ines.

Kurzerhand rief sie Katharina an, die um diese Zeit ganz sicher bei der Arbeit wäre und nicht zu Hause. Der Anrufbeantworter schaltete sich ein und Johanna sagte: »Hallo, hier ist Johanna. Johanna Fink. Ich wollte dir nur sagen, dass ich mich auf unser Telefongespräch heute Abend freue.«

War das zu viel? Hätte sie es nicht sagen sollen? Doch sie freute sich auf den Abend und das sollte Katharina Gessler ruhig wissen.

Danach trat sie mit der Kaffeetasse in der Hand vor die Haustür, um zu überprüfen, was aus dem Nebel geworden war – wie auch am ersten Abend nach ihrer Ankunft.

Bedeckter Himmel, aber kein Nebel. Ein Traktor bog um die Ecke. Johanna sah nach links und nach rechts, hielt Ausschau danach, ob die unheimliche Frau sich auch schon morgens auf ihrem Beobachtungsposten befand, sah sie aber nirgends. Sie atmete auf. Dampf stieg von der Kaffeetasse auf. Etwas weiter weg unterhielten sich zwei Frauen auf der Straße, beide mit Einkaufstaschen in der Hand. Sie blickten immer wieder zu Johanna herüber.

Wahrscheinlich sprachen sie über Angelika Fleiß. Und darüber, wer diese fremde Person – Johanna – eigentlich war, was sie hier verloren hatte.

Johanna blieb vor der Tür stehen und hielt den Blicken der beiden Frauen stand. Sie würde nicht mehr weglaufen, sich nicht mehr hinter zugezogenen Vorhängen verkriechen, sondern sich dem, was noch vor ihr lag, stellen. Aus den Augenwinkeln sah sie, dass im Vergleich zu den Tagen davor etwas anders war. Eine leichte Farbirritation. Ein farbiger Klecks, den sie zuvor nicht bemerkt hatte. Kräftig und rot. Sie drehte den Kopf zur Seite, in Richtung des roten Flecks, und blickte auf Helenes Haustür. Eine stabile Holztür, in einem unscheinbaren Hellbraun gestrichen, das im Laufe der Zeit einen leichten Stich ins Rosafarbene bekommen hatte. Rosa, dachte Johanna noch, wie das aufgeschlitzte Schwein gestern im Sonnenlicht.

Dann sah sie es. Auf die Haustür hatte jemand in roter Farbe ein Wort gesprüht.

Mistfink.

Rote Buchstaben, riesig, quer über der ganzen Breite der Tür, oberhalb des Türgriffs. Obwohl es sich um große Buchstaben handelte, waren über den beiden »i« zwei Punkte. Seltsam, auf was für unwichtige Details man doch achtet, dachte Johanna.

Als Nächstes dachte sie: Dieses verdammte Scheißkaff! Ich muss hier sofort weg. Ich halte das keinen Tag länger aus. Oder würde Johanna das alles am Ende auch noch bis nach Berlin verfolgen? Nein, bis nach Berlin nicht, in Berlin wäre sie sicher, in ihrer eigenen Wohnung, den vertrauten Straßen.

Der Kaffee war inzwischen kalt geworden. Sie ging mit der Tasse ins Innere des Hauses und schloss die Tür. Von innen lehnte sie sich dagegen. Ihre Hand zitterte und sie musste die Tasse auf dem Boden absetzen. *Mistfink*. Wer hatte Mistfink auf ihre Tür geschmiert? Die Kinder von gestern? Oder waren die Kinder in diesem Fall unschuldig und es war jemand ganz anderes gewesen? Ein Erwachsener? Weil Johanna eine Fremde war? Weil alle im Dorf sie als Störenfried empfanden?

Dann fiel ihr die neue Verabredung mit dem Immobilienmakler ein. Sie musste die Farbe von der Tür wegbekommen, ehe er kam. Auf keinen Fall konnte sie ihm so das Haus präsentieren, mit der beschmierten Tür als Visitenkarte. In der Küche und in dem Raum ohne Fenster, in dem der Ölbrenner stand, suchte sie nach Putzzeug. Spülmittel, wie bei den Kreideumrissen der Leiche, würde in diesem Fall wohl kaum ausreichen. Sie wurde panisch. Sie füllte einen Eimer mit Wasser, holte den Schrubber und Scheuerpulver – Tante Helene hatte einen gut sortierten Haushalt – und trat wieder vor die Tür. Bevor sie zu Werke ging, sah sie sich um. Die beiden Frauen mit den Einkaufstaschen waren verschwunden, Gott sei Dank, auch sonst war niemand auf der Straße, der Zeitpunkt war günstig. Johanna tauchte den Schrubber ins Wasser, stemmte ihn gegen die Tür und versuchte mit aller Kraft, die Farbe wegzuscheuern. Nichts geschah, so sehr sie sich auch bemühte. Die ungewohnte Arbeit fuhr ihr in die Muskeln der Oberarme. An einigen Stellen wurde die rote Farbe etwas heller, doch das Gleiche geschah mit der Lackierung der Tür. *Mistfink* war weiterhin gut sichtbar – leuchtend und plakativ. Johanna dachte an den Makler, auch an die Nachbarn, und fragte sich, ob sie bei Helenes Werkzeug nach einem Spachtel suchen sollte, ob diesem hässlichen Wort nur mit Gewalt beizukommen war. All die Zeitungsartikel darüber, wie schwer Graffiti zu entfernen waren, fielen ihr ein. Wie die Graffiti war *Mistfink* aufgesprüht worden, nicht gepinselt. Kleine Pünktchen neben den Buchstaben zeugten davon. Um einen Spachtel zu finden, müsste Johanna wahrscheinlich in den Keller. Oder wo sonst hatte Helene Werkzeug aufbewahrt? In dem Raum mit dem Ölbrenner, dort hatte sie welches gesehen. Sie ließ Schrubber und Eimer draußen stehen und suchte in dem kleinen Raum ohne Fenster nach Werkzeug. Sie fand eine Werkzeugkiste, aber keinen Spachtel darin. Vielleicht ein großes Messer? Vielleicht musste sie die Farbe abkratzen. Aber bald käme der Makler. Was für einen Eindruck würde eine zerkratzte Tür machen? Zumal er sie kürzlich noch unversehrt gesehen hatte. Sie musste das Wort wegbekommen, jetzt sofort, nicht erst wenige Minuten vor Eintreffen des Maklers. Mit einem großen Küchenmesser schabte sie probehalber ein wenig an der roten Farbe herum. Auf diese Weise könnte sie *Mistfink* zwar entfernen, aber es würde Stunden dauern, außerdem würde es den Anstrich der Tür ruinieren. Sie brauchte eine schnellere Lösung.

Lösung, dachte sie. Genau. Etwas, das Farbe auflöst. Aber das würde die Lackierung unter dem Wort gleich mit auflösen und außerdem war fraglich, wie lange die Suche danach dauern und ob sie sich überhaupt lohnen würde. Hatte Johanna nicht eine Dose

Lack in dem Raum mit dem Ölbrenner gesehen? An die Farbe konnte sie sich nicht mehr erinnern, weil sie die Dose nur flüchtig wahrgenommen hatte. Lack wäre das Einzige, womit es schnell ginge. Vielleicht war er ja sogar hellbraun. War das nicht auch das einzige Verfahren bei Graffiti an Hauswänden, das Erfolg versprach – ein neuer Anstrich?

Johanna wurde immer panischer, der Schweiß trat ihr auf die Stirn und sie fühlte ihn am Rücken zwischen den Schulterblättern. Sie trug keine Uhr und fürchtete, es könnten bereits Stunden vergangen sein und gleich hielte das Auto des Maklers vor der beschmierten Tür. Ihre Bewegungen wurden so fahrig, dass sie zunächst gar nichts fand, sondern nur ziellos und unkoordiniert alles zur Seite stieß. Sie musste sich zusammennehmen, sich beruhigen, sich auf das konzentrieren, was sie suchte. Zuerst fand sie eine Packung mit unterschiedlichen Pinseln zum Lackieren, alle neu, auch eine kleine Schaumstoffrolle. Die Lackdose stand dahinter im Regal. Hoffentlich war der Lack nicht uralt und längst eingetrocknet. Nein, die Dose war noch verschlossen. Helene musste sie in der Absicht gekauft haben, damit ein Möbelstück zu lackieren, wozu sie aber nicht mehr gekommen war. Der Lack war sonnengelb.

Mit Pinseln, einem Schraubenzieher, der kleinen Schaumstoffrolle und der Dose ausgerüstet, trat Johanna wieder vor die Haustür. Sie hatte es geschafft, die Panik besiegt, sie konnte wieder zielgerichtet handeln und die nächsten Schritte bedenken. Sie schüttelte die Dose, öffnete sie mit dem Schraubenzieher und machte sich nicht die Mühe, den Lack umzurühren. Viel zu tief tauchte sie die Rolle hinein und rollte damit über das »M«. Danach über alle weiteren Buchstaben. Sie drückte die Rolle so fest gegen die Tür, dass ihr Lacktröpfchen auf die Hand und ins Gesicht spritzten. Gelber Lack schien nicht sonderlich gut auf roter Farbe zu decken, wie sie schnell bemerkte, das hässliche Wort war noch immer deutlich zu erkennen. Johanna nahm den größten Pinsel, tunkte ihn tief in die Lackdose und überstrich alle acht Buchstaben so dick, dass Reliefs entstanden, von denen Farbnasen herabliefen.

Es sah abscheulich aus. Mit der Rolle versuchte sie nachzubessern und den Lack gleichmäßiger zu verteilen, das Ganze schön zu gestalten. Es wurde nicht schöner, sondern von Mal zu Mal unansehnlicher, aber immerhin bewirkte die dicke Schicht, dass die Schrift darunter endlich nicht mehr zu sehen war.

Auch beim Lackieren geriet Johanna ins Schwitzen; das T-Shirt unter Helenes Strickjacke war inzwischen völlig durchnässt, nicht so sehr, weil die Arbeit anstrengend war, sondern wegen der wieder hochkommenden Panik. Das Wort musste weg. Das hässliche Wort, das nicht nur die Tür, sondern auch sie beschmutzte, musste so schnell wie möglich unkenntlich gemacht werden.

Zwischendurch drehte sie sich um und blickte zur Straße, in der Hoffnung, dass dort noch immer niemand stehen würde, und sah sie: die unheimliche Frau. Sie trug heute wieder ihren schwarzen Rucksack und hatte den Blick auf das Haus gerichtet.

Johanna sah direkt zu ihr, denn vielleicht würde solch eine offensive Taktik diese Person einschüchtern. Wie bei einem wilden Tier, dem man direkt in die Augen sah, um ihm zu zeigen, wer der Chef war. Oder war es anders herum und die Tiere wurden erst dadurch gereizt?

Johanna wandte sich wieder der Tür zu. Auf dem oberen Drittel, über dem Türgriff, befand sich jetzt ein sonnengelber Farbwulst, der weithin leuchtete. So konnte es keinesfalls bleiben. Aber sie hatte nicht die Zeit, die gesamte Tür ordentlich zu lackieren, dazu müsste sie sie zuerst gründlich abschleifen und es hätte mehrerer Anstriche bedurft. Warum hatte Helene nur eine Dose Lack im Haus, eine einzige, und warum hatte diese einzige eine ganz andere Farbe als die Haustür? Oder war nicht wenigstens dezenter als das kräftige Gelb?

Sie musste noch in den Keller, bevor der Makler kam. Wolfgang Fritz würde ganz sicher den Keller sehen wollen. Vielleicht sogar als Erstes. Es hieß ja, am Keller erkenne man den Zustand des ganzen Hauses. Danach musste sie heute Abend Katharina Gessler fragen. Sie versuchte, es sich zu merken. Nicht vergessen. Katharina wegen des Kellers fragen. Sie dachte sehr oft an Katharina. Ja, sie würde heute Abend einen Versuch wagen und sie in Helenes Haus einladen.

Doch bevor Johanna mit ihr telefonierte und bevor sie den Keller besichtigte, musste sie zuerst die Tür annähernd in Ordnung bringen. Sie lackierte mit allen zur Verfügung stehenden Gerätschaften weiter herum, mit dicken runden Pinseln, breiten flachen, mit dünnen runden Pinseln, schmalen flachen und mit der Rolle. Sie verstrich den Lack großzügig weiter unten und weiter oben, damit es so aussähe, als hätte sie, aus einer plötzlichen Eingebung heraus, das Haus farbenfroher und fröhlicher gestalten wollen und deswegen die ganze Tür neu lackiert. Oder es zumindest versucht.

Bislang hatte Johanna jeden aufkommenden Gedanken an den Keller schnell beiseitegeschoben, doch wirklich vergessen hatte sie ihn die ganzen Tage nicht, auch wenn ihr das am liebsten gewesen wäre.

Sie konnte nicht alle unliebsamen Pflichten auf morgen verschieben. Wenn sie alles erst morgen erledigen würde, nicht heute, käme sie nie von hier weg. Das ganze Leben ließ sich auf diese Weise auf den nächsten Tag verschieben. Als freiberufliche Lektorin wusste Johanna es nur allzu gut. Es lag in ihrem eigenen Ermessen, wann sie morgens aufstand, woran sie arbeitete und wie viel. Niemand sah ihr auf die Finger. Wenn sie wollte, konnte sie an einem Tag nichts tun, auch an zwei oder drei, aber irgendwann, so war es immer, rächte es sich.

Sie wollte Helenes Haus verkaufen – oder es zumindest verkaufen lassen – und kannte es nicht bis ins letzte Detail. Wenn Wolfgang Fritz käme, wäre sie nicht gut vorbereitet, und sie hasste schlecht vorbereitete Leute.

Es war albern, sich vor einem Keller zu fürchten. Die wahren Gefahren lauerten woanders. Nicht in einem Raum, nicht in der Dunkelheit, sondern in den Menschen. Im Keller würde sie nichts Schreckliches erwarten, auch keine zweite Leiche. Vermutlich Werkzeug, darunter vielleicht ein Spachtel, den sie oben vergeblich gesucht hatte. Gartengeräte. Für einen so großen Garten brauchte man sicher allerhand Geräte. Gartenarbeit war Johanna völlig fremd und sie besaß dafür keinerlei Begabung. In einer Mietwohnung mitten in der Stadt bot sich allerdings auch nie die Gelegenheit, es unter Beweis zu stellen. Weinflaschen. Johanna stellte sich vor, dass ihre Tante einen kleinen Weinvorrat im Keller gelagert hatte. Das würde zu ihr passen – zu den Bücherregalen, den roten Sesseln, den Opernarien. Einmachgläser. Alter Krempel, den Helene wahrscheinlich immer hatte wegwerfen wollen, wozu sie aber nie gekommen war. Weil sie gedacht hatte, sie könnte eines Tages vielleicht noch etwas davon gebrauchen, oder weil auch sie zu erledigende Aufgaben vor sich hergeschoben hatte.

Wo war eigentlich die Tür zum Keller? Eine Tür, die nach unten führte. Johanna hatte bislang keine bemerkt. Warum hatte sie nie darauf geachtet?

Im Erdgeschoss befanden sich Küche, Wohnzimmer, die kleine Toilette, die Johanna immer gemieden hatte. Die fensterlose Kammer mit dem Ölbrenner. Waren Heizungskessel normalerweise nicht im Keller? Johanna betrat die kleine Toilette, in die sie am ersten Abend nur einen flüchtigen Blick geworfen hatte. In all den Tagen war sie immer nach oben ins Badezimmer gegangen, auch wenn sie sich im unteren Stockwerk aufgehalten hatte. Es gab hier nichts Besonderes zu sehen. Ein kleines Waschbecken, daneben ein an der Wand befestigtes Regal, in dem saubere Handtücher gestapelt lagen. Ein verformtes Stück Seife, blau, in einer hübschen Porzellanschale auf dem Waschbeckenrand. Johanna verließ die Toilette und ging in die Kammer mit dem Heizungskessel. Hier war sie schon öfter gewesen, deshalb wusste sie, dass es keine versteckte Tür gab, die zu einer Treppe in den Keller führte.

War eine Tür im Erdgeschoss zu übersehen? Befand sie sich in einem Winkel, den Johanna bislang nicht bemerkt hatte? Inzwischen hatte sie doch so viele Rundgänge durch das Haus absolviert. Hatte sie einfach nicht darauf geachtet, weil sie nicht in den Keller gehen wollte?

Noch einmal schritt sie das gesamte Parterre ab. Es gab in der Küche keine Tür zum Keller, nicht im Wohnzimmer und auch nirgendwo im Flur. Existierte in diesem Haus gar kein Keller? Sollte Johanna dem Makler sagen: Tut mir leid, ich habe keine Ahnung, wo es hier zum Keller geht, ich weiß nicht einmal, ob es einen gibt? Und wenn es einen gibt, bin ich leider zu blöd, ihn zu finden.

Sie rief kurzerhand bei ihrer Mutter an, auf die sie nun ärgerlich wurde. Wenn Helenes Haus nicht unterkellert war, hätte sie ihr das ruhig sagen können. Und wo der Grundriss des Hauses war. Brauchte man für den Verkauf zwingend einen Grundriss? Warum hatte Johanna nicht selbst daran gedacht? Bei ihrer Mutter in Ostwestfalen klingelte und klingelte es, doch niemand hob ab. Daran war Johanna inzwischen gewöhnt – Ines war nicht zu erreichen und ihre Mutter ebenfalls nicht. Nein, sie würde sich jetzt keine Sorgen um ihre Mutter machen. Wäre ihr etwas zugestoßen, hätte Johanna es erfahren.

Sie trank in der Küche einen Kaffee und dachte nach. War es denn möglich, dass sie nicht dazu in der

Lage war, den Eingang zum Keller zu finden? Konnte es sein, dass ihre Mutter nebenbei erwähnt hatte, es gebe keinen Keller in Helenes Haus, und Johanna hatte ihr bloß nicht zugehört? Vielleicht hörte sie ihrer Mutter genauso wenig zu wie umgekehrt. Wusste ihre Mutter darüber überhaupt Bescheid?

So lange sich Johanna zurückerinnern konnte, hatte ihre Mutter nicht gerne über Helene gesprochen. Über die Jahre und Jahrzehnte hinweg wurde Helene so zu einer völlig unbekannten Verwandten, von der Johanna nur wusste, dass sie als Bibliothekarin arbeitete und in Süddeutschland lebte. Es hätte auch Australien sein können. Angelika Fleiß hatte ganz recht damit gehabt, Johanna vorzuwerfen, dass sie sich nicht für ihre Tante interessiert hatte. Sie hätte sich über die unerklärliche Abneigung, die ihre Mutter hegte, hinwegsetzen und Helene besuchen können. Oder ihr wenigstens schreiben. Mit ihr telefonieren. Soweit Johanna wusste, war ihre Mutter nie hier gewesen und kannte folglich das Haus nicht. Vermutlich hatte sie es nur ein einziges Mal kurz gesehen, anlässlich der Beerdigung, und dabei sicher versucht einzuschätzen, was es wohl wert sei.

Nach dem Kaffee ging Johanna noch einmal langsam durch die Räume des Erdgeschosses und suchte alles gründlich ab. Nirgendwo verbarg sich eine übersehene Tür. Auch keine geheime Falltür im Fußboden. Sie fing an zu lachen. Wie ein Angsthase hatte sie sich die ganze Zeit davor gefürchtet, in den dunklen Keller hinunterzusteigen, und nun, als sie sich endlich mutig genug fühlte, fand sie ihn nicht.

Sie trat auf die Terrasse und blickte sich um.

Neben dem Tisch und den Stühlen, einige Schritte entfernt, sah sie eine weiß gestrichene Tür – so unscheinbar, dass sie fast in der Hauswand verschwand –, die ihr vier Tage lang nicht aufgefallen war.

Eine Stahltür. An einigen Stellen war die Farbe abgeblättert, der Rost fraß sich durch. Die Tür hatte eine Klinke, Johanna drückte sie herunter. Abgeschlossen. Befand sich dahinter ein Kämmerlein für Gartengeräte oder war es der gesuchte Eingang zum Keller? Warum hatten Hartmann und Wagner nicht wissen wollen, wohin diese Tür führte?

Johanna ging zurück ins Haus und holte den Schlüsselbund. In den vier Tagen hatte sie nur ein einziger Schlüssel interessiert – der für die Haustür. Ein kleiner war wohl für den Briefkasten außen am Haus. Zwei andere konnte sie nicht zuordnen. Ein weiterer kleiner sah so aus, als gehörte er zu einem Fahrradschloss. Sie probierte die beiden Schlüssel an der weißen Stahltür. Der zweite passte. Direkt hinter der Tür führte eine Betontreppe nach unten.

Der Keller. Helenes Haus hatte einen Keller und Johanna hatte ihn endlich gefunden. An der Seite fand sie einen Lichtschalter. Vorsichtig trat sie auf die steile Treppe. Unter ihr öffnete sich ein weiß getünchtes Gewölbe, ein Raum, der an die fünfzehn Quadratmeter maß und keine direkte Verbindung zum Haus zu haben schien. Es roch nicht vermodert, wie Johanna erwartet hatte. Auf der linken Seite des unterirdischen Raums befand sich ein Öltank. Warum hatte Johanna sich nie gefragt, wo eigentlich der Tank mit dem Öl war? Sie hatte den Brenner auf »Winter« geschaltet, die Ventile der Heizkörper aufgedreht und keinen Gedanken daran verschwendet, woher das Öl stammte. Auf der rechten Seite standen Regale mit Gartengeräten und Werkzeug. Ein schmaler alter Schrank, der ausrangiert wirkte. Johanna öffnete ihn und sah stapelweise vergilbtes Papier, darunter auch alte Zeitungen. Nichts Interessantes, soweit sie erkannte, sie schloss den Schrank wieder. Ganz in der Ecke stand ein kleines Regal mit rund zwanzig Weinflaschen. Johanna fühlte sich bestätigt, denn diesbezüglich hatte sie ihre Tante richtig eingeschätzt. Daneben ein eingestaubtes, aber ansonsten gut erhaltenes schwarzes Fahrrad. Fahrradfahren war bei den Anstiegen hier sicher kein Vergnügen. Kein Wunder, dass es im Keller stand. Der kleinste Schlüssel am Schlüsselbund passte in das Fahrradschloss.

Johanna war stolz auf ihren Mut. Am ersten Tag die erfolgreiche Suche nach dem Lebensmittelgeschäft Nägele. Am zweiten Tag das Auffinden einer Leiche. Am fünften Tag die Eroberung des Kellers. Sie hätte die Entdeckung des Kellers gerne mit jemandem geteilt – nicht mit Ines, wie sie schnell merkte, sondern mit Katharina Gessler. Sie brannte darauf, Katharina am Abend davon zu erzählen, sprach bereits in Gedanken mit ihr. Sie wusste, dass Katharina Helenes Keller und die Suche danach spannend finden und nach Einzelheiten fragen würde. Wie gut sie mit Katharina Gessler reden konnte. Ein längst vergessen geglaubtes Gefühl des Aufgehobenseins. Aus dem Regal zog Johanna zwei Flaschen Rotwein, ging nach oben, schaltete das Licht aus und schloss die Tür ab.

Hartmann und Wagner hatten nicht nach der Tür gefragt. Das bedeutete wohl, dass sie die Tür als nicht wichtig erachteten. Der Keller war ja auch nicht wichtig. Für niemanden. Außer für sie. Johanna hatte es gewagt und war in den Hades gestiegen. Plötzlich schien alles möglich. Jetzt wäre sie auch endlich imstande, die Frau anzusprechen, die sie verfolgte. Sie lag gut in der Zeit, der Makler würde in einer halben Stunde kommen.

Johanna trat vor die Haustür und blickte über die Straße. *Hallo, hier bin ich! Komm her! Los, zeig dich!* Doch die Straße war menschenleer. Ausgerechnet jetzt sah sie die unheimliche Frau nicht, obwohl sie sonst doch überall und zu jeder Uhrzeit dort auftauchte, wo Johanna auch war. Nun war sie mitsamt ihrem verdammten schwarzen Rucksack verschwunden – als hätte sie geahnt, dass Johanna plötzlich in angriffslustiger Stimmung sein würde.

Das sonnengelbe Machwerk an der Haustür war in der Zwischenzeit nicht schöner geworden. Noch immer war der Geruch nach Lack durchdringend. Johanna berührte die oberste Schicht und hinterließ ihren Fingerabdruck auf der noch nicht getrockneten Farbe.

Statt der unheimlichen Frau sah sie Wolfgang Fritz in seinem Auto. Wie beim letzten Mal kam er auch heute zu früh. Er parkte direkt vor Helenes Haus, stieg aus dem Wagen und lachte, als er sie vor dem Haus entdeckte.

»Was für ein Empfang, direkt vor der Haustür!«, sagte er übertrieben fröhlich. Sein Gesicht war rot. »Ich bin ein bisschen zu früh.«

»Ja, das sind Sie«, sagte Johanna. »Aber das macht nichts.«

Sie gab ihm die Hand. Seine war feucht und ihre mit gelben Lackspritzern übersät.

»Wie schön, dass wir so schnell einen neuen Termin gefunden haben«, sagte er, »und dass es Ihnen heute besser passt.«

Er blickte zur Haustür, die Johanna mit ihrem Körper zu verdecken versuchte.

»Oh«, sagte er, »sah die nicht neulich noch anders aus?«

»Ach, das war ein kleiner Versuch, etwas Farbe hineinzubringen«, sagte Johanna. »Nicht besonders fachmännisch. War wohl keine gute Idee. Das muss ich noch ordentlicher machen.«

»Na ja, die Tür ist ja nicht das Wichtigste des Hauses, oder?«

Johanna bat ihn herein. Er trat sich gründlich die Füße ab. Im Flur zog er seinen Mantel aus und hängte ihn an die Garderobe. Es wirkte so, als hätte er die Absicht, sich lange hier aufzuhalten. Wie ein gern gesehener Gast, der für mehrere Stunden bleiben würde.

Er bemerkte ihre Irritation. »Im Haus ist es mir mit dem Mantel dann doch zu warm«, sagte er. »Es stört Sie doch nicht?«

»Nein, natürlich nicht. Kommen Sie, ich zeige Ihnen jetzt das Erdgeschoss.«

Wolfgang Fritz holte eine kleine Digitalkamera aus seiner Manteltasche.

»Dann können sich die Interessenten schon mal ein Bild machen«, erklärte er und fotografierte den Flur.

»Solange Sie nicht mich fotografieren.«

»Soll ich?«

»Nein, bitte nicht.«

»Aber Frau Fink«, er lachte, »ich würde doch nie etwas tun, was Sie nicht wollen.«

»Wie beruhigend«, erwiderte sie gereizt.

Sie führte ihn durch Wohnzimmer und Küche, zeigte ihm den Raum mit dem Heizkessel und die kleine Toilette. Er besah sich den Heizkessel, murmelte, dass dieser erfreulicherweise noch recht neu sei und dass Johannas Tante ihn wahrscheinlich erst vor wenigen Jahren habe einbauen lassen, fotografierte alle Zimmer aus verschiedenen Blickwinkeln.

»Sind schon sehr praktisch, diese kleinen Dinger«, sagte er und deutete auf die Kamera, die in seiner riesigen Pranke winzig wirkte.

»Sie wollen sicher auch den Garten sehen?«, fragte Johanna.

»Ja, gerne. Aber das können wir ja am Schluss machen. Vielleicht erst mal den oberen Stock.«

Sie gingen die Treppe nach oben, Johanna voran. Sie hörte und spürte ihn dicht hinter sich und seine Anwesenheit behagte ihr nicht. Oben zeigte sie ihm das Badezimmer, den kleinen Raum, in dem sie schlief. Erst jetzt, als sie gemeinsam davorstanden, fiel ihr auf, dass sie das Bett nicht gemacht hatte.

»Oh, Entschuldigung«, sagte sie. »Wie sieht das denn aus. Tut mir leid, das habe ich ganz vergessen. Das sollten Sie vielleicht nicht fotografieren.«

»Ach, ich bin da nicht so«, sagte er. »Das zeigt doch das Leben. Das Leben, wie es wirklich ist. Oder nicht? Ich nehme an, hier haben Sie sich für die Zeit, in der Sie hier sind, Ihr Schlafzimmer eingerichtet?«

»Ja, genau.« Johanna hatte das Gefühl, sich zusammen mit dem Makler in einer unerhört intimen Situation zu befinden, das ungemachte Bett vor Augen. Sie drängte ihn unsanft aus dem Gästezimmer. Sie wollte nicht, dass Wolfgang Fritz länger auf das Bett starrte, in dem sie schlief, und vielleicht doch noch die Gelegenheit nutzte, um auf den Auslöser seiner Kamera zu drücken.

In Helenes Schlafzimmer betrachtete er das Bild gegenüber vom Bett.

»Aha«, sagte er, »das soll wohl Kunst sein?«

Johanna mochte das Bild zwar nicht, aber dennoch musste sie nun dem Drang widerstehen, es vor dem Immobilienmakler zu verteidigen. Wie kam er dazu, es zu kommentieren? Was bildete er sich ein? Sie empfand Wolfgang Fritz als Eindringling, der rot und schwitzend in Helenes Haus herumtrampelte.

Unten bat Johanna ihn ins Wohnzimmer. Hoffentlich geht er bald, dachte sie.

Er sah die Fotos an, die er gemacht hatte. Es war Johanna ein Rätsel, wie er mit seinen dicken Fingern das kleine Gerät bedienen konnte, aber er schien darin Übung zu haben.

»Ich denke, das Wichtigste habe ich jetzt«, sagte er. »Heute geht es ja gar nicht mehr ohne.« Er streichelte seine Kamera. »Vielleicht noch ein, zwei Bilder vom Garten. Der ist ja auch recht groß.«

Sie gingen nach draußen, Wolfgang Fritz fotografierte den Garten und die Terrasse mit den Stühlen und dem Tisch. Wie gut, dass ich Angelika Fleiß' Umrisse weggewischt habe, dachte Johanna.

»Da vorne geht's in den Keller«, sagte sie so selbstverständlich, als hätte sie es schon immer gewusst, und deutete zu der weißen Stahltür. »Den wollen Sie doch sicher auch sehen, oder?«

»Das ist erst mal vielleicht gar nicht nötig«, entgegnete er. »Die sehen ja doch meist alle gleich aus. In welchem Zustand ist er denn? Ist er feucht?«

»Nein, ich glaube nicht. So roch er jedenfalls nicht.«

Im Wohnzimmer bat Johanna ihn, auf dem Sofa Platz zu nehmen. Sie setzte sich auf einen der roten Sessel gegenüber.

»160.000, würde ich sagen.«

»Ist das Haus wert, meinen Sie?«

160.000 Euro. Johanna hatte keine Vorstellung von Immobilienpreisen und diese Summe erschien ihr ungeheuer viel. Ein Vermögen.

»Der Immobilienmarkt läuft gerade nicht gut«, sagte Wolfgang Fritz bekümmert. Schweißrinnsale liefen an seinen Schläfen herunter. »Mein Vorschlag ist«, fuhr er fort, »wir versuchen es zunächst mit 160.000. Wahrscheinlich werden wir aber runtergehen müssen. Die Leute sind im Augenblick ängstlich, halten ihr Geld zusammen. Kann es eigentlich sein, dass hier im Haus neulich etwas passiert ist?«

»Was meinen Sie?«, sagte Johanna ausweichend. Er wusste es also bereits.

»Ein Unglück«, sagte er. »Eine Tote im Haus.«

»Woher wissen Sie das?«

»Ach, man hört so einiges«, sagte Wolfgang Fritz und wischte sich mit einem Stofftaschentuch über die Stirn. »Die Buschtrommeln.«

»Nicht im Haus«, sagte Johanna. »Draußen auf der Terrasse.«

»Und die Tote war wer?«

»Die Putzhilfe meiner verstorbenen Tante.«

»Na ja, das tut ja eigentlich auch nichts zur Sache«, sagte Wolfgang Fritz. »Das Haus ist in einem guten Zustand, soweit ich das auf den ersten Blick erkennen kann, und wir sollten es schon verkauft kriegen. Sie haben aber doch hoffentlich nichts mit … damit zu tun, oder?« Er lachte, als hätte er einen besonders guten Scherz gemacht.

»Ich? Nein. Wo denken Sie hin. Ich bin ja auch noch gar nicht lange hier.«

»Gut«, sagte der Makler. »Ich werde dann alles Nötige in die Wege leiten. Annoncen in der Zeitung und auch im Internet. Das ist Ihnen doch recht, oder?«

»Ja, sicher. Ich will ja, dass das Haus verkauft wird.«

»Die Fotos sind schon mal gut.« Er strich wieder liebevoll über seine Kamera. »Haben Sie einen Grundriss vom Haus?«

»Nein, leider nicht. Das ist mir auch neulich eingefallen. Ich habe schon danach gesucht, aber bis jetzt nichts gefunden. Ich weiß auch nicht, wo meine Tante so etwas aufbewahrt hat.«

»Er ist nicht so wichtig«, sagte Wolfgang Fritz. »Die Kaufinteressenten werden ja dann sowieso kommen und sich das Objekt ansehen wollen.«

Der Makler erhob sich schwerfällig. »Wenn ich Sie richtig verstanden habe, sind Sie nur vorübergehend hier?«, sagte er. »Wie lange bleiben Sie denn noch?«

»Ein paar Tage«, sagte Johanna und stand ebenfalls auf. »Aber ich gehe davon aus, dass das Ganze ein bisschen länger dauert. Bevor ich zurück nach Berlin fahre, würde ich Ihnen für mögliche Käufer den Schlüssel geben.«

»Ja, das wäre gut.«

Johanna begleitete Wolfgang Fritz in den Flur. Er steckte die Kamera in seine Manteltasche, zog den Mantel an und reichte ihr die Hand.

»Sie hören dann von mir, Frau Fink«, sagte er.

Sie öffnete die Tür und sah ihm nach, als er zu seinem Wagen ging. Bevor er einstieg, drehte er sich noch einmal zu ihr um und hob grüßend die Hand. Sein Blick wanderte von ihrem Gesicht zu der mit dicken Lackschichten verunstalteten Haustür.

Als er weg war, ging Johanna durch das gesamte Haus, Parterre und erster Stock. Sie versuchte, es mit seinen Augen zu betrachten. Es war ihr nicht recht, dass Wolfgang Fritz seine Füße in jeden Raum gesetzt, sich alles angesehen und manches angefasst hatte. In Helenes Schlafzimmer setzte sie sich auf das Bett, zog die Schublade des Nachttischs auf und holte das Foto der unbekannten Frau hervor. Sie betrachtete es lange. Auf der Rückseite stand nichts, kein Name, keine Bemerkung, kein Datum.

Sie legte das Foto wieder zurück in die Schublade, ging nach unten ins Wohnzimmer und besah sich die Bücherregale genauer. Das schwarz-weiße Familienfoto, das die beiden Schwestern zusammen mit ihrer Mutter zeigte. Helenes melancholischer Blick, Johannas selbstbewusste Mutter. Die strengen Züge der Großmutter. Aber es war nicht das einzige Foto im Bücherregal. Es gab noch ein anderes, auf das Johanna zuvor nicht geachtet hatte.

Ein gerahmtes Porträt, das an Buchrücken gelehnt war. Die fotografierte Frau sah so aus wie die in der Nachttischschublade. Johanna ging nach oben und holte das Bild. Dieselbe Frau, ganz ohne Zweifel, nur war sie auf dem Porträt im Wohnzimmer etliche Jahre älter und bei diesem Bild handelte es sich nicht um einen Schnappschuss wie bei dem Frühlingsfoto auf der Wiese mit blühenden Obstbäumen, sondern um ein professionelles Bild, wahrscheinlich von einem Fotografen gemacht. Die unbekannte Frau blickte hier ernst, nur die Andeutung eines Lächelns umspielte ihren Mund.

Johanna legte beide Fotos, das gerahmte und das mit der Frühlingswiese, auf den Tisch. Dann rief sie Ines an. Es war ihr inzwischen zur Gewohnheit geworden; in regelmäßigen Abständen rief sie Ines' Handy oder bei ihr zu Hause an und rechnete gar nicht mehr damit, dass das Mobiltelefon eingeschaltet war oder Ines zu Hause den Hörer abnahm. Ines erschien ihr so weit entfernt, dass sie wahrscheinlich einen höllischen Schreck bekäme, wenn sie plötzlich ihre Stimme hören würde.

Während es klingelte und sich schließlich der Anrufbeantworter einschaltete, sah sie auf die Uhr. Es war erst kurz nach drei am Nachmittag, Ines wäre ohnehin nicht zu Hause, sondern bei der Arbeit. »Ich mag es nicht, wenn du mich im Büro anrufst«, hatte Johanna ihre Stimme im Ohr. Warum eigentlich nicht? Andere Menschen würden sich darüber freuen, die Stimme der Liebsten bei der Arbeit zu hören. Sie legte das Telefon weg, ging ein paar Schritte im Wohnzimmer umher, zurück zum Telefon, nahm es in die Hand, legte es wieder weg. Sie öffnete die Terrassentür und trat nach draußen. Sie rief so ungern im Architekturbüro an, dass sie es nur äußerst selten tat und sich jedes Mal dazu überwinden musste. Sie konnte die Sekretärin einfach nicht leiden und es beruhte garantiert auf Gegenseitigkeit. Allerdings hatte die Sekretärin damit begonnen, nicht sie. Von Anfang an war Johanna unfreundlich von ihr behandelt worden, sogar herablassend, ohne dass sie sich jemals hätte erklären können, woran es lag. Mit Ines verbunden zu werden, erschien ihr immer wie ein großer Akt der Gnade, die sie gar nicht verdient hatte.

In Ines' Büro anzurufen, fühlte sich heute anders an als in den ganzen zwei Jahren davor. Heute war es Johanna gleichgültig, wie die Sekretärin sie behandeln und dass Ines mit Sicherheit – angeblich – nicht da sein würde. Katharina Gessler saß auch in diesem Büro und diese Vorstellung stimmte Johanna heiter. Sie würde die vorhersehbare Reaktion der Sekretärin an sich abprallen lassen, ohne dass es ihr heute etwas ausmachte. Sollte Johanna sie verwirren und nicht nach Ines fragen, sondern darum bitten, mit Katharina zu sprechen? Nein, sie würde bis zu dem verabredeten Telefon-Termin am frühen Abend warten. Schon jetzt freute Johanna sich darauf. Der Höhepunkt des Tages. Hoffentlich vergaß sie nichts von dem, was sie Katharina erzählen wollte.

Nach dem dritten Klingeln meldete sich die Sekretärin.

»Hallo, hier ist Johanna Fink. Ist Ines zufällig gerade zu sprechen?« Bevor die Sekretärin etwas erwidern konnte, schob sie schnell hinterher: »Bei meinem

Pech wahrscheinlich nicht. Sie ist ja in letzter Zeit meistens nicht zu sprechen.«

Johanna erwartete, schroff abgewiesen zu werden wie immer, sobald sie ihren Namen genannt hatte. Ihr verfluchter Name. Fink. Buchfink. Mistfink. Die Erfahrung lehrte es. Gleich würde die Sekretärin – vielleicht ein wenig süffisant – sagen: Ines ist leider nicht da. Hat einen Außentermin. Ist in einer Besprechung.

Doch ihre Stimme war heute auffallend leise. Johanna musste an ein verschrecktes kleines Tierchen mit ängstlichen Augen denken, das sich versteckte.

»Haben Sie noch nichts davon gehört?«, fragte die Sekretärin mit dieser fremden, kleinen Stimme.

In Ines' Architekturbüro duzten sich alle. Auch Angehörige und Freunde der Mitarbeiter wurden familiär geduzt. Nur Johanna wurde von der Sekretärin beharrlich gesiezt, was sie nie als Höflichkeit empfunden hatte, sondern als eine besonders subtile Form der Geringschätzung. Eine Weile hätte Johanna es als höchste Auszeichnung empfunden, von ihr mit einem »Du« bedacht zu werden – als wäre sie damit geadelt und in die Familie aufgenommen.

»Wovon gehört?«

»Von Katharina. Katharina Gessler. Heute arbeitet hier niemand normal und Ines ist auch nicht da.« Sie fing an zu weinen. »Eigentlich bin nur ich da … jemand muss ja die Stellung halten.«

Heute arbeitete niemand normal? Ines nicht da? Jemand musste die Stellung halten? Wovon sprach sie?

»Katharina?«, fragte Johanna verwirrt. »Was ist denn mit ihr?«

Die Sekretärin antwortete nicht, schluchzte stattdessen ins Telefon.

»Was ist denn los?«, fragte Johanna. »Was ist mit Katharina?«

»Sie ist … Katharina ist …«

Die Sekretärin, die Johanna sonst kühl und so schnell wie möglich abwimmelte, weinte nun hemmungslos in den Hörer. Das Weinen machte sie plötzlich so menschlich. Tränen bedeuteten unvermeidlich Nähe und damit hätte Johanna am allerwenigsten gerechnet.

»Aber was ist denn los?«, wiederholte sie.

»Gestern … Katharina hatte gestern … Unfall …«

»Katharina hatte einen Unfall?« Jetzt war Johanna alarmiert.

»Kann das … gar nicht glauben … Gestern war doch alles noch gut … warum kann es nicht weiter gut sein? Gestern war doch noch … alles normal … wir sind alle … entsetzt … keiner da … nur ich … niemand kann es glauben …«

»Hören Sie«, sagte Johanna, »ich weiß davon nichts. Was für einen Unfall hatte Katharina?«

Ein Verkehrsunfall. Katharina war abends mit dem Auto zum Büro gefahren. Oder mit dem Fahrrad. In Berlin verunglückte nahezu jeden Tag ein Radfahrer und geriet im wahrsten Sinne des Wortes unter die Räder. Meistens unter die Räder eines rechts abbiegenden LKWs.

»Jetzt sagen Sie mir doch bitte endlich, was mit Katharina ist!«

»Katharina ist … Baugerüst … in Mitte …«

Die Sekretärin hatte wieder zu weinen begonnen; Johanna hörte, wie sie im Hintergrund mit einem Taschentuch raschelte und konnte sich ihre geröteten Augen vorstellen, das Brennen darin. Sie weinte so heftig, dass sie sicher dringend ein Taschentuch brauchte.

»Was ist mit ihr?«, fragte Johanna.

»Sie ist tot. Katharina ist tot.«

14

Nein, das war nicht möglich. Das konnte einfach nicht wahr sein. Johanna musste sich verhört haben. Die Sekretärin hatte etwas ganz anderes gesagt, nicht das, nicht dieses Wort – *tot.* Katharina lag bestimmt im Krankenhaus und wäre bald wieder gesund. Gestern hatte Johanna doch noch mit ihr telefoniert. Sich den ganzen heutigen Tag darauf gefreut, es am Abend ein weiteres Mal zu tun. Sich schon ausgemalt, was sie ihr alles erzählen würde. Von dem Gewölbekeller, der vom Haus aus nicht zu erreichen war. Von dem schwitzenden Makler. Von der unheimlichen Frau, die ihr draußen auflauerte. Und von Angelika Fleiß, den beiden Kommissaren und allen anderen Vorkommnissen in diesem Ort.

Der gewöhnlich unfreundlichen Sekretärin zum Trotz war Johanna versucht, noch einmal im Architekturbüro anzurufen – als ließe sich dadurch alles ungeschehen machen. Als hätte Katharina dann keinen Unfall gehabt. Die Sekretärin würde diesmal nicht in Tränen ausbrechen, sondern wäre so vertraut abweisend wie immer. Als könnte mit einem weiteren Anruf alles noch einmal von vorne beginnen, jetzt aber mit gutem Ausgang. Das, was ihr die Sekretärin vorhin gesagt hatte, wäre nicht wahr. Johanna hätte es nur fantasiert. Geträumt. Weil der Tod sie hier überall umgab. Er war allgegenwärtig. Zuerst ihre Tante, dann der Vogel, schließlich Angelika Fleiß. Mit einem zweiten Anruf würde alles von vorne beginnen und Katharina und sie könnten da weitermachen, wo sie gestern Abend aufgehört hatten. Ihre Bekanntschaft stand doch erst am Anfang und sie versprach so viel.

Katharina Gessler war tot. Erst langsam gelangte diese Tatsache in Johannas Bewusstsein. Katharina war vom Baugerüst des Neubaus in Berlin-Mitte gestürzt, so viel hatte die Sekretärin Johanna noch verraten, bevor sie sich weinend entschuldigt und mitten im Satz aufgelegt hatte. Sie hatte sich tatsächlich bei Johanna entschuldigt, das war noch nie vorgekommen. Das Architekturbüro hatte das Gebäude entworfen und führte nun die Bauaufsicht. Der Rohbau war inzwischen fertiggestellt. Ines hatte Johanna oft vorgeschwärmt, wie gut sich das Haus in seine Umgebung einfügen würde, wie elegant und meisterhaft es alte mit neuen Elementen kombiniere. Sie hatte es ihr immer zeigen wollen, wozu es aber nie gekommen war. Würde Johanna das Gebäude jetzt noch sehen wollen? Ines hatte von den Scharen von Tauben gesprochen, die im Rohbau umherflatterten, von behelfsmäßigen oder ganz fehlenden Treppengeländern. Es hatte wie ein wilder, aufregender Abenteuerspielplatz geklungen.

Katharina musste die Örtlichkeiten doch gekannt haben. Sie musste über alle ungesicherten Fenster- und Türöffnungen, hinter denen sich der gähnende Abgrund auftat, Bescheid gewusst haben. War sie im Dunkeln ausgerutscht? Über ein liegen gebliebenes Werkzeug gestolpert? Niemand im Büro wusste, was sie dort so spät noch gewollt hatte. Um diese Zeit waren längst alle weg, die Arbeiter, der Polier. Katharina hatte weder die Kollegen noch den Chef über ihre Absichten informiert. Ihr abendlicher Ausflug war allen ein Rätsel. Und hatte sie nicht auch Johanna erzählt, sie wolle noch einmal ins Büro? Ins Büro, nicht auf die Baustelle. Vielleicht wollte sie noch etwas kontrollieren, hatte die Sekretärin vermutet. Katharina sei ja so gewissenhaft gewesen.

Abgesehen vom Tod ihres Vaters konnte Johanna sich nicht an einen solchen Verlust erinnern. Im Laufe ihres Lebens hatte sie etliche Liebschaften verloren, aber das war nicht vergleichbar, auch wenn es ihr jedes Mal wie der Tod vorgekommen war. Was für eine unreife und selbstsüchtige Sichtweise. Das Ende einer Liebe bedeutete das Ende einer Liebe, es verursachte Schmerz, von dem Johanna jedes Mal geglaubt hatte, sie könnte ihn nicht ertragen, er würde nie aufhören – aber es war nicht der Tod. Der Tod war das, was außer ihm niemandem gelang: Ewig.

All das, was Katharina Gessler gedacht, gefühlt und gewusst hatte, war nun mit einem Schlag ausgelöscht und Johanna würde es nicht mehr erfahren. Katharinas Gehirn dachte, fühlte und wusste nichts mehr. Johanna könnte nicht mehr mit ihr reden – nie mehr –, sie heute Abend nicht anrufen, nicht den Versuch wagen, sie hierher einzuladen.

Es klingelte an der Haustür und sie schrak zusammen. Sie wollte jetzt keinen Besuch und konnte sich auch nicht vorstellen, wer es war. Wolfgang Fritz war schon hier gewesen. Hoffentlich nicht Christiane Holzapfel. Johanna wollte sie jetzt nicht sehen. Sie blieb zunächst sitzen, rührte sich nicht. Doch es klingelte erneut, diesmal länger, als nähme draußen jemand den Finger einfach nicht mehr vom Klingelknopf, um sie zu quälen. Johanna stand auf, ging in den Flur und öffnete die Tür. Hartmann und Wagner standen vor ihr.

»Hallo, Frau Fink«, sagte Hartmann. »Wir haben uns nicht angemeldet, aber dürfen wir trotzdem einen Moment reinkommen?«

Wagner nickte ihr nur kaum merklich zu, auf eine Weise, die besagte, dass er auf ihren Anblick verzichten konnte, und betrachtete skeptisch die verunstaltete gelbe Haustür.

Johanna ließ die beiden wortlos eintreten. Sie kümmerte sich nicht darum, die Tür zu schließen; Wagner erledigte es für sie. Sie ging voran in Richtung Küche. Die beiden Kommissare folgten ihr.

In der Küche wies sie auf die Stühle. »Bitte«, sagte sie.

Die Polizisten setzten sich.

»Und Sie?«, fragte Wagner. »Wollen Sie lieber stehen?«

»Ja.« Johanna wandte den beiden den Rücken zu und goss sich ein Glas Leitungswasser ein. Ihre Hand zitterte.

Hartmann räusperte sich. »Wir wollten Ihnen nur kurz Bericht erstatten«, sagte er.

»Ist das so üblich?«, fragte Johanna, noch immer mit dem Rücken zu ihnen.

»Nicht unbedingt«, antwortete Hartmann. »Aber in diesem Fall … Wir dachten, dass es Sie vielleicht interessiert, was sich im Tötungsdelikt Fleiß bislang ergeben hat. Immerhin ist es vor Ihrer Haustür passiert.«

»Wenn ich mich recht entsinne, legt Frau Fink Wert darauf, dass es nicht *ihre* Haustür ist«, wandte Wagner mit einem schnippischen Unterton ein.

»Vor der Haustür Ihrer verstorbenen Tante«, korrigierte sich Hartmann.

Johanna erwiderte nichts. Es war unhöflich, den beiden noch länger den Rücken zuzukehren. Sie drehte sich langsam um. Hartmann und Wagner sahen sie an. Sie blickte auf das Stillleben mit Obst, das über Wagners Kopf hing, fixierte einen sehr reifen Apfel, dann die Trauben.

»Wir haben uns zunächst auf Angelika Fleiß' Ehemann konzentriert«, fuhr Hartmann unbeirrt fort.

Johanna musste das Wasserglas abstellen, weil ihre Hand zu stark zitterte. Wo blieben die Tränen für Katharina Gessler? Im Augenblick fühlte sie nichts, keine Trauer, nur lähmendes, stumpfes Entsetzen. Wagner beobachtete sie unentwegt, als registrierte er jede ihrer kleinsten Regungen. Seine Augen wanderten zwischen ihren Händen, mit denen sie sich an der Arbeitsplatte festhielt, und ihrem Gesicht hin und her. Normalerweise hätte Johanna sich unwohl gefühlt, aber jetzt war es ihr gleichgültig. Sollte Hauptkommissar Wagner doch von ihr denken, was er wollte.

»Herr Fleiß ist am Boden zerstört«, sagte Hartmann. »Er kann fast nicht mehr für sich selbst sorgen.«

Wie Hartmann und Wagner wohl mit Vornamen hießen? Johanna fragte sich, welche Namen zu ihnen passen würden, doch es fielen ihr keine ein. Sie hatten ihre Polizeiausweise präsentiert, als sie das erste Mal hier gewesen waren, aber an dem Tag hatte sie nicht richtig hingesehen.

»Und wer kümmert sich dann um die Kinder?«, fragte Johanna, die sich daran erinnerte, dass Christiane Holzapfel von drei Kindern gesprochen hatte, zwei schulpflichtige und ein erwachsener Sohn, der nicht mehr hier lebte.

»Sie sind bei den Großeltern«, sagte Hartmann. »Das ist im Moment wohl auch besser so.«

Johanna hatte den beiden Polizisten bisher keinen Kaffee angeboten und sie würde es an diesem Tag auch nicht tun. Warum waren sie überhaupt hier? Johanna konnte sich nicht vorstellen, dass sie mit ihr über die Ermittlungsergebnisse plaudern wollten. Sie waren unwirklich, wie die Gestalten eines Traums, mit verwaschenen Konturen. Alles um sie herum war unwirklich, die Küchenstühle, der Tisch mit der geblümten Tischdecke, das Stillleben an der Wand, Äpfel, Birnen und Trauben schienen sich zu bewegen, das Quieken eines Schweins, das von draußen zu hören war. Quiekten sie eigentlich nur, wenn sie geschlachtet wurden? Oder auch bei erfreulicheren Gelegenheiten, wenn sich die Stalltür öffnete und das Futter nahte? Johannas Knie tat nicht mehr weh, wie sie feststellte. Sie hatte es vorübergehend ganz vergessen. Hatte Katharina noch etwas gespürt, als sie auf dem Boden aufgeschlagen war? Zerschmetterte Knochen? Schmerz? Angst? Oder war alles in einem Atemzug vorbei gewesen? Johanna hatte noch ihre angenehme Stimme im Ohr, ganz deutlich, ihre Stimme, die sagte: »Bis morgen«.

»Frau Fink, hören Sie uns zu?«, fragte Hartmann sanft. »Sie wirken so abwesend.«

»Was? Ach so, ja, natürlich höre ich Ihnen zu. Sie haben gesagt, dass die Kinder von Angelika Fleiß bei den Großeltern sind.«

Hartmann und Wagner sollten verschwinden. Sie

in Ruhe lassen. Warum erzählten sie ihr etwas von Angelika Fleiß' Ehemann? Johanna kannte ihn doch gar nicht. Ebenso wenig, wie sie Angelika Fleiß gekannt hatte.

Wagner stand auf und schon hoffte sie, Hartmann würde es ihm gleich nachtun, sie würden sich wieder verabschieden. Doch Wagner ging mit ernster Miene von der Küche ins Wohnzimmer. Johanna folgte ihm. Im Wohnzimmer öffnete er die Terrassentür und trat nach draußen.

»Ich darf doch?«, sagte er.

Ich werde ihn kaum davon abhalten können, dachte Johanna. Und dann fielen ihr die Kreideumrisse der Leiche ein, ihr Entfernen, ohne dass sie sich vorher erkundigt hatte, ob es gestattet war.

»Die Umrisse des Opfers sind ja nicht mehr da«, sagte Wagner auch im nächsten Moment, nachdem er einen Blick auf die Steinplatten am Boden geworfen hatte.

»Ach«, sagte Johanna, »wirklich? Das ist mir noch gar nicht aufgefallen. War wohl der Regen. Das Gewitter neulich.«

Wagner sah sie zweifelnd an. »Das ist Ihnen also gar nicht aufgefallen?«

»Ich bin kaum hier draußen.«

Wagner ging in die Hocke und inspizierte die Stelle, an der die Tote gelegen hatte, strich über die Steinplatten. »Ja«, sagte er, ohne sie dabei anzusehen, »bestimmt war das der Regen.« Dann erhob er sich wieder, holte einen Schlüssel aus seiner Jackentasche und hielt ihn hoch. »Diesen Schlüssel haben wir in der Manteltasche der Toten gefunden«, sagte er. »Wir können ihn nicht zuordnen. Vielleicht können Sie uns ja helfen?«

»Hatte Angelika Fleiß nur diesen einen Schlüssel dabei?«, fragte Johanna.

»Nein, auch einen Schlüsselbund mit Schlüsseln zu ihrem eigenen Haus. Das haben wir überprüft. Nur mit diesem hier können wir nichts anfangen.« Er hielt ihn noch einmal hoch, die Aufforderung für Johanna, sich ihn anzusehen.

»Und warum sollte ausgerechnet ich wissen, was für ein Schlüssel das ist?«, fragte sie.

»Möglicherweise gehört er ja zu diesem Haus«, sagte Wagner. »Eine andere Erklärung haben wir nicht. Frau Fleiß hat ja immerhin für Ihre Tante gearbeitet – übrigens schwarz – und Sie haben angegeben, dass sie einen Schlüssel für das Haus hatte. Moment …« Er holte sein Notizbuch aus der Jackentasche, blätterte darin herum und fuhr dann fort: »Sie haben angegeben, dass Frau Fleiß einen Schlüssel hatte, den sie Ihnen aber nicht zurückgegeben hat.«

»Das ist richtig«, sagte Johanna. »Den Schlüssel habe ich übrigens immer noch nicht. Aber der da«, sie zeigte auf den Schlüssel in Wagners Hand, »sieht nicht so aus wie der Haustürschlüssel. Darf ich mal?«

Er gab ihr den Schlüssel und sie betrachtete ihn eine Weile. Inzwischen war auch Hartmann auf die Terrasse gekommen.

»Ich bin mir nicht sicher«, sagte Johanna, »aber es könnte der Schlüssel zum Keller sein. Obwohl ich nicht wüsste, warum Angelika Fleiß ausgerechnet den Kellerschlüssel in der Tasche gehabt haben soll. Da unten ist nur Werkzeug. Ein Fahrrad. Der Öltank.

Ein paar Flaschen Wein. Sie wollte wohl kaum nachts Weinflaschen aus dem Keller meiner Tante holen.«

Johanna wusste plötzlich, was der Ausdruck »neben sich stehen« bedeutete, erfuhr es am eigenen Leib. Sie sprach mit den Kommissaren und soweit sie es beurteilen konnte, klang ihre Stimme ganz normal. Aber es war, als beobachtete sie die kleine Szene auf Helenes Terrasse nur. Als befände sie sich ganz woanders und würde nicht aktiv daran teilnehmen. Sie hielt den Schlüssel noch in der Hand. Sehr wenig, um sich daran festzuhalten. Die Gesichter der Kommissare verschwammen, Hartmanns gutmütiges, Wagners skeptisches, und sie musste sich auf einen der schmutzigen Plastikstühle setzen.

»Ist Ihnen nicht gut?«, fragte Hartmann und berührte sie am Arm.

Sie spürte den leichten Druck, wusste nicht, ob sie die Berührung als angenehm oder aufdringlich empfand. Links von ihr stand Wagner, rechts, etwas näher, Hartmann. Beide sahen auf sie herab.

»Zu viel Kaffee und zu wenig gegessen«, sagte Johanna, um ihnen eine Erklärung zu bieten. Sie legte den Schlüssel vor sich auf den Holztisch und stand vorsichtig auf. »Warum wollten Sie den Keller bislang eigentlich nicht sehen?«, fragte sie dann – auch, um von sich abzulenken. An dem Tag, als sie die tote Angelika Fleiß gefunden hatte, hatten sich die Männer in den weißen Overalls anschließend wie ausschwärmende Insekten über Terrasse und Garten hergemacht, hatten so gewirkt, als würden sie unter jedes einzelne braune Herbstblatt sehen. Hartmann hatte später betont, leicht pikiert, wie gründlich sie ihre Arbeit verrichteten. Aber trotz ihrer angeblichen Gründlichkeit hatten sie die Tür zum Keller nicht beachtet, hatten dahinter vielleicht nur einen staubigen Geräteschuppen vermutet wie sie selbst.

»Den Keller?«, fragte Hartmann.

»Man erreicht ihn nur von außen. Ich selbst habe ihn erst heute entdeckt.« Johanna zeigte zu der weiß lackierten Stahltür. »Da ist der Eingang.«

Beide drehten den Kopf zur Tür.

»Nun, wir haben ihn als nicht wichtig für unsere Ermittlungen erachtet«, sagte Wagner und errötete leicht. Er nahm den Schlüssel vom Tisch und ging zur Tür. Der Schlüssel passte. Wagner spähte in die Dunkelheit. »Das müssen wir noch untersuchen«, sagte er.

»Muss das heute sein?«, fragte Johanna.

»Wieso fragen Sie?«

»Ich wäre jetzt ehrlich gesagt gerne … ich hätte gerne meine Ruhe.«

Die Polizisten sahen sie an, schienen auf eine Erklärung zu warten.

War Johanna diesen beiden fremden Männern denn eine Erklärung schuldig? Bloß weil sie vor einigen Tagen zufällig dort gewesen war, wo Angelika Fleiß gelegen hatte? Das Tötungsdelikt Fleiß. Hartmanns und Wagners Fall.

»Mir geht es heute nicht besonders gut«, sagte sie. Die Polizisten sollten verschwinden.

»Soweit ich das überblicken kann, müssen Sie nicht anwesend sein«, sagte Hartmann.

Wagner hatte inzwischen den Lichtschalter an der Wand gefunden, schaltete trotzdem seine Taschenlampe ein und stieg die Treppe zum Keller hinab. Er schien jetzt im Jagdfieber zu sein und Johanna vorübergehend vergessen zu haben, was ihr nur recht war.

»Da unten gibt's nicht viel zu sehen«, sagte sie zu Hartmann. »Sie haben ja sicher bemerkt, dass Sie den Garten auch wieder verlassen können, ohne durchs Haus zu gehen. Darf ich mich dann verabschieden?«

»Ja, natürlich, wir wollen Sie auch nicht weiter belästigen«, sagte Hartmann und reichte ihr die Hand. »Sie hören von uns.«

Johanna ging zur Terrassentür und drehte sich noch einmal um, bevor sie das Wohnzimmer betrat. »Schließen Sie bitte die Kellertür wieder ab, wenn Sie gehen?«

»Ja, das machen wir, keine Sorge. Sagen Sie, noch eine Frage, was haben Sie da eigentlich im Gesicht?«

»Im Gesicht?«

»Ja, im Gesicht.« Hartmann strich sich über beide Wangen und lachte. »Wollen Sie das Haus renovieren?«

Im Gesicht? Was war mit ihrem Gesicht? Ohne zu antworten, ging Johanna ins Haus, schloss die Terrassentür und zog die Vorhänge zu.

Oben im Badezimmer blickte sie in den Spiegel und sah, worauf Hartmann angespielt hatte. Ihr Gesicht war von vielen kleinen gelben Lackspritzern übersät. So war sie zuerst Wolfgang Fritz und danach den Polizisten gegenübergetreten.

Sie wusch sich gründlich das Gesicht. Dann setzte sie sich auf den kleinen Hocker im Badezimmer, stierte vor sich hin, wartete.

Worauf? Dass die beiden Kommissare verschwanden. Dass sie ihr Auto wegfahren hörte. Dass es nicht wahr wäre, was die Sekretärin des Architekturbüros gesagt hatte. Dass wenigstens zu Hause in Berlin alles beim Alten wäre.

Bald würde es schon wieder dunkel werden. Johanna ging nach unten, nahm eine Tasche und ihr Geld, zog sich Schuhe und Jacke an und verließ das Haus. Sie brauchte nichts, doch sie hatte das Gefühl, eine alltägliche Tätigkeit wie Einkaufen würde sie in die Wirklichkeit zurückbringen. In der Nähe des Hauses stand ein dunkelblauer Wagen. Ob Hartmann und Wagner damit gekommen waren und sich immer noch im Keller aufhielten?

Unterwegs fragte sie sich, wie viel Zeit ein durchschnittlicher Mensch benötigte, um den Tod zu begreifen und ob er schon zu ihrem Verstand vorgedrungen war. Begriff man den Tod sofort? Nach einem Tag, wenn man das erste Mal mit dem neuen, schrecklichen Wissen wach wurde? Nach einem Monat? Als Johannas Vater gestorben war, hatte sie es sofort verstanden. Im Unterschied zu Katharina Gessler war er aber lange krank gewesen, sein Tod absehbar.

An der Brottheke bei Nägele verlangte sie eine Seele. Sie hatte Katharina doch versprochen, eine zweite zu kaufen und auf ihre Qualität zu achten.

»Eine Seele bitte«, sagte sie.

»Ja, gerne. Sie sind wohl auf den Geschmack gekommen?« Die Verkäuferin lachte, nahm mit bloßen Fingern, ohne Handschuh oder Zange, eine Seele und wollte sie in eine Tüte stecken.

Johannas Hals tat plötzlich weh, ihre Kehle war

ganz eng. Nein, ich kann das nicht essen, dachte sie. Ich kann es nicht einmal ansehen. Ich werde Katharina nicht mehr erzählen können, wie die Seele geschmeckt hat.

»Entschuldigung, ich möchte doch keine. Entschuldigung, es tut mir leid.«

Die Verkäuferin legte die Seele wieder zurück zu den anderen.

»Beim nächsten Mal wissen Sie aber vorher, was Sie wollen und was nicht«, sagte sie streng.

Mit einer Zeitung, zwei Äpfeln, Käse und einem halben Brot verließ Johanna den Laden wieder. Unterwegs begegnete ihr niemand, nicht die unheimliche Frau, nicht die Kinder von gestern. Nur die alte Frau, der sie beim Transport des Brennholzes geholfen hatte, lief ihr über den Weg, kurz bevor sie Helenes Haus erreicht hatte.

»Ach, die nette junge Frau mit dem Spreißel«, sagte sie. Sie schien immer geblümte Schürzen zu tragen. »Sie haben Ihren Finger doch hoffentlich gleich versorgt, oder?«

»Ja, das habe ich«, sagte Johanna. »Alles in Ordnung.«

»Ich bin Ihnen ja so dankbar«, sagte die Frau. »Und das Holz wird eine ganze Weile reichen.«

»Nichts zu danken.«

»Und Sie sind jetzt wohl im Haus Ihrer Tante?«, fragte die Frau.

»Ja, genau. Ich soll es verkaufen. Vorher muss ich es ausräumen lassen, die Möbel und das ganze Zeug.«

»Ach, Ihre Tante …«, sagte die Frau.

»Was ist mit meiner Tante?«

»Nichts, gar nichts. Sie haben sie nicht so gut gekannt, oder?«

»Nein, leider nicht. Ich habe sie das letzte Mal als Kind gesehen.«

Johanna erwartete erneute Vorhaltungen darüber, dass sie sich zu ihren Lebzeiten nicht um Helene gekümmert hatte, wie von Angelika Fleiß, doch sie blieben aus.

»Ich mochte die Helene Leinweber gern«, sagte die Frau. »Das war aber nicht bei allen im Ort so.«

»Wieso?«, fragte Johanna. »Was war denn mit ihr?«

»Ach, Gerede. Sie wissen schon. Es wird ja so viel geredet. Die Helene hat sich immer so nett mit mir unterhalten. Und sie hat mir auch manchmal geholfen, genauso wie Sie gestern. Muss wohl im Blut liegen. Sie sind ja ihre Nichte. Ach. Helene ist viel zu früh gegangen. Haben Sie vielleicht meinen Willy gesehen?«

»Willy?«, fragte Johanna. »Wer ist Willy?«

»Na, mein Kater«, antwortete die Frau, als müssten darüber alle Bescheid wissen. »Ein roter. Ein schönes Tier. Willy. Wegen dem Willy Brandt.« Sie lachte verschämt. »Den mochte ich gut leiden.«

»Nein, ich habe hier nur schwarze Katzen gesehen«, sagte Johanna. »Aber wenn ich ihn sehe, sage ich Ihnen Bescheid.«

»O ja, das wäre nett. Ich mache mir nämlich Sorgen. Wissen Sie, er ist ja schon oft weggeblieben. Aber so lange? Adele.«

Der dunkelblaue Wagen war nicht mehr da. Hartmann und Wagner hoffentlich auch nicht. Johanna wollte gerade die Haustür aufschließen und drehte sich aus einer Eingebung heraus kurz um, als verspürte sie ein leichtes Kitzeln im Nacken. Da war sie wieder. Die unheimliche Frau stand an der nächsten Straßenbiegung. Johanna legte die Tasche mit den Einkäufen vor die Tür – hier würde sie ja sicher niemand stehlen – und ging forsch und mit zügigen Schritten in ihre Richtung.

Und dann? Was wollte sie ihr denn sagen? Sie musste sich doch zuerst überlegen, was sie ihr sagen sollte. Ihr Kopf war mit einem Mal ganz leer. Kein einziger Satz befand sich darin, nicht einmal ein Wort. Nur noch wenige Schritte, dann hätte sie sie erreicht. Sie würde sagen: Was wollen Sie eigentlich von mir? Warum stehen Sie überall dort herum, wo ich auch bin? Plötzlich war sie von Wut angetrieben. Ihr würde schon etwas einfallen. Ihr würde schon noch etwas einfallen, wenn sie erst einmal vor ihr stünde. Sie kam der unheimlichen Frau so nah, dass sie glaubte, ihre Augenfarbe erkennen zu können – blau –, den Schwung ihrer Wimpern, die Form ihrer Ohren. Doch kurz bevor Johanna sie erreichte, drehte die andere sich um und ging in die andere Richtung davon.

»He!«, rief Johanna schwach. »He, Sie, hören Sie …« – aber sie sprach nicht weiter.

Sie wartete nicht ab, ob die andere ihr antworten, sich vielleicht umdrehen würde, sondern ging zurück zu Helenes Haus. Die alte Frau, die Willy vermisste, war nicht mehr zu sehen. Die Tasche mit den Einkäufen lag noch immer vor der Tür mit dem dilettantischen gelben Anstrich, niemand hatte sie angerührt.

15

Johanna hatte dauernd Angst. Auch die Fassungslosigkeit über Katharinas Tod vermochte nicht davon abzulenken, im Gegenteil, verstärkte sie noch. Johanna hatte beim Kochen Angst, wenn sie die laut dröhnende Dunstabzugshaube einschaltete. Wenn der Fernseher im Wohnzimmer lief. Bei jedem Geräusch, das übertönen könnte, dass jemand ins Haus eindrang. Oder schon längst darin war. Gleich um die nächste Ecke geschlichen käme. Aus dem Flur.

Wollte sie überhaupt kochen? Etwas essen? Sie hatte Katharina Gessler kaum gekannt, aber ihr Tod bewirkte, dass Johanna sich nun völlig allein gelassen fühlte. Seit ihrer Ankunft in diesem Ort, diesem Haus, hatte sie sich so gefühlt, doch jetzt war es anders. Stärker. Quälender. Es gab tatsächlich eine Steigerung des Alleinseins, die Johanna nicht für möglich gehalten hätte. Ihr erster Abend in Helenes Haus, als sie geglaubt hatte, die Einsamkeit würde sie erdrücken, überwältigen, war nichts im Vergleich zur jetzigen Situation. Am ersten Abend war sie ein wenig trübsinnig gewesen, hatte sich unwohl gefühlt, weiter nichts. Jetzt war es so weit. Die düstere Prophezeiung ihrer Mutter. Johanna fühlte sich so allein wie niemals in ihrem ganzen Leben zuvor.

Katharina war tot. Angelika Fleiß war tot. Alles war innerhalb von nur drei Tagen geschehen. Nicht zu vergessen, auch Tante Helene lebte nicht mehr; ihr Tod hatte Johanna erst hierhin geführt. Doch Helenes

Tod, plötzliches Aussetzen des Herzens, war sicher der normalste von allen.

Johanna ging in den Garten, um zu überprüfen, ob Hartmann und Wagner auch wirklich die Kellertür abgeschlossen hatten. Dass sie um diese Zeit noch immer dort unten waren, wäre sehr unwahrscheinlich. Sie hatten einfach nicht auf die Kellertür geachtet, sie übersehen, wollten dieses Versäumnis aber nicht zugeben. Ein solches Eingeständnis rührte wohl an der Kriminalbeamtenehre.

Sie beschloss, doch etwas zu essen und setzte sich damit im Wohnzimmer vor den Fernseher. Sie nahm nicht wahr, was sie sah, ob es sich um Nachrichten, Werbung oder einen Film handelte, fand es aber beruhigend, menschliche Stimmen zu hören. Als der Ausdruck »ums Leben gekommen« fiel, schaltete sie schnell zu einem anderen Sender. Dort musste ein Haustier eingeschläfert werden, weil es sich »nur noch quälte«, und Johanna kamen die Tränen.

Was hatte die alte Frau, in deren Haus es nach Essen und Katze roch, eigentlich mit ihren Andeutungen über Helene gemeint?

Johanna sah auf die Uhr. Jetzt war die Zeit. Jetzt wäre sie zum Telefonieren mit Katharina Gessler verabredet. Sie würde es auch morgen um die gleiche Zeit denken. Sie würde denken: Jetzt wäre ich mit Katharina verabredet.

In diesem Moment klingelte das Telefon. Johannas Handy. Sie erstarrte, das Geräusch war ihr ganz fremd geworden. Dann stand sie langsam auf, wusste nicht mehr, wo das Gerät lag und musste es suchen, indem sie dem Ton nachging.

Es war Ines. Mit ihr hätte Johanna am allerwenigsten gerechnet. Die verschollen geglaubte Ines, mit der Johanna so lange nicht mehr gesprochen hatte. Wann war das letzte Mal gewesen? Es musste in einem anderen Leben gewesen sein. Seit Tagen wartete Johanna auf Ines' Stimme. Tage, die ihr unendlich erschienen waren. Sie hatte Ines' Stimme so schmerzhaft herbeigesehnt, ihre Anwesenheit, hatte geglaubt, es ohne sie nicht auszuhalten.

Jetzt war es plötzlich ganz schal. Johanna sollte sich freuen, zumindest erleichtert sein, aber sie empfand nichts dergleichen. Ihr Herzschlag blieb ruhig.

»Hallo«, sagte sie. »Wie schön, dass du dich auch mal meldest.«

Ines ging nicht auf den giftigen Unterton ein, mit dem sie begrüßt wurde, bemerkte ihn vielleicht nicht einmal, sondern redete gleich drauflos. »Johanna, ich bin völlig schockiert«, sagte sie. »Du kannst dir gar nicht vorstellen, was passiert ist. Mit Katharina. Katharina, du weißt schon, meine Kollegin. Du kennst Katharina doch. Es ist so furchtbar, Johanna.«

»Ich weiß, was passiert ist«, sagte Johanna.

»Was? Wieso weißt du das schon? Katharina ist gestern …«

»Ich weiß, was gestern mit Katharina passiert ist«, unterbrach Johanna sie. Sie wollte es nicht hören. Nicht dieses Wort. Es sollte nicht ausgesprochen werden.

»Das verstehe ich nicht. Woher weißt du das denn? Es ist doch erst gestern …«

»Ich habe bei dir im Büro angerufen und eure Sekretärin hat es mir erzählt.«

»Du hast im Büro angerufen? Davon hat sie mir gar nichts gesagt. Weißt du, wir haben heute alle nicht gearbeitet. Wir sind alle schockiert.«

»Ich habe dich nicht nur einmal angerufen«, sagte Johanna. »Sondern mehrfach. Im Büro. Und bei dir zu Hause. Wieso hast du dich die ganze Zeit nicht bei mir gemeldet? Ich warte seit Tagen darauf, dass du mich zurückrufst. Du gehst nie ans Telefon und dein Handy ist fast immer ausgeschaltet.«

»Ja, tut mir leid«, sagte Ines. »Weißt du, es war einfach so viel los. Ich hätte dich schon noch angerufen. Du bist doch jetzt irgendwo da unten im Süden, oder? Wegen deiner Tante? Was war da noch mal los?«

»Meine Tante ist gestorben«, sagte Johanna.

»Ach so, ja, sicher.«

»Und ich muss mich um ihr Haus kümmern.«

»Ja, richtig«, sagte Ines, »davon hattest du ja auch erzählt.«

Es ist zwar nicht viel, dachte Johanna, aber wenigstens an etwas kann sie sich erinnern. Aber vielleicht täuscht sie es auch nur vor.

»Das mit Katharina …«, sagte Ines, »es ist so furchtbar.«

»Was hat sie denn eigentlich um diese Uhrzeit dort gewollt?«, fragte Johanna. »Ist das bei euch so üblich?«

Einen Moment überlegte sie, ob sie Ines erzählen sollte, dass sie gestern mit Katharina telefoniert hatte. Dass sie ihr keineswegs so unbekannt war, wie Ines glaubte. Dass sie den Kontakt zu Katharina aus dem Beweggrund gesucht hatte, etwas über sie, Ines, zu erfahren. Doch sie entschied sich dagegen.

»Quatsch, nein«, sagte Ines. »Wir arbeiten zwar alle viel, das weißt du ja auch, aber normalerweise nicht um diese Zeit. Ich habe keine Ahnung, was Katharina dort wollte. Niemand bei uns weiß das. In ihrem Kalender steht nichts und sie hat auch keinem Bescheid gesagt. Natürlich sind wir oft da, aber zu den üblichen Arbeitszeiten, nicht so spät. Es lag auch nichts Dringendes an. Nichts, was nicht bis zum nächsten Tag Zeit gehabt hätte.«

Sie schwiegen eine Weile. Vergeblich wartete Johanna auf ein Gefühl, das sich jetzt einstellen müsste. Freude. Erleichterung. Doch es blieb aus. Sie hatte so lange darauf gewartet, Ines' Stimme zu hören, dass alles Sehnen verbraucht war. Der einzige Wunsch, den sie verspürte, war der, möglichst rasch das Gespräch zu beenden. Sie hörte Ines atmen, konnte sich vorstellen, wie sie den Hörer von einem zum anderen Ohr wechselte, das tat sie immer, sie war ganz nah, als säße sie hier in Helenes Wohnzimmer, doch zugleich war sie weiter entfernt als je zuvor.

»Es ist so furchtbar«, wiederholte Ines. »Ich weiß gar nicht, wie es jetzt weitergehen soll. Das Projekt war unser gemeinsames. Ich kann gar nicht ohne sie arbeiten. Ich bin auf sie angewiesen.«

»Ich muss jetzt aufhören«, sagte Johanna. »Ich hab keine Zeit.«

»Was?«, sagte Ines. »Wir haben doch so lange nicht miteinander geredet! Freust du dich denn gar nicht, dass ich angerufen habe? Und wieso hast du keine Zeit? Was hast du denn da unten schon zu tun?« Sie lachte.

»Das geht dich nichts an«, erwiderte Johanna. »Aber natürlich freue ich mich, dass du angerufen hast.«

»Bis vor Kurzem ging es mich ja noch etwas an, was du tust«, sagte Ines. »Sag mal, das mit unserem Streit neulich, das ist doch jetzt nicht mehr wichtig, oder?«

»Nein, das ist nicht mehr wichtig.«

»Gut. Weißt du, ich hab es nämlich schon längst vergessen. Es war ja auch ziemlich albern, oder?«

»Ja, wahrscheinlich war es das. Ich rufe dich wieder an, in Ordnung?«

»Sicher, gut ... ich dachte nur ... ich dachte ...«

»Was dachtest du?«

»Na ja, dass du etwas länger Zeit für mich haben würdest. Aber es ist schon in Ordnung.«

»Bis bald«, sagte Johanna und trennte die Verbindung.

Später hörte sie eine von Helenes CDs und betrachtete die beiden Fotos der unbekannten Frau, die auf dem Wohnzimmertisch lagen, als sie einen Schatten im Garten bemerkte.

Die Vorhänge vor der Terrassentür hatte sie wieder aufgezogen, nachdem sie sicher gewesen war, dass Hartmann und Wagner das Grundstück verlassen hatten.

Zuerst dachte Johanna, sie hätte sich getäuscht. Aber der Schatten draußen war deutlich. Er hatte die Größe eines Menschen, keine Katze oder ein herumwehender Ast. Der Schatten bewegte sich.

War das die unheimliche Frau? Mit Beunruhigung hatte Johanna in den vergangenen Tagen an das gedacht, was sie heute auch den Kommissaren gesagt hatte: Der Garten war von der Straße aus zu erreichen.

Man musste nicht durch das Haus gehen, sondern brauchte draußen nur einen etwa kniehohen Zaun zu übersteigen. War es die unheimliche Frau, die jetzt auch nicht mehr davor zurückschreckte, auf Helenes Grundstück zu dringen? Bislang war sie zwar beständig in Johannas Nähe gewesen, hatte sich dabei aber immer in gebührendem Abstand zum Haus gehalten. Hatte Johanna heute Nachmittag Aggressionen in ihr ausgelöst, indem sie zu ihr gegangen war und sie angesprochen hatte? Hatte sie damit einen folgenschweren Fehler begangen? War dort draußen der Mörder, der Angelika Fleiß auf dem Gewissen hatte? Oder waren diese beiden Personen identisch – der Mörder und die unheimliche Frau? War Johanna jetzt an der Reihe? Und Tante Helene, war es bei ihr vielleicht gar kein Herzanfall gewesen? War sie umgebracht worden? Weil sie die unheimliche Frau gereizt hatte? Oftmals wurde die Todesursache nicht besonders gründlich untersucht, das war überall in der Zeitung zu lesen. Weil es lästig war, weil es niemanden wirklich interessierte, weil das Geld fehlte.

Jetzt hörte Johanna es auch rascheln. Jemand ging durch das Herbstlaub, das im Garten lag. Sie stand ganz langsam auf, wollte an die Terrassentür herantreten. Im ersten Moment hatte sie das Gefühl, als würden ihre Beine ihr den Dienst versagen, als gäbe es keine Verbindung zwischen dem Wunsch zu gehen und der Fähigkeit, es zu tun. Johanna begann zu schwitzen, obwohl es nicht übermäßig warm im Wohnzimmer war. Ihr Herz raste. Ihr Mund wurde trocken, wie ausgedörrt, die Zunge schien oben am Gaumen festzukleben. Johanna roch ihre eigene Angst.

Sie bemühte sich, ruhig und gleichmäßig zu atmen. Der Schatten war noch immer dort draußen. Als sie einigermaßen sicher war, dass ihre Beine ihr gehorchten, änderte sie die Richtung. Statt zur Terrassentür ging sie in die Küche. Dort suchte sie mit zitternden Händen das größte Messer, an das sie sich erinnern konnte. Sie wusste nicht mehr genau, wo es lag. Sie machte unnötige und laute Geräusche, die Schubladen, die sie viel zu fest öffnete und wieder schloss, das hektische Wühlen im Besteck. Etwas anderes als das größte Messer aus Helenes Küche fiel ihr nicht ein. Sie hatte nie einen dieser Frauenselbstverteidigungskurse besucht, was sie jetzt bitter bereute. Die vierzehnjährige Lisa Holzapfel, obgleich eine so schmale Person, wäre jetzt wahrscheinlich furchtloser als sie. Und besser gerüstet. War ein Messer überhaupt die richtige Waffe? Und würde Johanna es, wenn es hart auf hart käme, überhaupt einsetzen können?

Johannas Hand, die es hielt, zitterte erbärmlich. Sie würde dieses Messer sowieso nur dazu benutzen können, Karotten klein zu schneiden. Sie hatte sich noch nie in Lebensgefahr befunden. Doch dachte man im alltäglichen Dasein über eine Situation der Lebensgefahr nach? Sollte sie Hartmann oder Wagner anrufen? Doch wie lange würde es dauern, bis einer von ihnen hier wäre? Johannas Hand zitterte so stark, dass sie vermutlich niemanden mit dem Messer treffen würde; selbst wenn es eine sehr große und sehr breite Person wäre, würde sie sie verfehlen oder höchstens ihren Arm streifen. War die Gestalt draußen groß und breit? War es die unheimliche Frau? Würde sie die unheimliche Frau gleich mit dem Messer verletzen?

Johanna öffnete die Terrassentür. Gleich würde ihr das Herz aus der Brust springen. Das Adrenalin, das durch ihr Blut rauschte, löste Panik und Übelkeit aus. Wie hatte sie je an Tabletten denken können? An den Sprung aus dem Fenster? Sie war sich sicher, dass sie eins wollte: leben.

Die Gestalt draußen im Garten war zwar groß, aber nicht breit, und sie erschrak mindestens genauso wie Johanna.

Es war ein sehr junger Mann mit schulterlangen Haaren und einem unrasierten Gesicht.

»Wer sind Sie? Was wollen Sie hier? Was tun Sie nachts hier im Garten?« Johanna hörte, wie schrill ihre Stimme klang, viel zu hoch, als wollte sie die Sopranistinnen von Helenes CDs imitieren, womit sie aber kläglich scheiterte.

Sie hielt noch immer die Hand hoch, mit der sie den Griff des Messers fest umschloss. Die Spitze war auf den jungen Mann gerichtet.

»Ich … ich bin Martin …« Er erhob beide Hände und in seinem Gesicht sah Johanna ihre eigene Angst gespiegelt. »Martin Fleiß. Ich … ich wollte nur sehen, wo meine Mutter gestorben ist.«

»Sind Sie verrückt?«, sagte Johanna, immer noch mit dieser schrillen Stimme, die ihr selbst ganz fremd war. »Warum schleichen Sie nachts hier herum? Warum kommen Sie nicht tagsüber, sondern jetzt im Dunkeln? Warum haben Sie nicht einfach an der Tür geklingelt wie jeder normale Mensch auch?«

Sie standen noch genauso da – Martin Fleiß mit erhobenen Händen, die Handflächen zu Johanna gewandt, Johanna, die ihm das Küchenmesser entgegenstreckte, als wollte sie im nächsten Augenblick zustechen.

»Ja, Sie haben ja recht«, sagte Angelika Fleiß' Sohn. »Ich hätte tagsüber kommen sollen. Es tut mir leid. Ich wollte Sie nicht erschrecken. Wirklich nicht.«

Sie sahen sich an.

»Bitte ...«, sagte er, »das Messer ... könnten Sie es bitte wegnehmen?«

Langsam ließ Johanna das Messer sinken. Ihr Herzschlag normalisierte sich. Ihr Kreislauf sackte schlagartig nach unten. Plötzlich fühlte sie sich so erschöpft, dass sie am liebsten sofort eingeschlafen wäre.

Sie hatte keinen Zweifel daran, dass es sich wirklich um Angelika Fleiß' Sohn handelte, glaubte sogar, eine Ähnlichkeit mit seiner Mutter zu erkennen.

Sie bat ihn herein und er folgte ihr wortlos. Sie ließ ihn auf dem Sofa Platz nehmen und ging in die Küche. Dort legte sie das Messer auf die Arbeitsplatte und öffnete eine der Rotweinflaschen, die sie am Vormittag aus Helenes Keller geholt hatte. Es gelang ihr nur mit Mühe, denn ihre Hände zitterten immer noch.

Mit der Flasche und zwei Gläsern kehrte sie ins Wohnzimmer zurück. Sie stellte alles auf dem Couchtisch ab, neben den Fotos der unbekannten Frau, und goss ein.

»Hier, trinken Sie das«, sagte sie und reichte Martin Fleiß eines der Gläser.

Er nahm das Glas entgegen, bedankte sich artig, trank einen Schluck und begann zu weinen.

16

Johanna war ungerecht zu Ines gewesen und schämte sich dafür. Nachts, als sie in Helenes Gästebett lag, und morgens beim Aufwachen. Ines hatte ihre Kollegin verloren und Johanna nichts Besseres zu tun, als ihr Vorwürfe zu machen. Vorwürfe. Vergifteten sie nicht alle menschlichen Beziehungen? Angesichts des Todes war das alles so unwichtig geworden. Ob Ines sich einen oder zwei oder fünf Tage nicht bei ihr gemeldet hatte. Am Ende hatte sie ja angerufen.

Abends hatte Johanna keine Gelegenheit mehr gehabt, an Ines zu denken, weil sie mit ihrem ungebetenen Besuch beschäftigt gewesen war. Dass ein fremder junger Mann auf Helenes Sofa saß und um seine Mutter weinte, überforderte sie. Sie wusste nicht, was sie tun sollte. In dieser Verfassung konnte sie ihn ja nicht vor die Tür setzen. Nach langem Zögern nahm sie schließlich neben ihm auf dem Sofa Platz und legte den Arm um seine Schultern. Sie wusste nicht, ob es die richtige Geste war, aber eine andere fiel ihr nicht ein. Martin Fleiß saß schluchzend da, Johanna strich ihm über den Kopf. Dabei stellte sie sich vor, sie selbst würde getröstet.

Zusammen tranken sie die Flasche Rotwein aus. Zwischendurch fragte Johanna sich, ob er dafür überhaupt schon alt genug war. Er sah so jung aus. Martin Fleiß wollte unbedingt wissen, wo es passiert war, und drängte darauf, die Stelle zu sehen. Johanna führte ihn auf die Terrasse, obwohl sie bezweifelte, dass ihm der Anblick guttäte, selbst wenn dort draußen nichts mehr zu sehen war. Ob es genau an dieser Stelle passiert sei, wisse sie nicht, sagte sie, aber hier habe sie seine Mutter gefunden. Jetzt war sie dankbar, die Umrisse ihres Körpers weggescheuert zu haben.

»Blut«, sagte er. »War es viel Blut?«

»Nein, fast gar keins.«

»Was sie wohl als Letztes gedacht hat«, sagte er.

Martin Fleiß erzählte ihr, dass er in Hamburg Soziologie studiere. Also war er wohl alt genug für den Wein. Er könne nicht lange bleiben, nur bis zum Begräbnis, weil das Semester gerade erst begonnen hatte. Er machte den Eindruck, als wäre er ein gewissenhafter Student. Ob Johanna wisse, wann die Leiche seiner Mutter freigegeben werde. Bei dem Wort »Leiche« hatte er wieder Tränen in den Augen. Seinem Vater ging es sehr schlecht. Ob es Streit zwischen seinen Eltern gegeben hatte, wisse er nicht. Sein Vater habe ihr ganz sicher nichts angetan. Eine Frechheit, so etwas zu behaupten – es überhaupt nur in Erwägung zu ziehen. Wer das denn tue. Die Polizei? Sein Vater sei eher der gutmütige, sanfte Typ, alle Verwandten, Freunde und Nachbarn wüssten das. Er habe ihn noch nie zornig erlebt. Sein Vater sei so verzweifelt, dass er es kaum aushalte, bei ihm zu sein. Aß nichts, vernachlässigte alles um sich herum. Wusch sich nicht, wechselte nicht mehr die Kleidung. Seinen Geschwistern gehe es vergleichsweise gut. Aber vielleicht hätten die beiden es auch noch gar nicht richtig begriffen.

Als er ging, entschuldigte sich Martin Fleiß noch einmal bei Johanna, weil er einfach den Garten betreten und sie erschreckt hatte. Und er bedankte sich für den Wein, ihren Trost und dafür, dass sie ihm zugehört hatte.

Johanna räumte die Flasche und die Gläser in die Küche, ging nach oben, putzte sich die Zähne und legte sich im Gästezimmer ins Bett. Sie schaltete sofort das Licht aus. Eine Weile dachte sie noch über den jungen Studenten nach. Dann dachte sie an Ines. Freude darüber, dass Ines endlich angerufen hatte, wollte sich noch immer nicht einstellen, nur ein Gefühl der Beschämung, weil sie ihr Vorwürfe gemacht hatte. Der Waldkauz rief; sie hatte ihn schon vermisst. War es immer derselbe? Dann dachte Johanna an Katharina Gessler und schlief bald darauf ein.

Am sechsten Morgen ging Johanna gleich nach dem Frühstück spazieren. Inzwischen wusste sie, wo der Friedhof des Dorfes war. Kein einziges Mal hatte sie Helenes Grab besucht. Sie fand, dass sie es ihr schuldig war. Sie lebte seit Tagen in ihrem Haus, benutzte ihr Geschirr, ihre Spülmaschine und Waschmaschine, verbrauchte ihr Heizöl, trank ihren Wein und trug ihre Strickjacke.

Es war ein sehr kleiner Friedhof, doch Johanna blickte zunächst ratlos um sich. Sie hätte ihre Mutter fragen sollen, wo Helenes Grab lag. Aber ihre Mutter war ja nicht erreichbar. Oder die alte Frau mit den Katzen, die wusste es sicher auch. Vielleicht kam sie sogar manchmal hierher. Die Beerdigung lag nun gut zwei Wochen zurück und nach so kurzer Zeit stünde noch kein Grabstein dort. Johanna ging langsam über die Wege, suchte nach neueren Gräbern. Hinten, am anderen Ende, sah sie einen Erdhügel, auf dem Kränze lagen. Unbekannte Namen auf den Grabschleifen. Einige Schritte davon entfernt gab es ein abgeräumtes und eingeebnetes Grab, mit einem provisorischen Holzkreuz darauf. Kleine Pfosten, die nur wenige Zentimeter aus der Erde ragten, markierten die Grabbegrenzung. Auf dem Kreuz las Johanna den Namen: Helene Leinweber. Sie hatte das Grab ihrer Tante gefunden.

Johanna hatte noch nie gewusst, wie man sich auf einem Friedhof benahm. Friedlich. Aber sonst? Wie man vor dem Grab stand, was man tat, was man vermied und was man dachte. Alle anderen Menschen hingegen schienen es zu wissen. Zumindest machten sie immer den Eindruck. Johanna stand vor Helenes Grab und hielt die Hände gefaltet, wie in der Kirche. Sie blickte auf die noch unbepflanzte Erde. Ihre Mutter hatte einen Gärtner mit der Grabpflege beauftragt. Ihre Mutter hatte auch den Grabstein ausgesucht. Wie er wohl aussehen würde? Standard, nicht das Teuerste. So lange, dass sie ihn noch in Augenschein nehmen könnte, wäre Johanna nicht mehr hier.

Ich hätte dich gerne kennengelernt, dachte Johanna. Ich weiß, das fällt mir ein wenig spät ein. Es tut mir leid.

Sie dachte es nur, sprach es nicht aus. Es wäre ihr seltsam erschienen, alleine vor einem Grab zu stehen und laut zu sprechen. Ihre Mutter hatte recht, das Grab war tatsächlich schön gelegen. Mit Bäumen in der Nähe. Johanna dachte an die beiden Fotos der unbekannten Frau, daran, dass eines davon in Helenes Nachttischschublade gelegen hatte, so nah bei ihr, als hätte diese Frau jede Nacht Helenes Schlaf behütet.

Wie bedauerlich, dachte Johanna, dass du mir nicht mehr verraten kannst, wer diese Frau ist. Sie war dir wichtig, oder? Und es tut mir übrigens leid, dass ich am ersten Morgen in deinem Haus so schlecht über deine Putzhilfe gedacht habe. Aber Angelika Fleiß war auch nicht gerade freundlich zu mir. Wie gut, dass du nicht mehr miterleben musst, was seitdem hier passiert ist.

Etwas weiter weg lief eine Frau mit einer Gießkanne herum, ansonsten war niemand auf dem Friedhof. Johanna blickte an sich hinunter, auf ihre gefalteten Hände. Solange sie noch hier war, würde sie Helene regelmäßig besuchen. Sie müsste ja nicht jedes Mal die Hände wie zum Gebet falten. Langsam schlenderte sie zurück zum Friedhofseingang. Die Frau mit der Gießkanne begrüßte sie mit einem kurzen Nicken.

»Grüß Gott.«

»Guten Morgen«, erwiderte Johanna.

»Ach, es gibt ja immer was zu tun«, sagte die Frau.

Als sie wieder im Haus war – ohne unterwegs der unheimlichen Frau zu begegnen –, klingelte das Telefon.

»Kriminalpolizei Berlin-Mitte«, sagte eine Männerstimme, »Hauptkommissar Dietrich am Apparat. Mit wem spreche ich bitte?«

»Fink. Johanna Fink.«

»Und wessen Telefonanschluss ist das? Doch nicht Ihrer, oder?«

»Das ist der Anschluss von Helene Leinweber«, sagte Johanna, »meiner Tante. Sie ist kürzlich verstorben.«

»Ah ja. Das tut mir leid, Frau …«

»Fink.«

»Frau Fink. Sie waren doch bekannt mit Katharina Gessler, oder?«

»Ja, flüchtig«, sagte Johanna.

»Flüchtig, aha. Also … Katharina Gessler ist gestern Morgen tot aufgefunden worden.«

»Das weiß ich bereits«, sagte Johanna.

»Und woher?«

»Das ist eine längere Geschichte.«

»Diese längere Geschichte würde uns sehr interessieren«, sagte Herr Dietrich aus Berlin. »Vor allem interessiert uns im Moment Ihr Telefonat mit Katharina Gessler vorgestern Abend.«

»Ja, wir haben vorgestern Abend telefoniert.«

»Das wissen wir«, entgegnete der Polizist. »Zumindest wissen wir, dass Katharina Gessler mit diesem Anschluss telefoniert hat.«

Johanna nannte ihm noch einmal ihren Namen, ihre Berliner Adresse und Telefonnummer. Sie hörte, wie er alles in einen Computer eingab und dabei die Tastatur malträtierte. Dann schilderte sie ihm, warum sie sich augenblicklich im Haus ihrer Tante in Süddeutschland aufhielt. Ja, sie habe Katharina Gessler gekannt, wiederholte sie, aber nur flüchtig.

»Dafür, dass Sie sie nur flüchtig kannten, haben Sie aber ganz schön lange mit ihr telefoniert«, sagte der Polizist.

»Lange? Wie meinen Sie das?«

»Etwas mehr als zwei Stunden«, sagte er. »Also für mich ist das ganz schön lange. Ich habe hier die Verbindungsdaten des Anschlusses von Katharina

Gessler vor mir liegen.«

Er raschelte mit Papier, im Hintergrund hörte Johanna klingelnde Telefone und Männerstimmen. War es etwas Bemerkenswertes oder gar Anrüchiges, zwei Stunden zu telefonieren?

»Und am nächsten Tag«, sagte Dietrich, »waren Sie auf Katharina Gesslers Anrufbeantworter. Sie haben gesagt, Sie würden sich auf das Telefongespräch am Abend freuen. Sie haben wieder von diesem Anschluss angerufen, der unter Helene Leinweber angemeldet ist.«

»Ja, auch das ist richtig«, sagte Johanna. »Wir hatten uns am Vorabend für den nächsten Tag zum Telefonieren verabredet und ich wollte ihr nur sagen, dass … dass ich mich darauf freue. Weiter nichts.«

»Als Sie auf den Anrufbeantworter gesprochen haben, war Katharina Gessler bereits tot.«

»Ich weiß«, sagte Johanna. »Ich meine, jetzt weiß ich es. Als ich angerufen habe, wusste ich es natürlich noch nicht.«

»Frau Fink«, sagte Dietrich, »es geht uns um Folgendes, nur deshalb rufe ich Sie an. So wie es aussieht, waren Sie die letzte Person, mit der Katharina Gessler gesprochen hat. Am selben Abend ist sie ums Leben gekommen. Können Sie mir sagen, warum Sie so lange mit ihr telefoniert haben?«

»So lange?«, fragte Johanna. »Es kam mir gar nicht so lange vor. Wir haben … einfach nur geredet. Über alles Mögliche.«

»Verstehe«, sagte Dietrich. »Ein Frauengespräch. Die dauern ja oft etwas länger.«

»Ja, wenn Sie es so nennen wollen.«

»Ist Ihnen bei dem Telefonat irgendetwas aufgefallen? Bei zwei Stunden wäre das ja möglich.«

»Was sollte mir denn aufgefallen sein?«

»War Katharina Gessler in irgendeiner Weise … merkwürdig?«

»Merkwürdig? Wie meinen Sie das?«

»Wirkte sie zum Beispiel bedrückt? Niedergeschlagen? Oder besonders euphorisch?«

»Euphorisch?«

»Ja. Wir müssen alle Möglichkeiten untersuchen. Auch Suizid. Selbstmörder sind oft euphorisch, wenn sie erst einmal ihren Plan gefasst haben. Ist Ihnen etwas in der Art aufgefallen? Hat sie vielleicht irgendwelche Andeutungen gemacht?«

»Nein«, sagte Johanna. »Sie schien ganz normal. Vielleicht ein bisschen überarbeitet. Aber ich dachte, es war ein Unfall.«

»Davon gehen wir momentan aus, ja. Aber wir müssen trotzdem auch andere Möglichkeiten in Betracht ziehen.«

Johanna war von einem Unfall ausgegangen, so wie es ihr die Sekretärin auch berichtet hatte. Katharina Gessler und Selbstmord? Daran hatte Johanna noch gar nicht gedacht. War nicht eher sie die potenzielle Kandidatin dafür? »Man kann nicht in die Leute hineinsehen«, pflegte ihre Mutter zu sagen, wenn sich jemand anders verhielt, als vorherzusehen war, und vor allem nicht ihren Erwartungen entsprach.

Hätte sie aber dann nicht bei dem Telefongespräch etwas bemerken müssen? Irgendeine Kleinigkeit, die Katharinas Kummer verriet? Vielleicht war Johanna nicht so sensibel, wie sie immer von sich gedacht hatte. Oder Katharina hatte es gut verborgen. Diesen Ort dafür auszuwählen, hielt Johanna plötzlich für passend. Das Gebäude, das Katharina mit entworfen hatte, ihre Arbeit, ihr Leben. Das Bild fügte sich zusammen. Katharina wollte an dem Ort sterben, für den sie gelebt hatte.

Was für eine schreckliche, quälende Vorstellung. Ihr selbst hatte das Gespräch Auftrieb gegeben, danach war sie beschwingt gewesen, hatte das Leben wieder als leicht empfunden – doch Katharina hatte nichts dergleichen gefühlt. Es hatte sie nicht von ihrem Plan abgehalten.

»Mir ist nichts aufgefallen«, sagte Johanna. »Wir hätten an dem Abend beide gerne noch länger telefoniert, aber sie musste dann noch mal weg. Ins Büro. Wenn sie … ich hatte ja keine Ahnung.«

»Sie hat Ihnen gesagt, sie müsse noch mal ins Büro?«, fragte Dietrich.

»Ja, genau. Von diesem Rohbau war nicht die Rede.«

Auf einmal passte alles zusammen. Nachdem sie zwei Stunden telefoniert hatten, hatte Katharina beschlossen, dass es nun genug wäre. Sie wusste, dass sie noch etwas zu erledigen hatte, etwas enorm Wichtiges, das keinen längeren Aufschub mehr duldete.

»Ob sie wirklich im Architekturbüro war, wissen wir nicht«, sagte Dietrich. »Um diese Zeit hat dort niemand mehr gearbeitet. Sie hat also das Gebäude und dass sie dorthin wollte, nicht erwähnt?«

»Nein. Sie hat gesagt, sie müsse ins Büro«, wiederholte Johanna.

»Gut. Erst mal vielen Dank für die Auskunft. Es kann sein, dass wir uns noch einmal bei Ihnen melden. Sind Sie bis auf Weiteres unter dieser Nummer zu erreichen?«

»Ich will bald wieder zurück nach Berlin«, sagte Johanna. »Ich weiß aber noch nicht genau, wie lange ich hier noch zu tun habe.«

»Ach, seien Sie doch froh, dass Sie das Landleben ein bisschen genießen können.« Er diktierte Johanna seine Durchwahl. »Falls Ihnen noch etwas einfällt«, erklärte er und legte auf.

Johanna saß da, den Hörer noch in der Hand. Hätte Katharina »bis morgen« gesagt, wenn sie zu diesem Zeitpunkt schon wusste, dass sie am nächsten Tag nicht mehr am Leben sein würde? Hätte sie sich dann auf diese Weise von Johanna verabschiedet?

Vielleicht dann erst recht. Um so normal wie möglich zu klingen. Um ihr Vorhaben verborgen zu halten. War sie bei dem Telefongespräch euphorisch gewesen? Nein. Sie hatte über ihre Heimat gesprochen. Über die Tiefkühlpizza, die nachher auf sie warten würde. Plauderten Selbstmörder über Tiefkühlpizza? Und warum hatte Katharina gesagt, dass sie nichts lieber täte, als Johanna zu besuchen?

Natürlich, um so normal wie möglich zu klingen. Sie hatte es genossen, als Letztes in ihrem Leben ein Gespräch mit jemandem zu führen, der sie nicht gut kannte und sie nicht würde durchschauen können. Und über ihre Heimat hatte sie so viel geredet, weil ihr mit einem Mal aufgegangen war, ihren Plan im Kopf, wie gerne sie sie noch einmal gesehen hätte. Doch ihr Entschluss war gefasst. Unwiderruflich.

Wie oft Johanna neuerdings mit der Polizei reden musste. Sie fragte sich, ob sie Ines anrufen sollte, um ihr von dem Gespräch mit dem Berliner Polizisten zu erzählen. Aber sie würde sie im Büro stören. In ihrem Büro herrschten jetzt sicher Chaos und Trauer. Und Ines würde sie fragen, aus welchem Grund sie überhaupt mit Katharina Gessler telefoniert habe. Über zwei Stunden. Am besten, Johanna gefährdete die fragile Nähe zwischen ihnen nicht gleich wieder. Außerdem war sie noch nicht bereit, ihre Erinnerung an Katharina zu teilen.

Für manche Menschen gehörte es sicher zum Alltag, vom Tod umgeben zu sein. Für Polizisten, Ärzte, Pfarrer, Pflegekräfte in Krankenhäusern und Altenheimen, Bestatter. Aber nicht für sie.

Der sechste Tag und Johanna war keinen Schritt weitergekommen. Sie musste sich um das Haus kümmern. Die Sachen abholen lassen. Sie musste zusehen, dass sie endlich zurück nach Berlin kam.

Kurz darauf rief Christiane Holzapfel an.

»Hast du Lust, kurz bei mir vorbeizukommen und eine Kleinigkeit mit mir zu essen?«, fragte Christiane fröhlich. Fast hätte man es *euphorisch* nennen können. »Es gibt nichts Besonderes, nur was Kleines, Kaltes. Ein Snack zwischendurch. Es ist auch schon alles vorbereitet. Thomas ist beim Fußballtraining.«

Johanna zögerte mit einer Antwort. Sie hatte keine Lust, Christiane zu sehen.

»Oder bist du gerade sehr beschäftigt?«, fragte Christiane. »Dann können wir es natürlich auch verschieben und uns ein andermal sehen. Ich hab nur gerade an dich gedacht und was du wohl tust und ob dir vielleicht die Decke auf den Kopf fällt. Es war ein spontaner Einfall und ich dachte, ach, dann ruf sie doch einfach mal an.«

Mit dem Telefon ging Johanna zur Terrassentür und blickte in den Garten. Etwas Rotes huschte durch das Gras, Fell, kam mit zögernden Schritten bis zur Terrasse. Eine Katze. Ein roter Kater. Dafür sprach seine Größe und handelte es sich bei roten Katzen nicht fast immer um Kater? Bestimmt war das der vermisste Willy. Johanna blieb ganz ruhig stehen. Der Kater schritt über die Steinplatten, schnüffelte dabei auf dem Boden herum, als suchte er etwas. Er machte nicht den Eindruck, als wäre er zum ersten Mal hier.

»Keine Kinder zu hüten?«, fragte Johanna.

»Aber Johanna!« Christiane lachte. »Meine Kinder sind doch schon groß.«

Johanna kannte hier niemanden. Sie war nicht in der Position, Christianes Einladung einfach leichtfertig auszuschlagen. Außerdem war sie trotz allem wieder hungrig.

»Gut, ich komme«, sagte sie. »Jetzt gleich?«

»Ja, am besten jetzt gleich«, sagte Christiane. »Ich hoffe, du hast ein bisschen Hunger.«

Der rote Kater war tatsächlich ein schönes Tier. Mit bernsteinfarbenen Augen sah er durch das Glas der Terrassentür direkt zu Johanna. Dann miaute er. Es wirkte ein wenig vorwurfsvoll.

»Was willst du denn?«, fragte Johanna leise und mit albern zärtlicher Stimme.

»Was hast du gesagt?«, fragte Christiane.

»Oh, entschuldige, nichts, ich habe nur mit dem roten Kater gesprochen, der hier im Garten ist.«

»Ach so«, sagte Christiane. »Wie deine Tante.«

»Wie meine Tante? Wie meinst du das?«

»Sie hat mir mal auf der Straße erzählt, dass sie manchmal einen Kater füttert. Er hat sie ab und zu in ihrem Garten besucht.«

»Aber sie hat ihn nicht behalten, oder?« Wenn Tante Helene sich eine Katze gehalten hätte, wäre Johanna das aufgefallen. Futterdosen im Schrank. Katzenstreu. Spielzeug. Decken und Kissen voller Katzenhaare. Und ihre Mutter hätte es ihr gesagt.

»Nein, soweit ich weiß, gehört er der alten Frau Hemminger, die nebenan wohnt«, sagte Christiane. »Die hat ganz viele Katzen. Deine Tante hat sich von dem Kater wohl nur manchmal besuchen lassen und ihn gefüttert. Und mit ihm geredet. So wie du gerade.«

»Also haben sich Frau Hemminger und meine Tante einen Kater geteilt?«, fragte Johanna. »Und er hat doppelt Futter bekommen?«

»So genau weiß ich das nicht.«

Johanna überlegte, was sich gerade im Kühlschrank befand und ob etwas für eine Katze dabei wäre. Mit dem Telefon in der Hand ging sie in die Küche und holte eine Scheibe Wurst aus dem Kühlschrank. Wieder im Wohnzimmer, öffnete sie vorsichtig die Terrassentür und bemühte sich, dabei keine hektischen Bewegungen zu machen. Der Kater war noch da. Er hob den Kopf und sah ihr aufmerksam in die Augen.

»Ich weiß nicht, ob du das magst«, sagte Johanna.

»Ob ich was mag?«, fragte Christiane. »Wovon redest du?«

»Oh, ich habe nicht dich gemeint«, antwortete Johanna, »ich rede wieder mit dem roten Kater. Meinst du, es ist Willy?«

»Willy?«

»Der Kater, den diese Frau Hemminger vermisst.«

»Das kann ich dir beim besten Willen nicht sagen.«

Johanna konnte nicht erkennen, ob der Kater die Wurstscheibe in ihrer Hand wahrgenommen hatte. Er drehte sich plötzlich um, lief zurück in den Garten und verschwand in einem Busch. Johanna legte die Wurst auf die Steinplatten der Terrasse. Vielleicht käme er ja wieder. Während sie sich bückte, fiel ihr auf, dass es genau die Stelle war, an der Angelika Fleiß gelegen hatte. Ungefähr hier, wo sie jetzt die Wurstscheibe platzierte, war ihr Kopf gewesen.

»Ich komme gleich bei dir vorbei, in Ordnung?«, sagte sie.

»Ja, bis gleich. Ich freue mich.«

Der Tisch war für zwei Personen gedeckt. Christiane reichte Johanna ein Glas Prosecco.

»Ist es dafür nicht noch ein bisschen zu früh?«, fragte Johanna.

»Jetzt hab dich nicht so«, sagte Christiane. »Es ist doch nur ein Glas. Wie schön, dass du Zeit hattest. Komm, lass uns anstoßen.«

»Und worauf?«

»Auf … auf … ach, einfach darauf, dass alles gut wird.«

»Darauf stoße ich gerne an«, sagte Johanna. »Aber ist denn nicht alles gut?«

»Doch, doch«, sagte Christiane. »Bei uns schon. Aber ich musste gerade an Angelika denken. Und an ihre Kinder.«

Wie soll das wieder gut werden?, dachte Johanna.

Sie setzten sich. Auf dem Esstisch aus massivem Nussbaumholz stand eine Menge zu essen. Abgesehen von der Butter ein italienischer Tisch. Italienisches Weißbrot. Schälchen mit Oliven. Mozzarella. Tomaten, frische und getrocknete. Melone. Woher bekam Christiane jetzt im Herbst Melonen? Unterschiedliche Pasten. Parmaschinken. Salami mit groben Fettstücken. Schimmelkäse.

»Kuchen hatten wir ja schon beim letzten Mal«, sagte Christiane. »Ich dachte, jetzt könnte es etwas Herzhaftes sein.«

»Ja, das ist mir sehr recht«, sagte Johanna und griff zu. »Ich nehme an, das alles hast du nicht bei Nägele gekauft?«

Christiane lachte. »Ich sehe, du wirst hier langsam heimisch. Nein, natürlich nicht. Es ist aus einem italienischen Feinkostladen in der Stadt. Nicht gerade billig, aber sehr gut.«

»Sind deine Kinder nicht da?«, fragte Johanna.

»Leo ist beim Training und Lisa bei einer Freundin. Vorsicht, die Salami ist sehr scharf.«

Die Salami war wirklich sehr scharf und Johanna leerte daraufhin ihr Glas. Christiane schenkte ihr sofort nach. Johanna wollte eigentlich nicht schon am Nachmittag beschwipst sein, trank aber trotzdem vom nächsten Glas einen Schluck.

»Hast du auch Wasser?«, fragte sie.

Christiane nickte, sah sie aber so an, als wollte sie sagen: Spielverderberin. Sie stand auf und brachte Johanna Wasser aus der Küche.

»Ich habe gestern den Sohn von Angelika Fleiß

kennengelernt«, sagte Johanna.

»Ihren Sohn? Welchen?«

»Den älteren, der in Hamburg studiert. Martin.«

»Ach, Martin ist jetzt gekommen«, sagte Christiane, »das ist gut. Dann kann er seinen Geschwistern beistehen. Und Dieter. Und wie hast du ihn kennengelernt?«

»Er stand plötzlich bei mir im Garten. Also im Garten meiner Tante. Er hat mich ganz schön erschreckt.«

»Und was wollte er?«

»Sehen, wo seine Mutter gestorben ist.«

»O je, ach Gott. Der arme Martin. Und du hast es ihm gezeigt?«

»Ja, ich habe ihm die Stelle gezeigt und ihm alles gesagt, was ich weiß. Was ja nicht gerade viel ist.«

»Na, ob das so gut für ihn war, die Stelle zu sehen«, sagte Christiane, »die Stelle, wo Angelika …«

»Das habe ich mich auch gefragt. Aber dann dachte ich, dass er alt genug ist.«

»Ja, Martin ist jetzt richtig erwachsen. Und was für einen Eindruck hattest du von ihm?«

»Ein sehr netter junger Mann«, sagte Johanna. »Und so höflich.«

»Das stimmt«, sagte Christiane, »das war er schon immer. Ich habe ihn jetzt allerdings ziemlich lange nicht mehr gesehen. Aber ich meinte eigentlich, wie es ihm geht.«

»Wie soll's ihm schon gehen. Schlecht natürlich.«

Jemand machte sich an der Haustür der Holzapfels zu schaffen. Christiane und Johanna sahen auf.

»Lisa?«, rief Christiane.

»Was ist denn?«, kam es aus dem Flur.

»Du könntest meinem Besuch guten Tag sagen.«

»Wenn's unbedingt sein muss.«

Lisa Holzapfel kam ins Wohnzimmer zum Esstisch geschlurft. Sie trug einen Rucksack bei sich, dessen Schulterriemen sie fest umklammert hielt, als wollte sie ihn nicht aus den Augen lassen und nirgendwo im Haus ablegen.

»Du bist ja schon so früh zurück«, sagte Christiane.

»Ja und? Was dagegen?«, fragte Lisa.

»Natürlich nicht. War's nicht schön bei Peggy?«

»Wieso? Doch, klar. Aber deshalb muss ich ja nicht den ganzen Tag bei ihr abhängen. Soll ich lieber wieder gehen?«

»Nein, Unsinn. Setz dich doch einfach zu uns und iss etwas mit uns«, sagte Christiane.

O nein, bitte nicht, dachte Johanna.

»Und leg endlich deinen Rucksack weg«, sagte Christiane. »Wenn du ihn immer mit dir herumschleppst, sieht es so aus, als wärst du hier gar nicht zu Hause.«

Lisa behielt ihren Rucksack bei sich, als hätte sie die letzte Bemerkung ihrer Mutter nicht gehört. Sie betrachtete das Essen auf dem Tisch und rümpfte die Nase. »Keine Lust«, sagte sie.

»Dann sag wenigstens Johanna guten Tag.«

»Hallo.« Lisa sah Johanna kurz an und blieb unschlüssig vor dem Tisch stehen.

»Willst du nicht doch etwas essen?«

»Wusstet ihr eigentlich, dass Butter zu über achtzig Prozent aus Fett besteht?«, sagte Lisa. »Echt widerlich.«

»Ja, aber uns schmeckt es«, verteidigte sich Christiane.

»Sei so gut und verdirb uns nicht den Appetit, wenn du schon nichts mit uns essen willst.« Sie wandte sich an Johanna: »Es schmeckt dir doch, oder?«

»Es ist vorzüglich«, sagte Johanna.

»In einer Olive stecken vierzig Kalorien«, sagte Lisa. »Und in hundert Gramm Salami sechshundert. In der da wahrscheinlich noch mehr, mit den ganzen Fettklumpen drin. Echt ekelhaft. Der Käse ist ja fast noch harmlos. Dreihundertsechzig Kalorien.«

»Lisa, bitte!«

»Schon gut, schon gut, ich geh in mein Zimmer«, sagte Lisa, drehte sich um und verließ das Wohnzimmer. Kurz darauf waren ihre Schritte auf der Treppe zu hören.

»Na ja, du hast das ja schon einmal erlebt«, sagte Christiane mit einem verzweifelten Lachen.

»Ja, ich weiß«, sagte Johanna, »ein schwieriges Alter.«

»Ach, ich hab doch noch was für dich!«, sagte Christiane. »Jetzt hätte ich es doch fast vergessen!« Sie stand auf, ging in die Küche und öffnete eine Schublade. Sie kehrte mit einem Zettel zurück und reichte ihn Johanna. Eine Telefonnummer stand darauf.

»Was ist das?«, fragte Johanna.

»Ein Bekannter von Thomas. Ruf ihn doch mal an. Mir ist eingefallen, dass er sich früher um solche Sachen gekümmert hat. Alte Möbel. Haushaltsauflösungen. Und er macht das wohl immer noch. Ich hatte dir doch versprochen, mich mal umzuhören. Oder hast du das schon erledigt?«

»Nein, weit gekommen bin ich mit diesem Problem nicht«, sagte Johanna. »Ich hoffe sehr, dieser

Bekannte macht das immer noch. Danke.« Sie steckte den Zettel in ihre Hosentasche.

»Kommt deine Freundin dich denn nun eigentlich hier besuchen?«, fragte Christiane. »Ines heißt sie, oder?«

»Ja, sie heißt Ines.«

Sollte Johanna jetzt wieder sagen: Nein, sie hat so viel zu tun? Sie muss so viel arbeiten? Wenn sie nicht so viel arbeiten müsste, käme sie natürlich gerne? Sollte sie Christiane von Katharina Gessler erzählen, dem zweiten Todesfall innerhalb kurzer Zeit nach Angelika Fleiß, nur diesmal in Berlin?

Wieder war der Schlüssel im Haustürschloss zu hören. Die Familie Holzapfel schien sich nun nach und nach in ihrem gemütlichen Haus zusammenzufinden. Christiane veränderte sich, als sie das Geräusch hörte. Sie lächelte verkrampft und begann, die einzelnen Schälchen auf dem Tisch zusammenzuräumen, die Brotkrümel mit der Hand wegzuwischen, so sorgsam, dass nichts auf den Boden fiel.

Thomas Holzapfel betrat das Wohnzimmer. Er trug einen Trainingsanzug und wirkte verschwitzt. Er sah sogar jetzt gut aus. Als er Johanna am Esstisch bemerkte, stutzte er kurz und hielt in der Bewegung inne.

»Oh, wir haben Besuch«, sagte er und trat an den Tisch. Er lächelte Johanna an, sein charmantes Lächeln, und reichte ihr die Hand. »Hallo, wir kennen uns ja bereits. Tut mir leid, dass Sie mich in diesem Aufzug sehen«, er deutete auf seinen Trainingsanzug, »aber ich wusste ja nicht, dass Sie hier sind.«

»Es war auch ein spontaner Besuch«, sagte Johanna. »Christiane hat mich heute …«

»Ja«, unterbrach sie Christiane, »Johanna kennt doch hier niemanden und fühlt sich ein bisschen einsam und da hat sie mich angerufen und gefragt, ob ich ein Stündchen Zeit habe.« Sie blickte auf den Tisch und widmete sich intensiv den Krümeln.

Johanna stutzte, sah zu Christiane und schwieg.

»Das kann ich mir vorstellen, dass Sie sich hier einsam fühlen«, sagte Thomas. »Es ist ja sehr anders als Berlin. Wahrscheinlich finden Sie uns Dorfbewohner auch ganz skurril. Aber wenigstens gab es kein weiteres Gewitter mehr. Das würde ja dann erst recht ein schlechtes Licht auf uns werfen und keinen guten Eindruck machen. Gewitter mögen Sie doch nicht so gern, oder?«

»Erst seit ich hier bin«, sagte Johanna.

»Bleiben Sie heute denn noch länger?«, fragte er. »Sie könnten doch mit uns zu Abend essen, wie wäre das? Oh, aber wie ich sehe, habt ihr beide schon gegessen.« Er griff nach einer Scheibe Weißbrot und bestrich sie mit einer der Pasten. Dazu benutzte er Johannas Messer. Brotkrümel fielen auf den Fußboden. Er leckte das Messer ab. »Sehr gut«, sagte er. »Warst du bei diesem Italiener?«

»Ja, heute Mittag«, antwortete Christiane.

»Und ich sehe, dass ihr es euch auch richtig gemütlich gemacht habt.« Er nahm das Glas seiner Frau, das zur Hälfte gefüllt war, und trank es in einem Zug aus. »Ich muss jetzt jedenfalls dringend unter die Dusche«, sagte er dann. »Ich muss mich wirklich dafür entschuldigen, dass Sie mich so sehen.«

»Na ja, schließlich wohnen Sie ja hier«, sagte Johanna. »Ich muss dann auch mal los. Ich hab noch zu tun.«

»Kommen Sie ruhig wieder, wenn Ihnen danach zumute ist und wenn Sie Gesellschaft brauchen«, sagte Thomas. »Oder wenn draußen ein Gewitter wütet.«

Johanna stand auf, wollte dabei helfen, das Geschirr und das restliche Essen in die Küche zu tragen, aber Christiane sagte: »Nein, lass nur, ich mach das schon.« Sie sah Johanna immer noch nicht an.

»Bis bald dann«, sagte Johanna und gab Thomas Holzapfel die Hand. »Ich finde schon alleine raus.« Christiane war in der Küche verschwunden. »Tschüss, Christiane«, rief Johanna.

Im Flur lag Thomas Holzapfels Sporttasche im Weg, als hätte er sie einfach achtlos auf den Boden fallen lassen. Das hatte auch Leo getan, fiel Johanna ein. Vater und Sohn schienen zu erwarten, dass jemand anderer ihre Taschen schon wegräumen würde. Sie nahm schnell ihre Jacke von der Garderobe, zog sie an und öffnete die Tür.

Thomas Holzapfel kam ihr hinterher. »Es war nett, Sie zu sehen«, sagte er. »Besuchen Sie uns ruhig mal wieder. Dann können Sie uns Geschichten von der Großstadt erzählen. Sie sind jederzeit willkommen.«

Johanna ging zurück zu Helenes Haus. Unterwegs traf sie niemanden. Sie fragte sich kurz, ob sie bei Frau Hemminger klingeln sollte, um ihr zu sagen, dass Willy möglicherweise wieder aufgetaucht war, aber ihr war nicht mehr nach Gesellschaft.

Im Haus angekommen, ging sie als Erstes auf die Terrasse. Die Wurst war verschwunden.

17

Als Johanna am siebten Morgen erwachte, hatte sie sich längst an das Haus gewöhnt, an das kleine Zimmer, in dem sie schlief, an das Bett. In der ersten Sekunde des Erwachens fragte sie sich nicht mehr, wo sie war, sondern wusste es gleich. Ein Zeichen dafür, dass sie sich schon viel zu lange hier aufhielt.

Sie stand auf, kochte Kaffee. Draußen war es sehr still. Keine Autos, keine Stimmen auf der Straße und auch keine Landmaschinen. Dann fiel es ihr ein. Sonntag. Deswegen die Ruhe. Heute war Sonntag. Johanna hatte den Überblick über die Wochentage verloren und daran war dieses verdammte Dorf schuld. Das Einzige, was die Tage hier voneinander unterschied, waren die Todesfälle. Ausgerechnet für heute hatte sie einen Ausflug in die Stadt geplant, um sich neue Kleidung zu kaufen, und dabei vergessen, um welchen Tag es sich handelte.

Am vergangenen Sonntag war sie am frühen Abend hier angekommen. Mit dem mürrischen Taxifahrer, der ihr nicht mit der Tasche geholfen hatte. Seit einer Woche war sie nun in Helenes Haus. Lange. Viel zu lange.

Johanna blickte in den Garten und hielt Ausschau nach dem roten Kater. Vielleicht sollte sie ihn füttern? So wie Helene. Vielleicht würde er sie dann regelmäßig besuchen, so wie er es früher auch bei ihrer Tante getan hatte.

Was dachte sie da bloß? Sie wollte doch von hier fort. Also sollte sie sich erst gar nicht an einen roten

Kater mit bernsteinfarbenen Augen gewöhnen.

Katzenfutter könnte sie heute sowieso nicht kaufen, da auch das Lebensmittelgeschäft Nägele geschlossen hatte. Sie durchsuchte Helenes Schränke. Katzenfutter wäre ihr gleich am ersten Abend aufgefallen. Das Einzige, was ihr passend erschien, war eine Dose Sardinen in Öl. Öl war für Katzen sicher nicht bekömmlich. Sie öffnete die Dose und wusch das Öl von den Sardinen. Eine ekelhafte Tätigkeit früh am Morgen, noch vor dem Frühstück. Dann legte sie die Sardinen auf einen kleinen Teller, ging damit nach draußen und stellte den Teller auf die Terrasse. Ob Willy Sardinen mochte?

Sie rief bei ihrer Mutter an und ließ es lange klingeln. Niemand hob ab.

War jetzt auch noch ihre Mutter tot?

Doch sicher hätte sie das längst erfahren und überdies würde ihre Mutter bestimmt nicht sterben, ohne Johanna vorher noch diesen oder jenen Vorwurf zu machen.

Dann fiel ihr ein, dass sie kein einziges Mal in Helenes Briefkasten gesehen hatte, die ganzen Tage nicht. Sie erwartete keine Post. Ines schrieb nie Briefe und wusste außerdem nicht einmal den Namen des Ortes. Sie konnte sich auch nicht vorstellen, dass jetzt noch Post für ihre Tante kam, denn sie war nun schon seit einigen Wochen tot. Insgeheim war ihr auch die Vorstellung nicht ganz geheuer, Post für eine Tote in Empfang zu nehmen.

Sie ging nach draußen. Die Haustür sah einfach abscheulich aus, Johanna müsste dringend etwas damit tun. Der Briefkasten war neben der Tür an der

Wand befestigt. Tote erhielten weitaus mehr Post, als Johanna erwartet hatte, eine Menge Umschläge fielen ihr entgegen. Mit der Post ging sie wieder zurück ins Haus. In der Küche sah sie die Briefe schnell durch. Größtenteils war es Werbung, die sie ungeöffnet ließ. Außerdem Konzertankündigungen für die kommende Adventszeit in der näheren Umgebung. Bachs Weihnachts-Oratorium. Zwischen zwei Werbesendungen verbarg sich ein Brief, den sie beinahe übersehen hätte. Ein schlichtes, weißes Kuvert. Mit der Hand beschriftet. Mit einem Absender oben links versehen. Der Brief war an sie gerichtet: Johanna Fink, c/o Leinweber. Der Absender war Katharina Gessler aus Berlin.

Johanna erstarrte. Sie hielt den Brief einer Toten in der Hand, gesendet an das Haus einer Toten. Woher hatte Katharina Helenes genaue Adresse gekannt? Johanna versuchte, sich an die beiden Telefongespräche mit ihr zu erinnern. Den Ort hatte sie mehrfach erwähnt. Gut möglich, dass sie auch Helenes Nachnamen genannt hatte. Im Moment erinnerte sie sich nicht. Sie war viel zu beschäftigt mit der Tatsache, dass Katharina ihr einen Brief geschickt hatte. Ihre Hände begannen zu zittern und sie musste den Umschlag auf den Tisch legen. Sie wagte nicht, ihn zu öffnen. Dann sah sie im Telefonbuch nach. Leinweber, Helene. Ihre Tante war mit vollständiger Adresse verzeichnet.

Sie suchte nach der Durchwahl von Kommissar Dietrich. Doch heute war Sonntag. Er wäre heute nicht an seinem Arbeitsplatz. Wie gutgläubig ich doch bin, dachte sie. Als er sie angerufen hatte, hatte sie keinen Moment daran gezweifelt, dass er Polizist war.

Nach dem ersten Klingeln wurde abgenommen.

»Kriminalpolizei Berlin-Mitte, Dietrich.«

»Hier ist Johanna Fink«, sagte sie. »Wir haben gestern telefoniert. Wegen Katharina Gessler.«

»Ja, sicher, ich erinnere mich«, sagte er.

»Ich bin überrascht«, sagte Johanna. »Ich habe nicht damit gerechnet, dass Sie heute im Dienst sind.«

»Und warum rufen Sie dann an, wenn Sie davon ausgegangen sind, dass ich sowieso nicht da bin?«

»Ich dachte, ich kann es ja mal versuchen.«

»Ich habe so viel Schreibkram zu erledigen«, erklärte Dietrich. »Hier türmen sich riesige Berge auf meinem Schreibtisch. Und sonntags herrscht hier meistens etwas mehr Ruhe. Außerdem …« Er sprach nicht weiter.

»Außerdem was?«, fragte Johanna.

»Außerdem wartet zu Hause sowieso niemand auf mich. Geschieden, Sie verstehen schon. Erst letzten Monat. Da ist mir am Wochenende manchmal ein bisschen elend zumute.«

»Ach so. Das tut mir leid.«

»Das muss Ihnen nicht leidtun. War übrigens auch besser so. Hat halt nicht funktioniert. Kennt man ja. Ich hätte zwar nie gedacht, dass das auch bei uns so wäre, aber … Na ja. Sie rufen aber doch sicher nicht an, weil sie wissen wollen, was einsame Polizisten am Sonntag so tun, oder?«

»Nein, natürlich nicht.«

»Ist Ihnen denn in der Sache Katharina Gessler noch etwas eingefallen?«

»Nein, nicht direkt«, sagte Johanna. »Ich habe

mich nur gefragt … ich wollte wissen … gibt es einen Abschiedsbrief von ihr?«

»Warum wollen Sie das wissen?«

»Ach, nur so. Ich muss einfach die ganze Zeit an Katharina denken.«

»Nein«, sagte Dietrich. »Zumindest haben wir bislang keinen Brief gefunden. Glauben Sie denn, dass es einen gibt?«

»Ich weiß nicht«, sagte Johanna. »Ich würde einen schreiben.«

»Ich wahrscheinlich nicht«, sagte er. »Was gibt es dann noch zu sagen? Oder … vielleicht … vielleicht würde ich ja doch einen schreiben.«

Sie schwiegen beide eine Weile. Johanna hörte das Rauschen in der Leitung. In Dietrichs Büro war es heute tatsächlich wesentlich ruhiger.

»Aber Ihnen ist nichts mehr eingefallen, was uns weiterhelfen könnte?«, fragte er dann.

»Nein, leider nicht.«

»Sie wissen ja, wenn Ihnen doch noch …«

»Dann rufe ich Sie natürlich an.«

»Ich bitte darum. Frau Fink, ich kümmere mich jetzt um das heillose Chaos auf meinem Schreibtisch. Ich wünsche Ihnen noch einen schönen Sonntag.«

»Danke, das wünsche ich Ihnen auch.«

Johanna strich über den Briefumschlag. War das ein Abschiedsbrief? Doch warum sollte Katharina Gessler einen solchen Brief ausgerechnet ihr schreiben? Noch immer wagte sie nicht, den Umschlag zu öffnen. Doch sie konnte nicht alles auf später verschieben. Also nahm sie ein Messer aus der Schublade und schlitzte ihn auf.

Innen befand sich ein einziges zusammengefaltetes Blatt. Es waren nur wenige Zeilen.

Liebe Johanna, es war schön, mit dir zu reden. Ich hoffe, es geht dir gut und du kannst deinen Zwangsurlaub im Ländle auch ein bisschen genießen. Ich würde gerne mit dir tauschen. Habe das Gefühl, nie wieder Zeit dafür zu haben, meine alte Heimat zu besuchen. Brauche dringend Urlaub, am besten für sehr, sehr lange. Ich könnte dir ein paar schöne Ecken da unten zeigen. Kopf hoch! Katharina. P.S.: Vergiss die Seele nicht! Denk an mich, wenn du sie isst. Außerdem empfehle ich Zwiebelrostbraten.

Johanna ließ das Blatt sinken. Das klang nicht wie ein Abschiedsbrief. Oder doch? Sie las ihn wieder und wieder. Stand etwas zwischen den Zeilen, was sie übersah? Ein versteckter Hinweis? Katharina musste diesen Brief nach dem letzten Telefongespräch geschrieben haben, denn da hatten sie über die schwäbischen Seelen gesprochen. Anschließend musste sie ihn unterwegs in einen Briefkasten geworfen haben, als sie auf dem Weg zum Büro war. Falls sie an diesem Abend überhaupt ins Büro wollte. Das war einfach eine freundliche Nachricht für Johanna, weil Katharina das Gespräch mit ihr auch gefallen hatte.

Zu Hause liebte sie Sonntage. Auch in Berlin waren sie ein wenig stiller als die anderen Tage. An Sonntagen sah Johanna gerne vormittags das Kinderprogramm im Fernsehen, las nebenher die Zeitung und setzte sich dann meist an die Arbeit. Oder Ines und sie waren verabredet, lagen lange im Bett, unternahmen danach etwas zusammen.

Der rote Kater lief durch das Laub im Garten und näherte sich der Terrasse. Zielstrebig steuerte er die Sardinen an. Als er sie erreicht hatte, schnupperte er einen Augenblick daran, als traute er ihnen nicht recht, und fraß sie dann auf.

So leicht kommt man also zu einer Katze, dachte Johanna.

Vorsichtig öffnete sie die Terrassentür. Der Kater blickte zu ihr auf, ließ sich aber nicht dabei stören, den Teller gründlich abzulecken. Als er damit fertig war, kam er langsam zu Johanna, die direkt an der Tür stand. Er schnurrte und rieb seinen Kopf an ihren Beinen. Johanna strich ihm über den Rücken. Dann schien es ihm genug zu sein, er ging wieder zurück, vorbei an dem leeren Teller, über den er noch einmal den Kopf beugte, und lief durch den Garten. Wie gestern verschwand er in einem Busch.

Sie könnte jetzt einen Spaziergang machen und unterwegs bei Frau Hemminger klingeln. Ihr das Aussehen des Katers beschreiben und fragen, ob es sich um Willy handelte. Doch ihr war heute weder nach einem Spaziergang noch nach einer Unterhaltung mit Frau Hemminger. Keine Streuobstwiesen an diesem trüben Tag. Keine Bäume, die ihre Blätter verloren. Kein trauriger Spaziergang ohne Begleitung. Sie könnte natürlich Christiane fragen. Nein, heute war Sonntag. Familientag. Sie könnte fragen, ob alle Holzapfels gemeinsam sie bei einem Spaziergang begleiten würden – Christiane, Thomas, Lisa und Leo. Dann doch lieber allein.

Den Sonntag so angenehm zu vertrödeln wie zu Hause, wollte ihr nicht richtig gelingen. Sie schaltete den Fernseher ein, sah aber nicht hin. Sie dachte an Katharina. An ihren Brief. Würde sie selbst auf dem Weg in den Tod noch einen Brief abschicken? Ja, höchstwahrscheinlich würde sie das und in ihrem Fall wäre es vermutlich ein Brief an Ines. Sie ging in die Küche, setzte sich an den Tisch und betrachtete Katharinas Handschrift.

Dann rief sie ein zweites Mal Kommissar Dietrich an. Auch jetzt ging er nach dem ersten Klingeln ans Telefon.

»Hier ist noch einmal Johanna Fink«, sagte sie.

»Frau Fink. Ist Ihnen etwas eingefallen?«

»Nein, aber ich glaube, ich muss Ihnen etwas sagen. Ich habe einen Brief von einer Toten bekommen. Von Katharina Gessler.«

Sie erklärte ihm umständlich, dass sie erst jetzt, nach einer Woche, auf die Idee gekommen war, den Briefkasten ihrer Tante zu leeren. Er wurde ein wenig ungeduldig und bat sie, zur Sache zu kommen. Schließlich las sie ihm Katharinas wenige Zeilen vor.

»Und mehr steht da nicht?«, fragte er.

»Nein, nur das, was ich vorgelesen habe.«

»Klingt für mich nicht unbedingt wie ein Abschiedsbrief«, sagte er.

»Das finde ich auch. Ich frage mich die ganze Zeit, ob ich vielleicht etwas übersehen habe. Eine versteckte Botschaft.«

»War Katharina Gessler denn der Typ für versteckte Botschaften?«, fragte er.

»Ich weiß nicht … nein, eigentlich nicht. Aber so gut kannte ich sie auch nicht.«

»Ja, das hatten Sie schon erwähnt.«

»Ehrlich gesagt war ich sehr erstaunt, Post von ihr zu bekommen«, sagte Johanna.

Dietrich bat sie, ihm den Brief ein zweites Mal vorzulesen.

»... Würde gerne mit dir tauschen ...«, sagte er danach, »... Habe das Gefühl ... nie wieder meine alte Heimat ... Urlaub für sehr lange ... Denk an mich ... vielleicht hat das ja etwas zu bedeuten? Aber das ist so wenig eindeutig wie ... wie ...«

»Wie die Interpretation eines Gedichts«, sagte Johanna.

»Ja, genau. Sagen Sie, gibt es im Haus Ihrer Tante ein Faxgerät?«

»Nein, nur Telefon.«

»Schade«, sagte Dietrich. »Ich weiß ja nicht, ob der Brief etwas zu bedeuten hat. Am besten, Sie schicken ihn mir morgen mit der Post. Wäre das möglich?« Er nannte ihr die Adresse.

Johanna wollte zuerst protestieren, sagen, dass es ihr Brief sei und sie ihn nicht hergeben wolle. Doch wollte sie diesen Brief überhaupt behalten?

»Sie bekommen ihn ja zurück«, sagte er, als er ihr Zögern bemerkte.

»Woher wussten Sie, was ich jetzt denke?«, fragte Johanna.

»Das war nicht so schwer zu erraten.«

»Ich schicke Ihnen morgen den Brief«, sagte sie.

»Danke. Dann wünsche ich Ihnen jetzt zum zweiten Mal einen schönen Sonntag.«

»Ich Ihnen auch«, sagte Johanna. »Vielleicht sollten Sie ja doch langsam nach Hause gehen.«

»Ja, das sollte ich wohl.«

In dem Moment, als Johanna auflegte, klingelte es an der Tür. Aus Gewohnheit dachte sie: Hartmann und Wagner. Wer sollte es sonst sein. Zurzeit sprach sie ja ständig mit der Polizei. Arbeiteten schwäbische Kriminalkommissare am Sonntag, wie ihr einsamer Kollege Dietrich in Berlin?

Vielleicht ist es Christiane, dachte sie, als sie zur Tür ging. Aber das konnte sie sich am Sonntag nicht vorstellen.

Vor der Tür stand nicht Christiane Holzapfel, sondern ihr Ehemann.

»Interessante Haustür«, sagte er. »So gelb. Störe ich?«

»Nein, Sie stören nicht. Ich wundere mich nur.«

»Worüber denn?«, fragte er. »Nur ein kleiner Nachbarschaftsbesuch. Darf ich reinkommen?«

Johanna wollte Thomas Holzapfel nicht sehen und sie wollte auch nicht, dass er Helenes Haus betrat. Er war bereits näher gekommen und sie trat automatisch zur Seite. Dann stand er im Flur. Johanna schloss die Tür.

Thomas Holzapfel sah sich neugierig um. »Ich bin noch nie hier gewesen«, sagte er. »Ich kenne das Haus nur von außen.«

»Sie hatten mit meiner Tante ja auch nichts zu tun, oder?«

»Wir haben uns auf der Straße gegrüßt. Manchmal haben wir auch noch zwei, drei Worte über das Wetter verloren. Aber mehr nicht, das ist richtig.«

Johanna stand unschlüssig herum. Was sollte sie jetzt mit ihm tun?

»Wollen Sie einen Kaffee?«, fragte sie.

»Kaffee wäre gut.«

Sie bat ihn in die Küche. Er setzte sich auf den Platz, den Wagner sonst bevorzugte.

Sie füllte die Kaffeemaschine. Sie war nervös, verschüttete Kaffeepulver. Die Maschine setzte sich in Gang und Johanna hoffte, sie möge sich beeilen. Sie wusste nicht, worüber sie mit ihm reden sollte. Beim Kaffeetrinken wäre sie wenigstens mit etwas beschäftigt. Sie blieb an der Arbeitsplatte stehen. Währenddessen sah sich Thomas Holzapfel um. Er betrachtete Katharinas Brief, der zuoberst auf der Post lag. Sie ging zum Tisch, faltete den Zettel zusammen und steckte ihn zurück in den Umschlag. Sie schwiegen beide.

Was soll das?, dachte Johanna. Was will er hier?

»Sind Sie denn vorangekommen?«, erkundigte er sich schließlich. »Ich meine, mit dem Haus. Es geht doch um den Verkauf, um die Möbel und das ganze Zeug, oder?«

Ihr missfiel, dass er Helenes Sachen »das ganze Zeug« nannte.

»Ich komme langsamer voran, als ich dachte«, sagte sie. Sie hielt Katharinas Brief noch in der Hand und stand jetzt wieder an der Arbeitsplatte. Die Kaffeemaschine in ihrem Rücken gurgelte und ächzte. »Verbringen Sie den Sonntag nicht mit Ihrer Familie?«

»Doch, doch, schon«, sagte er. »Aber der Tag ist ja noch lang. Falls Sie sich übrigens wundern, dass ich hier einfach so reinschneie, in Berlin ist das vielleicht nicht üblich, aber bei uns ist es ganz normal, auch mal spontan beim Nachbarn vorbeizuschauen.«

»Ja, ja«, sagte sie, »das ist ja auch … in Ordnung.« Hoffentlich wäre die Kaffeemaschine bald fertig.

»Es ist doch sicher nützlich für Sie, dass meine Frau Sie ein bisschen unterstützt, oder?«, fragte er.

»Unterstützt? Wie meinen Sie das?«

»Na ja, dass sie sich ein bisschen kümmert, eine Art Anlaufstelle für Sie ist. Sie kennen doch sonst niemanden hier.«

»Äh … ja. Ja, das ist … sehr nett von ihr.«

»Sie sollten übrigens auch mal das andere Lokal ausprobieren. ›Zum Löwen‹. Wäre doch schade, wenn Sie wieder abreisen und nur eins gesehen haben.«

»Ich werd's mir merken.«

Endlich war die Kaffeemaschine fertig und Johanna beschäftigte sich ausgiebig mit dem Verteilen von Tassen, Löffeln, Milch und Zucker. Er nahm seinen Kaffee schwarz. Darauf hätte sie wetten können. Oder hätte sie eher auf schwarz, aber mit Zucker getippt? Widerwillig setzte sie sich auf den anderen Stuhl ihm gegenüber.

»Warum sind Sie eigentlich hergekommen?«, fragte sie.

»Einfach, um guten Tag zu sagen. Nun seien Sie doch nicht so feindselig. Warum sollte ich denn sonst gekommen sein? Ein freundschaftlicher Besuch unter Nachbarn, weiter nichts. Auch wenn wir keine direkten Nachbarn sind.«

Seine Stimme war warm und sympathisch, wie vor ein paar Tagen, als sie während des Gewitters bei den Holzapfels angerufen hatte.

»Sie sind vor ein paar Tagen hier angereist, weil Sie das mit dem Haus regeln müssen«, sagte er. »Schöner

Mist, haben Sie wahrscheinlich gedacht. Und dass Sie sich was Besseres vorstellen können. Urlaub am Meer. Sonne. Süden. So was in der Art. Hab ich recht?«

»Ja, durchaus«, sagte Johanna. »So etwas Ähnliches dachte ich.«

»So«, fuhr er fort, »und dann sind Sie aber hier gelandet und kennen niemanden. Das ist bestimmt kein schönes Gefühl. Und auch noch jetzt in dieser Jahreszeit. Zufälligerweise läuft Ihnen aber dann meine Frau über den Weg, meine Frau, die einfach zu allen Leuten nett ist, sie kann gar nicht anders, irgendwann wird sie damit noch mal auf die Nase fallen, und Sie nutzen die Chance und sprechen sie an. Na ja, und jetzt fühlen wir uns ein bisschen verantwortlich für Sie.« Er lachte. »Das war vielleicht etwas übertrieben formuliert. Aber wissen Sie, wir leben hier nicht so anonym.«

Johanna hatte im Lebensmittelgeschäft Nägele Christiane angesprochen? Es war doch genau umgekehrt gewesen.

»Wenn ich Ihnen einen Rat geben darf«, Thomas Holzapfel lächelte sie an, »Sie müssen nicht so viele Hintergedanken haben. Denken Sie vielleicht generell ein bisschen zu viel nach? Verzeihen Sie die Frage. Das war indiskret.«

»Kann man denn zu viel nachdenken?«, fragte Johanna.

»Ich bin durchaus der Ansicht, dass man zu lange über die falschen Dinge nachdenken kann«, antwortete er. »Man kann sich das Leben auch unnötig schwer machen.«

Da war es wieder, sein Lachen, das Johanna schon

in der »Traube« aufgefallen war. Zu laut. Zu sehr von sich eingenommen. Wenn Christiane sich zuerst in seine sympathische Stimme verliebt hatte, was hatte sie dann bei seinem Lachen empfunden, falls es damals schon genauso geklungen hatte?

»Uns geht es jedenfalls gut«, sagte er und lehnte sich zurück. »Leo, mein Sohn, ist ein ganz prächtiger Bursche. Ich bin sehr stolz auf ihn. Sie haben Leo doch kennengelernt, oder?«

Johanna nickte.

»Meine ganze Familie ist genau so, wie sie sein sollte. Vielleicht besuchen Sie uns ja demnächst mal wieder.«

»Ja, vielleicht«, sagte Johanna.

»Darf ich mich ein bisschen umsehen?«, fragte er. »Wie gesagt, ich war noch nie hier.«

»Umsehen?«, sagte Johanna. Aber Thomas Holzapfel war bereits aufgestanden und auf dem Weg ins Wohnzimmer.

»Nicht schlecht«, sagte er, als begutachtete er fachmännisch das Haus. Er ging zu einem Regal, strich über die Buchrücken. Dann öffnete er die Terrassentür. Der rote Kater saß gerade mitten in einem Laubhügel und fuhr mit der Tatze zwischen die Blätter. Beim Öffnen der Tür sah er aufgeschreckt hoch und rannte zu dem Busch, in dem er immer verschwand.

»Sicher schön hier im Sommer«, sagte Thomas Holzapfel auf der Terrasse.

Johanna war neben ihn getreten. »Ja, bestimmt«, sagte sie. »Aber Sie haben doch selbst einen schönen Garten.«

»Dass hier so etwas Schreckliches geschehen ist, das kann man sich gar nicht vorstellen«, sagte er. »Arme Angelika.«

Er stand jetzt ganz dicht bei ihr. Sie roch Duschgel, spürte die Wärme seines Körpers.

»Ach, das ist doch albern«, sagte er. »Sollen wir nicht Du sagen? Meine Frau duzt du ja auch.«

Johanna wollte Thomas Holzapfel nicht mit Du anreden. Sie überlegte, wie sie das auf möglichst höfliche Weise zum Ausdruck bringen könnte.

»Ich bin Thomas«, sagte er und strahlte sie an.

»Johanna.«

Er kam noch näher. Dann küsste er sie plötzlich auf den Mund. Seine Lippen waren ein wenig feucht, Johanna roch seinen Atem.

»Sonntags keine Rasur, das ist mein Grundsatz«, sagte er und strich sich über die Wangen. »Entschuldigung, wenn es kratzt. Bartstoppeln bist du normalerweise ja eher nicht gewöhnt, oder?«

Johanna ging wortlos zurück ins Wohnzimmer. Er folgte ihr und schloss die Terrassentür.

»Du willst, dass ich gehe, oder?«, fragte er.

»Ich muss noch ein bisschen arbeiten.«

»Ach ja, die Frau Lektorin«, sagte er. »Immer fleißig. Keine Sorge, ich wollte mich sowieso gerade aufmachen. Die Familie ruft, wie du richtig vermutet hast. Besser gesagt, Leo. Es ist herrlich, als Vater etwas mit seinem Sohn zu unternehmen. Es ist wirklich etwas Besonderes. Das kannst du dir nicht vorstellen. Na ja, wie solltest du dir das auch vorstellen können.« Er lachte. »Oh, entschuldige, habe ich dich gekränkt? Du hast doch keine Kinder, oder?«

»Nein.«

»Ich wollte dich nicht kränken, wirklich nicht.«

»Du hast mich nicht gekränkt.«

Es fiel ihr außerordentlich schwer, Thomas Holzapfel zu duzen. Und sie wollte, dass er ging, jetzt sofort. Aber immer, wenn er im Begriff war, es zu tun, schien ihm noch etwas Neues einzufallen. Sie standen im Wohnzimmer. Er redete weiter über seinen Sohn, darüber, wie schön es sei, hier zu leben. Hier sei er auch aufgewachsen. Er könne sich ein Leben woanders gar nicht vorstellen. Immer, wenn Johanna ein Stück von ihm abrückte, kam er sofort wieder näher und verringerte den von ihr erkämpften Abstand. Ihre Arme berührten sich, die Hände, seine Hüfte stieß wie versehentlich gegen ihre. Einen Moment fragte sie sich, ob er derjenige war, der Angelika Fleiß erstochen hatte. Hatte er vielleicht deshalb die Terrasse sehen wollen? Weil es den Täter zurück zum Tatort zog? Doch es war ein zu abwegiger Gedanke. Warum hätte Thomas Holzapfel das tun sollen.

Endlich ging er in den Flur und nahm seine Jacke von der Garderobe.

»Also dann«, sagte er, »auf gute Nachbarschaft. Aber allzu lange wirst du ja nicht mehr hier sein, oder?«

»Nein, ich glaube nicht. Ich will so schnell wie möglich wieder zurück.«

»Christiane hat im Moment nicht so viel Zeit«, sagte er. »Nur dass du es weißt.«

»Wie, nicht so viel Zeit?«

»Um ehrlich zu sein, es geht ihr gerade nicht besonders gut. Wahrscheinlich wegen Angelika. Du weißt ja, Angelika Fleiß. Das hat sie doch sehr mitgenommen. Viel mehr, als sie zugibt. Deswegen wollte ich dich bitten, dass du sie nicht … wie soll ich sagen … allzu sehr in Beschlag nimmst.«

»In Beschlag nimmst?«

»Lass sie im Moment lieber in Ruhe. Sie ist ein wenig … wie soll ich sagen … ein wenig labil. Aber sobald jemand Christiane um etwas bittet, ist sie gleich zur Stelle. So war sie schon immer. Sie meint, dass sie sofort helfen muss, selbst wenn es ihr nicht guttut und zu viel für sie ist. Und wenn du mal bei uns vorbeikommen willst, gerne, aber am besten später, gegen Abend, wenn ich aus der Schule zurück bin. In Ordnung?«

»Ja, sicher, in Ordnung«, sagte Johanna. Sie würde jetzt zu absolut allem sagen, es sei in Ordnung, solange es bedeutete, dass er dann endlich ging.

»Dann ist es ja gut«, sagte er. »Dann hätten wir das also geklärt. Aber du bist ja sowieso nicht mehr lange da.«

Thomas Holzapfel zog seine Jacke an und öffnete die Tür. Er trat nach draußen. Dann, als Johanna annahm, dass er sich nun entfernen würde, drehte er sich noch einmal um.

»Fahr bald wieder zurück nach Berlin«, sagte er. »Am besten, schon morgen. Glaub mir, das ist besser für dich. Und lass Christiane in Ruhe, okay?« Er zeigte sein charmantes Lächeln. Seine Stimme war freundlich und ruhig, aber ein drohender, kaum merklicher Unterton lag darin.

Thomas Holzapfel? Doch welchen Grund sollte er gehabt haben? Lag der Grund nicht nahe? Angelika

Fleiß war mit Christiane befreundet gewesen. Zumindest zeitweilig. Doch war Thomas gewalttätig? Wählte er nicht eher den verbalen Weg?

Johanna verriegelte beide Schlösser, obwohl es noch mitten am Tag war. Dann wusch sie sich die Hände und stellte die Kaffeetassen in die Spülmaschine.

Am Abend rief Ines an. Davon war Johanna genauso überrascht wie bei ihrem ersten Anruf am Tag zuvor.

Ihre Sehnsucht nach Ines, die sich vorübergehend totgestellt hatte, begann sich wieder zu regen. Beinahe so wie vor ihrer Abreise. Vor all diesen Ereignissen.

»Hallo«, sagte Ines leise. »Passt es dir gerade?«

»Ja, klar«, antwortete Johanna.

Wie viel ihre Freundin nicht wusste. Nichts von dem Besuch Thomas Holzapfels, den sie jetzt unangenehmerweise duzte, nichts von Angelika Fleiß, von den Polizisten. Nichts von Katharinas Brief.

Ines weinte. »Ich weiß nicht, wie ich ohne Katharina weiterarbeiten soll«, sagte sie.

»Aber das Projekt ist doch fast fertig, oder?«

»Ja, aber eben nur fast. Es ist noch so viel zu tun und außerdem gibt es ein paar kleinere … Fehler. Bei den Berechnungen. Im schlimmsten Fall heißt das, dass sich die Bauzeit verzögert. Du weißt ja, was das bedeutet. Geld, Geld, Geld. Der Bauherr macht uns die Hölle heiß. Vor allem mir. Im Moment weiß ich nicht einmal, ob das Projekt für mich so noch weitergeht.«

»Das tut mir leid«, sagte Johanna. »So schlimm ist es?«

»Eigentlich noch schlimmer. Aber im Moment wird im Büro natürlich nur über Katharina geredet. Wir sind alle total schockiert. Dass sie so etwas gemacht hat. Das hat ja keiner geahnt.« Sie weinte wieder. »Ist das nicht schrecklich? Dass jemand neben dir arbeitet, Tag für Tag, und du bekommst das nicht mit?«

»Meinst du denn, sie hat es … deswegen … wegen des Projekts …«, fragte Johanna.

»Weiß ich nicht. Kann schon sein.«

»Ach Ines, es tut mir so leid. Weißt du, ich war in den letzten Tagen ziemlich wütend auf dich. Weil du dich nicht gemeldet hast. Ich habe mich hier so allein gefühlt.«

»Mir tut es auch leid«, sagte Ines.

Alle um sie herum weinten. Die Sekretärin im Architekturbüro. Martin Fleiß. Jetzt sogar Ines. Nur sie selbst nicht. Offenbar hatte Johanna ein kaltes Herz.

18

In der Nacht hatte sie wieder geglaubt, Geräusche im Haus zu hören. Schritte, ein Knarren des Fußbodens, Rascheln. Beinahe so, als würden Schranktüren und Schubladen geöffnet. Am nächsten Morgen sah das kleine Zimmer so aus wie an all den Tagen davor, die Sonne schien, ein Traktor fuhr am Haus vorbei und Johanna tat die nächtlichen Geräusche als Bestandteile eines Traums ab.

Ihre Mutter rief am Montagmorgen an. Sie war also keineswegs verstorben. Im Gegenteil, sie wunderte sich, als Johanna bemerkte, sie habe sich Sorgen um sie gemacht.

»Und ich dachte schon, dir ist was passiert«, sagte Johanna.

»Aber ich war doch im Harz«, sagte ihre Mutter. »Mit Frau Hülsbrink. Das habe ich dir doch erzählt, Johanna. Du hörst einem auch nicht zu. Die Busreise. Die war doch schon so lange geplant. Man muss sich ja Monate vorher anmelden. Du weißt doch, mit diesem Busunternehmen bei uns.«

Hatte ihre Mutter ihr von der Reise erzählt? Johanna konnte sich nicht erinnern.

»In den Harz?«, fragte Johanna. »Jetzt im Herbst?«

»Oh, das Wetter war gut, da kann ich mich nicht beklagen.«

»Und wie war's sonst?«, fragte Johanna pflichtschuldig.

»Es war schön mit uns beiden lustigen Witwen. Das Essen hätte besser sein können.«

»Hast du dir mit Frau Hülsbrink ein Zimmer geteilt?«

»Mit Frau Hülsbrink? Gott bewahre, nein. Wir hatten Einzelzimmer. Jetzt ist es aber gut, wieder zu Hause zu sein. Und, wie läuft's bei dir? Ich war mir gar nicht sicher, ob du überhaupt noch in Helenes Haus bist.«

»So schnell, wie du dir das vielleicht vorstellst, geht das alles nicht«, sagte Johanna.

Darauf ging ihre Mutter nicht ein. »Ist mit dem Grab alles in Ordnung?«, fragte sie. »Warst du überhaupt mal da? Ich hatte dich doch gebeten, darauf zu achten, ob die Kränze abgeräumt sind und alles seine Ordnung hat. Das war ja alles nicht billig.«

Hatte ihre Mutter sie darum gebeten? Johanna konnte sich nicht erinnern.

»Ja, mit dem Grab ist alles in Ordnung«, sagte sie.

»Und was ist mit dem Haus? Du hast aber doch wenigstens den Makler angerufen, den ich dir genannt habe, oder?«

»Der Makler hat das Haus schon besichtigt.«

»Ach, da bin ich aber beruhigt. Dann nimmt ja alles seinen Gang.«

»Hast du bei Helenes Beerdigung eigentlich Angelika Fleiß kennengelernt?«, fragte Johanna.

»Wen?«

»Angelika Fleiß. Sie hat für Helene geputzt.«

»Ach die, ja, ich erinnere mich. Wir haben Kaffee zusammen getrunken. Wieso fragst du? Will sie etwa was von Helenes Sachen haben?«

»Sie ist gestorben.«

»Gestorben? Sie war doch noch nicht mal fünfzig, oder? Und krank sah sie auch nicht aus.«

»Sie ist umgebracht worden.«

»Umgebracht? Wie, umgebracht?«

»Du hast richtig gehört. Sie wurde umgebracht. Und zwar hier ganz in der Nähe.«

»Wer macht denn so was?«, fragte ihre Mutter. »Und warum? Wenn sie putzen gehen musste, dann hatte sie ja wohl nicht so viel Geld, dass es sich gelohnt hätte, sie zu überfallen. Man ist ja nirgendwo seines Lebens mehr sicher.«

Wie wahr, dachte Johanna.

»Und wer hat das getan?«

»Das weiß die Polizei noch nicht. Mit mir haben sie auch geredet.«

»Umgebracht …«, sagte ihre Mutter, »… Gott, das ist ja schrecklich.« So wie man bei Naturkatastrophen, über die in den Nachrichten berichtet wurde, sagte: Das ist ja schrecklich. Die armen Menschen.

»Ich muss jetzt mal die Wäsche machen«, sagte sie dann. »Bei einer Woche sammelt sich ja eine ganze Menge an. Und wie es hier aussieht! Im Gegensatz zu meiner Schwester kann ich mir ja keine Putzfrau leisten. Ich wollte auch nur hören, ob du zurechtkommst.«

»Klar komme ich zurecht«, sagte Johanna. »Warum sollte ich nicht zurechtkommen?«

Wäsche machen, dachte sie nach dem Telefongespräch. Sie brauchte dringend mehr Kleidung. Sie vermisste ihren Kleiderschrank in Berlin. Schon längst hätte sie zum Einkaufen in die Stadt fahren sollen, schon letzte Woche, aber da hatte sie ja noch angenommen, sie wäre bald wieder weg. Gelben Lack bräuchte sie auch. Oder stattdessen vielleicht eine andere, weniger auffällige Farbe. Aber um das zu entscheiden, müsste sie sich umsehen, bräuchte eine größere Auswahl vor Augen. Die Bushaltestelle an der Kirche. Der Bus. Der Weg in die Freiheit. Manchmal hatte Johanna das Gefühl, sie käme aus diesem Dorf nie wieder heraus.

Genau genommen hatte sie für neue Kleidung gar kein Geld. Und es wäre zudem eine unnötige Ausgabe, denn in ihrem Kleiderschrank in Berlin war genug. Sie würde jetzt nicht zum Einkaufen in die Stadt fahren.

Sie durchsuchte Helenes Schränke. Helene hatte sich moderner gekleidet als ihre Schwester – wie Johanna gehofft hatte. Sie fand etliche T-Shirts und Pullover, die ihr sogar gefielen. Ein, zwei Hosen, die zu weit waren, aber zumindest nicht rutschten. Mit einem Gürtel würde es gehen. Sie hatte ja auch mit der grauen Strickjacke längst Frieden geschlossen. Für ein paar Tage wäre es die beste Lösung.

Im Lebensmittelgeschäft Nägele legte sie Obst, Käse und Brötchen in ihren Einkaufskorb. Immer noch keine Seele. Dann stand sie unschlüssig vor dem Regal mit Tiernahrung. Sogar bei Nägele mit seinem kleinen Sortiment war für die gängigsten Haustiere gesorgt. Hund, Katze, Vogel, Nager. Sollte sie es wirklich tun? Es gab nur Argumente dagegen. Erstens hatte Willy bereits ein Zuhause und dort sicherlich auch einen gefüllten Fressnapf. Zweitens wäre Johanna nicht mehr lange hier und er sollte sich besser gar nicht erst wieder an das Schlaraffenland gewöhnen. Aber vielleicht war es gar nicht Willy? Sondern ein streunender Kater, der sich alleine durchs Leben schlagen musste und Hunger litt? Abgemagert hatte er allerdings nicht gewirkt. Thunfisch, Rind, Huhn. Ob Katzen besondere Vorlieben hatten? Johanna nahm eine mittelgroße Dose in der Geschmacksrichtung Huhn und legte sie zu den anderen Einkäufen.

Als sie zurückging, sah sie von Weitem Frau Hemminger. Sollte sie ihr nicht endlich von dem roten Kater erzählen? Sie fragen, ob sie Willy noch immer vermisste? Doch auch heute wollte sie nicht mit ihr reden und ging mit schlechtem Gewissen weiter zu Helenes Haus.

Dort warteten bereits Hartmann und Wagner auf sie.

»Einkäufe erledigt?«, fragte Wagner.

»Was dagegen?« Johanna merkte, dass sie so wie Lisa Holzapfel klang.

»Oh, wir sind heute wohl schlecht gelaunt.«

»Wenn es Sie interessiert«, sagte Johanna, »ja, ich bin schlecht gelaunt. Aber nicht erst seit heute. Warten Sie schon lange?«

»Erst ein paar Minuten«, sagte Hartmann. »Wir kommen gerade von Dieter Fleiß. Wir haben uns schon gedacht, dass Sie nicht weit weg sein können.«

»Ach, und wieso?«

»Sie hatten mal erwähnt, dass Sie nicht mit dem Auto hier sind. Und so groß ist der Ort ja nicht.«

»Es gibt ja auch noch den Bus«, sagte Johanna.

Sie sah die beiden an. Es bestand kein Zweifel, dass sie erwarteten, ins Haus gebeten zu werden. Sie schloss die Tür auf und ließ sie eintreten. Im Flur hängte sie ihre Jacke an die Garderobe und ging voran in die Küche.

Johanna würde ihnen auch heute nichts anbieten. Hartmann und Wagner setzten sich auf dieselben Plätze wie beim letzten Mal. Wie in der Familie, dachte sie. Auch in der Familie hatte jeder seinen angestammten Platz und käme nicht auf die Idee, ihn zu wechseln. Saßen Ines und sie beim Essen nicht auch immer auf denselben Stühlen?

»Wir haben endlich eine Spur«, sagte Hartmann. »Das Ganze lichtet sich.«

»Und welche?«, fragte sie.

»Das können wir Ihnen zum jetzigen Zeitpunkt noch nicht sagen.«

»Natürlich nicht.«

Eine Spur. Wussten sie nun, wer Angelika Fleiß erstochen hatte? Sie war versucht zu sagen: Ja, ich kenne ihn. Es war Thomas Holzapfel. Ich habe es nämlich schon gestern herausgefunden, ätsch. Oder war es vielleicht doch ihr Mann gewesen und seine Verzweiflung diente nur der Tarnung? Hartmann hatte doch gesagt, dass sie vorhin bei ihm waren. Oder der unbekannte Fremde, der nachts durch das Dorf schlich? Die unheimliche Frau?

»Haben Sie schon jemanden festgenommen?«

»Noch nicht, nein«, sagte Hartmann. »Frau Fink, wir müssen noch einmal in Ihren Keller.«

»Es ist der Keller ihrer Tante«, korrigierte Wagner.

»Zusammen mit der Spurensicherung«, fuhr Hartmann fort. »Aber das beeinträchtigt Sie ja bei nichts.«

»Wann wird das sein?«, fragte Johanna.

»Jetzt gleich.« Hartmann sah auf seine Uhr. »Wir warten auf die Kollegen.«

»Finden Sie nicht«, sagte Johanna, »dass ich ein gewisses Anrecht darauf habe zu erfahren, wer es war?«

»Ein Anrecht?«, fragte Wagner. »Wieso das denn?«

»Immerhin habe ich Angelika Fleiß hier gefunden. Und Sie kommen jetzt schon wieder daher, überfallen mich und wollen noch einmal alles durchsuchen.«

»Frau Fink«, sagte Hartmann, »die Ermittlungen laufen noch. Es ist noch zu früh, um etwas zu sagen.«

»War es ein Fremder?«, fragte Johanna. »Oder jemand aus ihrer Familie? Jemand aus dem Dorf? Bestimmt war es jemand aus dem Dorf.«

Hartmann lachte. »Sie sind aber sehr neugierig.«

»Ich will nur wissen, was hier geschehen ist«, sagte sie. »Schließlich wohne ich zurzeit hier. Auch wenn ich mir das ganz sicher nicht freiwillig ausgesucht habe. Ich will wissen, ob ich mir Sorgen machen muss.«

»Sorgen? Weswegen?«, fragte Hartmann.

»Was weiß ich … weil hier ein Verrückter herumläuft. Darüber, ob ich vielleicht die Nächste bin.«

Hartmann und Wagner wechselten einen Blick.

»Das halten wir für ziemlich ausgeschlossen«, sagte Hartmann. »Soweit wir sehen können, müssen Sie sich keine Sorgen machen.«

»Haben Sie inzwischen eigentlich den Schlüssel gefunden?«

Der verdammte Schlüssel. Derjenige, der Angelika Fleiß auf dem Gewissen hatte, hatte vielleicht ihren Schlüssel und könnte jederzeit ins Haus. Wie sorglos war Johanna gewesen, wie naiv? Von Anfang an hätte sie daran denken müssen, einen Schlüsseldienst zu bestellen, auch, als Angelika Fleiß noch gelebt hatte. Sie hatte gedacht, es würde reichen, ihren Schlüssel im Schloss stecken zu lassen. Und wenn sie nicht im Haus war? Jederzeit hätte hier jemand hereinspazieren können. Sich im Haus verstecken. Auf sie warten. Johanna hatte immer geglaubt, die Stadt sei ein gefährliches Pflaster. Nicht ein kleines Dorf, in dem nett anzusehende Kürbisse vor den Türen lagen. Zuerst wurde ihr heiß, dann ganz kalt.

»Leider nein. Der Schlüssel zum Haus Ihrer Tante ist wie vom Erdboden verschwunden. Bei der Familie Fleiß ist er nicht. Wir haben dort alles abgesucht, alle Ecken und Schränke, wo Angelika Fleiß ihre persönlichen Sachen aufbewahrt hat. Der Ehemann ist gerade sowieso nicht dazu in der Lage, aber der älteste Sohn ist jetzt hier und hat uns bei der Suche geholfen. Nichts. Aber machen Sie sich keine Gedanken, Frau Fink. Der Schlüssel wird früher oder später schon wieder auftauchen. Vielleicht haben wir ja doch etwas übersehen.«

»Das glaube ich nicht«, sagte Wagner.

Es klingelte an der Tür. Die Männer von der Spurensicherung. Hartmann und Wagner standen auf.

»Wir sind dann im Keller«, sagte Hartmann.

Sie verließen die Küche, Johanna begleitete sie bis zur Tür. Die Kommissare begrüßten kurz ihre Kollegen, die, schon fertig gerüstet in ihren weißen Overalls, draußen warteten.

»Wir gehen außen herum«, sagte Hartmann, »dann stören wir Sie nicht.«

Danach waren die Polizisten im Keller beschäftigt. Vielleicht hätte sie Hartmann und Wagner heute doch etwas anbieten sollen? Sie war nicht besonders freundlich zu den schwäbischen Kommissaren. Und vielleicht war es ein Fehler, nicht in die Stadt zu fahren. Noch war es nicht zu spät. Erneut fragte sie sich, ob es ein Zeichen wäre, wenn sie sich heute nicht aufmachte, ob es bedeutete, dass sie diesen Ort nie mehr verlassen würde und die Bushaltestelle an der Kirche der Traum von der Freiheit bliebe.

Wie viel Zeit würden sie im Keller benötigen? Johanna saß am Küchentisch – auf dem Platz, auf dem Hartmann gesessen hatte – und dachte an Katharina Gessler. Sie fing an zu weinen. Hoffentlich konzentrierten sich die Polizisten ausschließlich auf den Keller und keiner von ihnen klingelte an der Haustür und würde sie so sehen. Katharina lebte nicht mehr. Sie würde Katharina nicht mehr von den schwäbischen Seelen berichten können. Sie in Berlin nicht auf einen Wein treffen. War es denn möglich, dass sie bei den Telefongesprächen nichts von ihren Absichten bemerkt hatte? Und wenn sie etwas bemerkt hätte – hätte Johanna sie davon abhalten können? Ausgerechnet sie? Sie strich über die geblümte Tischdecke, die voller Brotkrümel war. Neue Flecken hatte sie auch. Johanna war jetzt seit einer Woche hier. Sie müsste das Haus putzen. Wenigstens staubsaugen. Die Tischdecke zur Schmutzwäsche legen. Jetzt könnte sie Angelika Fleiß' Dienste gut gebrauchen.

Ihr Handy klingelte. Es war Vera.

»He, kleiner Buchfink, was treibst du?«, fragte sie. »Warum höre ich so lange nichts von dir? Bist du immer noch bei den Maultaschen?«

»Ja, bin ich immer noch«, sagte Johanna.

»Und, wie ergeht es dir? Isst du jeden Tag Käsespätzle? Was treibst du denn so? Ehrlich gesagt, besonders fröhlich klingst du nicht.«

»Letzte Woche lag hier eine Leiche auf der Terrasse«, sagte Johanna.

»Sehr lustig.« Vera lachte. »Guter Scherz. Mir war neu, dass du jetzt auch Krimis lektorierst. Und sonst?«

»Das ist kein Scherz«, sagte Johanna. »Die Tote war die Putzfrau meiner Tante. Und vor ein paar Tagen hat sich eine Kollegin von Ines umgebracht.«

Vera schwieg eine Weile. Dann sagte sie: »Ich dachte eigentlich, ich telefoniere kurz mit dir, muntere dich vielleicht ein bisschen auf, falls dir da unten tödlich langweilig ist – oh, entschuldige, das wollte ich nicht sagen, entschuldige, vergiss dieses Wort –, und frage dich, wann du zurückkommst und wir zusammen essen gehen können.«

»Ich würde gerne mit dir essen gehen«, sagte Johanna. »Aber ich weiß nicht, wann ich zurückkomme. Ich habe hier überhaupt noch nichts erledigt.«

»Das ist ja wohl auch kein Wunder, nach dem, was passiert ist. Puh, gleich zwei Tote. Und dann auch noch in so kurzer Zeit.«

»Ich melde mich, wenn ich ein bisschen Licht sehen kann, ja?«, sagte Johanna.

»Gut. Muss ich mir Sorgen um dich machen?«

»Ach was. Ich kann schon auf mich aufpassen. Es ist schön, dass du angerufen hast.«

»Übrigens trenne ich mich von Michael«, sagte Vera.

»Wie? Jetzt doch?«

»Ja, jetzt doch. Ich gucke mir auch schon Wohnungsinserate an.«

»Das tut mir leid.« Es war Vera wohl ernst damit. Normalerweise nannte sie ihren Freund immer Michi.

»Muss es nicht. Ich erzähle es dir ausführlicher, wenn du wieder da bist. Du hast ja im Moment auch andere Probleme. Sag Bescheid, wenn du wieder in Berlin bist. Oder auch vorher, wenn du reden willst. Ich hoffe, du bist bald wieder da.«

Das hoffe ich auch, dachte Johanna.

Bedeutete die Spur, von der Hartmann und Wagner gesprochen hatten, dass Angelika Fleiß' Mörder bald eingesperrt sein würde? War Thomas Holzapfel, der charmant lächelnde Lehrer mit der sympathischen Stimme und dem prächtigen Sohn, jetzt in Haft? Aber hätte Christiane sie dann nicht möglicherweise angerufen und gesagt, dass es ein Irrtum sei, dass Thomas ganz sicher nichts damit zu tun hatte? Johanna wollte nichts mehr mit den Holzapfels zu tun haben, mit Thomas sowieso nicht, aber auch nicht mit Christiane und den Kindern.

Katharinas Brief fiel ihr ins Auge. Sie hatte Kommissar Dietrich doch versprochen, ihm den Brief am nächsten Tag zu schicken. Sie suchte im Wohnzimmer nach Briefumschlägen, hoffte sehr, dass es in Helenes gut sortiertem Haushalt auch so etwas gab. Sie wurde fündig. Sogar Briefmarken lagen dort. Johanna hatte in diesem Nest keine Post gesehen. Nur den Lebensmittelladen, das Elektrogeschäft, das immer geschlossen zu haben schien, und zwei Bankfilialen. Aber immerhin einen Postkasten, der wohl auch regelmäßig geleert wurde. Wie hatte Helene ihr Leben hier eigentlich ohne Auto bewältigt? Wenn sie zum Arzt musste oder in die Apotheke oder wenn sie Dinge brauchte, die es bei Nägele nicht gab? War sie immer mit dem Bus gefahren? Hatte sie jemanden gebeten, es ihr mitzubringen?

Johanna ging mit dem Brief für Kommissar Dietrich nach draußen. Die Polizei war offenbar immer noch im Keller zugange, wie sie an den Autos erkannte, die vor dem Haus parkten, aber sie kümmerte sich nicht darum. Sie redete sich ein, das alles würde nicht sie betreffen. Es passierte nicht wirklich. Es war ein langer, ein sehr langer schwäbischer Albtraum. Die Dämmerung kam. Bald wäre es ganz dunkel. Ein kleiner Spaziergang würde ihr gut tun. Sie wartete auf den Ekel, der sie gleich überkäme, denn sie trug einen Pullover von Helene, darunter eines ihrer T-Shirts. Doch der Ekel blieb aus. Stattdessen genoss sie das Gefühl frisch gewaschener Sachen. War auch das ein Zeichen dafür, dass sie diesen Ort nie mehr verlassen würde? Jetzt trug sie nicht einmal mehr ihre eigene Kleidung. Sie musste den Bekannten von Thomas Holzapfel anrufen, der sich laut Christiane mit Wohnungsauflösungen beschäftigte. Ein Bekannter von Thomas. Sofort verging ihr die Lust. Frau Hemminger war draußen nirgends zu sehen. Auch keine schwarzen oder roten Katzen. Dafür aber sie – die unheimliche Frau. Eine ganze Weile hatte sie sich jetzt schon rar gemacht. Am Wochenende hatte Johanna sie nicht gesehen. Machten auch Verrückte am Wochenende Pause? Aber immer dann, wenn Johanna sie vergessen hatte, tauchte sie plötzlich wieder auf.

Sie sprach sie nicht an, beachtete sie nicht weiter. Heute blickte sie auch nicht in Johannas Richtung, sondern schien in ein Gespräch mit einer anderen Frau vertieft. Die andere Frau lachte. Über etwas, was die unheimliche Frau gesagt hatte? Zielstrebig ging Johanna zu dem gelben Postkasten, in der Nähe des Lebensmittelgeschäfts. Wahrscheinlich würde er heute ohnehin nicht mehr geleert werden.

Leerung Montag bis Samstag um 17.15 Uhr. Wie spät war es jetzt? Johanna trug keine Uhr. Sie hatte hier nie eine Uhr dabei, wusste ja nicht einmal mehr, welcher Wochentag war. Hartmann und Wagner hatten eine Spur. Hartmann und Wagner hatten gesagt, sie müsse sich keine Sorgen machen. Doch aus welchem Grund sollte sie sich auch Sorgen machen? Etwa, weil innerhalb weniger Tage zwei Menschen, die sie gekannt hatte, gestorben waren? Weil ein Mörder in das Haus eindringen konnte, in dem sie wohnte?

Sie begegnete Lisa Holzapfel. Lisa wirkte ein wenig verloren, mit diesem waidwunden Blick, als wüsste sie nicht, wohin mit sich. Als wollte sie nicht nach Hause. Aber auch sonst nirgendwohin. Offenbar streunte sie viel draußen herum. Ein bisschen erinnerte sie Johanna an sich selbst, als sie in Lisas Alter gewesen war, obwohl sie damals ganz anders ausgesehen hatte. So schlank wie Lisa war sie nie gewesen. Aber auch sie hatte stets darauf geachtet, dass ihre Tasche nicht irgendwo in der Wohnung herumlag, wo ihre Eltern Zugang zu ihr gehabt hätten, sondern nur in ihrem eigenen Zimmer. Auch sie war oft draußen herumgelaufen, ohne Ziel, manchmal stundenlang, weil sie nicht nach Hause wollte, weil sie draußen der schweren, süßen Melancholie in sich besser nachspüren konnte. Dem Gefühl, dass niemand, wirklich niemand auf der ganzen Welt sie verstünde.

»Hallo Lisa.«

Sichtlich widerwillig begrüßte Lisa auch Johanna, allerdings nur mit einem Kopfnicken.

»Sag mal, stimmt es eigentlich, dass in einer einzigen Olive vierzig Kalorien sind?«, fragte Johanna.

»Klar stimmt das«, sagte Lisa. »Meinen Sie etwa, ich erzähle Scheiße? Ich habe Tabellen. Wahnsinn, nicht?«

Sollte Johanna ihr jetzt sagen, dass es sicher ratsam wäre, statt der Kalorien lieber Englisch-, Französisch- oder Lateinvokabeln auswendig zu lernen, oder was immer man heute in der Schule lernen musste?

Johanna hatte eine kleine Olive vor Augen. »Ja, erstaunlich.«

»Essen ist ganz schön fies«, sagte Lisa.

»Fies? Ich dachte immer, Essen hält Leib und Seele zusammen.«

»O Mann, was für ein blöder Spruch. Könnte von meiner Oma sein.«

»Was hast du denn eigentlich immer mit den Kalorien?«, fragte Johanna.

»Wie, was ich damit habe? Ich habe nichts damit. Ich kann es nur nicht leiden, wenn man sich nicht im Griff hat.«

»Wenn man sich nicht im Griff hat?«

»Na, wenn man sich nicht kontrollieren kann.«

»Sich kontrollieren? Was kontrollieren?«

»Wie man aussieht. Seinen Körper.«

»Und was machst du hier draußen?«, fragte Johanna. »Hast du noch was vor?«

»Geht Sie das was an?«

»Nein. Natürlich nicht.«

Lisa sah sie noch einen Moment an, dann ging sie davon, ohne sich zu verabschieden.

Zurück in Helenes Haus öffnete Johanna die Dose Katzenfutter, gab ein paar Brocken davon auf einen kleinen Teller und stellte ihn anschließend auf die Terrasse.

Danach aß sie selbst. Beim Essen dachte sie über den Notizblock im Flur nach. Über das Aufschreiben von Namen. Die Macht der Schrift. Falls Schrift heutzutage noch über Macht verfügte. Ihr wurde ein wenig übel bei dem Gedanken, dass sie Angelika Fleiß' Namen einen Tag vor ihrem Tod auf dem Block notiert hatte. Und dann, wenige Tage später, hatte sie Katharinas Namen aufgeschrieben, damit sie nicht vergaß, sie anzurufen. Natürlich waren das nur Zufälle. Was auch sonst.

Sollte sie es ausprobieren? Es war nicht so, dass ihr kein Name einfiele. Aber sie glaubte ja gar nicht daran. Alles nur Zufall. Andererseits, wenn sie nicht daran glaubte, konnte sie auch einen Namen aufschreiben. Oder war das zu makaber?

19

Es war kein Traum. Auch nicht der Waldkauz oder die Kirchturmuhr. Es war das durchdringende Klingeln des Telefons mitten in der Nacht.

Am Abend war Johanna so früh ins Bett gegangen wie an allen Tagen hier. Sie hatte *Dracula* zu Ende gelesen. An Katharina gedacht. An Ines. Dann war sie eingeschlafen.

Das Klingeln hörte nicht auf. Wer war das? Ihre Mutter? Um diese Zeit? Ines? Die Anrufe der ersten Tage fielen ihr ein. Das Krächzen im Hörer. Das Auflegen, nachdem Johanna sich gemeldet hatte. Das Telefon lag im Wohnzimmer. So weit weg. Johanna stand auf und ging barfuß die knarrende Holztreppe nach unten. Sie schaltete kein Licht ein. Jetzt, nach einer Woche, fand sie sich auch im Dunkeln zurecht.

»Hier ist Christiane. Johanna, es ist etwas Schreckliches passiert.«

Wenn sie mit einer Person nicht gerechnet hätte, dann mit Christiane Holzapfel.

»Ich habe schon geschlafen«, sagte Johanna. »Was ist denn los?«

»Hund ausgeführt …«, sagte Christiane, »… bei dir in der Nähe … ist nicht nach Hause gekommen … bei dir … hast du nicht … hast du nichts bemerkt?«

Johanna verstand kaum, was Christiane sagte. Erst recht nicht, was es bedeutete. Ein Hund war nicht nach Hause gekommen? Von welchem Hund sprach sie? Die Holzapfels hielten sich doch gar keinen Hund. Oder hatten sie sich kürzlich einen angeschafft und er war nun weggelaufen? Thomas Holzapfels Drohung fiel ihr ein. Und Christianes Lüge, dass Johanna sie angerufen habe, obwohl es umgekehrt gewesen war. Ob Christiane aus Not oder aus Gewohnheit gelogen hatte, interessierte Johanna nicht. Sie sollte Christiane in Ruhe lassen, Thomas' Worte waren unmissverständlich gewesen, und sie hatte nicht die Absicht, sich in diese Ehe einzumischen. Von der Familie Holzapfel wollte sie sich künftig fernhalten. Und nun dieser Anruf.

Sie würde so enden wie Angelika Fleiß, wenn sie jetzt mit Christiane telefonierte. Erstochen auf der Terrasse. Schlief Thomas und bekam nichts davon mit, mit wem seine Frau telefonierte? War er nicht zu Hause?

»Was ist denn los?«, wiederholte Johanna. Sie ging mit dem Telefon in die Küche. Dort goss sie sich ein Glas Wasser ein und versuchte, wach zu werden.

Christianes Stimme wurde nun lauter. Erregt, fast hysterisch. »Hast du denn nichts bemerkt?«, schrie sie. »Es war doch bei dir! Bei dir in der Nähe!«

»Christiane, was soll ich bemerkt haben? Und was war bei mir in der Nähe? Wovon redest du?«

»Kannst du bitte herkommen? Bitte!«

»Jetzt? Um diese Uhrzeit? Sag mir doch, was eigentlich los ist!«

»Bitte komm her! Ich bitte dich!«

Es klang nun so flehentlich, dass Johanna nicht weiter nachfragte.

»Ich bin gleich bei dir«, sagte sie. »In einer Viertelstunde.«

Sie schaltete überall das Licht ein, ging nach oben

und zog sich an. Sie kämmte sich nicht einmal, steckte nur den Hausschlüssel ein und trat hinaus.

Die Nachtluft war ungewöhnlich mild. Nebel hatte sich auf die Straßen gelegt. Heute machte er Johanna keine Angst, sie fühlte sich vielmehr von ihm beschützt. Den Weg zu den Holzapfels fand sie inzwischen automatisch. Sie ging zügig und war nach wenigen Minuten da.

Sie sollte nicht hier sein. Sie wollte mit den Holzapfels doch nichts mehr zu tun haben. Wartete Thomas jetzt auch auf sie? Warteten sie gemeinsam in ihrem gemütlichen, geschmackvoll eingerichteten Haus und trieben ein Spiel mit ihr, eins, das Johanna sich lieber nicht vorstellen wollte?

Vor dem Haus der Holzapfels parkte ein Wagen, der Johanna bekannt vorkam. Das Haus war hell erleuchtet, in allen Fenstern brannte Licht. *Hier wohnen Thomas, Christiane, Lisa und Leonard Holzapfel.* Sie klingelte.

Nicht Christiane öffnete die Tür, auch nicht Thomas oder eines der Kinder, sondern Hauptkommissar Wagner. Als er Johanna sah, schien er genauso überrascht wie sie.

»Sie?«, sagte Johanna. »Was machen Sie denn hier?«

»Ach, sieh an, Frau Fink. Guten Abend.«

»Was ist denn hier los?«, fragte Johanna. »Und warum sind Sie hier?«

»Diese Frage könnte ich Ihnen auch stellen. Also, was führt Sie hierher?«

»Christiane, ich meine, Frau Holzapfel, hat mich angerufen. Sie bat mich zu kommen. Es klang sehr dringend.«

»Aha«, sagte Wagner. »Nun … bitte.« Er ließ sie eintreten und sie folgte ihm ins Wohnzimmer.

Kommissar Hartmann stand im Raum, die Hände in den Jackentaschen. Er sah Johanna erstaunt an und nickte ihr dann kurz zu. Christiane und Leo saßen auf dem Sofa. Christiane weinte, hielt ihren Sohn im Arm und streichelte ihm über das Haar. Lisa saß etwas weiter weg auf einem Sessel und blickte völlig ausdruckslos vor sich hin. Sie sah nicht einmal hoch, als Johanna das Zimmer betrat.

Als sie Johanna bemerkte, schob Christiane ihren Sohn sanft von sich, sagte leise etwas zu ihm und stand auf. Mit unsicheren Schritten, als hätte sie Kreislaufprobleme, ging sie zu Johanna, fiel ihr um den Hals und weinte an ihrer Schulter. Im Nu war Johannas Pullover durchnässt.

»Johanna«, sagte sie nur. »Johanna.« Dann wischte sie sich die Tränen fort und setzte sich wieder zu Leo auf das Sofa.

»Sie kannten Thomas Holzapfel?«, fragte Hartmann.

»Ja, sicher. Er ist Christianes Mann. Aber ich kenne ihn nur flüchtig.«

»Sie kennen viele Leute nur flüchtig«, sagte Wagner.

»Wie meinen Sie das?«

Christiane weinte wieder. Von den Kindern kam kein Laut. Johanna, Hartmann und Wagner blieben stehen, keiner von ihnen machte Anstalten, sich hinzusetzen. Die Polizisten musterten Johanna aufmerksam.

In was war sie hier hineingeraten? Was war das für eine seltsame Versammlung mitten in der Nacht?

»Ich meine gar nichts«, sagte Wagner. »Aber Angelika Fleiß kannten Sie Ihrer eigenen Aussage gemäß ja auch nur flüchtig.«

Ihrer eigenen Aussage gemäß. Bedeutete das, er glaubte ihr nicht?

»Was ist denn nun eigentlich passiert?«, fragte Johanna. »Und wieso sind Sie beide hier?«

»Thomas Holzapfel ist heute am späten Abend tot aufgefunden worden«, sagte Hartmann.

Lisa stand plötzlich auf und rannte aus dem Wohnzimmer. Ihre Schritte auf der Treppe waren zu hören, sie stolperte auf einer Stufe, dann schlug oben eine Zimmertür mit lautem Krachen zu.

Johanna glaubte, sich verhört zu haben. »Tot? Thomas Holzapfel ist tot?«

»Er wurde von einem Spaziergänger gefunden, der seinen Hund ausgeführt hat«, sagte Wagner. »Und zwar bei Ihnen ganz in der Nähe. Genau genommen nur wenige Meter vom Grundstück Ihrer Tante entfernt. Thomas Holzapfel trug Sportbekleidung und war offensichtlich beim Joggen gewesen. Das hat uns auch Frau Holzapfel bestätigt.«

»Gibt es hier in der Gegend eigentlich keine anderen Polizisten?«, fragte Johanna. »Nur Sie beide?«

»Das ist nun mal unser Zuständigkeitsbereich«, sagte Wagner. »Glauben Sie mir, ich könnte mir auch was Vergnüglicheres vorstellen, als andauernd Ihnen über den Weg zu laufen.«

»Er ist gegangen …«, sagte Christiane. Alle drei drehten sich zu ihr um. »Er ist gegangen, so wie immer, wenn er joggen will, und wir haben vorher über das Abendessen geredet. Ich wollte heute

Abend etwas kochen, was er besonders mag. Steak und Backkartoffeln, dazu grünen Salat. Er hat es doch gerade so schwer in der Schule. Die vielen Klassenarbeiten. Und dann sind die Kollegen krank und er muss immer einspringen und er trainiert doch auch noch die Fußballmannschaft. Ich habe mit dem Essen auch schon angefangen. Der Salat ist fertig. Die Kartoffeln … der Backofen … die Kartoffeln sind ruiniert.« Sie weinte wieder.

»Wollen Sie Ihren Sohn nicht lieber auf sein Zimmer bringen?«, fragte Hartmann.

Christiane sah Hartmann an. »Aber er ist doch sein Vater«, sagte sie. »Er ist … einfach nicht mehr zurückgekommen.«

»Allem Anschein nach liegt ein Tötungsdelikt vor«, sagte Wagner, an Johanna gewandt.

»Er ist umgebracht worden?«

»So wie es aussieht, ja.«

Johanna musste plötzlich lachen. Sie stand im Wohnzimmer der Holzapfels, Lisa und Leo hatten ihren Vater verloren, Christiane ihren Ehemann, und sie fing an zu lachen. Sie konnte es einfach nicht verhindern. Sie lachte und lachte. Überall, wo sie auftauchte, starben die Leute wie die Fliegen. Und nicht nur in ihrer unmittelbaren Umgebung, sondern auch in Berlin, etliche hundert Kilometer entfernt. Sie könnte morgen Vera anrufen, um sie zu informieren, dass die Zahl der Toten auf drei angestiegen war. Vera war noch nicht auf dem neusten Stand. Auch darüber musste Johanna lachen. Das war eine ganz und gar unangemessene Reaktion. Sie wusste es selbst. Was war nur mit ihr los? Hatte ihr all das – der Ort, die

Toten – so sehr zugesetzt, dass sie allmählich verrückt wurde?

Christiane starrte sie an. Hartmann und Wagner wechselten einen irritierten Blick.

»Ich weiß, das ist überhaupt nicht komisch«, sagte Johanna. Sie musste sich Lachtränen aus den Augen wischen.

Wagner sah sie angeekelt an, Hartmann bekümmert. So als würde er denken: Dass Sie so wenig Feingefühl haben, hätte ich ja nicht vermutet.

»Nein, das ist ganz und gar nicht komisch.«

»Er wurde in der Nähe des Grundstücks Ihrer Tante gefunden, ein paar Meter davon weg, am hinteren Teil«, sagte Wagner. »Auf einem Spazierweg, der dort verläuft und bei Joggern sehr beliebt ist. Den genauen Todeszeitpunkt kennen wir noch nicht, dazu müssen wir erst die Untersuchungen abwarten. Waren Sie heute Abend zu Hause? Haben Sie nichts bemerkt?«

Alle fragten sie, ob sie etwas bemerkt hätte. »Was soll ich denn bemerkt haben?«

»Ungewöhnliche Geräusche. Lärm. Laute Stimmen.«

»Zu dieser Jahreszeit pflege ich mich nicht im Garten aufzuhalten«, sagte Johanna. »Schon gar nicht im Dunkeln. Außerdem habe ich Musik gehört und zwischendurch lief der Fernseher. Ich bin früh ins Bett gegangen, wie meistens hier, und das Zimmer, in dem ich schlafe, liegt nach vorne. Weiter als bis zur Terrasse war ich noch nie im Garten.«

Wagner schrieb etwas in sein Notizbuch. Hartmann war ans Sofa getreten, ging in die Hocke, ergriff

Christianes Hand und redete beruhigend auf sie ein. Leo war stumm. Er hatte die ganze Zeit nichts gesagt. Mit gleichförmigen Bewegungen, wie eine Maschine, riss er die Zeitung, die auf dem Couchtisch lag, in kleine Fetzen und verstreute sie auf dem Fußboden. Christiane beugte sich nach unten und hob die Zeitungsfetzen auf. Immer, wenn sie welche auf den Tisch gelegt hatte, rieselten neue herunter.

Dann sah sie zu Johanna und ihr Gesichtsausdruck veränderte sich. »Warum hast du gelacht?«, schrie sie. Johanna erschrak über die unerwartete Lautstärke. »Ist daran irgendetwas lustig?«

»Nein, natürlich nicht«, sagte Johanna. »Entschuldige.«

»Ich dachte, du würdest … mir beistehen«, sagte Christiane, jetzt wieder leiser. »Aber du kannst jetzt auch wieder gehen. Ich brauche dich nicht.«

»Ich muss mir sowieso die Zähne putzen«, sagte Johanna. Der abgestandene Geschmack des Schlafes im Mund hatte sie schon die ganze Zeit gestört. Ohne Verabschiedung ging sie in den Flur der Familie Holzapfel.

Wagner kam ihr nach. Als sie die Haustür öffnete, sagte er: »Ein bisschen viel Tod um Sie herum, finden Sie nicht? Der Tod scheint sie regelrecht zu suchen. Oder Sie ihn. Schon wieder bei Ihnen in der Nähe. Zwar nicht auf dem Grundstück Ihrer Tante, aber nur wenige Meter davon entfernt.«

»Sehr komisch«, sagte Johanna.

»Oh, ich meine das gar nicht komisch.«

»Sondern?«

»Mitfühlend-interessiert.«

Der Nebel war dichter geworden. Auf direktem Weg ging Johanna zurück zu Helenes Haus. Statt sich wieder ins Bett zu legen, putzte sie sich die Zähne, kämmte ihre Haare und setzte sich anschließend auf einen der roten Sessel im Wohnzimmer.

Sie, Johanna Fink, eine todbringende Person? Ausgerechnet sie? Das konnte nicht sein. Auseinandersetzungen vermied sie nach Möglichkeit. In der Kindheit hatte sie weder Tiere gequält noch schwächere Kinder gepiesackt. Sie hätte auch keine lebendigen Schafe ans Auto gebunden. Vielleicht war Thomas Holzapfel von diesen grausamen Jugendlichen auf der Straße zusammengeschlagen worden. Weil Schafe ihnen als Kitzel gegen die Langeweile nicht mehr reichten. Weil einer von ihnen die Schule besuchte, an der Thomas Holzapfel unterrichtete, und er ihm eine schlechte Note gegeben hatte. Hartmann und Wagner hatten gar nicht gesagt, wie er ums Leben gekommen war. Vielleicht konnte man sich hier auf dem Land – und nicht in der Stadt – nachts ja nicht auf die Straße wagen? Mit Schrecken dachte Johanna an ihren Spaziergang letzte Woche nach dem Gewitter.

Johanna holte den Notizblock von dem kleinen Tisch in Helenes Flur, wollte ihn zum Altpapier geben, obwohl sich darauf noch etliche leere Seiten befanden. Doch das erschien ihr plötzlich nicht mehr ausreichend. Bis das Altpapier abgeholt würde – was sicher noch dauerte –, befände sich der Block bei ihr im Haus. Sie suchte in der Küche nach Streichhölzern. Mit den Streichhölzern und dem Block ging sie auf die Terrasse. Dort riss sie jedes Blatt einzeln ab und zerknüllte es. Dann zündete sie die Papierknäuel an.

Zurück blieben Asche und ein dunkler Fleck auf den Steinplatten. Einige Fetzen waren nicht vollständig verbrannt; die würde der Wind davonwehen.

Am Dienstag – der neunte Morgen in Helenes Haus – stand Johanna früh auf. Sie hatte in der Nacht kaum geschlafen und im Morgengrauen beschlossen, nach unten zu gehen, statt sich im Bett noch länger von einer Seite auf die andere zu wälzen.

Der Nebel aus der Nacht hatte sich aufgelöst. Johanna trank den ersten Kaffee des Tages an der Terrassentür und blickte in den Garten. Die ganze letzte Woche hatte sie den hinteren Teil nicht beachtet. Der Garten wurde dort von dicht stehenden Bäumen und Büschen begrenzt, in denen der Kater immer verschwand.

Auf dem Gras glitzerte Tau. Sollte sie in den Garten gehen? Sollte sie zwischen den Bäumen hindurchschlüpfen, um zu sehen, wo Thomas Holzapfel gestorben war?

Drei Tote innerhalb einer Woche. Angelika Fleiß. Katharina Gessler. Und jetzt Thomas Holzapfel. Und vorher Tante Helene. War sie tatsächlich eines natürlichen Todes gestorben?

Der rote Kater tauchte zwischen den Büschen auf. Das Futter, das Johanna ihm gestern auf die Terrasse gestellt hatte, war längst aufgefressen, nur noch der blanke Teller war übrig. Johanna freute sich über das Erscheinen des Katers. Sie betrachtete ihn von ihrer Position hinter der Glasscheibe, seine langsamen, vorsichtigen Schritte, verhielt sich ganz ruhig, um ihn nicht zu vertreiben. Er trug etwas im Maul. Als er näher kam, erkannte Johanna, worum es sich handelte. Eine Maus, sehr klein, mit graubraunem Fell. Ihr Schwanz baumelte vom Maul es Katers herab. Willy erreichte die Terrasse und legte die Maus ab. Dann schnüffelte er über den leeren Teller, drehte sich um und verzog sich wieder in die Büsche.

Katzen jagten also nicht nur nachts. Johanna öffnete die Tür und ging zu der Maus. Sie war äußerlich unversehrt, rührte sich aber nicht. Augenscheinlich war sie tot. Das zweite tote Tier, das auf der Terrasse lag. Willy. Natürlich, Willy! Plötzlich wusste Johanna, wer der Mörder des Buchfinken war. Offenbar war er sehr großzügig mit seinen Geschenken. Vor gut einer Woche der Buchfink, jetzt eine Maus.

Sollte sie Christiane Holzapfel besuchen, sehen, wie es ihr und den Kindern ging? Wahrscheinlich hatten sie alle in dieser Nacht nicht geschlafen. Ein kleiner Spaziergang. Johanna könnte sich anziehen, nach draußen gehen, darüber nachdenken, ob sie es wagen würde, bei den Holzapfels zu klingeln. Sie hatte sich sehr schlecht benommen. Sie schämte sich. Wie hatte sie in dieser Situation nur in Gelächter ausbrechen können? Hoffentlich hatte Christiane jetzt genug Menschen um sich herum, die sie trösteten, den Kindern zu essen gaben, das Nötigste im Haushalt erledigten.

Frau Hemminger trug eine geblümte Schürze und fegte das Laub vom Gehweg.

»Guten Morgen«, sagte Johanna.

»Ach, die Leinwebernichte. Grüß Gott. So früh schon unterwegs?«

»Bei mir im Garten läuft seit ein paar Tagen ein roter Kater herum«, sagte Johanna. Sie beschrieb sein

Aussehen, betonte vor allem die bernsteinfarbenen Augen.

»Ja, das ist mein Willy«, bestätigte Frau Hemminger. »Bei mir hat er sich auch wieder blicken lassen. Der hat sich diesmal ganz schön lange herumgetrieben. So lange war er noch nie weg. Weiß der Himmel, wo er gewesen ist.«

Johanna verschwieg, dass sie ihn gefüttert hatte.

»Ich wollte Sie noch etwas fragen«, sagte sie. »Meine Tante …«

»Was ist mit der Helene?«

»Sie ist doch an Herzversagen gestorben, oder?«

»Ja, ganz plötzlich ist das gekommen«, sagte Frau Hemminger. »Stellen Sie sich vor, von einer Sekunde auf die andere und dann ist es vorbei. Die Angelika Fleiß hat sie doch in der Küche gefunden. Die lebt ja jetzt auch nicht mehr.«

»Ist es denn ganz sicher, dass es Herzversagen war?«

»Was sollte es denn sonst gewesen sein?«, fragte Frau Hemminger. »Sie hatte doch auch diese Operation. Vor zwei Jahren. Oder ist das schon länger her? Nein, ich glaube, es war vor zwei Jahren. Am Herzen. Bypass.«

»Meine Tante hatte eine Bypass-Operation?«

»Ja, das weiß ich noch gut, ich habe damals für sie eingekauft, als sie zurück aus dem Krankenhaus war. Aber jetzt hat es sie trotzdem erwischt. Obwohl die Operation bestimmt teuer war. Die Helene ist viel zu früh gegangen. Macht der Willy Ihnen Scherereien?«

»Nein, wieso? Was sollte das sein?«

»Dass er Ihnen totes Viehzeug vor die Tür legt.

Das macht er nämlich gern. Und er besucht gern die Nachbarn. Natürlich nur die, die gut zu ihm sind. Er war auch immer bei Ihrer Tante. Manchmal haben wir gar nicht gewusst, ob es ihr Kater ist oder meiner.«

Johanna schlug ein langsames Tempo ein, weil sie das Haus der Holzapfels nicht wirklich erreichen wollte. Ihre Reaktion heute Nacht im Wohnzimmer der Familie war unverzeihlich. Christiane hatte ihren Mann verloren – was auch immer Johanna über Thomas Holzapfel dachte, er war ihr Mann gewesen –, die Kinder ihren Vater. Und sie hatte gelacht.

Vor dem Haus standen zwei Autos. Kein drittes. Offenbar war die Polizei jetzt nicht dort. Nein, sie könnte Christiane nicht unter die Augen treten, zumindest noch nicht heute. Und wenn sie ehrlich war, könnte sie ihr nicht einmal sagen, wie leid es ihr tat, ohne dass man ihr ansehen würde, dass es nicht die Wahrheit war.

Am späten Nachmittag beschloss Johanna, das zweite Lokal, »Zum Löwen«, aufzusuchen.

Hungrig stand sie vor Helenes Kleiderschrank, überlegte, welchen ihrer Pullover sie anziehen sollte, und hörte von unten ein Geräusch. An der Haustür. Als würde sich jemand am Schloss zu schaffen machen.

Jetzt? Am helllichten Tag?

Ausgerechnet heute hatte sie ihren eigenen Schlüssel nicht im Schloss stecken lassen. Sie stieg die Treppe hinunter, langsam, bei jedem Schritt um äußerste Vorsicht bemüht. Bloß keinen Lärm verursachen. Bloß nicht zu erkennen geben, dass sie im Haus war. Schließlich gab sie auf. Es war nicht möglich, geräuschlos auf dieser Treppe zu gehen. Also änderte sie ihre Taktik, ging lautstark und polternd nach unten. Vielleicht würde das die Person vertreiben. Dann stürzte sie zur Tür und riss sie auf.

Vor ihr stand der erschrockene Kommissar Hartmann, in der Hand einen Schlüssel.

»Ach, Sie«, sagte Johanna. »Ich dachte schon … ich dachte, ich hätte ein Geräusch am Schloss gehört.«

»Ja, das war ich«, sagte Hartmann. »Ich erkläre es Ihnen gleich. Ich hätte vielleicht vorher klingeln sollen, statt hier einfach eigenmächtig ….« Er war sichtlich erschöpft. Wahrscheinlich hatte auch er in der vergangenen Nacht wenig geschlafen.

»Falls Sie mich zu Thomas Holzapfel befragen wollen, ich weiß nichts. Das kann ich Ihnen gleich sagen. Ich habe gestern Abend nichts gehört.«

»Ich bin nicht wegen Thomas Holzapfel hier, sondern wegen Angelika Fleiß. Darf ich einen Moment hereinkommen?«

»Wenn's sein muss.«

Sie gingen ins Wohnzimmer. Hartmann nahm auf dem Sofa Platz, Johanna auf einem der Sessel.

»Warum ist Ihr Kollege nicht dabei?«, fragte sie.

»Er hat noch mit einer Vernehmung zu tun«, erwiderte Hartmann. »Ich bin vor allem deswegen hier, weil ich Ihnen etwas geben wollte.«

Er gab ihr den Schlüssel, den er die ganze Zeit in der Hand gehalten hatte.

»Ist er das etwa?«, fragte Johanna. »Der fehlende Schlüssel für das Haus? Der Schlüssel, den Angelika Fleiß mir nicht mehr zurückgegeben hat?«

»Das vermuten wir«, sagte Hartmann. »Sie können ja nachschauen, ob er passt. Ich war gerade dabei, es auszuprobieren, als Sie mir zuvorkamen und die Tür geöffnet haben. Tut mir leid, ich hätte klingeln sollen.«

Johanna stand auf, nahm ihm den Schlüssel aus der Hand und ging damit zur Haustür. Er hätte in der Tat klingeln können, bevor er sich am Schloss zu schaffen machte, aber das war ihr jetzt auch egal. Hauptsache, der Schlüssel war wieder da. Er passte. Sie legte ihn auf den kleinen Tisch im Flur.

Wieder bei Hartmann im Wohnzimmer, fragte sie: »Wo war der Schlüssel denn? Haben Sie ihn doch noch bei Angelika Fleiß gefunden?«

»Nein, bei der Familie Fleiß war er nicht.«

Hartmann zog etwas aus seiner Jacketttasche. Ein Foto.

»Haben Sie diesen Mann schon mal gesehen?«, fragte er und reichte Johanna das Bild. »Vielleicht in der Nähe des Hauses? Seit dem Tod von Frau Fleiß? Hatten Sie vielleicht das Gefühl, als würde dieser Mann das Haus beobachten?«

Johanna nahm das Foto. Zuerst sah sie gar nicht richtig hin. Sie würde den Mann darauf sowieso nicht kennen. Hartmann wartete. Ihm zuliebe warf sie einen genaueren Blick darauf und stellte fest, dass sie ihn doch kannte. Es war der Mann mit den eleganten Schuhen. Der Retter in der regennassen Nacht, der ihr aufgeholfen hatte, als sie auf der Straße ausgerutscht war, und sie danach gemahnt hatte, unbedingt die Abschürfungen an ihren Händen zu versorgen und wegen des Knies einen Arzt aufzusuchen.

»Ich kenne ihn flüchtig«, sagte Johanna und musste lachen. »Sehr flüchtig. Im Grunde kenne ich ihn gar nicht. Er ist mir letzte Woche spätabends begegnet, als ich spazieren gegangen bin. Ich bin ausgerutscht und habe mich leicht verletzt. Er war sehr nett zu mir. Wer ist das?«

»Klaus Mangold.«

»Müsste mir dieser Name etwas sagen?«

»Vermutlich nicht. Klaus Mangold ist Angelika Fleiß' Schwager. Der Schlüssel zum Haus Ihrer Tante war bei ihm. Wir haben heute sein Haus und seine Büroräume durchsucht.«

»Hat er …«

»Ja, er hat Angelika Fleiß getötet. Das hat er auch bereits gestanden. Allerdings erst, nachdem wir ihm ziemlich zugesetzt haben. Mein Kollege, um genau zu sein. Haben Sie ihn nie in der Nähe des Hauses bemerkt?«

»Ich glaube nicht. Wieso sollte er hier gewesen sein?«

»Weil er fieberhaft nach etwas gesucht hat. Er wusste, dass es hier sein muss, hier im Haus Ihrer Tante.«

»Und er hatte den Schlüssel«, sagte Johanna. »Er hätte also jederzeit hier hereinkommen können. Sehe ich das richtig?«

»Wahrscheinlich war er sogar im Haus. Nachts, als Sie geschlafen haben. Ich würde sagen, Sie haben ganz schönes Glück gehabt, denn Klaus Mangold stand sehr unter Druck.«

»Was um Himmels willen hat er ausgerechnet bei meiner Tante gesucht?«, fragte Johanna.

»Ein altmodisches Sparbuch«, sagte Hartmann. »Kaum zu glauben, dass es heutzutage noch um Sparbücher geht. Es befand sich bei Ihnen im Keller, wir haben es gestern gefunden. Und dann haben wir eins und eins zusammengezählt. Wir hatten Klaus Mangold sowieso schon im Visier, aber bis gestern hat uns das Motiv gefehlt.«

Natürlich hatten die Kommissare Nachforschungen in Angelika Fleiß' Familie angestellt. Bei allen Nachbarn und Freunden. Sie hatten überprüft, ob Angelika Fleiß ein Verhältnis gehabt hatte. Denn sie verdächtigten lange Dieter Fleiß, ihren Ehemann. Sie plagten ihn mit Vernehmungen, luden ihn vor, tauchten zu jeder Tageszeit bei ihm auf, bis die Nachbarn schließlich zu tuscheln begannen und Dieter Fleiß plötzlich nicht mehr als der gutmütige Mann galt. Seine Verzweiflung nach ihrem Tod hatten die Kommissare wahlweise als echt und als vorgetäuscht betrachtet. Als echt wegen der ungeheuerlichen Tat, die er möglicherweise begangen hatte. Als vorgetäuscht, weil sie nicht ausschlossen, dass er ein guter Schauspieler war, obwohl sein Sohn Martin dies immer vehement bestritt. Und schließlich, als sie fast nicht mehr damit rechneten, entdeckten sie doch noch etwas in der Familie.

»Also ging es um Geld«, sagte Johanna.

»Ja. Wie so oft. Klaus Mangold ist pleite. Wenn Sie mich fragen, er ist ein Gernegroß, dem alles über den Kopf gewachsen ist. Er hat einen Internetversand aufgezogen, und zwar gleich im ganz großen Stil. Vier Angestellte, ein angemietetes Warenlager. Ein neues Auto hat er sich auch gekauft, natürlich eine schwäbische Luxuskarosse, und noch einiges andere, in Erwartung des Geldsegens. Doch der blieb aus. Er sitzt auf seiner Ware, die bezahlt werden muss. Er hat sich völlig verkalkuliert. Ärger mit dem Finanzamt hat er außerdem auch noch. Seine Angestellten haben seit Monaten keinen Lohn mehr erhalten.«

»Christiane, ich meine, Frau Holzapfel, hat mir aber erzählt, dass Angelika Fleiß kein Geld hatte«, sagte Johanna. »Ganz im Gegenteil. Schulden auf dem Haus, Mann arbeitslos, sie ging putzen, verkaufte Gemüse aus ihrem Garten. Angelika Fleiß hatte doch selbst finanzielle Sorgen. Mit ihrem Sparbuch hätte er wohl kaum seine Firma retten können.«

»Es ist nicht ihr Sparbuch«, sagte Hartmann. »Und das alles dachten wir zuerst auch. Deswegen haben wir uns so lange auf Dieter Fleiß konzentriert. Wir haben an ihrem Leichnam und ihrer Kleidung keine verwertbaren Spuren gefunden. Sie scheint sich nicht gewehrt zu haben. Wahrscheinlich wurde sie überrascht. Dann sind wir, wie gesagt, im Keller Ihrer Tante fündig geworden. Letztlich war der Keller der Schlüssel zu allem.«

Angelika Fleiß hatte sich lange um einen kranken Onkel gekümmert, berichtete Hartmann. Mit Hintergedanken und nicht aus Nächstenliebe, wie er annahm. Sie hatte für ihn geputzt und eingekauft, oft auch gekocht. Der Onkel wurde gebrechlich. Schließlich erledigte Angelika Fleiß auch seine Bankgeschäfte, hob kleinere Beträge für ihn ab, tätigte Überweisungen. In der hiesigen Filiale kannte man sie gut und gab ihr auch bereitwillig Geld, wenn sie etwas von seinem Sparbuch abheben wollte. Hartmann vermutete, dass sie sich daran auch schon zu seinen Lebzeiten bedient hatte. Dem Onkel hatten alle Geldanlagen, für die es mehr Zinsen gab, Angst gemacht, er vertraute nur auf sein Sparbuch. Außerdem hatte er noch eine kleinere Summe fest angelegt. Die Unterlagen dazu hatte Angelika Fleiß auch in Helenes Keller deponiert. Alles in allem handelte es sich um etwa 50.000 Euro. Als der Onkel starb, wusste niemand von diesem Geld. Klaus Mangold setzte Angelika Fleiß nach der Beerdigung massiv zu, weil er ihr nicht glaubte, dass es nichts zu holen gab. So musste sie auf die Idee gekommen sein, sagte Hartmann, das Sparbuch vor den Augen ihrer Schwester und ihres Schwagers zu verstecken. Nicht einmal ihrem Mann hatte sie davon erzählt. Es war ihr Geheimnis.

»Aber warum starb sie auf der Terrasse meiner Tante?«, fragte Johanna.

»Das haben wir uns auch gefragt«, sagte Hartmann. »Der genaue Tathergang ist noch nicht geklärt. Das heißt, vielleicht ist mein Kollege jetzt schon klüger. In diesem Moment unterhält er sich mit Klaus Mangold. Ich vermute, dass Angelika Fleiß in dieser Nacht das Sparbuch im Keller versteckt hat, um es vor ihrem Schwager zu retten. Klaus Mangold muss die ganze Zeit etwas geahnt haben und hatte sie ja auch vorher schon unter Druck gesetzt. Frau Fleiß hat wohl gedacht, der sicherste Platz wäre nicht bei ihr zu Hause, sondern im Haus Ihrer Tante. Klaus Mangold wusste, dass sie für Ihre Tante geputzt hat. Aber er wusste wahrscheinlich nicht, dass Sie inzwischen angereist waren, sondern dachte, im Haus Ihrer Tante hielte sich nach ihrem Tod niemand mehr auf. Vielleicht wollte er versuchen einzubrechen, weil er ahnte, dass hier irgendwo etwas ist. Er war in dieser Nacht mit seinem Auto unterwegs. Dann sah er Angelika Fleiß, die gerade aus dem Keller kam und zurück nach Hause wollte. So stellt sich das Ganze zumindest im Moment dar.«

»Das Sparbuch war in dem Schrank mit dem alten Papier, oder?«, fragte Johanna.

»Ja, dort haben wir es gefunden. Als Klaus Mangold Angelika Fleiß traf, am Haus Ihrer Tante, hat er wohl die Nerven verloren.«

»Das war aber nicht besonders schlau, Angelika Fleiß zu erstechen, bevor er das Sparbuch hatte«, sagte Johanna.

»Wie gesagt, er hat wohl die Nerven verloren. Und nach der Tat glaubte er, er würde schon finden, was seine Schwägerin vor ihm versteckt hatte. Vielleicht dachte er, es handelt sich um Bargeld. Er glaubte sich auf der sicheren Seite, weil er ja nun auch den Schlüssel zum Haus Ihrer Tante hatte.«

»Und woher hatte er ihn?«, fragte Johanna.

»Er hat ihn aus dem Mantel der Toten genommen. Den Schlüssel zum Keller hat er übersehen. Er war durch ein Loch im Futter gerutscht.«

Sie alle hatten Helenes Keller übersehen. Johanna. Hartmann und Wagner. Und Klaus Mangold, der freundliche Mann mit den schönen Schuhen.

»Womit hat er …«

»Dazu schweigt er bis jetzt«, sagte Hartmann. »Wahrscheinlich irgendein Werkzeug aus seinem Auto. Möglicherweise wollte er Angelika Fleiß damit zuerst nur bedrohen. Aber dann …«

Johanna wurde übel. Der Spaziergang bei Nacht. Der freundliche Mann. Wahrscheinlich war es gar kein Zufall gewesen, dass sie ihm draußen begegnet war. Alles hatte System. Er hatte sie ausgekundschaftet. Sie belauert. Er hatte auf eine Gelegenheit gewartet, Helenes Haus zu durchsuchen. Wollte einschätzen, mit wem er es zu tun hatte und ob er ein leichtes Spiel mit ihr haben würde. Die angereiste Leinwebernichte, die ihm jetzt noch im Weg war.

Hartmann stand vom Sofa auf. »Ich verabschiede mich jetzt«, sagte er. »Ich wollte Ihnen auch nur den Schlüssel bringen.«

Johanna begleitete ihn zur Tür.

»Sie dachten aber nicht, dass ich etwas damit zu tun habe, oder?«, fragte sie.

»Bei Angelika Fleiß nicht«, antwortete Hartmann. »Zumindest dachten wir es nicht lange.«

»Aber bei Thomas Holzapfel denken Sie es? Oder was heißt das? Weil er in der Nähe des Grundstücks gestorben ist?«

»Zum Tötungsdelikt Holzapfel kann ich Ihnen keine Auskunft geben. Allerdings war Ihre Reaktion letzte Nacht äußerst … merkwürdig. Und dann auch noch vor dem kleinen Sohn. Der Tod ist nicht komisch.«

»Nein, das ist er nicht.«

»Warum haben Sie dann gelacht?«, fragte Hartmann. »Worüber? Das habe ich mich heute schon den ganzen Tag gefragt.«

»Ich weiß es nicht«, sagte Johanna schnell. »Vielleicht war das alles zu viel für mich.«

Mit dieser Antwort schien er sich zufriedenzugeben.

»Sind so viele ungeklärte Todesfälle hier eigentlich an der Tagesordnung?«, fragte Johanna.

»Nein, sicher nicht. Erst, seit Sie hier aufgetaucht sind.«

Kommissar Hartmann gab ihr die Hand, stieg dann in seinen Wagen und fuhr davon. Johanna blickte ihm nach. Sie hatte ihn doch noch fragen wollen, wie Thomas Holzapfel gestorben war.

Danach machte sie sich auf den Weg zu der anderen Gaststätte, »Zum Löwen«. Thomas Holzapfel hatte sie vorgestern erwähnt. Vorgestern. Da hatte er noch gelebt. Ihm kann ich dort ja Gott sei Dank nicht mehr begegnen, dachte Johanna.

Im »Löwen« war es voller als vergangene Woche in der »Traube«. Johanna setzte sich an einen der kleineren Tische gleich beim Eingang und bekam bald darauf die Speisekarte. Sie blätterte eine Weile darin herum, obwohl sie bereits wusste, was sie wählen würde.

Die Kellnerin kam zu ihr. »Darf's schon was zu trinken sein?«, fragte sie.

Johanna suchte Wein aus.

»Ein Viertele Trollinger, gerne.«

Offenbar war ein *Viertele* die hier übliche Menge. Als die Kellnerin den Wein brachte, bestellte Johanna Zwiebelrostbraten mit Spätzle und Salat. Katharina Gessler hatte schwäbischen Zwiebelrostbraten ausdrücklich empfohlen. Auch in ihrem Brief hatte sie es geschrieben. Katharinas Abschiedsbrief und sie sprach darin vom Essen.

Johanna hatte vergessen, sich etwas zu lesen mitzunehmen. Wie hatte ihr das passieren können? Nun saß sie ohne Beschäftigung da. Ungeschützt. An allen anderen Tischen unterhielten sich Leute, waren zu zweit oder zu mehreren. Nur sie war allein. Wenigstens konnte sie von ihrem Platz aus dem Fenster blicken; das täuschte Beschäftigung vor. Allerdings war dort nicht viel mehr zu erkennen als ihr Spiegelbild, denn draußen war es längst dunkel. Wie befürchtet, wurde die Wartezeit lang. Oder kam es ihr nur so vor? Endlich brachte die Kellnerin einen gemischten Salat, dem sich Johanna ausgiebig widmete. Sie aß besonders langsam, um ja nicht die Blicke der anderen auf sich zu ziehen, weil sie fremd und einsam war und sich mit niemandem unterhalten konnte.

Dann, als der Salat fast aufgegessen war, wurde sie ruhiger. Eine Art wohliger Gleichgültigkeit breitete sich in ihr aus und stimmte sie heiter. Sollten die anderen Leute sie doch ansehen. Ja und? Sollten sie ruhig Mitleid mit ihr haben, weil sie alleine am Tisch saß. Sollten sie denken: O je, die ist einsam. War Johanna denn einsam? Sie wusste es nicht. Im Augenblick fühlte sie sich nicht so.

Das Essen war köstlich und Johanna verstand, warum Katharina Gessler es gepriesen hatte. Sie aß schnell, gierig. Nach der Hälfte legte sie für einen Moment das Besteck beiseite, schob ihren Stuhl nach hinten und lehnte sich zurück. Hinter ihr trug die Kellnerin gerade einen Teller vorbei und sagte: »Vorsicht!« Johanna warf einen Blick auf den Teller. Zwiebelrostbraten mit Spätzle. Sie trank einen Schluck Wein und blickte sich im Lokal um. An den Tischen Paare, alte und junge. Eine Familie mit Kindern. Johanna dachte an die Holzapfels. Dass Hartmann ihr ungehöriges Verhalten gerügt hatte, wäre gar nicht nötig gewesen. Sie wusste es selbst. Sie musste sich bei Christiane entschuldigen. In der hintersten Ecke saß eine Person alleine; Johanna hatte sie vorher nicht wahrgenommen. Sie war gar nicht die einzige Einsame im »Löwen«. Die Kellnerin stellte den Teller ab. Johanna sah genauer hin. Es war *sie*. Die einzige andere Person, die außer Johanna ohne Begleitung hier saß, war die unheimliche Frau. Und nun aß sie auch noch das Gleiche wie Johanna.

War sie vor Johanna schon hier gewesen? Oder erst später gekommen?

Johanna aß zu Ende, beeilte sich jetzt, trank ihren Wein aus und lehnte einen zweiten ab. Sie bezahlte und verließ das Lokal.

Auf dem kurzen Weg zu Helenes Haus drehte sie sich mehrmals um, mit klopfendem Herzen. Klaus Mangold, der Mann mit den schönen Schuhen, war ihr nie draußen aufgefallen. Doch jemand anderes beobachtete das Haus. Nicht nur das Haus, sondern auch sie. Permanent. Hätte sie Hartmann davon erzählen sollen?

Andererseits war Angelika Fleiß' Mörder gefasst und Johanna hatte den Schlüssel zurück. Es gab keinen Grund mehr zur Sorge. Sie würde beruhigt schlafen können.

Es war kein Waldkauz, kein quiekendes Schwein und auch kein Traum. Es war das Klingeln des Telefons, das Johanna weckte.

Wie gestern Nacht. War das eine Wiederholung? War es Christiane?

Barfuß und ohne das Licht einzuschalten, ging Johanna nach unten.

»Störe ich dich?«, fragte Ines am anderen Ende.

»Ich habe schon geschlafen«, sagte Johanna. »Gestern Nacht … kam ich nicht dazu. Gestern Nacht … war so viel los.«

»Oh, das tut mir leid«, sagte Ines. »Ich wollte dich nicht wecken. Ist es denn schon so spät? Ich habe gar nicht auf die Uhr gesehen. Tut mir leid.«

»Schon gut.«

»Gestern Nacht war so viel los?«, sagte Ines dann »Was ist denn da unten schon los? Ich dachte, da, wo du bist, sagen sich Fuchs und Hase gute Nacht.«

»Waldkauz und Schwein.«

»Was?«

»Ach, nichts. Gestern Nacht habe ich auch einen Anruf bekommen … aber das erzähle ich dir ein andermal.«

»Wieso?«, sagte Ines. »Du kannst es mir doch auch jetzt erzählen.«

»Lieber ein andermal. Musst du nicht morgen früh aufstehen?«

»Doch, schon«, sagte Ines. »Aber ich … ich wollte einfach deine Stimme hören. Du bist so weit weg. Wann kommst du denn eigentlich zurück?«

»Das weiß ich noch nicht. Bald.« Johanna stieß sich im dunklen Wohnzimmer an einem der Sessel das Bein und fluchte.

»Alles in Ordnung?«, fragte Ines.

»Ja, ja, hier ist es nur so dunkel. Ich muss das Licht einschalten.«

Wie gestern Nacht ging Johanna in die Küche, um

sich ein Glas Wasser einzugießen. Ines. Ines rief um diese Zeit an, weil sie ihre Stimme hören wollte. Wie lange hatte Johanna darauf gewartet?

»Du fehlst mir«, sagte Ines.

Johanna schwieg.

»Johanna«, sagte Ines. »Johanna … du … du liebst mich doch noch, oder?«

Johanna antwortete nicht.

»Du musst auch gar nichts sagen. Es war keine gute Idee, um diese Zeit anzurufen. Tut mir leid, dass ich dich geweckt habe. Du kommst doch wirklich bald zurück, oder?«

»Sicher«, sagte Johanna. »Meinst du, ich will ewig hier bleiben?«

Ines wünschte ihr eine gute Nacht und dass sie etwas Schönes träumte. Das hatte sie schon lange nicht mehr getan. Sie beendeten das Gespräch. Johanna ging zurück ins Bett und schlief sofort ein.

20

Als sie am nächsten Morgen einen sauberen Teller mit neuem Futter für den Kater Willy auf die Terrasse stellte, fragte sie sich, ob diese Regelmäßigkeit der Verpflegung unweigerlich weitere tote Tiere nach sich ziehen würde. Die Maus lag noch immer dort. Johanna wollte sie auf keinen Fall anfassen. Sie müsste zuerst nach einer Kehrschaufel suchen, dann die Maus, ohne sie zu berühren, auf die Schaufel schieben, nach hinten zu den Büschen tragen und dort vergraben. Johanna ekelte sich davor. Und sie hatte genug vom Tod. Sie würde sich später darum kümmern. Allzu lange warten sollte sie damit aber auch nicht, denn sonst würden in absehbarer Zeit die letzten Fliegen, die es jetzt, Anfang November, noch gab, die Maus umkreisen.

Nachdem sie gefrühstückt hatte, klingelte es an der Tür. Hartmann und Wagner. Wer sollte es auch sonst sein. Nun würde alles von vorne losgehen. Wie letzte Woche bei Angelika Fleiß. Ob sie an dem Abend, an dem Thomas Holzapfel starb, denn wirklich nichts bemerkt habe. Keine ungewöhnlichen Geräusche? Nichts? Gar nichts? Es sei doch direkt an ihrem Grundstück passiert, praktisch vor ihrer Nase, da hätte sie doch etwas hören müssen. Immer wieder und wieder würden sie diese Frage stellen. Johanna wappnete sich innerlich für das Gespräch, das ihr nun bevorstand. Nein, sie hatte nichts gesehen und nichts gehört. Morde konnten offenbar völlig unbemerkt vor der Haustür verübt werden.

Draußen stand die unheimliche Frau.

Im ersten Moment wollte Johanna ihr empört die Tür vor der Nase zuschlagen. Was bildete sich diese Person ein? Nun schreckte sie auch nicht mehr davor zurück, bis an die Haustür zu kommen! Was fällt Ihnen ein?, lag ihr auf der Zunge. Machen Sie, dass Sie verschwinden!

»Verzeihung«, sagte die unheimliche Frau. »Ich hatte gehofft, dass Sie daheim sind. Ich wollte Ihnen nur etwas bringen.«

Zum ersten Mal hörte Johanna die unheimliche Frau sprechen. Leicht schwäbischer Akzent. Angenehme Stimme. Doch davon sollte man sich ja nicht täuschen lassen, wie sie jetzt aus Erfahrung wusste. Thomas Holzapfel hatte auch eine angenehme Stimme gehabt.

Die Frau holte etwas hinter ihrem Rücken hervor und hielt es hoch. Eine Dose mit Lack, wie Johanna erkannte. Gelber Lack.

Was hatte das nun zu bedeuten? Ein Geschenk? Johanna schwankte zwischen Annehmen und Ablehnen. Gelben Lack konnte sie tatsächlich gut gebrauchen, um die Tür einigermaßen ordentlich herzurichten. Wie es aussah, fuhr sie ja sowieso nicht in die Stadt, vor allem, seit sie sich damit arrangiert hatte, Kleidung von Helene zu tragen. Aber sie wollte von dieser Person nichts annehmen, egal, was es war. Sie durfte nichts annehmen. Etwas Essbares würde sie sofort wegwerfen, aus Angst, es könnte vergiftet sein. Doch den Lack abzulehnen, würde möglicherweise Zorn in der unheimlichen Frau auslösen. Weil Johanna damit nicht nur das Geschenk zurückwies, sondern symbolisch die ganze Person.

»Ich dachte, das können Sie vielleicht brauchen«, sagte die Frau und deutete zur Haustür mit dem dilettantischen gelben Anstrich. »Letzte Woche habe ich Sie beim Lackieren gesehen. Und ich hatte den Eindruck, dass die Farbe nicht reicht. Ich heiße übrigens Susanne.«

Susanne. Das Lied von Leonard Cohen fiel Johanna ein. *Suzanne. Half crazy.*

»Johanna.«

Was sollte sie nur tun? Die Dose nehmen? Oder sagen: Nein, danke? Auf keinen Fall durfte sie die Frau ins Haus lassen. Sie hatte die Tür nur einen Spaltbreit geöffnet, bereit, sie im nächsten Moment zuzuschlagen.

»Das ist … sehr nett von Ihnen«, sagte Johanna. »Warten Sie doch bitte einen Moment.«

Sie schloss die Tür. Was sollte sie jetzt tun? Ob die Frau, Susanne, bald wieder gehen würde, wenn Johanna sich jetzt einfach nicht mehr rührte? Oder würde sie erneut klingeln? Zuerst ungeduldig werden und dann wütend? Johanna holte ihr Portemonnaie aus der Küche. Wie viel kostete eine Dose Lack? Sie hatte keine Ahnung. Ein Zwanzig-Euro-Schein sollte reichen. Sie öffnete die Tür. Die Frau stand noch immer draußen, mit der Lackdose in der Hand. Johanna hielt ihr den Geldschein hin.

»Reicht das?«, fragte sie. »Ich habe so etwas schon lange nicht mehr gekauft.«

»Es war gar nicht so gedacht, dass Sie den Lack bezahlen«, sagte die Frau. »Er ist ein Geschenk.«

»Danke, aber das kann ich nicht annehmen«, sagte Johanna und wedelte mit dem Geldschein.

»Das sollen Sie aber annehmen.«

Wartete sie etwa darauf, hereingebeten zu werden? Und dann? Von Nahem betrachtet, wirkte die Frau weder unheimlich noch bedrohlich. Sie sah sympathisch aus. Doch ein solcher Eindruck konnte täuschen.

»Also dann«, sagte die Frau, bückte sich und stellte die Lackdose auf dem Boden ab, direkt vor der Haustür. »Bis bald. Vielleicht.«

»Ja, bis bald«, sagte Johanna. »Und noch mal vielen Dank.«

Dic Frau drchtc sich um und ging davon. Johanna nahm die Dose vom Boden, vorsichtig, als wäre sie gefährlich, und schloss die Tür. Minutenlang blieb sie dahinter stehen und starrte die Dose an. Vielleicht hatte diese Frau letzte Woche »Mistfink« auf Helenes Haustür gesprüht und sich danach an Johannas Bemühungen, das Wort zu überpinseln, geweidet? Und jetzt brachte sie ihr neuen Lack? War das vorstellbar? Johanna rief sich ins Gedächtnis, wie oft sie die Frau in der vergangenen Woche gesehen hatte – angefangen mit ihrer ersten Begegnung vor dem Lebensmittelgeschäft Nägele, als sie ihr den Weg zur Eingangstür versperrt hatte. Die unheimliche Frau. Sie hatte jetzt einen Namen. Sie hatte keine blauen Augen, sondern graugrüne, war vielleicht ein paar Jahre älter als Johanna. Sie hatte eine schöne Stimme, anmutig geschwungene Wimpern und vermutlich war sie verrückt. Oder halb verrückt.

Und wenn schon. Hatte Johanna sich nach ihrer Ankunft in diesem Ort nicht vorgenommen, künftig weniger nachzudenken? Als sie vor einer guten Woche hier angekommen war, hatte sie sich vor dem Nebel gefürchtet. Und all diese Menschen hatten noch gelebt. Angelika Fleiß. Katharina Gessler. Thomas Holzapfel.

Nach einigen Minuten öffnete sie die Tür. Susanne war verschwunden.

Sie könnte sich tatsächlich um den neuen Anstrich kümmern. Jetzt gleich. Nicht immer alles verschieben, ermahnte sie sich. Doch dazu müsste sie zuerst den alten Lack entfernen, so weit, dass sie auch die hellbraune Schicht darunter erreichte. In der Kammer mit dem Ölbrenner suchte sie nach Schleifpapier. Tante Helene hatte einen so gut sortierten Haushalt, sie würde Johanna doch jetzt nicht enttäuschen. In dem Regal mit dem Werkzeug und den Putzmitteln fand sie einen Schuhkarton. Darin waren alle Sorten Schleifpapier, grobes und feines, benutztes und ganz neues.

Johanna ging nach draußen und begann, den alten Lack zu entfernen. Anschließend würde sie die Tür neu lackieren. Ganz ordentlich. Eine gelbe Haustür erschien ihr zwar etwas auffällig, aber nun war sie auf überraschende Weise zu gelbem Lack gekommen und dabei würde es bleiben. Anfangs arbeitete sie mit Feuereifer, froh über diese körperliche Beschäftigung. Doch bald wurden ihre Arme müde, erst der rechte, dann, als sie wechselte, auch der linke. Johanna geriet ins Schwitzen. Das rote, hässliche Wort, »Mistfink«, das sie so mühsam zu verdecken versucht hatte, kam auch wieder zum Vorschein.

Ein Wagen, den sie inzwischen gut kannte, hielt vor dem Haus. Johanna schliff weiter an der Tür herum, bis Hartmann und Wagner ausgestiegen waren.

»Mit einer Maschine wäre das leichter«, sagte Wagner.

»Das weiß ich selbst«, entgegnete Johanna. »Aber meine Tante hat wohl keine besessen.«

»Na ja, man soll sich ja auch viel mehr bewegen.«

Johanna ließ das Schleifpapier sinken und sah die beiden an.

»Wie geht es Lisa und Leo Holzapfel?«, fragte sie. »Und Christiane. Sind die Kinder heute zur Schule gegangen?«

»Nein, sie sind zu Hause«, sagte Hartmann. »Wir sind auf dem Weg zu den Holzapfels. Wir kamen nur gerade hier vorbei.«

»Und da fiel Ihnen sicher ein, dass Sie noch Fragen an mich haben«, sagte Johanna.

»Nein, eigentlich nicht.«

»Aber ich habe eine Frage. Wahrscheinlich werden Sie sie sowieso nicht beantworten. Wegen der laufenden Ermittlungen. Wie ist Thomas Holzapfel gestorben? Ist er zusammengeschlagen worden?«

»Interessant«, sagte Wagner. »Wie kommen Sie darauf?«

»Ach, nur so«, erwiderte Johanna. »Ich dachte an diese Jugendlichen.«

»An welche Jugendlichen?«

»Die mit den Schafen.«

»Schafe?«

Johanna erzählte Hartmann und Wagner von dem Gespräch, das sie vergangene Woche zufällig bei Nägele gehört hatte.

»Interessant«, sagte Wagner. »Aber trotzdem verstehe ich nicht, wie Sie darauf kommen, dass Thomas

Holzapfel zusammengeschlagen wurde. Schafe und Menschen, das ist ja noch ein Unterschied.«

Er notierte etwas. Johanna dachte, dass sie es gerne lesen würde, Kommissar Wagners Notizbuch, in das er so emsig hineinschrieb. Oder vielleicht lieber doch nicht.

»Thomas Holzapfel wurde durch einen Stoß oder einen Schlag getötet«, sagte Hartmann.

»Durch einen einzigen Schlag?«

»Andere Verletzungen weist der Körper des Opfers nicht auf. Abgesehen von ein paar Hautabschürfungen, die aber vom anschließenden Sturz herrühren dürften.«

»Ein einziger Schlag?«, wiederholte Johanna. »Keine … Waffe?«

»Nein, keine Waffe. Oder lassen Sie es mich so ausdrücken: Der Körper des Opfers war gewissermaßen die Waffe. Der Schlag muss mit großer Kraft ausgeführt worden sein.«

»Wurde ihm das Genick gebrochen?«, fragte Johanna.

»Nein, der Schlag traf das Gesicht des Opfers. Die Nase, um genau zu sein.«

»Die Nase?«

»Das Nasenbein wurde durch den Schlag verschoben«, sagte Hartmann, »und dabei wurden … Gefäße …« Er stockte. »Der Rechtsmediziner könnte das besser erklären als ich.«

Wagner blickte in sein Notizbuch und fuhr an Hartmanns Stelle fort. »Dabei wurden also Gefäße zerrissen«, sagte er, »die in den vorderen Teil des Gehirns führen und diesen mit Blut versorgen. In die vordere Hälfte des Gehirns gelangte somit kein Blut mehr.« Er klappte sein Notizbuch zu und sah Johanna an. »Thomas Holzapfel ist nicht unmittelbar danach gestorben«, sagte Wagner. »Er muss noch eine ganze Weile dort gelegen haben, wo ihn der Spaziergänger dann gefunden hat, ohne dass ihm jemand geholfen hätte. Vermutlich hätte man ihn retten können, wenn er sofort medizinisch versorgt worden wäre.«

Alle drei schwiegen einen Moment.

»Haben Sie an dem Abend wirklich nichts bemerkt?«, fragte Wagner.

»Nein, ich habe nichts bemerkt«, antwortete Johanna. »Wie ich Ihnen schon gesagt habe …«

»Haben Sie Musik gehört und der Fernseher lief«, beendete Wagner den Satz für sie. »Wirklich ein bisschen viel Tod in Ihrem Umfeld, finden Sie nicht, Frau Fink?«

»Thomas Holzapfel gehörte nicht zu meinem Umfeld.«

»Immerhin sind Sie mit seiner Frau befreundet.«

»Wir sind nicht befreundet«, sagte Johanna. »Nur … bekannt.«

»Und dann noch diese Geschichte in Berlin mit Ihrer anderen Bekannten«, sagte Wagner.

»Woher wissen Sie davon?«

»Wir haben mit der Berliner Polizei geredet, weil die Kollegen dort festgestellt haben, dass Katharina …«, er schlug sein Notizbuch wieder auf und suchte darin, »… hier habe ich den Namen, Gessler, dass Katharina Gessler am Abend ihres Todes zwei Stunden mit dem Anschluss von Helene Leinweber telefoniert hat. Da sie ja kaum mit Ihrer verstorbenen

Tante geschwätzt haben dürfte, hat sie also wohl mit Ihnen telefoniert, Frau Fink.«

»Ja und?«, sagte Johanna. »Ich glaube, das geht Sie nichts an.«

»Nein, natürlich nicht«, sagte Wagner. »Aber als dieser Name fiel, Gessler, Katharina Gessler, dachte ich, dass ich ihn doch erst kürzlich irgendwo gelesen hatte. Und dann habe ich nachgesehen«, er zeigte auf sein kleines Buch, »und wusste auch, wo. Auf dem Notizblock im Flur Ihrer Tante. Wie im Übrigen auch den Namen Angelika Fleiß. Aber das hat natürlich nichts zu bedeuten. Wie gesagt, ganz schön viel Tod um Sie herum, Frau Fink.«

»Wir müssen jetzt auch weiter«, sagte Hartmann.

»Wir wünschen noch frohes Schaffen.« Wagner deutete zur Haustür und auf das Schleifpapier, das Johanna in der Hand hielt.

Die Kommissare stiegen in ihr Auto und fuhren davon. Johanna nahm sich vor, nachher zu den Holzapfels zu gehen. Sie musste sich bei Christiane entschuldigen. Später, wenn Hartmann und Wagner ihre Fragestunde absolviert hätten und nicht mehr dort wären. Aber vielleicht stellten sie der Familie Holzapfel nicht nur Fragen und waren lästig, sondern spendeten in diesem Fall auch Trost. Von Hartmann konnte Johanna es sich vorstellen. Von Wagner nicht.

Ein kräftiger Schlag. Ein einziger kräftiger Schlag hatte genügt. Gegen die Nase. Ausgerechnet die Nase. Wenn sie nachher zu den Holzapfels ginge, müsste Johanna aufpassen, nicht erneut zu lachen. Wie Thomas Holzapfel danach wohl ausgesehen hatte? Ob sein hübsches Gesicht entstellt war?

Sie schliff noch eine Weile an der Tür herum und beschloss dann, dass es fürs Erste reichte. Sie würde später weitermachen. Nach ihrem Besuch bei Christiane.

Sie ging einkaufen. Sie war hungrig und so packte sie bei Nägele wahllos alles Mögliche in den Einkaufskorb. Sie hätte gerne frischen Lachs gehabt, den das Geschäft jedoch nicht anbot. Also begnügte sie sich mit tiefgefrorenem. Nach kurzem Überlegen nahm sie auch neues Katzenfutter mit.

Wieder zu Hause, blätterte Johanna durch die mitgebrachte Regionalzeitung, die eine kleine Meldung über Thomas Holzapfel brachte. Ungeklärter Todesfall. Thomas H. Tot aufgefunden. Wurde auf der Straße überfallen. Zweifacher Vater. Beliebter Lehrer. Johanna aß etwas und trank Kaffee. Sollte sie jetzt zu Christiane gehen? Wäre es noch zu früh? Wären Hartmann und Wagner noch da? Oder sollte sie vorher einen Spaziergang machen, zu den Streuobstwiesen? Es wäre viel schöner, in Begleitung spazieren zu gehen, dachte sie bekümmert.

Ines' Anruf gestern Nacht fiel ihr erst jetzt wieder ein. Die ganze Zeit hatte sie nicht daran gedacht. Dabei hatte Ines gestern Nacht all das gesagt, was Johanna so lange vermisst hatte. Allmählich würde sie ihr doch gerne von den Vorkommnissen in diesem Dorf erzählen. Sie rief bei ihr zu Hause an. Nach dem fünften Klingeln schaltete sich wie gewohnt der Anrufbeantworter ein. Natürlich, es war ein ganz normaler Werktag, Ines wäre im Büro. Welcher Tag war heute? Johanna sah auf die Zeitung. Mittwoch. Sie war mit den Wochentagen durcheinandergeraten und sie vergaß, dass bei anderen Menschen das Leben in den geregelten Bahnen verlief. Arbeiteten sie in Ines' Büro denn wieder? Sie hatte gestern Nacht gar nicht danach gefragt. Wie es ihnen allen nach Katharinas Tod erging. Ab wann sich die Routine wieder einstellte. Sie versuchte es auf Ines' Handy. Nichts. Es war ausgeschaltet.

Sie rief im Büro an. Diesmal wäre es vielleicht nicht so schlimm, denn vor ein paar Tagen hatte die Sekretärin in Johannas Gegenwart geweint, wenn auch nur am Telefon. Vielleicht hatte das ihre Haltung zu ihr verändert und sie wäre nun freundlicher.

»Hallo, hier ist Johanna Fink. Ist Ines gerade zu sprechen?«

»Oh, hallo«, sagte die Sekretärin. »Ines ist … Ines … sie ist im Moment nicht da.«

Ines war nicht da. Alles beim Alten. Wahrscheinlich saß sie in ihrem Büro eine Tür weiter und ließ sich verleugnen. Oder sie stand sogar mit einer Tasse Kaffee neben dem Schreibtisch der Sekretärin. Der zärtliche Anruf in der Nacht war nur einer vorübergehenden, flüchtigen Laune geschuldet. Weil Ines nicht hatte schlafen können. Eine vertraute Stimme gebraucht hatte. Vielleicht hatte sie Johanna in dem Moment, als sie es sagte, tatsächlich vermisst, aber am nächsten Morgen war dieses Gefühl längst wieder verflogen.

»Ach so, ja«, sagte Johanna. »Hätte ich mir ja denken können. Sie ist ja meistens nicht da. Könnten Sie ihr bitte ausrichten, dass ich angerufen habe?«

»Kann ich machen«, erwiderte die Sekretärin. »Allerdings weiß ich nicht … ob Ines … ich weiß nicht, ob ich dazu noch die Gelegenheit habe.«

»Wieso? Wie meinen Sie das?«

»Ines ist … Ines hat … also, sie ist jedenfalls nicht da. Oh, das andere Telefon klingelt. Ich muss aufhören. Also … tschüss, Frau Fink. Und noch alles Gute für Sie.«

Sie legte auf.

Wieso hatte sie »alles Gute« zu Johanna gesagt, als wäre es ein Abschied für immer?

Danach trat Johanna vor die Haustür, um zu überprüfen, wie weit sie mit dem Abschleifen gekommen war. Mindestens noch einmal müsste sie über die gesamte Fläche. Wahrscheinlich sogar zweimal. Sie wollte es ja ordentlich erledigen.

Die unheimliche Frau, die jetzt einen Namen hatte, ging am Haus vorbei und blieb stehen, als sie Johanna sah.

»Da haben Sie aber noch zu tun«, rief sie und kam näher.

»Das fürchte ich auch«, sagte Johanna. »Und danke noch mal für den Lack. Soll ich ihn nicht doch bezahlen?«

»Nein, nein, das ist schon in Ordnung«, sagte Susanne. »Ich darf doch Du sagen?«

»Ja, klar«, antwortete Johanna.

Schöne Stimme und nun der Vorschlag, sich zu duzen. Auch das erinnerte sie an Thomas Holzapfel.

»Warum haben Sie … hast du …« Sie müsste ihr jetzt die entscheidende Frage stellen. Eine solche Gelegenheit würde sich vielleicht nicht mehr bieten. Doch wie sollte sie die Frage formulieren? Am besten so, wie es ihr in den Sinn kam. »Wieso hast du mich eigentlich die ganze Zeit beobachtet?«, sagte Johanna und bemühte sich, Susanne dabei fest in die Augen zu sehen. »Seit ich hier bin?«

»Ich? Dich beobachtet?«, sagte Susanne. »Ich habe dich nicht beobachtet.«

»Doch, das hast du. Ich habe mir das doch nicht nur eingebildet.«

»Ehrlich gesagt hast du mich interessiert«, sagte Susanne. »Das ist eigentlich alles. Ich wollte dich kennenlernen. Und dann wusste ich aber nicht, wie … wie ich dich ansprechen soll. Alles, was mir eingefallen ist, kam mir ziemlich blöd vor.«

»Findest du nicht, dass das eine seltsame Art ist, Kontakt aufzunehmen?«, fragte Johanna.

»Ich hatte … ein bisschen Angst vor dir.«

»Angst? Vor mir?«

»Na ja, du hast mich immer angestarrt und dabei so finster geschaut. Zum Fürchten.« Susanne lachte.

»Ich habe dich angestarrt?«, sagte Johanna.

»Hast du, ja.«

Du hast mich angestarrt, dachte Johanna. Nicht umgekehrt. Ohne Jacke begann sie zu frieren. Sie bat Susanne ins Haus. Vielleicht war sie ja gar nicht verrückt, sondern verschroben. Extrem schüchtern. Eigenbrötlerisch. Und wenn sie doch verrückt war und sie gewährte ihr nun Einlass ins Haus? Dann wäre es zu spät.

»Ich hatte mir gestern im ›Löwen‹ schon überlegt, dich zu fragen, ob ich mich zu dir setzen darf«, sagte Susanne, als sie in Helenes Flur standen. »Aber ich habe mich nicht getraut. Du hast mich gar nicht bemerkt, so beschäftigt warst du mit deinem Salat. Übrigens kannte ich Helene Leinweber.«

»Du kanntest meine Tante?«

»Ja, ich war auch öfter hier im Haus. Helene war ein sehr netter Mensch. Und du bist also ihre Nichte.«

Sie gingen ins Wohnzimmer. Johanna erzählte ihr, dass sie in Berlin lebte, was sie hierher geführt hatte und wie gut ihre Mutter es verstand, unliebsame Aufgaben zu delegieren. Dass sie Helene das letzte Mal als Kind gesehen habe und vorher nie hier gewesen war. Nicht in Helenes Haus, nicht einmal in diesem Ort. Dass sie das Haus verkaufen müsse. Dass sie sich bislang kaum darum gekümmert habe, weil so viel passiert sei. Susanne wusste natürlich von Angelika Fleiß' Tod. Und von Thomas Holzapfel. Johanna berichtete ihr auch von Katharina Gessler. Beide schwiegen einen Moment. Sie standen vor der Terrassentür und blickten nach draußen.

»Helenes Garten ist sehr schön«, sagte Susanne. »Ich habe ihr manchmal damit geholfen.« Dann lachte sie plötzlich. »Was ist das denn?« Sie zeigte auf die Terrasse.

»Oh, ach das«, sagte Johanna, »die Maus, die hätte ich schon längst … Der Kater, er gehört der Frau hier nebenan, hat sie mir gebracht. Letzte Woche, als ich ankam, schon einen Buchfinken.«

Susanne öffnete die Terrassentür und ging nach draußen.

»Du solltest sie vergraben«, sagte sie.

»Ja, ich weiß.«

Das Futter auf dem Teller war verschwunden, der Teller blank. Daneben war noch der dunkle Fleck auf den Steinplatten zu erkennen. Einige halb verbrannte Papierfetzen lagen ringsherum.

Susanne zeigte auf die Fetzen. »Und was ist das?«, fragte sie. »Hast du ein Feuerchen gemacht?«

»Ich musste etwas vernichten«, sagte Johanna. »Etwas Unheilvolles. Mir fiel nichts Besseres ein als es zu verbrennen.«

»Etwas Unheilvolles?«

»Einen Notizblock.«

»Ein Notizblock bringt Unheil?«

Johanna antwortete nicht.

Dann blickte Susanne wieder auf die tote Maus. »Seit wann liegt sie denn schon hier?«, fragte sie.

»Seit gestern«, antwortete Johanna. »Ich glaube, es war gestern.«

Oder war es heute gewesen? Johanna kam mit der Zeit durcheinander. Oktober. November. Heute. Gestern. Letzte Woche. Wie lange war sie schon hier?

»Kann es sein, dass diese kleine Maus dir Probleme bereitet?«, fragte Susanne.

»Na ja … sie ekelt mich ein bisschen.«

Susanne nahm ein herabgefallenes Herbstblatt vom Gras, packte damit die Maus am Schwanzende und hob sie hoch. Johanna betrachtete es angewidert und zugleich fasziniert.

»Na los, hol was zum Vergraben«, sagte Susanne, während sie über den Rasen, der dringend gemäht werden müsste, zum anderen Ende des Gartens ging.

Vergraben, dachte Johanna. Vergraben. Sie eilte zurück ins Haus, suchte im Ölbrenner-Kämmerchen fieberhaft nach einer kleinen Schaufel, fand jedoch keine. Mit dem Kellerschlüssel ging sie wieder zurück auf die Terrasse. Susanne stand hinten bei den Bäumen und Büschen und wartete. Johanna schloss die Kellertür auf, Hartmann und Wagner hatten tatsächlich daran gedacht, wieder abzuschließen, und stieg die Stufen hinab. Sie fand eine kleine Gartenschaufel, ging mit ihr wieder nach oben, über den Rasen zu Susanne. Die Maus lag neben ihren Füßen. Hier, am Ende des Gartens, war Johanna noch nie gewesen.

Zwischen den Büschen grub Johanna ein kleines Loch.

»Das reicht«, sagte Susanne. »Ist ja nur eine kleine Maus.«

Mit der Schuhspitze schob sie die Maus in das Loch, das Johanna anschließend wieder mit Erde füllte. Als sie mit dem Begräbnis fertig waren, fing Johanna an zu lachen.

»Worüber lachst du?«, fragte Susanne.

»Das habe ich als Kind immer gemacht«, sagte Johanna. »Kleine tote Tiere, die ich draußen gefunden habe, beerdigen.«

»Und wie hast du sie damals in das Loch bekommen?«, fragte Susanne.

»Das habe ich vergessen.«

Sie gingen wieder zurück ins Haus. Susanne wusch sich in der Toilette im Parterre die Hände.

»Vielleicht hast du ja Lust, mal spazieren zu gehen?«, fragte Johanna, als sie im Flur vor der Haustür standen.

»Ja, vielleicht. Wie lange bist du denn noch hier?«

»Schon noch ein paar Tage«, sagte Johanna.

»Soll ich dir meine Nummer aufschreiben?«

Johanna nickte.

»Etwas zu schreiben wäre gut«, sagte Susanne und blickte sich im Flur um. »Ein Notizblock.«

»O nein, bloß klein Notizblock«, sagte Johanna, »jedenfalls keiner, der hier auf dem Tisch liegt.« Sie holte Zettel und Stift aus der Küche.

Susanne schrieb ihre Nummer auf und verabschiedete sich. Die Maus war beseitigt, viel schneller, als Johanna gedacht hatte. Genau das hatte sie sich die ganze Zeit gewünscht. Dass ihr jemand half. An tote Mäuse hatte sie dabei allerdings nie gedacht.

Danach zog Johanna sich eine Jacke an. Die Familie Holzapfel ließ ihr keine Ruhe. Ein zweiter Versuch. Diesmal musste sie mutiger sein als gestern, sich bis zur Tür wagen und klingeln.

Sie hätte sich gerne mit längeren Umwegen aufgehalten, doch sie zwang sich dazu, die kürzeste Strecke zum Haus der Holzapfels zu nehmen. Vor der Tür stand das Auto von Hartmann und Wagner. Außerdem ein Streifenwagen. Johanna zögerte. Wenn die Polizei noch immer dort war – oder schon wieder –, war es keine günstige Gelegenheit für einen Besuch. Außerdem wollte sie nicht den beiden Kommissaren begegnen. Aber sie konnte doch nicht einfach wieder umdrehen?

Sie lehnte sich gegen Hartmanns und Wagners Wagen und überlegte, was sie nun tun sollte. Klingeln oder lieber wieder gehen und es am Abend noch einmal versuchen? Plötzlich öffnete sich die Tür. Hartmann und Wagner kamen heraus. Hartmann nickte kurz, als er Johanna sah. Sein Blick war sehr traurig. Vermutlich war er noch immer von Johannas Reaktion in der Nacht, als Thomas Holzapfel gestorben war, enttäuscht. Wagner beachtete sie nicht. Johanna trat vom Auto weg. Hinter Wagner kamen

Christiane und Lisa aus dem Haus, gefolgt von zwei uniformierten Polizisten.

Lisas Blick war genauso starr und ausdruckslos wie in der Nacht, als sie vom Tod ihres Vaters erfahren hatte. Christiane hatte den Kopf gesenkt und sah auf den Boden.

»Christiane«, sagte Johanna, »jetzt ist vielleicht kein guter Moment dafür, aber ich wollte dir sagen …«

Christiane hob den Kopf.

»Das ist jetzt wirklich kein besonders guter Moment«, bemerkte Wagner.

Dann löste sich Lisa aus der Gruppe und kam zu Johanna. Einer der uniformierten Polizisten folgte ihr.

»Hallo«, sagte Lisa.

»Hallo, Lisa.« Johanna war überrascht, dass die mürrische Vierzehnjährige sie freiwillig und ohne Aufforderung begrüßte. Aber vielleicht veränderte der Tod alles.

Lisa kam noch einen Schritt näher. Ihr Gesicht trug die weichen Züge der Kindheit, auch wenn sie sich sicher schon sehr erwachsen fühlte.

»Er hat mich nicht geliebt«, sagte Lisa ganz leise. »Er hat mich einfach nicht geliebt. Er hat mir nie Vogelstimmen erklärt.«

»Komm jetzt, Lisa«, sagte Hartmann sanft und nahm ihren Ellbogen.

Lisa und Christiane stiegen in den Streifenwagen, Hartmann und Wagner in ihren eigenen. Sie ließen Johanna alleine auf der Straße zurück, vor dem Haus der Familie Holzapfel.

Zu Hause wurde sie bereits erwartet. Ein alter Mann stand vor Helenes Tür, strich darüber, als wollte er Johannas Arbeit begutachten. Er hielt sich leicht gebeugt, trug eine Mütze und einen karierten Schal.

»Kann ich Ihnen helfen?«, fragte Johanna misstrauisch.

Der alte Mann drehte sich zu ihr um und reichte ihr die Hand. Er öffnete den Mund, aber es kam nur ein heiserer, krächzender Laut heraus. Dann griff er in seine Jackentasche und holte einen kleinen, flachen Kasten daraus hervor, einem Rasierapparat ähnlich. Er zog seinen Schal beiseite. Da, wo die knochige Wölbung des Kehlkopfes hätte sein sollen, war sein Hals flach und von Narbengewebe überzogen. Der Mann drückte den kleinen Kasten fest an den Hals, direkt unterhalb des Unterkiefers, und öffnete erneut den Mund.

»Ich bin ein Freund von Helene«, sagte er mit einer metallischen Stimme, die nicht nach einem Menschen klang, sondern so, als würde eine Maschine sie erzeugen. Er sprach sehr langsam. »Sie sind Helenes Nichte?«

»Ja, Johanna Fink.«

»Ich wollte Sie fragen, ob Sie Wert auf das Bild legen. Das Bild in Helenes Schlafzimmer. Ich habe Sie letzte Woche schon angerufen.«

Der Anruf nach ihrer Ankunft in Helenes Haus. Das Krächzen einer Krähe. Johannas Entsetzen.

»Kehlkopfkrebs«, sagte er. »Anstrengend, damit zu sprechen.«

»Das Bild, ja«, sagte Johanna. »Nein, ich lege keinen Wert auf das Bild. Wollen Sie es denn haben?«

Er nickte.

Unschlüssig stand Johanna neben ihm vor der Haustür. »Ach, kommen Sie doch kurz rein«, sagte sie dann. »Wenn Sie wollen, können Sie das Bild gleich mitnehmen.«

Johanna bat den alten Mann ins Wohnzimmer. Er setzte sich sofort auf einen der weinroten Sessel, als wäre ihm dieser Platz vertraut.

»Kannten Sie meine Tante gut?«, fragte Johanna.

Er nickte. »Befreundet«, sagte er. »Lange befreundet. Auch mit Margret.«

Immer, wenn er sprach, drückte er den kleinen Kasten gegen seinen Hals. Wenn er fertig war, nahm er ihn wieder herunter. Johanna brauchte eine Weile, um sich an die künstliche Stimme und das schleppende Tempo zu gewöhnen.

»Margret?«, fragte sie.

»Margret hat das Bild gemalt. Haben … zwanzig Jahre hier zusammen gelebt.«

»Meine Tante lebte mit einer Frau zusammen?«, fragte Johanna. Nun wurde ihr einiges klar. Deswegen also die verächtlichen Bemerkungen ihrer Mutter, die Behauptung, Helene sei »allein« gewesen und Johanna solle aufpassen, dass sie nicht auch so ende wie ihre Tante. Deswegen das Schweigen zwischen den Schwestern all die Jahre.

Der alte Mann nickte.

»Und wo ist Margret jetzt?«

»Sie ist vor einigen Jahren gestorben.«

Johanna stand auf. »Warten Sie einen Moment«, sagte sie, »ich bin gleich wieder da.« Sie ging nach oben in Helenes Schlafzimmer und nahm das Bild von der Wand. Es war groß und zusammen mit dem Rahmen viel schwerer, als sie gedacht hatte. Sie trug es nach unten ins Wohnzimmer. Der alte Mann saß noch immer auf dem roten Sessel.

»Hier, das Bild«, sagte Johanna.

Er sah es an und lächelte. Dann hielt er sich wieder den Kasten an den Hals. »Das ist für mich eine Erinnerung an sie. An beide. Margret und Helene.« Er nahm den kleinen Kasten herunter, um ihn gleich darauf wieder an den Hals zu setzen. »Eigentlich ist es ein scheußliches Bild.« Er lachte und auch das erinnerte an das Krächzen einer Krähe.

»Wollen Sie es gleich mitnehmen?«

»Bin nicht mehr der Jüngste. Ich komme mit meinem Sohn und hole es ab, wenn das möglich ist.«

»Sicher«, sagte Johanna. »Kommen Sie, wann Sie wollen.«

Dann fielen ihr die beiden Fotos mit der unbekannten Frau ein. Sie lagen noch unten im Wohnzimmer. Johanna zeigte sie ihm.

»Ist das Margret?«, fragte sie.

Er nahm die Fotos in die Hand und nickte. Das Bild, das auf einer Frühlingswiese aufgenommen wurde, betrachtete er lange.

»Alle tot«, sagte er ohne Zuhilfenahme seiner Stimmprothese. Johanna verstand es auch so. Dann setzte er wieder den Kasten an den Hals. »Ich kann Ihnen Fotos von beiden zeigen«, sagte er. »Von Margret und Helene. Ich habe sie zu Hause.«

»Ich würde sie gerne sehen«, sagte Johanna.

Sie verabredeten sich für den kommenden Samstag. Da habe sein Sohn Zeit für kleinere Gefälligkeiten. Er komme dann zusammen mit seinem Sohn, um das Bild abzuholen, und bringe ihr auch die Fotos mit. Die wolle er aber wieder zurückhaben. Als er Johanna letzte Woche angerufen hatte, habe er wohl nicht nachgedacht. Helene habe ihn meistens auch ohne Stimmprothese verstanden. Ja, das klinge grauslich, er höre es ja selbst. Wie ein alter Rabe. Aber die Metallstimme sei auch nicht viel besser.

Er stand auf, wickelte sich den karierten Schal sorgfältig um den Hals und verabschiedete sich.

Am frühen Abend öffnete Johanna den Kühlschrank und besah sich ihre Einkäufe. Der Lachs war jetzt aufgetaut. Dazu würde es grüne Bandnudeln, eine helle Soße, frische Champignons und Salat geben.

Bevor sie es sich anders überlegen konnte, griff sie zum Telefon und rief Susanne an. Sie fragte sie, ob sie sie zum Essen einladen könne, nicht in der »Traube« oder im »Löwen«, sondern in Helenes Haus. Sie sei ihr noch etwas schuldig wegen des Lacks. Und wegen der toten Maus.

Susanne schwieg. So lange, dass Johanna schon sicher war, sie würde die Einladung nicht annehmen und nur nach einer passenden Ausrede suchen.

»Ich komme gerne«, sagte sie schließlich und Johanna war erleichtert.

Oder sollte sie besorgt sein?

Sie hatte schon länger nicht mehr für jemanden gekocht. Das letzte Mal für Ines. Danach war Ines im Streit gegangen und seither hatte Johanna sie nicht mehr gesehen. Und nachdem Ines für eine kurze Phase wiederaufgetaucht war – als wäre nichts gewesen –, war sie jetzt offenbar aufs Neue verschollen. Wahrscheinlich entsprach es einfach ihrem Wesen.

Johanna freute sich auf ihren Besuch. Angst musste sie sicher keine mehr vor der unheimlichen Frau haben. Oder doch? Sie nahm die geblümte Decke vom Tisch und legte sie zur schmutzigen Wäsche. Dann suchte sie nach einer neuen und wählte eine ganz weiße. Sie öffnete eine von Helenes Rotweinflaschen. Rotwein passte nicht zum Fisch, aber sie hatte nicht daran gedacht, weißen zu kaufen. Das war nun auch nicht mehr zu ändern. Sie deckte den Tisch in der Küche. Musste sie noch Angst vor Susanne haben?

Susanne kam pünktlich, gab Johanna die Hand und betrachtete die abgeschliffene Haustür. Die roten Buchstaben waren noch schwach zu erkennen.

»Ich weiß, dass es noch nicht fertig ist«, sagte Johanna.

»Dann passt ja, was ich dir mitgebracht habe«, sagte Susanne. Sie übergab Johanna einen schweren, staubigen Karton. Darin befand sich ein Schwingschleifer. »Statt Blumen«, sagte Susanne. »Oder gibt es so etwas im Haus deiner Tante?«

»Nein, ich glaube nicht«, sagte Johanna. »Zumindest habe ich nichts gefunden. Danke. Das kann ich gut gebrauchen.«

Im Flur nahm Susanne ihren schwarzen Rucksack ab, öffnete ihn und holte Ersatzschleifblätter für die Maschine heraus. Sie hängte ihre Jacke an die Garderobe und Johanna bat sie in die Küche.

Susanne setzte sich an den Küchentisch, Johanna goss Wein in zwei Gläser. Sie stießen miteinander an.

Dann begann Johanna zu kochen.

»Soll ich dir helfen?«, fragte Susanne.

»Nein, das geht schnell. Du kannst dich aber mit mir unterhalten.«

Susanne ging ins Wohnzimmer und blieb dort eine Weile. Johanna begann sich zu fragen, was sie tat – bis die Stimme einer der Mezzosopranistinnen aus Helenes CD-Sammlung erklang.

»Und du wohnst also in Berlin«, sagte Susanne, nachdem sie sich wieder an den Küchentisch gesetzt hatte. »Und fährst sicher bald wieder zurück, oder?«

»Ja«, sagte Johanna. »Ich bin schon viel länger hier als ursprünglich geplant. Allerdings sind ja auch unvorhergesehene Dinge passiert.«

»Du meinst die Toten?«

»Ja, die Toten. Und dann auch noch so viele. In so kurzer Zeit.«

»Stimmt«, sagte Susanne, »das passiert hier nicht alle Tage. Und deine Bekannte aus Berlin habe ich ganz vergessen. Das tut mir leid.«

Das Essen war fertig. Johanna und ihr Besuch saßen sich gegenüber, aßen langsam und mit Genuss und unterhielten sich. Wenn noch ein Funke Angst vor der unheimlichen Frau in Johanna glomm, machten das Essen, der Wein, Susannes schöne Stimme und die Opernarien aus dem Wohnzimmer ihn vorübergehend vergessen.

Als sie das Essen beendet hatten, klingelte es an der Tür.

»Inzwischen bekomme ich hier mehr Besuch als in Berlin«, sagte Johanna und stand auf. »Ich bin gleich wieder da.«

Martin Fleiß stand vor der Tür. Heute war er rasiert und sah noch jünger aus als beim letzten Mal.

»Ich wollte Sie nicht stören«, sagte er. »Ich wollte Ihnen nur das hier geben.«

Er überreichte ihr eine Karte, auf der die Beerdigung seiner Mutter angekündigt war. Auf dem kleinen Friedhof, auf dem auch Helene begraben war.

»Jetzt ist ja alles geklärt«, sagte er. »Mein Onkel … aber das wissen Sie vielleicht schon.«

»Ja, die Polizei hat es mir erzählt.«

»Jedenfalls können wir meine Mutter jetzt beerdigen. Ich würde mich sehr freuen, wenn Sie kommen.«

»Danke für die Einladung«, sagte Johanna. »Aber ich kannte Ihre Mutter doch gar nicht. Und Ihre Familie kenne ich auch nicht.«

»Sie ist bei Ihnen gestorben«, sagte Martin Fleiß. »Außerdem haben Sie mir neulich abends sehr geholfen. Es hat gut getan, mit Ihnen zu reden. Und meine Mutter hätte Sie bestimmt gemocht.«

Das bezweifelte Johanna.

»Ich überleg's mir noch, in Ordnung?«, sagte sie.

»Ich würde mich wirklich sehr freuen«, sagte Martin Fleiß, wünschte ihr noch einen schönen Abend und ging.

Susanne hatte neue Musik ausgesucht, den Tisch abgeräumt und Wein nachgegossen. Johanna zeigte ihr die Karte.

»Wenn er sich das wünscht«, sagte Susanne. »Geh doch hin. Falls du dann überhaupt noch hier bist.«

Johanna hatte keine schwarze Kleidung dabei. Ihre lächerliche kleine Reisetasche! Sie würde also wieder in Helenes Schrank stöbern müssen. Oder endlich in die Stadt fahren.

Sie aßen noch Weißbrot, Käse und Weintrauben und sprachen über die Toten. Über Angelika Fleiß, Katharina Gessler und Thomas Holzapfel. Bislang hatte Johanna niemandem von dem kleinen Notizblock, der im Flur gelegen und den sie auf der Terrasse verbrannt hatte, erzählt.

Susanne hörte ihr zu und sagte dann: »Ich kann verstehen, dass du diesen Notizblock loswerden wolltest. Aber das ist doch nur ein Zufall.«

»Ja, ich weiß«, sagte Johanna. »Was sollte es auch sonst sein. Aber trotzdem …«

»Vergiss es einfach«, sagte Susanne. »Was ich dich die ganze Zeit schon fragen will, warum berlinerst du eigentlich nicht?«

Diese Frage überraschte Johanna. »Weil ich nicht aus Berlin stamme«, antwortete sie. »Das ist doch peinlich, wenn Zugezogene das tun.«

»Und woher stammst du?«

»Westfalen. Östliches Westfalen. Meine Mutter lebt dort immer noch.«

»Deine Mutter, die dir das alles eingebrockt hat«, sagte Susanne.

»Genau. Dabei fällt mir ein, dass ich sie eigentlich mal anrufen müsste. Aber nicht heute. Und du? Du kommst von hier, oder?«

»Ja, hier aus der Nähe. Zwischendurch habe ich mal eine Weile in Münster gewohnt, also gar nicht weit weg von deiner Heimat.«

»Warum ausgerechnet in Münster?«

»Der Liebe wegen.«

»Hat sie gehalten?«

»Nein, natürlich nicht.« Susanne lachte. »Und als es vorbei war, bin ich wieder zurückgekommen. Ehrlich gesagt hatte ich auch Heimweh.«

»Und dann?«

»Dann zog ich irgendwann hierher. Was am Anfang gar nicht so leicht war. Ich habe mit einer Frau zusammengelebt und immer gedacht, dass uns die Nachbarn schief ansehen.«

»Und wo ist die Frau heute?«

»Ausgezogen«, sagte Susanne. »Und ich bin immer noch hier.«

»Und warum bist du nicht weggezogen?«, fragte Johanna.

»Wohin denn?«

»Ich weiß nicht. Eben weg. In eine größere Stadt.«

»Ist es woanders denn so anders?«, fragte Susanne.

Johanna verteilte den restlichen Wein gerecht auf die beiden Gläser und dachte darüber nach. Nein, wahrscheinlich war es woanders nicht so anders.

21

Am Donnerstagmorgen, als Johanna gerade damit begonnen hatte, die Tür ein zweites Mal abzuschleifen – diesmal mithilfe der Maschine –, hielt das Auto der Kommissare vor dem Haus.

»Grüß Gott«, sagte Hartmann. Er war alleine gekommen.

»Guten Morgen. Immer noch Fragen?«

»Nein, ich war nur in der Gegend und wollte mich von Ihnen verabschieden.« Er betrachtete die Schleifmaschine in Johannas Hand. »Hätten Sie etwas dagegen, Ihre Arbeit kurz zu unterbrechen und mich ins Haus zu lassen?«

»Natürlich nicht«, sagte Johanna. »Kommen Sie rein.« Sie ließ ihm den Vortritt, legte den Schwingschleifer im Flur auf den Boden und ging mit Hartmann in die Küche.

»Würde es Ihnen etwas ausmachen …«, sagte er.

»Was soll mir etwas ausmachen?«

»Einen Kaffee zu kochen. Würde das große Umstände machen? Ich könnte jetzt nämlich gut einen Kaffee brauchen.« Er nahm auf seinem bevorzugten Stuhl Platz.

Johanna wandte ihm den Rücken zu, füllte die Kaffeemaschine und schaltete sie ein. Wie vielen Leuten hatte sie hier eigentlich schon Kaffee gekocht? Zuletzt war es für Thomas Holzapfel gewesen. Der lebte nun nicht mehr. Bestimmt hatte Hartmann doch noch Fragen. Aus welchem Grund sollte er sonst hier sein? Polizisten kamen nicht einfach so zu Besuch.

»Renovieren Sie jetzt das Haus?«, fragte er.

»Nur die Tür«, antwortete Johanna. »Die kann ja nicht so bleiben.«

Während der Kaffee in die Kanne tropfte, sprachen Johanna und Hartmann kein Wort. Hartmann sah aus dem Fenster in den Garten, Johanna auf das Stillleben über dem Tisch. Noch lange, nachdem sie ausgeschaltet war, prickelte es in Johannas Hand von den Vibrationen der Schleifmaschine. Dann endlich war der Kaffee fertig. Johanna holte zwei Tassen aus dem Schrank, goss Kaffee ein, stellte die Tassen, Milch und Zucker auf den Tisch und setzte sich auf den anderen Platz.

»Der Fall Holzapfel ist jetzt auch geklärt«, begann Hartmann. »Und Sie hatten nicht das Geringste damit zu tun. Genauso wenig wie im Fall Fleiß. Aber das habe ich auch nicht wirklich geglaubt. Sie hatten nur das Pech, zufällig in all das hier hineinzugeraten. Wären Sie früher hier angekommen – oder später –, hätte der Ort wahrscheinlich einfach nur den Eindruck eines idyllischen schwäbischen Dorfes auf Sie gemacht. Aber so …«

»Wie Ihr Kollege Herr Wagner schon sagte, ein bisschen viel Tod um mich herum.«

»Ich könnte gut verstehen, wenn Sie so schnell wie möglich wieder abreisen«, sagte Hartmann.

»Trifft es zu, was ich seit gestern befürchte?«, fragte Johanna.

»Was befürchten Sie?«

»Als ich sah, dass Sie Lisa und Frau Holzapfel mitnehmen, dachte ich, das kann nur bedeuten, dass Lisa etwas damit zu tun hat. Oder Christiane. Aber

Christiane doch eher nicht, dachte ich, denn dann sagte Lisa plötzlich … sie sagte diesen seltsamen Satz.«

»Leider ist Ihre Befürchtung richtig«, sagte Hartmann. »Lisa Holzapfel hat ihren Vater getötet. Oder besser, die Verletzung, die sie ihm zugefügt hat, führte schließlich zu seinem Tod. Sie hat es uns freiwillig gesagt. Wir sind auch alle … nun, fassungslos. Bei Angelika Fleiß war es ja eher das Übliche. Geld. Habgier. Finanzielle Not. Aber ein vierzehnjähriges Mädchen … den eigenen Vater … eine gut situierte Familie … Bildung … wir haben uns natürlich als Erstes gefragt, ob eventuell sexueller Missbrauch vorliegen könnte.« Er sah kurz zu Johanna, als erwartete er, dass sie ihm ins Wort fallen würde. »Ja, auch wir hier in der Provinz leben nicht hinter dem Mond, falls Sie das denken. Aber wir haben keinerlei Hinweise darauf gefunden und können das wohl ausschließen.«

»War es wirklich Lisa?«, fragte Johanna.

»Ja, leider. So unvorstellbar es auch ist. Wir wissen nicht, warum sie es getan hat. Sie spricht nicht mehr. Darum wird sich wohl der Psychologe kümmern.«

»Sie hat den Grund doch genannt«, sagte Johanna. »Ganz leise, kurz bevor sie in den Wagen stieg. Der seltsame Satz. Er hat sie nicht geliebt. Zumindest hat sie das so empfunden.«

»Ich habe es auch gehört«, sagte Hartmann. »Aber selbst, wenn es so wäre, was ich ja nicht glauben kann, ist das denn ein Grund?«

Sie schwiegen beide, tranken ihren Kaffee und blickten in den Garten. Thomas Holzapfel hat auch seine Frau nicht geliebt, dachte Johanna. Mehr noch, er hat sie verachtet. Geliebt hat er nur sich selbst und seinen Sohn. Sie erinnerte sich an die zurückliegende Woche, an alle Begegnungen mit der Familie Holzapfel. Lisas Verhalten ihrer Mutter gegenüber. Unausstehlich. Stets latent aufsässig. Eine tödlich beleidigte Miene als Dauerzustand. Johanna hatte es als typisch für eine Pubertierende betrachtet, nichts weiter. Schwieriges Alter. Doch vielleicht war es bei Lisa viel mehr als nur das, vielleicht verachtete sie ihre Mutter im gleichen Maß, wie sie ihren Vater vergötterte. Und dann diese Trauer in ihrem Blick, als Johanna ihr von den langweiligen Vogel-Beobachtungen mit ihrem eigenen Vater vor dreißig Jahren erzählt hatte.

»Hat Lisa denn gesagt, was genau passiert ist?«, fragte Johanna.

»Sie ist ihrem Vater draußen begegnet. Unklar ist, ob es ein Zufall war oder ob sie ihm gefolgt ist. Er war beim Joggen, wie seine Frau gesagt hat. Lisa ist wohl oft draußen herumgestreunt. Bis jetzt hat sie nur ausgesagt, ich meine, als sie noch mit uns geredet hat, dass es draußen einen Streit zwischen Vater und Tochter gegeben habe. In der Nähe Ihres Grundstücks. Entschuldigung, ich meine natürlich, in der Nähe des Grundstücks Ihrer Tante. Sie kommen leider immer wieder ins Spiel, ob Sie wollen oder nicht. So war es ja auch schon bei Angelika Fleiß.«

»Und dann?«, fragte Johanna. »Dann hat sie ihm also diesen … Schlag versetzt? Einfach so? Wie hat sie das überhaupt geschafft?«

»Wir wissen noch nicht, was an diesem Abend zwischen den beiden vorgefallen ist. Vielleicht kann der Psychologe es uns in ein paar Tagen sagen. Im Augenblick weigert Lisa sich zu sprechen. Sie hat auf einmal damit aufgehört. Christiane Holzapfel hat uns gesagt, dass ihr Mann für die Weihnachtsferien eine Reise geplant hatte, nur zusammen mit seinem Sohn. Er ist in den letzten zwei, drei Jahren wohl öfter allein mit seinem Sohn in die Ferien gefahren und hat die Ehefrau und die Tochter zu Hause gelassen. Er hat auch fast seine gesamte Freizeit mit dem Sohn verbracht. Lisa war deswegen sehr enttäuscht.«

»Christiane und Lisa hätten zusammen Urlaub machen können.«

»Lisa Holzapfel scheint kein gutes Verhältnis zu ihrer Mutter zu haben«, sagte Hartmann. »Sie spricht nicht mit ihr, sieht sie nicht einmal an, und wenn Christiane Holzapfel etwas zu ihr sagt, reagiert sie gar nicht.«

»Aber wie hat Lisa das geschafft?«, fragte Johanna erneut. »Ein so kräftiger Schlag?« Sie stellte sich die Vierzehnjährige vor, die Kalorien zählte und nur Salat aß. Und das vermutlich nicht erst seit letzter Woche.

»Ich muss unsere erste Einschätzung korrigieren«, sagte Hartmann. »Für den Schlag braucht man nicht unbedingt Kraft. Es ist ausreichend, wenn er im richtigen Winkel die richtige Stelle trifft. Das hat uns der Rechtsmediziner erklärt, der übrigens auch so einen Sport betreibt … was macht er noch … ach, ich habe vergessen, wie es heißt. Jedenfalls geht es mehr um Körperkontrolle als um Kraft. Lisa Holzapfel hat wohl eine Weile Kampfsport gemacht und könnte es dabei durchaus gelernt haben. Ob es aber Absicht war … sie schweigt.«

»Und nach diesem Schlag«, sagte Johanna, »danach lag Thomas Holzapfel dann auf dem Weg und hat noch gelebt?«

»Es ist anzunehmen, dass er sehr schnell bewusstlos war und nicht mehr viel mitbekommen hat«, sagte Hartmann.

»Warum hat sie keine Hilfe geholt?«, fragte Johanna.

»Das fragen wir uns auch. Sie hat ihn dort liegen lassen und ist nach Hause gegangen, als wenn nichts wäre. Vorher ist sie noch weiter draußen herumgelaufen. Ich schätze, sie war traumatisiert. Das ist sie wahrscheinlich noch immer. Vielleicht wusste sie gar nicht, wie schwer sie ihn getroffen hat. Sie wollte abends nichts essen, hat Frau Holzapfel uns gesagt. Aber das war wohl nicht ungewöhnlich.«

»Es gab ja sowieso nichts zu essen«, sagte Johanna.

»Was?«

»Ich glaube, Christiane sagte, dass ihr an dem Abend die Kartoffeln im Ofen verbrannt sind. Was passiert jetzt mit Lisa?«

»Ich bin froh, dass ich darüber nicht zu entscheiden habe«, sagte Hartmann. »Wie gesagt, im Moment beschäftigt sich der Psychologe mit ihr. Er hat übrigens angedeutet, dass sie außerdem unter einer Essstörung leidet.«

»*Anorexia nervosa*«, sagte Johanna.

»Ja, diesen Ausdruck hat er benutzt.«

»Aber so, wie Lisa aussieht, wohl erst ein frühes Stadium«, sagte Johanna. »In ein paar Monaten wäre sie für einen solchen Schlag zu kraftlos gewesen. Auch, wenn man dafür gar nicht so viel Kraft braucht, wie Sie sagen. Aber in ein paar Monaten wäre sie einfach zu schlapp gewesen. Zu ausgemergelt. Wenn sie so weitergemacht hätte. Sie hat ja sicher einen eigenen

Computer. Ich schätze, darauf finden Sie entsprechende Seiten im Internet. Kontakte zu Gleichgesinnten. In der Regel junge Mädchen in Lisas Alter.«

»Woher kennen Sie sich so gut damit aus?«, fragte Hartmann.

»Bestimmt nicht wegen mir selbst.« Unbemerkt von Hartmann, weil es vom Tisch verdeckt wurde, legte Johanna eine Hand auf ihren Bauch und betrachtete ihre Oberschenkel. »Ich habe mal einen Ratgeber über Essstörungen lektoriert.«

»Dann scheint man als Lektorin ja eine Menge zu lernen«, sagte er. »Arbeiten Sie denn zurzeit an etwas?«

»Es war ganz schön lange Flaute«, antwortete Johanna. »Totale Flaute. Viel zu lange. Und das hat nicht gerade dazu beigetragen, meine Laune zu heben. Zusätzlich zu den Toten, meine ich. Aber heute Morgen, kurz bevor Sie kamen, hat mich einer der Verlage angerufen, für die ich manchmal arbeite. Am Wochenende schicken sie mir ein Manuskript. Das ist sogar fast mehr Arbeit, als mir lieb ist, denn es sind drei umfangreiche Bände geplant. Über die Revolution 1848. Und vorher muss ich endlich die Haustür lackieren.«

Hartmann stand auf.

»Ich will Sie nicht davon abhalten«, sagte er. »Und ich muss jetzt auch weiter. Vielen Dank für den Kaffee.«

Johanna ging mit ihm zur Tür.

»Und was Angelika Fleiß betrifft«, sagte er, »erst Ihr Keller hat uns ja auf die richtige Spur gebracht. Danke für Ihre Kooperation. Entschuldigung, ich meine natürlich, der Keller Ihrer Tante.«

»Sagen Sie ruhig *mein* Keller. Ich werde wohl noch eine Weile hier bleiben.«

»Ich nehme an, vor allem wegen unseres guten Essens. Sind Sie auf den Geschmack gekommen?«

»Nicht nur beim Essen.«

Hartmann gab ihr die Hand.

»Tja«, sagte er, »dann … auf Wiedersehen, Frau Fink.«

»Vielleicht lieber nicht«, sagte Johanna.

»Die meisten Leute wollen uns nicht wiedersehen.« Er lachte, drehte sich um und stieg in seinen Wagen.

Johanna hatte ihn doch noch fragen wollen, wie er und sein Kollege mit Vornamen hießen.

Sie holte die Schleifmaschine nach draußen und wollte sie gerade einschalten, als das Telefon klingelte. Es war Susanne, die fragte, ob Johanna Lust auf einen Spaziergang habe. Ab kommendem Montag müsse sie wieder arbeiten und sie wisse ja auch nicht, wann Johanna zurück nach Berlin fahre. Vielleicht sei es eine der letzten Gelegenheiten.

»Gerne«, sagte Johanna. »Wann?«

»Ich hole dich in einer Stunde ab. Einverstanden?«

Dann widmete sich Johanna der Haustür. Wie gut, dass Susanne daran gedacht hatte, ihr auch Ersatzblätter für die Maschine mitzubringen; sie verbrauchten sich schnell. Das hässliche Wort »Mistfink« war allmählich nicht mehr zu erkennen und das Geräusch, das die Maschine erzeugte, tat Johanna an diesem Vormittag gut. Es übertönte alles, auch die Gedanken in ihrem Kopf.

Beinahe hätte sie das Telefon überhört. Hoffentlich war es nicht Susanne, die absagen wollte, weil sie es sich anders überlegt hatte oder ihr etwas dazwischengekommen war.

»Dietrich, Kriminalpolizei Berlin-Mitte. Sie erinnern sich?«

»Ja, sicher erinnere ich mich.«

»Der Brief ist bei uns angekommen. Der Brief, den Sie von Katharina Gessler erhalten haben. Vielen Dank auch dafür. Er war dann für unsere Untersuchungen gar nicht mehr relevant, aber das konnten Sie und ich ja nicht wissen, als wir letzten Sonntag telefoniert haben. Sie können den Brief gerne hier abholen, wenn Sie wieder in Berlin sind. Oder wir schicken ihn. Abholen wäre allerdings besser. Sie wissen ja, die Kosten.«

»Wieso war der Brief nicht mehr relevant?«, fragte Johanna.

»Es war kein Selbstmord.«

»Das konnte ich mir eigentlich auch nicht vorstellen«, sagte Johanna. »Es war also doch ein Unfall.«

»Nein, es war auch kein Unfall. Katharina Gessler war an dem besagten Abend nicht alleine in dem Gebäude, wovon wir ja zunächst ausgegangen sind. Es war noch jemand bei ihr. Eine Kollegin. Und diese Kollegin hat allem Anschein nach ein bisschen … nachgeholfen.«

»Nachgeholfen?«, sagte Johanna. »Welche Kollegin?«

Dietrich nannte ihr den Namen. Johanna hörte seine Stimme deutlich; es gab nichts misszuverstehen. Er sprach von Ines.

»Was heißt, sie hat ein bisschen nachgeholfen?«

»Nun«, sagte Dietrich, »wir haben keine Verletzungen an der Toten gefunden, die auf einen Kampf hindeuten würden, keine Anzeichen dafür, dass sie sich verzweifelt an etwas festzuhalten versucht hätte. An etwas oder an einer anderen Person. Deswegen gingen wir ja auch zunächst von Suizid aus. Inzwischen haben wir aber das Klima des Architekturbüros, in dem Frau Gessler beschäftigt war, genauer unter die Lupe genommen. Dort herrscht nicht gerade Harmonie, auch wenn es auf den ersten Blick so aussieht. Um nicht zu sagen, speziell zwischen Frau Gessler und der besagten Kollegin war Krieg. Wie es scheint, keine offene Feindschaft, denn nach außen hin war alles schön harmonisch und kollegial. Mehr noch als kollegial, in diesem Büro tun alle so, als wären sie miteinander befreundet. Unter der Oberfläche hat es aber gebrodelt. Frau Gessler und die Kollegin jedenfalls waren heillos zerstritten. Konkurrenz. Kompetenzgerangel. Auch die Frage nach einer Teilhaberschaft im Büro. Wer von den beiden sich den Erfolg auf die Fahne schreiben kann. Falls das Projekt in Mitte überhaupt als Erfolg zu werten ist, denn wie wir erfahren haben, gab es falsche Berechnungen und die Bauzeit wird sich verlängern. Darüber gab es auch Streit.«

»Und die Kollegin«, sagte Johanna, »sie hat gestanden, Katharina Gessler umgebracht zu haben?«

»Anfangs hat sie gar nichts gestanden«, antwortete Dietrich. »Erst, als wir ihr ein wenig auf den Zahn gefühlt haben.«

»Aber wie kamen Sie überhaupt darauf, sich näher mit dieser Kollegin zu beschäftigen?«, fragte Johanna.

»Wir haben uns mit allen Kollegen von Frau Gessler näher beschäftigt. Aber diese Kollegin erschien uns … auffällig. Sie wirkte, wie soll ich sagen, so übertrieben betroffen von Frau Gesslers Tod. Nennen Sie es Intuition.«

»Und diese Kollegin«, sagte Johanna, »sie hat … hat sie das Ganze geplant?«

»Sie schildert es wie ein Versehen, einen tragischen Unfall, der im Streit geschehen ist, an einer ungesicherten Stelle. Aber einiges spricht dagegen. Vor allem, dass sie danach einfach nach Hause gefahren ist und keinen Notarzt gerufen hat. Sie hat niemandem Bescheid gesagt. Katharina Gessler hat vor ihrem Tod noch mit der Kollegin telefoniert. Sie waren also doch nicht die Letzte, die mit ihr gesprochen hat, wie ich Ihnen zuerst gesagt hatte. Die Letzte war eben jene Kollegin. Sie hat Katharina Gessler angerufen. Ein ganz kurzes Telefonat. Keine zwei Stunden wie mit Ihnen. Sie sprachen doch davon, dass Frau Gessler an diesem Abend noch einmal ins Büro wollte, oder? Ins Büro und nicht um diese Uhrzeit in das Gebäude?«

»Sie hat nur das Büro erwähnt«, sagte Johanna.

»Wahrscheinlich brauchen wir noch Ihre unterschriebene Zeugenaussage. Sie hören dann wieder von uns.«

Sie verabschiedeten sich. Johanna legte das Telefon weg und ging ziellos in Helenes Haus umher. Ines. Ines hatte Katharina in den Abgrund gestoßen. Ob Katharina noch etwas gedacht hatte, als sie in die Tiefe stürzte? Ob sie überrascht war? Todesangst gespürt hatte? Ines verflucht hatte? Ines und Katharina waren keineswegs Freundinnen gewesen – nicht einmal Konkurrentinnen. Sie waren viel mehr als nur das. Feindinnen. Wie hatte Johanna das übersehen können? Und warum besuchte man die Geburtstagsparty der Feindin und umarmte sie zur Begrüßung? Ines hatte sich manchmal nicht im Griff. Sie selbst nannte es gerne »impulsiv«. Sie warf Gläser an die Wand, schrie, schlug mit den Türen. Aber war sie auch berechnend und kaltblütig? So kaltblütig, Katharina in das Gebäude zu locken, ganz nah an den Abgrund heran, und ihr dann einen Stoß zu versetzen? Johanna bezweifelte, dass sie jemals erfahren würde, was in dieser Nacht geschah.

Sie ging in das obere Stockwerk und betrat Helenes Schlafzimmer, das sie in all den Tagen eher gemieden hatte. Sie setzte sich auf das Bett, strich über die Tagesdecke in Rot- und Beigetönen. Auf der gegenüberliegenden Wand, dort, wo das Bild gehangen hatte, war nun ein heller Fleck. Das Bild wartete unten im Flur darauf, von dem alten Mann abgeholt zu werden. Von Tante Helenes Freund. Helenes und Margrets Freund. Johanna begann zu weinen.

Es klingelte an der Tür. Johanna warf einen Blick in den Badezimmerspiegel und wischte sich über die Augen, bevor sie nach unten ging, um zu öffnen.

»Du scheinst Helenes alte Strickjacke zu mögen«, sagte Susanne zur Begrüßung und zupfte an Johannas Ärmel. Dann, als sie im Flur stand und Johanna genauer betrachtete, fragte sie: »Alles in Ordnung mit dir? Oder ist schon wieder etwas passiert?«

»Das erzähle ich dir unterwegs«, sagte Johanna. »Komm, lass uns gehen. Ich muss mich nur schnell anziehen.«

Sie gingen zuerst auf den kleinen Friedhof, auf dem Angelika Fleiß bald beerdigt werden würde, wahrscheinlich auch Thomas Holzapfel, und besuchten Helene Leinwebers Grab. Noch immer stand kein Grabstein darauf, sondern das provisorische Holzkreuz. Johanna gefiel es. Wer weiß, welchen Stein meine Mutter ausgesucht hat, dachte sie.

Danach gingen sie zu den Streuobstwiesen. Das Wetter war nicht so schön wie bei Johannas Spaziergang in der ersten Woche, als sie zuvor das ausgeblutete, rosafarbene Schwein gesehen hatte. Nebel zog aus dem Tal nach oben und würde sie sicher bald erreichen.

»Erzählst du mir jetzt, was passiert ist?«, fragte Susanne.

Johanna berichtete von Hartmanns Besuch. Von Lisa Holzapfel. Von dem Schlag, den die Vierzehnjährige ihrem Vater versetzt hatte. Dass Christiane angeblich nichts davon bemerkt hatte, dass ihre Tochter kaum noch etwas aß.

Sie schwiegen eine Weile. Niemand war außer ihnen unterwegs. Die Wiesen waren noch immer mit Herbstlaub und herabgefallenem Obst bedeckt. Aber es war auch erst eine Woche vergangen, seit Johanna das letzte Mal hier war. Sie fand den Walnussbaum wieder, den sie bei ihrem ersten Spaziergang entdeckt hatte. Sie blieb bei ihm stehen und begann zu lachen.

»Was ist so komisch?« Susanne sah sie unsicher an, als glaubte sie, Johanna würde sich über sie lustig machen.

»Nichts, gar nichts«, sagte Johanna. Und es gab auch nichts zu lachen. Katharina Gessler. Ines. Lisa

Holzapfel. »Mir ist nur gerade eingefallen, wie ich dich all die Tage für mich genannt habe.«

»Wie denn?«

»Die unheimliche Frau.«

Susanne sah sie zuerst ungläubig an, dann lachte auch sie.

»Das passt ja dazu, wie ich dich genannt habe«, sagte sie.

»Du hast mich … genannt?«, sagte Johanna. »Verrätst du mir auch, wie?«

»Die grimmige Fremde.«

»Nicht sehr schmeichelhaft«, sagte Johanna. »Wieso grimmig?«

»Weil du immer so grimmig dreingeschaut hast.«

»Ich? Grimmig?«

»Wahrscheinlich machst du dir keine Vorstellung davon, wie du hier im Dorf herumgelaufen bist«, sagte Susanne. »Zum Fürchten.«

»Ich dachte immer, ich wäre ganz freundlich gewesen«, sagte Johanna, »und nur die anderen …«

»So kann man sich täuschen.«

Sie gingen weiter. Dann sagte Susanne: »Ich muss dich noch was fragen. Hast du meinen Namen aufgeschrieben?«

»Deinen Namen aufgeschrieben?«

»Um ihn dir zu merken«, sagte Susanne.

»Dazu musste ich ihn nicht aufschreiben. Ich konnte ihn mir auch so merken.«

»Das ist gut«, sagte Susanne. »Vor allem, dass du meinen Namen nicht auf einem kleinen Notizblock im Flur aufgeschrieben hast. Aber dem Himmel sei Dank, der Block ist ja inzwischen auch verbrannt.«

»Eigentlich macht man darüber keine Scherze«, sagte Johanna.

»Nein, macht man nicht. Weißt du schon, wann du zurückfährst?«

»Erst einmal gar nicht«, sagte Johanna.

»Wie meinst du das?«

»Ich bleibe erst einmal hier.«

»Und deine Arbeit?«

»Wo ich am Schreibtisch sitze, ist eigentlich egal«, sagte Johanna. »Am Wochenende bekomme ich ein Manuskript zugeschickt. Als Adresse habe ich Helenes Haus angegeben. Ich bräuchte einen Internetanschluss im Haus.«

»Und deine Wohnung in Berlin?«

»Darüber habe ich auch schon nachgedacht«, sagte Johanna. »Eine Freundin, Vera, will umziehen, weil sie sich von ihrem Freund getrennt hat. Meine Wohnung gefällt ihr schon lange.«

»Und deine ganzen Sachen?«

»Kann ich ja dann holen.«

»Und Helenes Haus? Der Verkauf? Deine Mutter?«

»Das ist, zugegeben, ein Problem. Wenn nicht sogar das größte von allen. Meiner Mutter und Onkel Werner wird das gar nicht gefallen. Vor allem meiner Mutter nicht. Vielleicht kann ich sie mit regelmäßigen Mietzahlungen besänftigen. Oh, und ich muss unbedingt Wolfgang Fritz anrufen. Erinnerst du mich daran, dass ich ihn anrufe? Und meine Mutter?«

»Wer ist Wolfgang Fritz?«

»Der Immobilienmakler, der Helenes Haus verkaufen soll. Ich muss das Ganze wieder abblasen, bevor er noch mit Kaufinteressenten vor der Tür steht, und ihm sagen, dass daraus erst einmal nichts wird.«

»Ich erinnere dich daran«, sagte Susanne, beugte sich zu Johanna und küsste ihre Wange.

Von Ines und Katharina Gessler würde Johanna ihr auch noch erzählen. Später. Würde sie Ines eigentlich je wiedersehen? War Ines jetzt eine Freundin – Exfreundin –, die Johanna im Gefängnis besuchen müsste?

Heute war der elfte Tag. Mehr als eine Woche war Johanna nun hier. Dabei war sie am Abend ihrer Ankunft ganz sicher gewesen, dass ihr Aufenthalt nur einige wenige Tage dauern würde. Zwei, höchstens drei oder vier Tage. Auf keinen Fall länger. Länger, hatte sie gedacht, würde sie es hier gar nicht aushalten. Die Bushaltestelle an der Kirche fiel ihr ein, der Bus, der Weg in die Freiheit. In all den Tagen hatte sie es nicht einmal in die nächstgrößere Stadt geschafft.

Der Nebel war näher gekommen und dichter geworden. Unaufhaltsam kroch er vom Tal nach oben. Gleich würde er die beiden Spaziergängerinnen einhüllen. Ein wenig schaurig war er noch immer, auch heute am elften Tag.

Weitere Thriller im *konkursbuch* Verlag Claudia Gehrke:

Annette Berr,
DIE STILLE NACH DEM MORD
448 Seiten, 3. Auflage,
ISBN 978-3-88769-362-6

Jana und Frike auf Urlaub in einer einsamen Feriensiedlung in Brandenburg. Jana wird krank, kein Telefon, kein Handyempfang. Frike möchte mitten in der Nacht Hilfe holen. Als Jana aus ihren Fieberträumen erwacht, ist Frike verschwunden.

»Grandioser Thriller. Nichts für schwache Nerven!« (AVIVA)

»Es war Annette Berrs klarer Blick auf die Menschen, ihre Leidenschaften und Obsessionen, ein Blick, der mich tief in den Abgrund der Liebe hat schauen lassen […] Nur selten schaffte es ein Buch, mich wirklich so in Angst zu versetzen wie ›Die Stille nach dem Mord‹ von Annette Berr.«
(R. Jahn, WDR)

Litt Leweir,
MIGRÄNE
512 Seiten,
ISBN 978-3-88769-731-0

Drückende Hitze. Ein düsteres Mietshaus am Prenzlauer Berg. Toni und Joshua wohnen und arbeiten in diesem Haus. Beide leiden an Migräne. Laute Musik im Hinterhof, aufdringlicher Geruch nach Räucherstäbchen aus einer der Wohnungen. Es geschieht ein Mord im Haus. Hauptkommissarin Monika Haberstroh ermittelt und befragt die Mieter. Bald aber kann sie Privates nicht mehr von der Arbeit trennen. Sie verliebt sich in Toni …
Zu was ist Joshua fähig? Zu was Toni?

»Litt Leweir ist es gelungen, die unheimliche Atmosphäre des Mietshauses gänsehautgerecht zu vermitteln, und mit den Zutaten von ein bisschen Tatort, ein bisschen Liebesschnulze und viel Fantasie zu einem verstörenden Krimi zu kombinieren.« (L-Mag)

»Es ist ein harter Stoff, dem sich Litt Leweir hier angenommen hat. Es geht darum, was nicht verarbeitete Traumata in der Seele eines Menschen anrichten können … brillant, tiefgreifend und hochspannend.« (AVIVA)

Regina Nössler
TIEFE LIEBE
FREIER FALL
224 Seiten, 2. Auflage,
ISBN 978-3-88769-718-1

Isabel, vom Spiel der Liebe bitter enttäuscht, führt im Hinterhaus einer Berliner Zweizimmerwohnung ein Schattendasein, als sie die wohlhabende Johanna kennenlernt. Im ersten gemeinsamen Urlaub auf der Ferieninsel Madeira meint es das Glück mit den beiden ungleichen Frauen gut, zögerlich traut Isabel wieder zärtlichen Gefühlen. Doch dann wird sie von der dunklen Seite ihrer Vergangenheit eingeholt. In diesem Beziehungsthriller präsentiert Regina Nössler eine Geschiche, in der die Grenzen liebevoller Hingabe und subtiler Bedrohung kunstvoll verwischt werden. Die Autorin macht vor dem Abgrund verstörender Liebe nicht Halt.

»Subtil, vielschichtig, durchweht von einem Hauch Highsmith.« (Lesbenring-Info)

Regina Nössler
DIE KERZENSCHEIN-PHOBIE
240 Seiten, 2. Auflage,
ISBN 978-3-88769-724-2

Die schüchterne, unsichere Sabine, Anfang zwanzig, träumt von Constanze. Constanze ist bei allen beliebt und nimmt Sabine zunächst nicht wahr. Einige Monate des vergeblichen Schwärmens vergehen und dann, endlich, wird Constanze auf sie aufmerksam. Die beiden jungen Studentinnen verlieben sich ineinander. Doch aus Liebe wird bald Obsession. Immer mehr fühlt sich Sabine bedrängt und kontrolliert. Die Beklemmung wächst, der siebte Himmel verdunkelt sich.
Viele Jahre später lasten die Schatten der Vergangenheit auf Sabines aufkeimender Liebe zu Anna. Was geschah damals mit Constanze, kann sich Sabine endgültig von ihr lösen und hat ihre Liebe zu Anna eine Chance?

»Ein spannender Psycho- oder Beziehungsthriller, der jedoch auch die schönen Momente von Liebesbeziehungen nicht zu kurz kommen lässt.« (Lambda Nachrichten)

»Spannungsgeladen in jedem Satz […] Durch Regina Nösslers Roman zieht sich ein blutroter Faden aus hemmungsloser Leidenschaft und hassvollem Schmerz.«
(Stuttgarter Nachrichten)

Impressum

PF 1621, D – 72006 Tübingen
Telefon: 0049 (0) 7071 66551
Fax: 0049 (0) 7071 63539
www.konkursbuch.com
E-Mail: office@konkursbuch.com
Gestaltung: Verlag & Freundinnen

ISBN: 978-3-88769-751-8